Kachi A. Ozumba

Der Schatten eines Lächelns

Roman

Aus dem Englischen
übersetzt von Rainer Nitsche

: TRANSIT

Inhalt

In den schrecklichen Jahren habe ich siebzehn Monate schlangestehend vor den Gefängnissen von Leningrad verbracht. Einmal erkannte mich jemand irgendwie. Da erwachte die hinter mir stehende Frau mit blauen Lippen, die natürlich niemals meinen Namen gehört hatte, aus der uns allen eigenen Erstarrung und fragte mich leise (dort sprachen alle im Flüsterton):

»Und das können Sie beschreiben?«

Und ich sagte: »Ja.«

Da glitt etwas wie der Schatten eines Lächelns über das, was einmal ihr Gesicht gewesen war.

Anna Achmatowa, Requiem

Die Zwischenwelt

Der Polizist wies mit dem Gewehr, das von seiner Schulter baumelte, die Richtung.

»Hier lang, mister man.«

Zuba betrat einen halbdunklen Gang. Seine Schritte hallten auf dem aufgeplatzten Betonboden, der mit den zertrümmerten Resten eines Besenstiels bedeckt war. Die gelben Wände waren ebenso von Flecken übersät wie die Albino-Haut des Polizisten. Ein beißender Geruch, eine Mischung aus kaltem Schweiß, Urin, Verfaultem und Trostlosigkeit hing in der Luft.

»Du glaubst, Sohn von reichem Mann braucht nicht in Zelle?«, schrie der Polizist hinter ihm.

Die Worte trafen ihn nicht, jetzt nicht mehr. Jede Menge Beschimpfungen waren während des Verhörs auf Zuba eingeprasselt, und er hatte sich mittlerweile daran gewöhnt. Mit leerem Blick ging er den Gang entlang. Ike folgte ihm, das Gesicht starr vor Zorn. Die Handfläche des Vernehmers zeichnete sich immer noch auf seiner Wange ab.

Der Gestank steigerte sich, als sie an den verrosteten und verdreckten Gitterstäben einer Tür vorbeigingen. Dahinter Männer mit nacktem Oberkörper, die im Halbdunkel auf dem Fußboden kauerten. Das Wort »new man« ging plötzlich um; geflüstert, wiederholt, von Mund zu Mund. Körper begannen sich in der Zelle zu regen.

»Idem, sie sagen, du haben Platz für die zwei in deine Zelle«, sagte der Albino, als sie das Büro am Ende des Korridors erreichten. Er legte dem pausbäckigen Mann in Polizeiuniform ein Stück Papier auf den Tresen. Dann studierte er an der Wand einen Kalender mit Fotos farbenfroh gekleideter Frauen: NIGERIAN POLICE WIVES ASSOCIATION 2000. Der beißende Geruch einer Moskito-Spule kämpfte mit dem Gestank, der vom Korridor hereindrang.

Idem beugte sich über das Papier. »Hmmmmh, Androhung von Gewalt und Diebstahl.« Er blickte hoch und warf einen kurzen Blick in Ikes glühende Augen.

Dann musterte er die sanften Formen von Zubas Gesicht, dessen Augen, die ihn aus einer schwindelerregenden Distanz anzustarren schienen, und senkte dann seinen Blick auf den goldenen Manschettenknopf, der ihm über der gepflegten Hand, die Zuba auf den Tresen gestützt hatte, entgegenblitzte. »Ausziehen, ausziehen«, bellte er. »Oder willst du in Zelle gehen mit oberfeinem Anzug? Geld und Wertsachen gibst du auch ab.«

Seine Worte mussten bis ans Ende des Korridors gedrungen sein. Sofort wurden aus der Zelle Rufe laut:

»Wenn ihr Typen euch hierein traut ohne eure *cell-sho*, dann verprügeln wir euch, bis ihr nicht mal die Namen eurer Mütter kennt.«

»Denkt auf jeden Fall an eure *cell-sho*, sonst stopfen wir euren Kopf in den Scheißeimer.«

»Oder wir bringen euch heute noch um...«

Zuba und Ike tauschten Blicke. Die Angst, die sich hinter ihrer Coolness wie eine Art Krankheit verbarg, brach plötzlich hervor mit einem ganzen Bündel von Symptomen. Sie vergaßen die Peinlichkeit ihrer Situation, als sie sich mit aufgerissenen Augen und pochenden Herzen anstarrten.

»Ver-verstehst du, wa-was sie da gerade sagen, Zuba?« Ikes normalerweise feste Stimme war nur noch ein Flüstern.

Zuba roch die Angst in Ikes Atem. Er traute seiner eigenen Stimme nicht. Er schüttelte den Kopf. Seine starren Finger knöpften das gestreifte Hemd auf, das er über seinen schwarzen Hosen trug. In keinem Gefängnisbericht, den er gelesen hatte, in keiner Geschichte, die er gehört hatte, war jemals das Wort »*cell-sho*« aufgetaucht. Er drehte sich zu Idem: »Bitte, wovon ... wovon reden die da? Was bedeutet *cell-sho*?«

»Cell-show. Ihr werdet schon schnell genug herausfinden, was das heißt«, antwortete Idem in perfektem Englisch.

»Bitte, haben Sie irgendeinen Rat für uns? Wir sind noch nie in so einer Lage gewesen.«

Idems Lippen dehnten sich zu einem traurigen Lächeln. Er schüttelte leicht seinen Kopf, mehr zu sich selbst. »Wie heißt du?«, fragte er.

»Zuba.«

»Okay, Zuba, gib mir davon eintausend Naira, und ich geb sie ihnen.« Er wies mit seinem Kinn auf den Stapel Banknoten auf dem Tresen. »Das dürfte helfen, von manchen Dingen verschont zu werden.«

Zuba zählte zwanzig Fünfzig-Naira-Scheine aus dem Stapel ab. Die Scheine zitterten, als er sie Idem hinhielt.

Idem steckte das Geld ein. »Du nicht ausziehen Hose?«

Zuba schüttelte den Kopf. »Ich bin okay.« Er fuhr mit seiner Hand über sein weißes Unterhemd und die schwarze Hose. Ike hatte seine Hose ausgezogen und stand nun in schwarzen Baumwollshorts neben ihm.

»Okay, Gürtel her. Gürtel sind nicht erlaubt in Zelle. Könnte irgendeiner sich aufhängen.«

Zuba löste die Schnalle und zog den Gürtel ab. Er löste auch seine Uhr; eine Seiko Automatik aus rostfreiem Stahl, die sein Vater ihm vor drei Jahren geschenkt hatte, einen Monat nach seinem achtzehnten Geburtstag.

»Und ihr Kerle habt wirklich abgeliefert alles Geld?«, fragte Idem. »Die nehmen euch alles weg, sobald ihr in Zelle kommt.«

Ike nickte. Zuba nickte ebenfalls. Er tauschte einen Blick mit Ike, als er die Wärme des Geldes spürte, das er zu gleichen Teilen in die zwei Taschen seiner shorts unter der schwarzen Hose gesteckt hatte. Er rieb an dem Keloid, der wulstigen Narbe auf seiner Stirn. Eine spindeldürre Wespe summte vor ihrem schlammfarbenen Nest hinter Idem, genau in dem Winkel, wo die vergilbte Decke an die gelbe Wand grenzte, und das Summen wurde durch den schmalen Raum noch verstärkt.

Die Schreie vom Ende des Korridors ebbten ab; es waren nur noch einzelne Zurufe zu hören.

»Zuba, bitte lass mich die Sache regeln, wenn wir da reingehen«, sagte Ike.

»Nein, Ike. Keine Sorge, ich mach das.«

»Ich komme mit diesen Leuten besser klar als du. Lass mich. Vertrau mir.« Da war ein entschiedener Blick in Ikes Augen, den Zuba nur zu gut kannte. Hier ging es ums Überleben, nicht um irgendeinen Kleinkram.

»Okay«, sagte er.

Sie unterschrieben die Liste ihrer persönlichen Wertsachen und folgten Idem. Das Klirren der Schlüssel, das Kreischen verrosteter Scharniere, der Klang von Metall auf Metall, als die eisernen Riegel zurückgeschoben wurden. Zuba und Ike standen im finsteren Gestank der Zelle. Fünf Männer starrten sie an. Drei von ihnen hockten mit nacktem Rücken gegen die Wand gelehnt. Der vierte lag ausgestreckt auf dem blanken Boden. Sein langer Körper teilte die Zelle in zwei Hälften; sein Kopf war gegen die eine Wand gelehnt, seine Füße berührten die andere. Der fünfte, der seinen Platz direkt am Eingang geräumt hatte, um sie hineinzulassen, stand neben der Tür. Ein stämmiger, hellhäutiger Mann mit hervorstehenden Backenknochen, buschigem Haar und Bart.

Zuba suchte die schützende Nähe der Zellenwand. Sein Blick wanderte von einem Gesicht zum anderen. Ike stand stocksteif neben ihm.

Der stämmige, hellhäutige Mann nahm seinen Platz vor dem Eingang wieder ein; sein linker Ellbogen lehnte auf dem eisernen Türriegel.

»Da, nimm«, Idem reichte einige Geldscheine durch die Gitterstäbe. »Damit ihr sie gut behandelt.«

»Was ist das? Zweihundert Naira?«, bellte der Präfekt, nachdem das Echo von Idems Stiefeln im Korridor verhallt war. Voller Verachtung fuchtelte er mit dem Geld in Richtung Zuba und Ike.

Zubas Herz hämmerte. Mit leerem Blick starrte er den Präfekten an.

Ike trat einige Schritte vor. Er stand jetzt in der Mitte der Zelle, zwischen den ausgestreckten Beinen der anderen, und blickte prüfend von einer Zellenwand zur anderen.

Zuba ahnte, wie Ikes Hirn hinter seinem aufgesetzten Lächeln arbeitete. *Sag etwas, aber schnell*, beschwor er Ike in Gedanken.

»Ich sagte, was ist das?«, fragte der Präfekt mit erhobener Stimme noch einmal. »Mike«, rief er.

Der Mann neben ihm sprang auf. Er war schmal und dunkel, und die Konturen seiner starken Knochen zeichneten sich deutlich unter der gespannten Haut ab. Seine Kleidung bestand bloß aus einer Hose, die von innen nach außen gewendet und über der Hüfte zusammengebunden war, damit sie nicht herunterrutschte. Das cremefarbene Futter der Taschen bot einen komischen Kontrast zum schwarzen Stoff.

»Siehst du das?« sagte Mike und zeigte auf eine Inschrift mit weißer Kreide an der Wand. »CELL-SHOW = N 500«, las er vor.

»Oh, das steht immer noch dran«, sagte Ike. Das Lächeln auf seinem Gesicht wurde breiter.

»Ich hab das da hingeschrieben.«

Zubas Herz überschlug sich. Nur die Fliegen waren zu hören. Ike blieb, wo er war, trat von einem Fuß auf den anderen; alle Augen waren auf ihn gerichtet. Jemand lachte. Zuba war sich nicht sicher, von wem es kam. Er begann sich gerade in der Hoffnung zu wiegen, der Bluff von Ike hätte funktioniert, als Mikes Faust nach oben schwang, während der Mann, der auf dem Boden lag, blitzschnell nach Ikes Schritt grapschte.

»Ike, zurück! Zurück!«, brüllte Zuba, und noch lauter: »Polizei! Polizei! Idem!«

Ike machte einen Satz. Mikes Schlag verfehlte sein Gesicht und landete auf seiner Schulter. Die Hand von unten fuhr zwischen seine Beine, riss an seinen shorts und verwandelte sie in einen Rock.

»Was ist da los?«, rief Idem, als er den Korridor heruntergetrabt kam. »Ich sagte, was ist hier los? Was, Zuba?« Er stand direkt vor der Zelle.

Ikes Peiniger hatten sich wieder auf den Boden gekauert und starrten regungslos vor sich hin. Ike hatte sich an die Wand neben Zuba gerettet und keuchte.

»Em... Alles in Ordnung jetzt«, sagte Zuba. Er streckte seinen Kopf in Richtung Gittertür, um Idem zu beruhigen.

»Ich sag, kein Ärger mehr da drin. Ich will keinen Lärm. Sonst komm ich mit Tränengas.« Idem machte kehrt und ging. Kaum waren seine Schritte nicht mehr zu hören, als Mike und der andere Angreifer wieder vor ihnen standen.

Zuba hob seine linke Hand: »Okay, okay.« Er schob die andere in seine Hose und zog ein Bündel Geldscheine hervor.

Mike griff sich das Geld und zählte. »Dank deinem Schöpfer«, sagte er und hielt einen Finger drohend vor Ikes Gesicht. Er brachte das Geld zum Präfekten. »Eintausendeinhundert Naira.«

Der Präfekt nahm das Geld und zählte nach. Er nickte.

»Hast du nicht auch was für mich?« flötete eine weibliche Stimme außerhalb der Zelle.

Der Präfekt knüllte einen Schein zusammen und warf ihn in Richtung der Zelle gegenüber. Eine junge Frau hinter der Gittertür angelte sich den Schein. »Gesegnet seist du«, erklang ihre Stimme von neuem.

Der Präfekt wandte sich wieder an Mike. »Gib ihnen einen Platz.«

Mike ging zu dem Mann, der als letzter in der Reihe saß. »Rück ein Stück, rück«, brüllte er ihn an und gab ihm zwei Tritte. »Du bleibst der Letzte. Und wenn du bis Ende der Woche immer noch hier bist und deine *cell-sho* nicht voll bezahlt hast, dann geben wir dir nur noch einen Stehplatz.« Er winkte Zuba und Ike zu sich. Er platzierte Zuba an fünfter Stelle und Ike direkt hinter ihm. Dann ging er auf seinen Platz zurück.

Zuba ließ sich auf den Boden nieder. Er spürte noch die Wärme des Mannes, der seinen Platz gerade geräumt hatte. Er streckte die Beine aus.

»Diese Kerle wollten mich zum Eunuchen machen«, murmelte Ike und hielt die zerrissenen shorts zusammen.

»Gott sei Dank hab ich noch eine Unterhose drunter. Wie hätte ich das sonst meiner Frau erklärt?«

Zuba presste ein leichtes Lachen durch seine Lippen in der Hoffnung, dass Ike sich dadurch besser fühlte. Aber der stand noch immer unter Schock. Das war kein Anflug von Humor, bloß ein Selbstgespräch.

»New man, du in weißem Unterhemd, komm her«, befahl der Präfekt.

»Steh auf! Steh auf!«, winkte Mike in Richtung Zuba. »Obasanjo will dich sprechen.«

Zuba stellte sich auf seine Füße. Er konnte sich erinnern, irgendwo gehört zu haben, dass die Zellenchefs auch Präsidenten genannt wurden. Aber er wäre nie auf die Idee gekommen, dass sie sich den Namen eines amtierenden Präsidenten* geben würden. Er stand direkt vor dem Zellenchef. »Mr. President sir!«

Ein Lächeln ließ den Präfekten etwas sanfter erscheinen: »Wie heißt du?«

»Zuba.«

»Woher kommt der Name? Ist das Igbo-Sprache?«

»Ja. Kurzform von Chikezuba.«

»Was bedeutet das?«

»Der Herr schuf genug Reichtum.«

»Hat er das?«

Zuba rieb an seinem Keloid.

»Was ist das für eine Geschwulst auf deiner Stirn? Oder ist das eine Narbe?«

Zuba nahm die Hand von seinem Gesicht. Er schüttelte den Kopf.

»Was ist mit deiner Stirn passiert?«, fragte der Präfekt hartnäckig.

»Das war ein Unfall, noch als Kind.«

»Was hat euch Kerle hierher gebracht?«

Zuba zögerte. War es nicht so, dass Leute manchmal verprügelt würden, wenn sie ihre Unschuld beteuerten?

»Anklage wegen Diebstahl.«

* Olesugun Obasanjo war von 1976 bis 1979 und 1999 bis 2007 Staatspräsident von Nigeria. 1995 bis 1998, unter dem Miltitärdiktator Sani Abacha, war er als politischer Häftling im Gefängnis.

»Was habt ihr gestohlen?«

»Sie sagen, wir hätten Geld und Wertsachen gestohlen, von Leuten.«

»Habt ihr?«

Zuba zögerte. Er schüttelte den Kopf.

Der Präfekt guckte ihn lange und streng an. »Gut, das kommt vor«, sagte er. »Wissen eure Leute, dass ihr hier seid?«

»Nein, aber sie werden uns bald finden, ganz sicher.«

»Wovon lebst du?«

»Ich bin gerade mit der Schule fertig und studiere noch weiter.«

»Dann bist du also einer von denen, die von der Schule nicht genug kriegen können, eh?«

»Warum drehst du deine Hose nicht um, von innen nach aussen, und schützt sie so vor dem Schmutz, damit sie immer noch sauber aussieht, wenn du rauskommst?«, fragte Mike.

»Es ist schon okay«, antwortete Zuba. »Mir macht es nichts aus, wenn ich hier etwas verdreckt rauskomme.« Er machte eine Pause und versuchte dann einen kleinen Scherz: »Auch Obasanjo war mal höchstpersönlich in einer Zelle.«

Der Präfekt lächelte. Der Zellengenosse neben Mike lächelte ebenfalls und sah der Person gar nicht mehr ähnlich, die wenige Minuten vorher gezielt nach den Eiern seines Freundes gegrapscht hatte.

Der Präfekt warf seinen Kopf nach hinten und gähnte. »Du kannst an deinen Platz zurück«, sagte er.

Zuba setzte sich wieder. Der Boden unter seinen Handflächen fühlte sich körnig an. Er schaute sich die Zelle genauer an, begann mit der Ecke ganz hinten rechts an der gegenüberliegenden Wand, deren Anblick er vermieden hatte, seit er in der Zelle war. Ein ekliger, metallener Kübel stand an der Stelle, wo die zwei Wände aneinanderstießen, und spie seinen Gestank aus wie eine giftige Quelle. Das viereckige Stück Holz, das als Deckel gedacht war, passte nicht auf den krummen Rahmen. Fliegen schwirrten hinein und heraus. Die ausgestreckten Beine des älteren Mannes am Ende der Reihe waren nur Zentimeter davon entfernt.

Die Wände waren feucht und übersät mit getrockneten Blutspritzern. Mit Kreide oder Holzkohle waren Graffitis weiß oder schwarz auf ihr dreckiges Gelb gekritzelt: BADBOY BAHODA LIVES HERE. DERICO NWAMAMA WUZ HERE und so ähnlich. Sie erinnerten Zuba an seine letzten Tage in der Oberschule, wo einige Schüler genau solche Graffitis an Wände pinselten. Meistens waren das die dümmeren Schüler. Er konnte sich noch gut an einen erinnern, der seinen Namen in die Wand des Schulheims ritzte und dabei vor sich hin brummte: »Der Direktor sagte, ich hätte keinen Eindruck an der Schule gemacht, dann mach ich wenigstens einen an seiner Wand.«

Das Graffiti mit dem besten Platz an der Zellenwand war das mit Holzkohle gezeichnete, lebensgroße Halbporträt eines Mannes. Sein Gesicht mit vorspringenden Backenknochen und hartem Kinn wirkte kantig. Die Nase war fast genauso breit wie die zusammengekniffenen und zu einem Grinsen verzogenen Lippen; die schmalen, schielenden Augen gaben ihm einen nachdenklichen Ausdruck. BUGA IN CELL, stand neben der Zeichnung. THE GODIAN PROPHET FROM THE HOLYLAND. NO PLACE LIKE HOME.

Zuba legte sein Kinn auf die Knie. Er fragte sich, ob seine Schwester, Nonye, und der Hilfsarbeiter, der manchmal anstelle von Ike den Chauffeur spielte, ihnen inzwischen auf der Spur waren. Ein Polizist hatte sie, mit dem Gewehr in der Hand, davor gewarnt, ihm und Ike zu folgen, als sie abgeführt wurden. »Informier Rechtsanwalt Chigbo«, hatte er gerade noch rufen können.

Dumpfe Schritte auf dem Korridor. Idem erschien vor der Tür und schob drei Metalltabletts unter dem Gitter durch. Die Tabletts schepperten über den Betonboden.

Der Präfekt griff sich eine Wassertüte und biss sie an einer Seite auf. Sein Adamsapfel bewegte sich hoch und runter, während er trank. Mike nahm sich auch eine. Die anderen Insassen beobachteten sie. Als der Präfekt die Tüte von seinen Lippen absetzte, war nur noch die Hälfte des Inhalts übrig. Er spritzte ein wenig Wasser auf seine rechte Hand und wusch sie über dem Tablett. Er wandte sich an die beiden Männer zwischen Mike und Zuba:

»Okpu-uzu, Drogist, jetzt haben wir Geld. Ich bin sicher, dass ihr Typen lieber auf Madam Food wartet«, sagte er.

»Klar«, sagte der Eiergrapscher.

Okpu-uzu... Zuba und Ike schauten sich an. Der Eiergrapscher war also ein Schmied, mit Händen, die durch seine Arbeit mit Eisen so hart geworden waren.

Der Präfekt stieß die Tabletts in Richtung Zuba. »Gib sie weiter an diesen Papa. Ihr Kerle kriegt was Besseres, wenn Madame Food kommt.«

Zuba starrte in die Schalen. Eine war gefüllt mit *garri*. Das *garri* war aber nicht durchgerührt wie üblich; es klebte fest und flach im Napf. In der zweiten Schale hatte man offenbar versucht, die *okra*-Suppe zu strecken. Sie war mit einer durchsichtigen Schicht Wasser bedeckt. Zwei halbvolle Wassertüten standen auf dem letzten Tablett. Zuba gab alles weiter.

Papa nahm es in Empfang. Er war ein kleiner, schmächtiger Mann mit grauen Strähnen in seinem Haar. Seine Arme und Beine waren stämmig und schienen zu einem anderen Körper zu gehören; seine Bewegungen waren lethargisch und die Traurigkeit verschwand selbst dann nicht aus seinem Gesicht, wenn er geräuschvoll riesige Brocken *garri* herunterschlang.

Idems Stimme dröhnte den Korridor entlang: »Madam, was du kochen heute?«

»Na, *ogbono* Suppe o.«

»Oh ja, gib mir was, mit zweimal extra Fleisch.«

Als sich Schritte auf dem Korridor näherten, machte sich Unruhe breit.

»Madam Food, da bist du ja«, grüßte der Präfekt.

Eine Frau mittleren Alters stand vor den Gittern. Ihr Gesicht strahlte die Wärme einer Köchin aus. Der Geruch von Holzfeuer und Gewürzen drang aus einem Tragebeutel auf ihrer Hüfte langsam in die Zelle. Der Stoff war so durchscheinend, dass die eingewebten Pferde wie Gespenster wirkten. Ein schwer beladener Metallkorb mit breitem, nach oben gebogenem Rand ruhte auf ihrem Kopf wie ein Sombrero.

»Wie geht's? Wie geht es euch? Wollt ihr heute überhaupt Essen kaufen?« Sie hob den Korb von ihrem Kopf und stellte ihn auf den Boden. Er war mit rauchgeschwärzten kleinen Töpfen, Plastikschalen, Besteck, einem schmalen blauen Gefäß und einem Kanister gefüllt.

»Nwamaka, ich hoffe, es ist alles in Ordnung. Du bist so ruhig heute«, sagte sie und warf einen suchenden Blick in die gegenüberliegende Zelle.

»Ich sagte doch, dass ich mit dir nie wieder reden will.« Der helle Sopran klang wie ein Gemurmel.

Nwamaka. Das bedeutet: Das Kind ist gut. Wenn man es aber anders betont, kann es auch heißen: Das Kind ist so schön. Zuba reckte sich nach vorn, um sie besser sehen zu können. Sie war jung, ihre Haut glühte. Das geblümte Kleid, das sie einhüllte und ihre großen Brüste betonte, war abgetragen, aber sauber. Sie sah aus, als ob sie neu hier wäre. Aber Zuba wusste, sie hätte nicht diese Position in ihrer Zelle, wenn das tatsächlich stimmte. Ungepflegt waren nur die geflochtenen Haare auf ihrem Kopf. Zuba schätzte ihr Alter auf achtzehn bis zweiundzwanzig Jahre. Aber die Art, wie sie zu Madam Food hochblickte mit ihren Betty-Boop-Augen und den schmollenden Lippen, ließ sie kaum älter als zwölf aussehen.

Madam Food lachte. »Nwamaka, mein Kind, vergib mir. Ich hab dir heute was Besonderes mitgebracht. Lass mich schnell Peter und seine Leute versorgen, dann hab ich Zeit ganz für dich allein.«

Das Schmollen auf Nwamakas Mund wich einem Lächeln. Drei älter aussehende Frauen, hinter ihr sitzend, beugten sich vor und beobachteten Madam Food.

»Was ist heute drin in deiner Suppe?«, fragte der Präfekt.

»Getrockneter Fisch und Schweinefleisch. Sehr lecker.«

»Gib uns …«, er blickte in die Zelle, »… sechsmal Essen.«

»Nein, für mich...« begann Ike.

Zuba stieß ihn an. »Mein Freund und ich hatten erst vor kurzem lunch, wir teilen uns eine Portion.« Er war überrascht, dass der Präfekt sie in seine Versorgungsliste aufgenommen hatte und wollte diese Geste auf keinen Fall unhöflich zurückweisen. Er und Ike hatten dafür gesorgt, dass sie für den Rest des Tages kein Essen mehr bräuchten. Nach dem Verhör hatten sie in einem shop auf der Polizeistation Coca Cola und Brot gekauft und dann, aus demselben Laden, Antibiotika geschluckt, um jede Art von Darmtätigkeit zu stoppen – das hatte Zuba schon immer bei Magenproblemen geholfen.

»Okay. Also bring fünf Portionen«, sagte der Präfekt.

Madam Food schob die Tabletts mit Essen und eine Schüssel Wasser zum Händewaschen unter den Gitterstäben hindurch.

»Es wäre schön, wenn du morgen früher kämst«, sagte der Präfekt und gab ihr Geld. »Ich habe dir ein Extra dazugetan. Und bitte, Mother Food, gib deinem Jungen Papierrolle, Kerzen und Streichhölzer mit, wenn er das Geschirr wieder abholt.«

»Habe verstanden«, sagte die Frau. Sie knüllte die Scheine zusammen und steckte sie in ihren Büstenhalter.

Schlürfen und Schmatzen erfüllten die Zelle. Zuba schluckte den Speichel herunter, den der Geruch in seinem Mund zusammenfließen ließ, und prüfte das Essen: ein dampfender Haufen von gelbem *garri* und eine glibbrige Suppe mit zwei Maggiwürfel-großen Fleischstückchen. Er wollte die Frau nach einer Gabel fragen, aber nach einem Blick in die Runde hielt er das für unklug. Er machte sich ans Werk. »Ike, lass nicht alles für mich, eh«, sagte er.

Sie aßen langsam, pusteten auf suppengetränkte Klumpen von *garri*.

Mama-puts, wie solche Garküchen wie die von Madam Food genannt wurden, hatten den Ruf, für bestimmte traditionelle Kochkünste zu stehen, die den teuren Restaurants abgingen, und dieses Essen hätte unter anderen Umständen wahrscheinlich sehr gut geschmeckt. Aber Zuba entdeckte gerade den Zusammenhang von Geschmack und Geruch. Das Aroma des Essens wurde von dem Gestank in der Zelle vollkommen überdeckt, das *garri* schmeckte ekelhaft und die breiige Suppe erinnerte ihn an irgendeinen Schleim.

Mike schob seinen saubergeleckten Teller zur Tür. Sein Körper war schweißüberströmt. An die Wand gelehnt, leckte er seine Finger ab. Die anderen Insassen folgten seinem Beispiel. Zuba und Ike machten sich schnellstens an den Rest ihres Essens. »Danke«, sagten sie zum Präfekten. Mike nahm ihre Teller und schob sie unter die Tür.

Zubas Hintern schlug hart auf den Boden. Er verlagerte das Gewicht und versuchte, seine Beine anders zu legen. Eine Hand umspannte seinen Oberschenkel. »Vorsicht! Paß auf meinen Fuß auf! Nicht an die Wunde kommen«, sagte Drogist.

Zuba starrte den Fuß an. Der Knöchel des Drogisten war auf das Doppelte angeschwollen. Die Wunde, groß wie eine Fünfzig-Kobo-Münze, eiterte. Ein Ring von schwarzem und glasig-gelbem Schorf aus getrocknetem Blut und Plasma umschloss ihre Öffnung. Zuba verzog sein Gesicht. »Was ist passiert?«

»Sie haben auf mich geschossen. Beim Verhör. Sie sagten, ich hätte fliehen wollen. Die Kugel ist noch drin. Sie haben mich in meiner Drogerie verhaftet, weil ich angeblich bewaffnete Räuber behandelt hätte. Ich weiß, dass meine lieben Kollegen dahinterstecken. Sie waren neidisch, dass mein Laden – gerade mal zwei Jahre, nachdem ich meine Lehre abgeschlossen hatte – so erfolgreich lief.«

Zuba sah sich den geschwollenen Knöchel genauer an. Es war keine Austrittswunde zu sehen. Hätte man während des Verhörs auf den Drogisten geschossen, wäre der Schuss wahrscheinlich aus kürzester Entfernung gefallen, und hätte das nicht zu einer Austrittswunde führen müssen? Oder hing das vielleicht von der Schusswaffe ab?

Der Junge holte das Geschirr ab und brachte Streichhölzer, Kerzen und die Papierrolle.

Der Präfekt riss ein großes Stück von der Rolle ab und drehte es zu einer langen, weißen Kordel. Dann legte er sie zur Seite, riss noch ein Stück Papier ab und wiederholte das Ganze. Er summte vor sich hin und arbeitete so bedächtig und langsam, als wollte er am liebsten nie mehr damit aufhören.

Zuba und die anderen Zellengenossen verfolgten jede Bewegung seiner Hände.

Der Präfekt erhob sich. Sieben Papierkordeln, Streichhölzer und eine Kerze hielt er in seiner Hand. Er machte einen Schritt nach vorn und legte alle Gegenstände vor die gegenüberliegende Wand. Er zündete die Kerze an, wartete, bis sich Wachs gesammelt hatte, goss das geschmolzene Wachs auf das Ende einer der Papierkordeln und klebte die Kordel an die Wand. Er wiederholte die Prozedur, bis alle sieben Kordeln, hell-weiß, vor der dreckig-gelben Wand baumelten. Sie ließen das Porträt, wenige Zentimeter darüber, wie ein Totem in einem Schrein erscheinen.

»Es ist wegen der Gerüche. Warte bis morgen früh, und du wirst sehen«, flüsterte Drogist, als er Zubas fragenden Blick bemerkte.

Der Präfekt kehrte zu seinem Platz zurück, setzte sich und betrachtete sein Werk. Dann gab er dem Lied, das er vorher nur gesummt hatte, seinen Text und sang mit tiefer, heiserer Stimme:

Jesus, my rock of ages
The pillar of my life
I run to thee, I shelter in thee
There's nothing the world can do...

Das Geräusch eines draußen haltenden Autos drang in die Zelle. Türen wurden zugeschlagen. Zuba richtete sich auf. Sein Herz schlug schneller. Gedämpfte Stimmen. Er spitzte die Ohren. Schritte vorne im Büro.

»Guten Abend, Sergeant. Ich bin Rechtsanwalt Chigbo...«

Zuba atmete auf. Er spürte Wärme in seiner Brust aufsteigen.

»Ich bin hier, um meine Mandanten zu sehen. Zwei Männer: Zuba Maduekwe und Ike Okoye, gerade bei Ihnen eingeliefert.«

»Eure Leute sind da«, sagte der Präfekt und drehte sich zu Zuba und Ike.

Zuba nickte. Er biss sich auf die Lippen. Neben ihm starrte Ike auf die Tür, ein frisches Glänzen in den Augen.

»Nur mit Erlaubnis des Ermittlungsbeamten dürfen Sie sie sehen«, sagte Idem.

»Gut. Jedenfalls sind sie hier. Wir fahren noch mal los und holen die Erlaubnis.«

»Können Sie ihnen bitte diese Lebensmittel geben?«

Zuba schloss die Augen – seine Schwester Nonye!

»Nein. Ich hab Ihnen schon gesagt: Nichts, aber auch gar nichts ohne Erlaubnis.«

»Wir sind gleich wieder da«, sagte der Anwalt.

»Es ist bald Dienstschluss. Heute geht dann gar nichts mehr.«

»Wir werden uns beeilen.«

Schritte entfernten sich.

Zuba sprang auf seine Füße. »Herr Anwalt!«

»Zuba, bist du okay?«

»Zuba!« Nonyes Stimme klang gedrückt.

»Nonye...«

»Noch ein Wort und ich schmeiss Tränengas in die Zelle da«, brüllte Idem.

Zuba biss auf seine Lippen.

»Halt bloß durch, Zuba. Wir holen Euch raus. Wir kommen wieder«, rief Rechtsanwalt Chigbo.

Autotüren knallten, ein Motor keuchte beim Anlassen. Das Auto entfernte sich.

Zuba lauschte dem Geräusch des wegfahrenden Autos solange, bis nicht mehr das leiseste Brummen zu hören war. Er setzte sich, zog die Knie an seine Brust und umklammerte sie mit seinen Armen. Er starrte an die Wand vor ihm. »Buga in cell« starrte auf ihn zurück, nachdenklich, und fragte sich mit ihm, wann seine Leute wohl wiederkämen. Zuba rieb an seinem Keloid. Er blickte hoch zu dem dunkel werdenden Stück Himmel, das durch das winzige Fenster zu sehen war.

»Sie werden morgen früh wiederkommen«, sagte Ike.

»Wahrscheinlich.« Zuba ließ seinen Kopf auf die Knie sinken. Als er wenige Minuten später den Kopf wieder hob, war Buga in der Dunkelheit verschwunden.

Die Sechzig-Watt-Birne, die von der Decke baumelte, leuchtete auf und warf öliges Licht in den Raum.

Mike gähnte. Er stand auf und ging zum Toiletteneimer. Er pinkelte laut gegen das Metall. Er kehrte an seinen Platz zurück. Andere folgten seinem Beispiel. Drogist quälte sich hoch, humpelte zum Eimer. Er stand auf einem Bein, als er pinkelte. Zuba war nach Ike der letzte, der vor dem Eimer stand. Er war auf einen stechenden Gestank gefaßt. Aber der Geruch, der ihm in die Nase stieg, war gar nicht so streng. Gab es einen Zusammenhang zwischen Licht und Geruch? Schlafen Gerüche nachts?

Er ging an seinen Platz zurück und legte sich auf den Rücken. Er hatte noch nie auf dem Rücken schlafen können. Sein Bruder Chuu und er hatten als Kinder immer wieder das Schlafen auf dem Rücken geübt, die Beine aneinander gepresst und die Hände seitlich am Körper ausgestreckt, genauso, wie sie es bei Yul Brunner in dem Film *König und ich* gesehen hatten. Sie hatten es »die königliche Schlafhaltung« genannt. Aber er konnte so nicht schlafen. Jetzt musste er es besser machen. Seinen Bauch und sein Gesicht auf den dreckigen Boden zu legen war etwas, das er auf jeden Fall vermeiden wollte.

Das funzlige Licht erlosch. Dunkelheit füllte die Zelle. In der einsetzenden Stille hörte Zuba das Plärren eines Radios aus der Wache. Und Stimmen. Er hörte einen Mann fluchen. Der Strahl einer Taschenlampe strich durch die Dunkelheit. Das Zischen eines Streichholzes, das gerade angezündet wurde.

Die Stimmen aus dem Büro nahmen ihre Unterhaltung wieder auf. Von dem winzigen Fenster oben an der Zellenwand wehte eine kühle, regenfeuchte Brise in die Zelle und mit ihr die Geräusche von raschelnden Blättern, zirpenden Grillen und das durchdringende Schreien von Fledermäusen.

Zuba schloss die Augen. Er fragte sich, wie es Nonye ging. Sie war viel zu ängstlich, als dass sie ganz allein im Haus schlafen würde, und ihr

Hausmädchen war zur Hochzeit einer ihrer Schwestern gefahren. Er hätte ihr das nicht antun dürfen. Er hätte auf sie hören sollen.

Tränen stiegen in seine Augen, als er an seinen Vater im Krankenhaus dachte. Wie anders, wie viel besser ihr Leben verlaufen wäre, wenn das Ego seines Vaters ihn nicht dazu verführt hätte, den Universitätsjob zu quittieren und eine Oberschule zu gründen. Die Galle kam ihm hoch, als er daran dachte, dass die Schuldirektorin, Mrs. Egbetuyi, und ihr Mann jetzt in einem bequemen Daunenbett lagen und schliefen. Vielleicht hätte er doch dem Rat des befreundeten Polizisten folgen und die Operation »Marihuana-Verkauf an Schüler« durchziehen sollen, nachdem er die andere, »Vergiftetes Schulessen«, verworfen hatte. Dann wären es Mr. und Mrs. Egbetuyi, die jetzt auf einem kalten Betonboden liegen müssten.

Zuba rieb an seinem Keloid. Links von ihm schnarchten zwei Zellengenossen im Duett. Er fragte sich, woran Ike jetzt wohl dachte. An die Egbetuyis? An seine schwangere Frau? Sein Kind?

Moskitos schwärmten aus wie die vierte Plage des Alten Testaments. Riesige Moskitos mit Nadeln als Rüssel. Ihr Sirren brachte Zuba zur Raserei. Warum konnten sie nicht einfach ihrem Geschäft nachgehen, ohne sich vorher anzukündigen?

»Wenn sie sich bemerkbar machen, dann fragen sie: ›Schlafen *siiiiiiiiiiiiiiie* noch?‹«, hatte seine Mutter immer gesagt. »Wenn ihr also nicht nach ihnen schlagt und damit beweist, dass ihr noch wach seid, stechen sie euch.«

»Aber Mama, ich hör nur ein langes Sirren und kein einziges Wort«, hatte er gesagt.

»Das liegt daran, dass sie *moskitolesisch* sprechen, kein Igbo und kein Englisch. Also schlagt nach ihnen, immer wieder, damit sie genau mitkriegen, dass ihr wach seid. Sonst geben sie euch die Malaria und ich gebe euch dann Injektionen mit den grossen Nadeln.«

Zuba schlug ununterbrochen.

»Diese Biester lassen einen nicht schlafen«, brummte Ike und verscheuchte ebenso einige Moskitos.

Zubas rechter Arm tat langsam weh und er verlagerte das Schlagen auf den linken. Stunden später lagen er und Ike aber ebenso regungslos da wie die anderen, viel zu müde, um auf die Rüssel zu reagieren, die sich wieder und wieder in ihre Körper bohrten.

Die Außenwelt

Keloid

Ein Tanklaster raste auf sie zu. Zuba konnte vor dem Aufprall gerade noch den Schriftzug NIGERIA GO SURVIVE auf der Stoßstange erkennen.

Beißende Benzindämpfe mischten sich mit dem Geruch von zerfetztem Metall und stachen ihm in die Nase. Er und Nonye saßen wie gelähmt auf dem Rücksitz und wimmerten. Ein Fremder versuchte, die Tür aufzureissen. Kurz bevor das Wrack in Flammen aufging, waren sie herausgezogen worden. Die Luft füllte sich mit dem Gestank von brennendem Fleisch.

»Meine Mummy und mein Bruder sind noch da drin!«, schrie er. Mit aller Kraft wollte er zu den Flammen zurück, kratzte und biß die Hände, die ihn festhielten, bis er wegen des Bluts, das von seinem Kopf tropfte, nichts mehr sehen konnte.

Man zerrte ihn zu einem Auto. Nonye war schon drin; am ganzen Körper zitternd lag sie in den Armen einer großen Frau. Eine Gruppe Neugieriger versperrte die Sicht auf die Unfallstelle, aber nicht auf die dunklen Rauchschwaden, die in den Himmel stiegen.

In seinem Kopf hallten noch immer die Schreie seiner Mutter: »*Gini*?«

Das sagte sie immer, wenn sie sich vor etwas erschrak. *Gini*? Was? Eine furchtlose Frage an das Unbekannte, das plötzlich vor ihr stand. »Weißt du denn nicht, dass man sich nach außen immer stark geben muss, selbst wenn einem innerlich die Knie puddingweich werden?«, hatte sie einmal zu Zuba gesagt. »Nur so kann man Gefahren abwehren.« Aber gegen den heranrasenden Laster gab es keine Abwehr, und die letzte Silbe ihres Aufschreis, ihr *Gini*, klang schrill und falsch. Ganz anders als das gewaltige »*Mummee!*« seines kleinen Bruders Chuu, eine Beschwörung der magischen Kräfte seiner Mummy.

Die Wunde an der Stirn, die Folge seines Aufpralls gegen die Seitenscheibe, wollte und wollte nicht heilen. Sie wurde genäht, brach auf und wurde wieder genäht. Als sie schließlich doch verheilte, wurde die Narbe, statt langsam zu verschwinden, größer und größer und blieb ein juckendes Mal, das wie ein aufgesetzter Blutegel aussah.

»*Keloid*«, sagte der Arzt. »Solche Wucherungen nennt man *kee loid*«, wiederholte er und starrte ihn und seinen Vater dabei an, als wären sie Aussätzige. »Sie lassen sich nur schwer heilen. Selbst wenn man sie wegoperiert, wachsen sie oftmals wieder nach. Er muss lernen, damit zu leben.«

Als Zuba vom Krankenhaus nach Hause kam, zog er sich in die dunkelste Ecke seines Zimmers zurück. Er riss sich das Hemd vom Leib und setzte sich auf den Boden mit dem Rücken zur blauen Wand, wo sich schon ein dunkler Fleck in Größe und Form seines nackten Rückens abbildete.

Nonye kam in sein Zimmer und setzte sie sich zu ihm. Er legte seinen Arm um ihre gepolsterte, schwere Nackenstütze. Sie weinten. Es war ein lautloses Weinen wie das Bluten einer Wunde.

Als ihr Hausmädchen ins Zimmer trat und sie sah, schloss sie beide in ihre Arme und brachte sie zu Bett. Mit Wiegenliedern sang sie sie in den Schlaf; ihre sanfte Stimme übertönte das Brummeln und Schimpfen, das vom Korridor zu ihnen drang, wo ihr Vater seine abendliche Runde, auf und ab, durch das Haus begann.

Es war ein Märztag, kurz vor der Regenzeit, Hitze und Trockenheit waren extrem hoch, Rasen und Sträucher braun und vertrocknet, als Zuba und Nonye von der Schule nach Hause kamen. Zuba hockte im Arbeitszimmer ihrer Mutter und suchte sich aus dem Haufen der vor ihm ausgebreiteten Medizinlehrbücher eines heraus. Er schlug das Buch an einer markierten Seite auf, blätterte die farbigen Abbildungen durch und flüsterte bestimmte Begriffe vor sich hin. Wenig später griff er nach einem Handspiegel neben sich, hielt ihn vors Gesicht und befühlte die Narbe auf seiner Stirn.

»Jetzt bin ich hässlich«, heulte er, als das Hausmädchen ins Arbeitszimmer kam. »Und der Doktor sagt, dass es nicht geheilt werden kann. Aber es muss … es muss.«

»Glaub dem Doktor kein Wort.« Sie gab ihm einen Kuss auf den Kopf und nahm den Spiegel aus seiner Hand. »Wenn wir die Stirn regelmäßig massieren, so wie jetzt«, ihr Zeigefinger kreiste über dem Keloid, »dann wird es irgendwann verschwinden.«

Zuba schnurrte, während ihr Finger sein Gesicht streichelte. Seine Augenlider wurden schwer und er lehnte seinen Kopf an ihre Brust.

»So, jetzt komm und iss etwas«, sagte sie schließlich.

»Ich habe keinen Hunger.«

»Komm, probier, mein Lieber. Du hast in letzter Zeit nicht richtig gegessen. Ich habe Nonye versprochen, ihr ein Märchen zu erzählen, solange sie isst. Du musst dazukommen, wenn du es auch hören willst.«

Zuba schüttelte den Kopf.

»Okay. Komm und iss etwas Huhn, den Reis kannst du stehen lassen.«

Zuba hob seinen Kopf von ihrer Brust.

In der Schulpause am nächsten Morgen verzog Zuba sich in den Schatten eines Mangobaums. Er saß auf einer der knorrigen Wurzeln, weit genug entfernt von den Weber-Ameisen, die auf dem tief gekerbten Stamm hin und her liefen. Die dicken Blätter der tiefer hängenden Äste reichten bis zu ihm hinunter und boten Schutz vor dem wilden Treiben seiner Mitschüler, die etwas weiter entfernt spielten. Er zog einen Spiegel aus der Tasche und hielt ihn vor sein Gesicht. Hatte es irgendetwas gebracht, dass er sein Keloid letzte Nacht lange massiert hatte?

»He, guck mal, wer da ist. Das ist ja Narbengesicht.« Ein korpulenter Junge watschelte in Richtung Zuba; seine hin und her schaukelnden Arme schienen bis zu den Knien zu reichen.

Zuba blickte zu ihm hoch, auf die tief herunterhängende Unterlippe, die den Anschein weckte, als wolle er sich über alles lustig machen, und zu den zwei grinsenden Jungs, die in ihrer schmuddeligen blau-weißen Uniform hinter ihm standen. Er ließ den Spiegel in seiner Hosentasche verschwinden.

»Du liebst also deine Narbe so sehr, dass du dich an ein gemütliches Plätzchen verdrückst, um sie anzuhimmeln, eh?«

»Es ist keine Narbe. Es ist ein *kee loid*.«

»Es ist eine Narbe!«

»Eine Narbe, eine Narbe, eine Narbe. Und du bist Narbengesicht, Narbengesicht, Narbengesicht«, sangen sie alle im Chor.

Zuba rannte ins Klassenzimmer und versuchte, ein Weinen zu unterdrücken. Für den Rest des Tages saß er grübelnd in der Klasse und beobachtete eine Eidechse, die sich vor der glühenden Hitze draussen in das Zimmer gerettet hatte. Als seine Lehrerin das Wort »oftmals« benutzte, richtete er sich auf und durchwühlte sein Gedächtnis.

»Ja, oftmals«, flüsterte er in sich hinein. »Der Doktor hatte gesagt: oftmals wachsen sie wieder nach.«

Er traute sich nicht, seine Hand zu heben; jeder würde ihn anstarren.

Er kritzelte seine Frage auf ein Stück Papier und gab es seinem Nachbarn. Dessen Hand schnellte in die Höhe.

»Ja?«, sagte die Lehrerin.

»Tante, was genau heißt oftmals?«

Zuba ging nach Hause und wartete ungeduldig darauf, dass sein Vater von der Arbeit kam. Aber als er ihn aus dem Auto steigen sah, verließ ihn der Mut. Er verschob das Gespräch auf einen anderen Tag. Drei Tage später schien ihm das Gesicht seines Vaters weniger unfreundlich zu sein.

»Hast du mir irgendetwas zu sagen?«, fragte der Vater.

»Ja, Daddy, ich will dieses *kee loid* weghaben. Es macht mich hässlich.«

Er schreckte zusammen, als sein Vater laut losprustete.

»Du meinst wohl, du solltest dir langsam Gedanken über Mädchen machen? In deinem Alter? Was bist du, zehn oder elf?« Er lachte noch heftiger. »Zuba, konzentrier dich aufs Lernen, auf die Arbeit und den Erfolg, dann bist du für jedes Mädchen ein hübscher Kerl. Die Schönheit eines Mannes steckt in seinem Portemonnaie, nicht in seinem Gesicht.«

»Aber ich will es trotzdem weghaben. Sie nennen mich...« Seine Stimme ging in lautlosem Schluchzen unter.

»Hast du vergessen, dass der Doktor gesagt hat, es würde wieder nachwachsen, selbst wenn man es entfernt?«

»Der Doktor sagte ›oftmals‹, was so viel heißt wie«, er machte eine Pause, um sich an die Definition zu erinnern, die er auswendig gelernt hatte, »öfters, wieder und wieder, aber nicht jedes Mal.«

»Du bist doch kein Mädchen. Du bist ein Mann, und Männer brauchen keine Schönheitsoperationen. Also, mein Sohn, lern ordentlich, dann kommt der Erfolg.«

Die Ergebnisse der Aufnahmeprüfung waren da, Zuba hatte bestanden. Er machte sich Mut. Die Oberschule wäre ein neuer Anfang.

»Es wird dir sehr gut tun«. Sein Vater hatte entschieden, ihn auf ein Jungen-Internat zu schicken. »Du brauchst eine neue Umgebung, um neue Leute zu treffen, Freundschaften zu schließen, ein Mann zu werden.«

Zuba rieb sich die Hände, als er seine neuen Schuhe, die brandneue Uniform und die vielen Schachteln mit den Leckereien ausgebreitet vor sich sah: Cornflakes, Milch, Schokolade, Kekse und Fruchtsäfte. Seine Augen strahlten, als er seine neue lederne Brieftasche in den Händen wog und er den frischen Geruch seines Taschengeldes einatmete.

Dass er jetzt von Zuhause wegging und sein eigener Herr war, ließ ihn vor Begeisterung jubeln. Dass Nonye schmollte, sie sei nun ganz allein mit dem Hausmädchen und müsste sich deren Anweisungen, besonders bei den Leckereien, fügen, steigerte noch seine Begeisterung.

»Dann werde schnell groß. Aber, wow! Noch sind es vier Jahre, vier ganze Jahre, bis du meine Position erreichst«, sagte er.

Zuba kam im *College zur Unbefleckten Empfängnis* in Enugu, im Südosten Nigerias, an einem Tag an, wo die Sonne ihren höchsten Punkt erreicht hatte. Als er dem Hauspräfekten vorgestellt wurde, juckte sein Keloid. Aber er hielt seine Hände aneinander gepresst. Dies hier sollte ein neuer Anfang werden; also wollte er dem Jucken keine Beachtung mehr schenken.

Und doch war die erste Frage, die der Präfekt nach einigen einführenden Sätzen stellte: »Was ist das für eine Narbe in deinem Gesicht?«

»Das ist keine Narbe, das ist ein *kee loid.*«

Etwas befremdet sah ihn der Präfekt an. »Gut, egal. Dies hier ist dein Bett, und da ist dein Spind.« Er klopfte auf den oberen Teil eines Doppelstockbetts, das letzte in einer Reihe von fünf, und wies auf einen weißen Holzschrank, der deutlich von der grünen Wand abstach. Dann verließ er die Schlafkammer.

Sekunden später stand er wieder da: »He ... du ... wie war noch mal der Name ... Narbengesicht!«

Die Schüler in der Schlafkammer quietschten vor Lachen. Zuba wusste aus Erfahrung, dass dieses Lachen ihm für lange Zeit diesen Spitznamen sichern würde. Er blickte zu dem Präfekten, der ihm von der Tür aus zuwinkte.

»Denk dran, morgen früh zu mir wegen deines Schulausweises zu kommen«, sagte der Präfekt.

Zuba nickte.

»Jetzt geb ich meinen Einstand.« Das Kichern hörte auf, und seine Nachbarn setzten sich in ihren Betten auf. Zuba griff nach den Getränken, den Keksen und kleinen Kuchen und verteilte großzügig. Später würde er seiner Schwester Nonye erzählen, das Getränk, das er sich an diesem Abend mixte, habe so viel Milchpulver und Kakao enthalten, dass er es wie einen Pudding auflöffeln musste.

Dann schlüpfte er in seinen Pyjama.

Zwei oder drei Minuten strich er mit der Hand über seine prall gefüllte Brieftasche und bemerkte die feinen Linien, die kreuz und quer über das glänzende Leder liefen. Dann legte er es weg, kletterte auf sein Bett und legte sich hin, fett und zufrieden wie eine Python, die gerade ein Kalb verschluckt hatte. Er wartete auf den Schlaf, starrte in die Neonlampe mitten an der Zimmerdecke und die braune Motte, die um sie herumtanzte, ohne den Gecko zu bemerken, der sich langsam heranschob.

Der Wind draußen heulte und kündigte den Septemberregen an. Die Jalousien klapperten; die Luft wurde kühler.

Zuba griff unter sein Kissen und holte ein großes Tuch hervor. Es war einer von den alten *ogodos* seiner Mutter: ein bis an die Knöchel reichender Umhang, der unter einer dazu passenden Bluse um die Taille gewickelt wurde. Er warf das Tuch über sich, und sofort konnte er ihren Duft riechen. Ein vorher nie gekanntes Gefühl stieg plötzlich aus der Magengrube nach oben. Er presste seinen Kopf ins Kissen.

»Nach Hause. Nach Hause. Ich will nach Hause. Daddy, Nonye...«, flüsterte er in sein von Tränen feuchtes Kissen: »Mummy, oh Mummy.«

Als er aufwachte, stieg ihm der Geruch frischer Luft und feuchter Erde in die Nase. Aber das machte ihn nicht munterer, an diesem Tag nicht und auch nicht an den anderen. Er schlurfte zur Dusche, dann zum Frühstück und zum Unterricht, wie ein Geist auf einem belebten Markt. Woche für Woche, Monat auf Monat schlurften seine Sandalen über das staubige Schulgelände.

»Also, wenn du Heimweh hast, ist das normal«, klärte ihn sein älterer Zimmernachbar eines Morgens auf, als sie ihre Betten machten. »Aber du musst versuchen, darüber wegzukommen. Und du darfst deinen Kummer nicht die ganze Zeit in deinem Gesicht zeigen.«

Zuba dankte ihm für den Rat. Er prüfte sein Gesicht im Spiegel. Die Augen waren verquollen, sein Keloid gewachsen. Es sah jetzt aus wie ein Blutegel, der sich bis zum Platzen vollgesogen hatte. Er schob seine Lider hoch, um die tiefliegenden Augäpfel besser betrachten zu können. Dann bewegte er die Lippen leicht auseinander, weit genug, um die weißen Zähne durchschimmern und das Gesicht heiterer wirken zu lassen. Er nickte, legte den Spiegel weg, straffte seine Schultern und ging mit energischen Schritten hinaus, den neuen look wie eingefroren in seinem

Gesicht. Aber die Beine fielen sogleich in den schlurfenden Gang zurück, seine Schultern sackten zusammen, selbst nachdem sein Kopfkissen den salzigen Geschmack seiner Tränen längst vergessen hatte.

Eines Nachmittags in seinem zweiten Schuljahr kam der Hauspräfekt in den Schlafsaal. »Narbengesicht! Aufstehen!« Er trat gegen das Einzelbett, auf dem Zuba sich ausgestreckt hatte. »Narbengesicht!«

Zuba blinzelte den Präfekten mit schläfrigen Augen an. »Mein … mein Name ist Zuba.«

»Okay. Zuba oder Zubart oder was immer dein Name ist, ich brauch dein Bett. Du ziehst in den unteren Teil eines Etagen-Betts.«

Zuba schauderte schon bei dem Gedanken. Im vergangenen Semester war er eines Morgens aufgewacht, durchnässt vom Urin, der aus dem Bett über ihm heruntertropfte.

Bestimmt wollte der Präfekt das Bett seinem Lieblingsschüler geben. Er blickte auf die anderen Schüler seines Jahrgangs, die sich auch auf ihren Einzelbetten ausgestreckt hatten, um ihre Siesta zu halten. Das hätte einen Aufstand gegeben, wenn es einen von denen getroffen hätte. Er atmete tief durch und versuchte, ebenso wütend zu werden. Aber stattdessen fuhr seine Hand hoch und rieb sein Keloid: »Senior, tut mir leid, ich kann nicht mehr in einem unteren Bett schlafen. Ich habe Atemprobleme.«

»Was für Probleme?«, fragte der Präfekt spöttisch.

»A-T-E-M. Atemprobleme. Wenn ich in einem unteren Bett schlafe und den Dunst aus der oberen Matratze einatme, bekomme ich Asthma.«

Der Präfekt starrte Zuba eine Weile an. Dann kratzte er sich am Kopf und ging.

Ein längst vergessenes Triumphgefühl überkam Zuba. Und dieses Gefühl verstärkte sich nach jeder erfolgreichen Auseinandersetzung mit dem Schulpräfekten und gipfelte im magischen Selbstbewusstsein eines Houdini*.

Den Fängen des Oberpräfekten aber konnte man nicht so leicht entkommen.

* Harry Houdini war Anfang des 20. Jahrhunderts ein weltberühmter Entfesselungskünstler.

»Oh, Entschuldigung, wo genau hast du den Abszess?«, fragte der Oberpräfekt in einem mitfühlenden Ton bei einer ihrer Begegnungen, als Zuba – um Schläge auf seinen Hintern zu umgehen – behauptete, eine eiternde Entzündung zu haben.

»Hier«, hatte Zuba geantwortet und dabei seine Hand vorsichtig auf eine Stelle auf dem rechten Hinterteil gelegt.

»Keine Angst, ich schlag nur auf die linke Seite.« Er ging vor Zubas Hintern in die Hocke, verabreichte seine Schläge, wobei er den Rohrstock senkrecht hielt. »Ganz ruhig bleiben«, hatte er gesagt, wie eine Krankenschwester, bevor sie einem eine Spritze gibt.

Eines Nachmittags, sie machten gerade Hausarbeiten, beugte sich der Hauspräfekt über einen Lageplan der Schulfarm und rief die Schüler nach draußen, einen nach dem anderen, und teilte jedem ein Stück Land zum Kultivieren zu. Die jüngeren Schüler standen in einer Gruppe zusammen, Entermesser mit gebogener Spitze in den Händen, die Schwänzen von Skorpionen ähnelten, und schnatterten von jüngsten Ferienerlebnissen. Die älteren Schüler stolzierten mit langen Stöcken herum, aufgeregt wie Vierjährige, die eine neue Wasserpistole ausprobieren.

»Narbengesicht, das ist dein Teil«, sagte der Präfekt und gluckste, als er ihm ein großes trapezförmiges Stück Land zuwies.

Zubas Keloid juckte. Sein Land war als einziges mit Hundszahngras überwuchert.

»Was stehst du noch rum? An die Arbeit!«, schrie der Präfekt.

Zuba rieb an seinem Keloid.

»Senior, Sie haben mein Furunkel vergessen.« Kurz vor den Ferien war auf seinem rechten Arm, dicht am Ellbogen, ein Furunkel gewachsen.

»Was für ein Furunkel?« Der Präfekt kam auf ihn zu, fasste seinen Arm und drehte ihn.

»Autsch«, sagte Zuba.

»Wieso autsch? Ich sehe kein Furunkel. Es ist längst verheilt.«

»Stimmt.« Zuba strich sich vorsichtig über den Ellbogen. »Aber der Arzt hat gesagt, dass durch den Furunkel das Gelenk angegriffen ist. Er sagte, ich dürfe den Arm auf keinen Fall belasten.»

»Was läuft verkehrt mit diesem Kerl?«, kreischte der Präfekt und drehte sich zu den anderen Schülern: »Er drückt sich vor allem und jedem, beteiligt sich an rein gar nichts. Gefällt sich als Außenseiter. Hat Asthma und darf nicht den Fußboden kehren. Hat eine Entzündung am Hintern, wo alle anderen ihre Schläge hinkriegen. Und jetzt hat er einen kranken Ellbogen und kann kein Unkraut haken.« Er drehte sich um und musterte Zuba scharf: »Weißt du, was du bist? Du bist eine Luftnummer.«

Die Schüler krümmten sich vor Lachen. »Luftnummer« wiederholten sie und zeigten mit der einen Hand auf Zuba, mit der anderen hielten sie sich den Bauch.

In seinem letzten Schuljahr – die Schultern seiner Mitschüler wurden langsam breiter, ihre Stimmen tiefer; sie wuchsen in die Höhe, und am Kinn sprossen Haare – begriff Zuba, dass der Name »Luftnummer« es in sich hatte. Er bezog sich nicht nur darauf, dass er bei vielem nicht dabei war, sondern auch auf seinen Körper. Selbst am Ende der Schulzeit, als er zur Universität wechselte, war er gerade mal etwas über einssechzig groß. Und im Gegensatz zu anderen kleinen Menschen, die mit ihrem Bauchumfang wettmachten, was ihnen an Höhe fehlte, blieb er spindeldürr.

Trotzdem: Jeder Spitzname, egal welcher, war besser als einer, der auf sein Keloid anspielte.

Genau die Richtige

Ein hoher Zaun umgab das Acht-Hektar Anwesen. Kletterpflanzen, angetrieben durch die Regenzeit, schossen nach oben, verflochten sich in und über dem Zaun. Fette Holzbienen summten, setzten sich auf die Blüten und boten mit ihrer gelb-schwarzen Farbe einen schönen Kontrast zu dem üppigen Rosa der Blumen.

Zubas Vater, Professor Chukwueloka Maduekwe, stolzierte zwischen den fünfzehn Gebäuden herum, aus denen seine Schule bestand – Büros, Klassenräume, Schlafsäle und Dienstwohnungen. Er bedauerte nicht mehr, seine akademische Karriere aufgegeben zu haben. Er lächelte und rieb sich die Hände. Kein Zweifel, in wenigen Jahren würde er das Darlehen zurückzahlen, das ihm die Renovierung und die Erweiterungen auf dem Anwesen seines verstorbenen Vaters, des Senators, ermöglicht hatte. Er blieb in der Mitte der Anlage stehen und atmete tief durch. Die Luft war beschwert von dem scharfen Geruch der Farben und dem warmen Duft von Teer, der frisch auf den Wegen lag. Das gab dem Ganzen den Charme eines frisch ausgepackten Geschenks. Er nickte. Eine orangefarbene Eidechse nickte von der Büromauer zurück.

Der Professor nahm seinen Spaziergang wieder auf, ab und zu umfasste er einen der Stämme der Neem-Bäume, die die Auffahrt flankierten. Er blieb stehen, als er die glänzend schwarzgestrichene Toreinfahrt erreichte. Ein großes Schild, von dem einem die Gesichter gut ernährter Kinder glücklich entgegenlachten, verkündete in dicken blauen Buchstaben: COROLLA SECONDARY SCHOOL FOR BOYS AND GIRLS: *Wo Ihr Kind sich wohlfühlt!*

Als Zuba von der Universität nach Hause kam, konnte er an dem tänzelnden Gang seines Vaters erkennen, dass es mit der Schule gut anlief. So ähnlich hatte er sich bewegt, wenn er bei einem Familienausflug neben ihrer Mutter herging, besonders dann, wenn andere Männer ihr nachguckten.

Nonye neckte ihren Vater wegen seines flotten Auftritts. *»Daddy, i buzikwa bobo«*, sagte sie, und nannte ihn einen coolen Typen.

Ihr Vater warf seinen Kopf in den Nacken und lachte so heftig, dass man seine Mandeln sehen konnte; so hatte er gelacht, wenn ihre Mutter in der Nähe war. Und Zuba erinnerte sich an das, was ihm sein kleiner Bruder Chuu erzählt hatte, nämlich dass er irgendwann einmal nachts von Daddys Lachen wach geworden und dann in deren Zimmer gegangen war, wo die beiden unter der Decke eine Art Ringkampf veranstalteten.

»Mummy ist stärker als Daddy«, hatte Chuu abschließend gemeint. »Sie war Sieger, sie war oben.«

Auch Zubas Gang besaß eine gewisse Leichtigkeit. Er hatte einen Aufsatz im Biochemie-Fachjournal seiner Universität veröffentlicht – ein seltenes Kunststück für ein junges Semester –, und der Institutsdirektor war auf ihn aufmerksam geworden; er riet ihm, in die Wissenschaft zu gehen, und bot sich als Mentor an. Zuba hatte einen großen Teil seines letzten Semesters bei dem Mann studiert, den er dann seinen Studienvater nannte. Er zeigte seinem Vater das Fachjournal bei einem ihrer seltenen Vater-Sohn-Ausflüge in einen Pub.

»Hmmm. *Biochemische Untersuchungen über Keloid und Wundformationen.* Großartig!« Der Professor schlug das Journal zu und legte es neben sein Bierglas. Er reichte seine Hand zu einem präsidialen Händedruck. »Glückwunsch. Das läuft gut in deinem Kurs, oder?«

»Ja, Dad. Aber es geht nicht nur um diesen einen Kurs. Es ist das, was ich in meinem Leben machen will.«

»Wissenschaftliche Aufsätze schreiben?«

»Forschen und schreiben. Ich möchte Forscher werden.«

Professor Maduekwe lachte. »Dann willst du also den Rest deines Lebens als Laborratte genießen, isoliert von Menschen, nur in Gesellschaft von Mikroskopen, Teströhrchen, Diapositiven und Pipetten?«

»Nein, Dad, ich will nicht nur forschen. Ich will auch unterrichten, so wie ... wie...« Zuba zögerte. Er rieb an seinem Keloid. »Ich will auch unterrichten«, sagte er und verkniff sich, den Namen seines Studienvaters zu nennen. Womöglich hätte sein Vater ihn als »farblosen Burschen« abgetan, ein Etikett, das der Professor vielen seiner früheren Professorenkollegen anhängte, von denen ihn einige inzwischen hinter seinem Rücken auslachten. (Der Professor hatte die Nachricht erhalten, dass sein früherer Rivale und jetzige Vizekanzler der Universität von Nigeria, Professor Umeadi, über ihn öffentlich gesagt hatte: »Der frühere Direktor der Pädagogischen Fakultät wollte so unbedingt Vizekanzler werden, dass er nach der Niederlage gegen mich zurücktrat und Vizekanzler einer Oberschule wurde.«)

»Unterrichten? Na ja, nicht schlecht. Aber du wirst enttäuscht sein. So wie ich. Die Universitäten sind nicht mehr das, was sie früher mal waren. Der Präsident traf den Nagel auf den Kopf, als er neulich sagte, die Dozenten von heute würden nichts anderes tun als Thesenpapiere verkaufen, in der Kantine Bier trinken, Studentinnen anmachen und streiken. Und die Dozenten bewiesen die Berechtigung seiner Äußerungen, indem sie genau dagegen zum Streik aufriefen.«

Ein Mann mit grüner Schürze schob sich hinter den Tisch und stellte ihnen zwei Holzschalen hin.

Der Fleischgeruch weckte Zubas Appetit. Er wusch sich die Hände und begann zu essen.

Der Professor beobachtete lächelnd, wie sein Sohn in ein saftiges Stück Zunge biss. Er nahm die Zunge, die von pikanter Palmölsauce nur so troff, aus seiner eigenen Schale heraus, legte sie in Zubas Schale und bekleckerte den weißen Plastiktisch.

Zuba mied den Blick seines Vaters. In einer entfernten Ecke des pubs saß ein Pärchen, über sich ein Transparent mit der Aufschrift: CENTRAL INN, OJOTO, ANAMBRA STATE. DIE BESTE ZIEGENKOPF-PFEFFERSUPPE DER STADT. Sie trällerten vor sich hin und kicherten über irgendwas, woran die Highlife-Musik im Hintergrund sie gerade erinnerte.

Er sah ihnen zu.

»Wie alt bist du jetzt, Sohn?«, begann der Professor von Neuem.

Zuba zuckte innerlich zusammen. Sein Vater verwendete den Ausdruck »Sohn« wie ein Farmer das Wasser auf sonnenverbrannter Erde verwendet: um sie vor dem Kultivieren und Säen aufzuweichen. »Einundzwanzig«, sagte er und mied wieder seinen Blick.

»Und du machst dieses Jahr noch deinen Abschluss?«

Zuba nickte.

»Weißt du, Sohn, neulich habe ich überlegt, wie schön es wäre, wenn du von nun an mehr mit der Schule zu tun hättest. Ich werde meinen alten Bekannten im National Service anrufen und dich in deinem Pflichtjahr hier an unserer Schule einsetzen lassen. Was sagst du dazu, Sohn?«

Zuba rieb sein Keloid. Er hatte schon von seinem Pflichtjahr geträumt und noch seinen Studienvater im Ohr, der über seine eigene Zeit geschwärmt hatte: »So etwas erlebt man nur einmal im Leben, Zuba, ein Jahr lang als Fremder an einem fremden Ort.« Er nickte: »Ja, Dad, lass mich jetzt in den Semesterferien arbeiten und hier aushelfen. Aber wenn ich zum National Service muss, dann will ich was von meiner Jugend haben und etwas erleben, an irgendeinem netten Ort, egal, wohin sie mich schicken.«

Des Professors Lippen verzogen sich zu einem schiefen Lächeln. »Ich weiss, Sohn. Du willst ein bisschen Zeit für dich allein, außer Reichweite deines neugierigen Vaters. Ich verstehe.« Aber irgendetwas in Zubas Gesichtsausdruck liess ihn nachhaken: »Oder sehe ich das falsch, Sohn?«

»Ich brauch bloss 'ne kleine Pause, um wieder zu mir zu kommen.«

Das Lächeln im Gesicht des Professors verschwand. Er hatte überhaupt nichts dagegen, wenn sein Sohn sein Pflichtjahr irgendwo anders absolvierte, schließlich wollte Zuba ja nichts anderes als alle jungen Männer: ein bisschen spielen und sich die Hörner abstoßen. Alles, was er über das Sexleben seines Sohnes wusste, reimte er sich aus den Sticheleien seiner Tochter Nonye zusammen, die dabei gerne das Hausmädchen nachäffte: «Zuba, kommst du mal kurz und kratzt mich an einer Stelle, wo ich mit meiner Hand nicht hinkomme?«

Der Professor nippte am Bier und schaute seinen Sohn aufmerksam an. »Und nach dem Pflichtjahr? Irgendwelche Pläne?«

Zuba wollte weit weg von zu Hause, er wollte mehr vom Leben sehen, er wollte seinen eigenen Weg gehen, ohne den seines Vaters zu kreuzen. »Genau, was ich dir schon gesagt habe, Dad, ich will in die Forschung und Lehre.«

»Das ist gut. Du interessierst dich für Pädagogik. Wie ich. Aber Sohn, du musst wissen, diese Schule, die ich gerade gegründet habe, die ist gerade mal die erste Stufe der Leiter. Wenn sie sich entwickelt und stabilisiert hat, können wir die nächste Stufe starten, die Hochschule. Und dann kannst du in deiner eigenen Hochschule Vorlesungen halten, in deiner eigenen Universität. Was hältst du davon?« Professor Maduekwes Augen leuchteten. Er gestikulierte wild und schlug Löcher in die Luft, während er auf ihn einredete. »Willkommen an Bord, Sohn.«

An dem Tag, als Zuba nach seiner Abschlussprüfung nach Hause kam, schien sein Vater nicht ganz bei sich zu sein. Professor Maduekwe lief auf und ab, schäumte vor Wut, schimpfte vor sich hin. Zuba, Nonye und das Hausmädchen bewegten sich nur auf Zehenspitzen. Ihre Kleidung schien sich der Farbe der Wände anzupassen, nur um darin zu verschwinden, sobald sie seine Schritte hörten. Unglücklicherweise kam genau zu diesem Zeitpunkt ein Schulfreund von Nonye zu Besuch.

»So, das reicht dir also nicht, dass du sie in der Schule siehst, eh?«, bellte er den Jungen an. »Du musst auch noch den ganzen Weg von der Schule bis zu meinem Haus hinter ihr her sein. Du willst nicht, dass sie sich in Ruhe auf ihre Aufnahmeprüfung vorbereitet.« Der Professor musterte Nonyes Freund von oben bis unten, von seinen schillernden, modisch gewellten Haaren bis zu den glänzenden Lackschuhen. »Ja, deine Sorte kenn ich. Du bist hinter einem Mädchen her, das du früh zur Mutter machen kannst. Aber nicht mit meiner Tochter.«

Die Sprachlosigkeit des Jungen hielt er fälschlicherweise für Sturheit und ging auf ihn los.

»Daddy, nein!«, schrie Nonye.

Der Junge nahm Reißaus.

Der Professor verjagte ihn aus der Anlage und ging dann ins Haus zurück. »Ja, ich wusste es, ich wusste es«, flüsterte er. »Das hat man von gemischten Schulen. Ich hätte sie zu einer Mädchenschule schicken sollen. Dann würden sie nicht wie junge Ziegenböcke bis zum Haus hinter ihr herschnüffeln.« Er betrat das Wohnzimmer.

Nonye saß auf dem Sofa, ihren Kopf mit den Händen bedeckt, ihr Körper geschüttelt von lautlosem Weinen. Zuba hatte seinen Arm um sie gelegt. Er wischte ihr die Tränen aus dem Gesicht und tröstete sie flüsternd.

Professor Maduekwe trat von einem Fuß auf den anderen. Er kämpfte mit seinem Gefühl, schnell zu ihnen zu gehen und sie zu umarmen. Aber solche Gesten waren ja unmännlich. Er schluckte den Kloß in seiner Kehle hinunter. Aber als Nonye ihr verheultes Gesicht hob und in seine Augen sah, war er schon bei ihnen und riss sie in die Arme. »Es ist nur zu eurem Besten. Ich will immer nur euer Bestes«, murmelte er in ihr Haar.

Professor Maduekwes Atem ging schwer. Die Sechzehn-Stunden-Tage, die Schulprobleme, die ausgefallenen Mahlzeiten und die irgendwo verlegten Blutdruck-Tabletten ... die ganze Last verursachte rasende Kopfschmerzen.

»Zuba ... bitte ... die Autoschlüssel«, flüsterte er. »Ins Krankenhaus.«

Zuba zögerte. Da war irgendwas Merkwürdiges in diesen Worten. Seit dem Tod ihrer Mutter hatte sein Vater nicht mehr »bitte« gesagt.

Sie verbrachten die Nacht im Krankenhaus, der Professor am Tropf in einem Krankenhausbett, Zuba und Nonye zusammengekauert auf einer Couch. Morgens war der Professor wieder ganz bei sich und bestand auf seiner Entlassung.

Er guckte Zuba nicht an, als er sich die Autoschlüssel nahm, um nach Hause zu fahren. Im Wagen blickte er stur vor sich hin, ohne ein Wort zu sagen. Schämte er sich wegen der liebevollen Umarmungen mit seinen Kindern, als ob das etwas Unanständiges wäre?

Nach einem schnellen Frühstück stürmte er in sein Büro und rief von unterwegs einige Mitarbeiter zusammen, um ein dringendes Schulproblem zu besprechen – obwohl es Sonntagmorgen war. Denn die Schule war wegen der Eskapaden ihres früheren Direktors, Mr. Iweobi, in eine schwere Krise geraten.

Der konnte beste Referenzen aus dem Bildungsministerium vorweisen; mit seinen sechsundfünfzig Jahren hatte er mehr als fünfundzwanzig Jahre im Schulwesen gearbeitet, davon zwölf als Direktor an verschiedenen Schulen.

Nach zwei Semestern hatte ihm Professor Maduekwe, schwer enttäuscht, direkt ins Gesicht gesagt, er sei ein »unverbesserlicher Staatsschulbeamter mit der typischen Mentalität des Öffentlichen Dienstes, faul und langsam, und damit überhaupt nicht geeignet für die Herausforderungen und die Dynamik der Privatwirtschaft.« Der Professor hatte beschlossen, ihn zum Ende des Semesters zu feuern. Mr. Iweobi hatte danach kein Wort mehr mit seinem Arbeitgeber gewechselt und war schnell von der Bildfläche verschwunden.

Zum nächsten Semester meldeten sich nur sechsundzwanzig der sechsundfünfzig Schüler zurück. Der frühere Direktor hatte den Eltern Lügen über die Schule erzählt und ihnen den Rat gegeben, sich nach anderen Schulen umzusehen. Das war es, was den Professor vor Kurzem so in Rage gebracht hatte.

Jetzt, nach der langen Mitarbeiterkonferenz wieder allein in seinem Büro, spürte er abermals die Kopfschmerzen. Er holte sich einen Blutdruckmesser aus seiner Schreibtischschublade. Die Schul-Krankenschwester war nicht da, also versuchte er, mit dem Gerät alleine zurechtzukommen. Seine Frau hatte immer seinen Blutdruck gemessen, und selbst jetzt noch, viele Jahre nach ihrem Tod, stellte er sich dabei ungeschickt an. Er liebte die Art, wie sie ihn zum Mitmachen animierte, selbst dann, wenn er hundemüde war. Manchmal spielte er den Widerspenstigen, nur um sie so richtig in Fahrt zu bringen. Dann spitzte sie ihren Schmollmund und verdrehte seine Arme nach den verschiedensten Techniken aus einem Selbstverteidigungshandbuch, um ihn in Bewegung zu halten. Und er machte dann mit gespieltem Missmut, innerlich aber zufrieden lächelnd seine Übungen, manchmal jedoch nur unter einer eigentlich unzumutbaren Bedingung: dass sie die Unterwäsche tragen sollte, die er ihr gerade geschenkt hatte, oder auch gar nichts. Er bewunderte dann ihren straffen Körper und ihre Figur, während sie die Manschette um seinen Arm wickelte.

Der Professor riss sich aus seinen Erinnerungen. Er richtete seinen Blick auf ein Foto an der Wand. Es zeigte ihn in jüngeren Jahren in einem vornehmen Anzug, als er vom Regierungspräsidenten zum Bildungs-Commissioner vereidigt worden war. Sein Leben bestand aus einer langen Kette schöner Träume, die, bevor sie reifen konnten, schon geplatzt waren. Aber diesmal würde er sich seinen Traum nicht so einfach kaputt machen lassen.

Unterstützt von treuen Mitarbeitern nahm er mit einigen der falsch informierten Eltern Kontakt auf, um sie über die wahren Zustände an der Schule aufzuklären. Elf der abgemeldeten Schüler kehrten zurück.

»Der nächste Direktor sollte eine Frau sein.« Der Professor sprach mit sich selbst. »Ja, eine Frau. Sie sind ehrlicher, zielstrebiger und machen weniger Probleme. Außerdem einfacher zu steuern.«

Eines Abends, Wochen später, kam er nach Hause und verkündete fröhlich, er habe ein Einstellungsgespräch mit der neuen Direktorin geführt. »Wirklich, sie ist genau die Richtige für die Schule.«

Die neue Direktorin, Mrs. Egbetuyi, erschien mit ihrem Gatten zum Antrittsbesuch beim Professor.

»Guten Abend. Sie müssen Zuba sein«, sagte sie nach einem prüfenden Blick und lächelte, als er sie ins Haus bat. »Ihr Vater hat viel von Ihnen erzählt.«

»Hoffentlich nichts Schlechtes«, lächelte Zuba zurück und drückte ihre ausgestreckte Hand.

»Oh doch, genau das tat er. Und das hat mir am besten gefallen.«

Ihr Gatte folgte. Mit seinen gefalteten Händen sah er aus wie ein Kind, das versprochen hatte, ganz besonders artig zu sein. Er war ein bisschen größer als Zubas Vater, aber irgendeine medizinische Besonderheit - abnormes Wachstum vielleicht - hatte seine Extremitäten verlängert und gab ihm das Aussehen eines Kolosses. Er gab Zuba die Hand. Seine Handfläche war voller harter Schwielen, so dass Zuba zusammenzuckte.

Sie saßen auf dem Sofa neben dem gluckernden Aquarium und beobachteten lächelnd die rückwärts schwimmenden Engelfische und rot, blau und orange gezeichnete Guppies mit spatenförmigen Mäulern.

Sie waren ein ungleiches Paar. Die Direktorin, klein und schmal, verbreitete eine Aura von Intelligenz. Sie schenkte ihrer äußeren Erscheinung kaum Beachtung; wahrscheinlich könnte sie ganz hübsch aussehen. Sie trug einen streng nach vorn gekämmten Bubikopf. Auf ihrer Nase eine Brille mit dicken Linsen, deren Bügel im rechten Winkel zu den Ohren führten.

Ihr Ehemann suchte ihren Blick bei jeder Gelegenheit, und ein leichtes Lächeln huschte dann über seine Lippen. Seine rechte Hand ruhte auf ihrem Knie. Der Blick war schläfrig. Er sah aus wie vierzig. Das Haar über dem kantigen Gesicht mit der riesigen Nase war glatt nach hinten gekämmt.

»Letztes Jahr erst habe ich die Armee verlassen, nach sechzehn Jahren anstrengendem Dienst«, sagte er und erheiterte sie mit Geschichten über seine friedensstiftenden, gefährlichen Einsätze. Seine Frau neben ihm nickte ohne Unterlass, ihre Augen leuchteten vor Stolz.

Zuba schob sich tiefer in seinen Stuhl; da flackerte etwas Bitterkeit in den Augen seines Vaters auf. Offensichtlich erinnerte Mr. Egbetyi seinen Vater an eine schreckliche Zeit vor vielen Jahren, als, kurz nach seiner Ernennung zum Bildungs-Commissioner, das Militär die Regierung abgesetzt hatte und ihn zusammen mit korrupten Politikern ins Gefängnis warf.

»Euer Vater ist ins Ausland gegangen«, hatte Zubas Mutter gesagt, aber später hörte Zuba den Namen seines Vaters in den Radionachrichten.

»Mr. Egbetuyi«, sagte Professor Maduekwe, »Sie sind ja noch jung. Warum haben Sie denn das Militär verlassen?«

»Das ist eine lange Geschichte, Herr Professor, das passierte in Liberia.« Er verzog sein Gesicht. »Während der ›Operation Gewitter‹ sollte ich eine Frau umbringen, die für die Rebellen spioniert hatte. Ja, sie war eine Prostituierte. Ihr Land war Kriegsschauplatz, und nur so schaffte sie es, ihre Kinder und ihren Mann über Wasser zu halten. Ich dachte ununterbrochen: dies ist irgendjemands Frau, so wie sie hier meine Frau ist. Der Himmel weiß, dass ich nicht mal den Gedanken, meiner Frau könnte etwas angetan werden, ertrage; wie könnte ich dann der Frau eines anderen Mannes etwas antun? Ich weigerte mich, Professor. Und musste bitter dafür bezahlen. Wurde gefeuert.«

Mrs. Egbetuyi legte ihre Hand auf das Knie ihres Ehemanns. Dessen Hand war immer noch auf dem ihren, so dass die Arme sich kreuzten und ein X formten. Zuba hatte gehört, dass Verliebte sich einen blutigen Eid schworen, indem sie ihre Arme in dieser Weise aufeinanderlegten und – nach einem kleinen Schnitt – ihr Blut miteinander vermischten.

Wie immer, wenn er mit solchen Gefühlsduseleien konfrontiert wurde, fühlte Professor Maduekwe sich unbehaglich. Er wechselte einen Blick mit Zuba – klang das alles nicht zu sehr nach Hollywood?

»Gut, Mr. Egbetuyi, ich habe da einige Kontakte und könnte Sie über den einen oder anderen Job informieren, der für Sie in Frage käme und... Ach, ich wollte mich ja noch nach Ihren Kindern erkundigen.«

Mrs. Egbetuyi erstarrte. Ihr Gatte begann ihr Knie zu streicheln. »Kinder? Wir werden Kinder haben, wenn wir dazu bereit sind, Professor«, sagte er auf Igbo.

Der Professor und Zuba sahen ihn mit großen Augen an.

»Sie sprechen Igbo?«, fragte der Professor.

»Ja, Professor. Und auch Hausa. Hab ich bei meinen verschiedenen Kommandos aufgeschnappt.«

Nach einigem Geplänkel erklärte Mr. Egbetuyi: »Bitte wegtreten zu dürfen.« Dann verabschiedeten sie sich.

Einige Wochen nach ihrem Besuch verstand Zuba etwas besser, warum sie auf die Frage nach Kindern so merkwürdig reagiert hatten.

Weil er so neugierig auf den Einberufungsbescheid des National Service wartete, war Zuba mit dem Schlüssel für das Schul-Postfach zum Postamt gefahren. Im Fach lag tatsächlich der Bescheid, und Zuba musste sich zwingen, ihn nicht sofort zu öffnen. Er hatte Nonye versprochen, dass sie das gemeinsam tun wollten. Er nahm noch zwei Briefe für Mrs. Egbetuyi mit und fuhr zur Schule zurück.

Das Direktorenhaus war eine Beton-Version einer traditionellen Igbo-Hütte. Sein Dach aus Asbest lief nach oben spitz zu und verbreiterte sich weit nach unten. Es hielt die Sonnenstrahlen von den Mauern ab und sorgte für angenehme Kühle selbst bei heißestem Wetter.

Als Zuba sich der Treppe zur Veranda näherte, hörte er eine Frau mit erregter Stimme:

»... wir bestehen nicht mehr darauf, dass du deine Ehe mit ihr auflöst. Alles was wir wollen ist, dass wir dir eine weitere Frau in unserem Dorf suchen und du sie heiratest. Sie wird bei mir wohnen und deine Kinder austragen. Du darfst dich nicht vor deinen Pflichten drücken...«

»Mama, ich will das nicht mehr hören. Du wirst morgen früh abreisen. Ich habe dich nicht in unseren neuen Stützpunkt eingeladen, damit du mir wieder mit diesen alten Geschichten kommst. Aber egal, meine Frau und ich werden für euch bald außer Reichweite sein, ihr seht uns nie wieder.«

»Sohn, wenn dein Vater mich nicht genommen hätte, um dich zu gebären, wärst du jetzt nicht hier. Auch du musst…«

Zuba klopfte an die Tür.

Mr. Egbetuyi stieß sie auf. Er blickte Zuba mit blutunterlaufenen Augen an.

»Entschuldigen Sie die Störung. Aber hier sind zwei Briefe für Ihre Frau.« Zuba hielt ihm die Briefe hin.

Der Mann nahm sie und ging wieder rein.

Zuba verließ die Veranda und lief nach Hause.

»Nonye! Nonye!« rief er.

Nonye kam aus ihrem Zimmer gerannt. »Was gibt es?«

»Meine Einberufung, meine Einberufung!«

Sie saßen nebeneinander auf dem Sofa, und Zuba riss den Umschlag auf.

Er war als Lehrer in Lokomo eingesetzt, einem Dorf im Südwesten des Landes. Das Dorf war vor einigen Monaten in die Nachrichten gekommen, weil die Einwohner gegen die katastrophale Versorgungslage demonstriert hatten. Es gab weder Strom noch fließend Wasser. Das Dorf lag an einem Fluss, der gleichzeitig als Trinkwasserquelle, Waschplatz, Badestelle und Latrine diente. Die Menschen hausten noch immer in Schlammhütten.

Professor Maduekwe genoss die Situation, als er von dem schrecklichen Posten seines Sohnes erfuhr. Er wartete ruhig ab und glaubte, sein Sohn würde bald jammernd vor ihm stehen; dann würde er seinen Freund beim National Service anrufen, um diese Anweisung zurücknehmen und Zuba an seine Schule beordern zu lassen. Aber Zuba jammerte nicht. Er begann seine Sachen zu packen, und der Blick seiner Augen bescherte dem Professor ein déjà vu; er hatte diesen Blick schon einmal gesehen, nämlich in einem Rasierspiegel an dem Morgen, als er sich entschieden hatte, den Job an der Universität nach der verlorenen Vizekanzlerwahl zu verlassen.

Der Hintereingang des Schulgeländes sah anders aus, als Zuba ihn in Erinnerung hatte. Die Büschel Elefantengras, die vorher ihrem Namen alle Ehre gemacht hatten und stolz, saftig und grün auf beiden Seiten des Abwasserkanals in die Höhe ragten, waren jetzt gebeugt, gebrochen und braun, völlig verbrannt in der trockenen, heißen Jahreszeit. Weiter unten, auf der rechten Seite des Kanals, lagen Klumpen öliger, roter Erde neben einem großen, ausgeschachteten Loch.

Zuba klopfte ans Tor. Das Echo dröhnte wie ein metallener Gong. Er wuchtete die vollgestopfte Reisetasche von seiner Schulter und ließ sie auf den Boden fallen. Eine Staubwolke wirbelte um seine Schuhe. Er öffnete zwei Knöpfe seiner abgetragenen Uniformjacke; ein weißes, schweißgetränktes Unterhemd kam zum Vorschein. Er klopfte noch mal.

»Wer da?«

»Ich bins, Zuba.«

Ein Gesicht erschien im Türspalt. »Heeey. Oga! Na du. Bitte, Sah.« Der Pförtner bückte sich nach Zubas Tasche. »Nein, nicht nötig. Danke.«

Im Haus traf er nur auf das Hausmädchen: »Dein Daddy hatte heute früh einen Zusammenbruch und wurde sofort ins Krankenhaus gebracht«, sagte sie. »Nonye und der Fahrer sind noch bei ihm.«

Nach einem Bad und einem leichten Essen nahm sich Zuba die Schlüssel von einem der Autos. Was konnte den Zusammenbruch diesmal verursacht haben? Er fuhr langsam durch die Schulanlage in Richtung Haupttor. Er winkte der Direktorin zu. Sie trug ihre Haare etwas länger. Sie saß in einem Korbstuhl auf der Veranda zu ihrer Wohnung und hatte ein Buch in ihrem Schoß. Ihr Ehemann saß auf dem nackten Boden und stierte vor sich hin.

Mit all den Schülern in blauweißer Sportkleidung machte die Anlage einen fröhlich-lauten Eindruck. Ein Jubelschrei ertönte auf dem Volleyballfeld, als eines der Teams punktete. Die Spieler tanzten und umarmten sich, bevor sie wieder ihre Spielposition einnahmen. Weiter vorn trainierte der Sportlehrer mit einer Gruppe Fußball. Sie neckten sich und lachten, wenn sie sich den Ball zuschoben. Ihre Hemden waren dunkel vor Schweiß, und sie hatten so viel Spaß dabei, dass Zuba gar nicht anders konnte, als auf seinen Vater stolz zu sein.

Die Schule lief gut. Was also hatte seinen Zusammenbruch ausgelöst?

Er erreichte das Krankenhaus, als Nonye und Ike gerade gehen wollten. Stella, die Buchhalterin der Schule, war bei ihnen.

»Du bist ja dünner als eine Bohnenstange«, rief Nonye, als sie ihn umarmte. »Haben sie dich verhungern lassen in deinem komischen Dorf? Und was ist mit dem Glanz in deinen Augen? Hast du im Lotto gewonnen?«

Zuba grinste.»Lass uns später darüber sprechen, dickes Mädchen«, sagte er und kniff sie in den Oberarm.

»Autsch. Deine Finger sind ja wie Kneifzangen.«

Sie ging mit ihm ins Krankenhaus zurück, der Geruch von Antiseptika stieg Zuba unangenehm in die Nase.

Sein Vater lag auf der Privatstation. Ein Tropf hing an seinem Arm. Er schlief, wirkte heiter und gelöst. Zuba lächelte. Schade, dass er sonst nicht so aussah. Er legte seine Hand auf den Arm seines Vaters. Es war lange her, dass er ihn gesehen hatte.

Er fühlte sich glücklich und konnte es kaum erwarten, ihm von seinem jüngsten Artikel zu erzählen über »Biochemie und Keloid-Formation. Aus der Sicht eines jungen Studenten«, veröffentlicht im *International Journal of Biochemistry*, knapp vier Monate nach Beginn seines Pflichtjahres. Der Artikel hatte für Aufsehen gesorgt und ihm ein britisches Universitätsstipendium eingebracht. Damit hätte er sich bestimmt einen präsidialen Händedruck verdient.

Der Doktor betrat den Raum. Ihr Vater wird diesmal wohl etwas länger Ruhe brauchen«, sagte er nach der ersten Begrüßung. »Und Sie sind jetzt mit dem Studium fertig? Und ... wie alt sind Sie eigentlich?«

»Im Oktober dreiundzwanzig.«

»Dann ist es ja gut, denn Sie werden sich in der nächsten Zeit wohl um die Geschäfte Ihres Vaters kümmern müssen. Aber Sie sind ja schon ein Mann.«

Sie sind ja schon ein Mann. Diese Worte klangen gut in Zubas Ohren.

»Natürlich, Doktor«, sagte er. »Das werde ich tun.«

Zuba verließ mit Nonye den Raum und ging zu Ike und Stella, der Buchhalterin, die auf sie warteten. »Was war diesmal der Grund?«, fragte er.

»Die Schule, was sonst?«, sagte Nonye. »Die neue Direktorin…«

»Es geht um Mrs. Egbetuyi, ja«, sagte Stella und schüttelte ihren Kopf. Die eingeflochtenen Bob-Marley-Locken hüpften um ihre Wangen. »Hinter unserem Rücken drehte sie ein krummes Ding, sie kassierte Geld für sogenannte Spezial-Stunden von den Eltern. Ich entdeckte das vor drei Tagen, als sie wegen einer Direktorenkonferenz nicht da war. Ein Vater fragte mich, ob er mir das Geld für sie geben könne. Man munkelt, sie und ihr Mann bräuchten es für eine Auswanderung nach Kanada.«

Der Professor hatte zwei ganze Tage geschäumt und getobt. Am dritten Tag, nachdem sie endlich von der Konferenz zurückgekommen war, war er zusammengebrochen. Mrs. Egbetuyi war gerade noch rechtzeitig gekommen, um zu sehen, wie ihr Chef bewusstlos aus seinem Büro abtransportiert wurde.

Nonye setzte sich zu Zuba ins Auto. Voller Stolz erzählte er von seiner Arbeit.

»Wow. Dann gehst du wieder auf Reisen. Und diesmal sogar nach Übersee.«

»Ja. Im September. Kann's gar nicht erwarten.«

»Glückwunsch. Ich werde mich in deinem Gepäck verstecken. Ich will nicht noch mal allein hierbleiben.«

»Keine Angst«, er lächelte ihr zu, »von dort melde ich mich öfters. In Lokomo war das nächste Postamt eine Stunde und zweihundert Naira entfernt.«

Nonye blickte in den Himmel. »Ich rieche Regen. Vielleicht gibt es heut Nacht den ersten Regen.«

Am nächsten Morgen ging Zuba in das Büro seines Vaters und sah auf dem Mahagonyschreibtisch eine Akte mit der Aufschrift: »Schulbeirat« liegen. Offenbar hatte sein Vater geplant, einen Beirat zu gründen – ein Plan, den er aufschieben wollte bis zu dem Zeitpunkt, wo die Schule den Durchbruch geschafft hätte. Neben dieser Akte lag eine andere; auf der stand: Egbetuyi, Adebisi Omolola (Mrs.). Er bewegte den Drehstuhl seines Vaters, um an die Akten heranzukommen. In der Gegensprechanlage knisterte es, und die Sekretärin kündigte den Bauleiter der Schule an.

Der Bauleiter war verantwortlich für die kleineren Bauvorhaben. Er informierte Zuba, dass er noch mehr Zement brauche für die Regenwasserabflüsse, die er gerade vor dem Schulzaun anlegte, parallel zu der durch

Unterspülung ruinierten Straße, die zum Fluss hinabführte. Der Abfluss war notwendig, um den Zaun bei starkem Regenwasser vor dem Einsturz zu bewahren. Zuba gab sein okay und begleitete ihn zur Baustelle.

Sie waren mit der Besichtigung noch nicht fertig, als die Sekretärin aufgeregt angerannt kam:

»Zuba, Zuba, bitte, Sie müssen kommen, schnell. Im Büro gibt's Ärger.«

»Kommt der Lärm etwa von da?« Er spurtete los.

Er hatte Rufe gehört, Gebrüll, Schmerzensschreie, aber angenommen, die kämen aus dem Dorf. Vielleicht irgendein Streit um Land oder irgendein Dieb, dem man seine Strafe sofort verpasste...

Noch bevor er das Lehrerzimmer betrat, sah er die umgeworfenen Tische und Stühle; Bücher und Papiere lagen verstreut auf dem Boden. Teile des bräunlichen Teppichs waren zerfetzt, der blanke Betonboden kam zum Vorschein und kreuz und quer verlaufende Kabel. Die Gardinen lagen abgerissen neben den Fenstern.

Die Direktorin stürmte an Zuba vorbei, als er gerade hineinging. Ihr Ehemann folgte.

»Mrs. Egbetuyi, Mrs. Egbetuyi«, rief Zuba hinter ihr her. »Was ist los?«

Sie drehte sich um und blickte ihn mit zorngeröteten Augen an: »Bitte entschuldigen Sie mich«, sagte sie und eilte ihrem Ehemann hinterher.

Da waren vier Leute im Lehrerzimmer: Nwandu, der stellvertretende Direktor, Effiong, der Büroangestellte, Mrs. Iwenofu, die Mathelehrerin, und Stella, die Buchhalterin.

Nwandu und Effiong kamen aus ihrer kauernden Haltung hoch, Schock und Empörung in ihrem Gesicht. Keiner von ihnen sagte ein Wort – nicht einmal Effiong, der für seine Schwatzhaftigkeit bekannt war. Stellas Weinen übertönte das intensive Brummen des Kühlschranks.

Zuba kniete sich neben Stella. Ihre Wangen waren gerötet. Ihr Kopf, gestern noch von dem prächtigen Bob-Marley-Geflecht gekrönt, zeigte jetzt die durchscheinenden, dünnen Haare einer Großmutter. Um sie herum lagen einige der eingewebten schwarzen Locken. Sie hielt die zerrissene Bluse vor ihrem Büstenhalter zusammen.

Zuba legte eine Hand auf ihre Schulter. »Was ist passiert?«

»Die Direktorin und ihr Mann haben mich zusammengeschlagen«, schluchzte sie. »Ich ... ich hab ihnen nichts getan. Fragen Sie.« Sie drehte sich zu Mrs. Iwenofu und den anderen.

»Was ist passiert?« wiederholte Zuba, stand auf und sah Mrs. Iwenofu ins Gesicht. Sie atmete tief durch.

»Stella kam zu mir ins Lehrerzimmer, wir sassen da und redeten, als die Direktorin hereinstürzte und direkt auf sie zusteuerte. ›Welches Recht haben Sie, meinen Besuch ins Verhör zu nehmen, eh?‹, brüllte sie. ›Haben Sie keinen Respekt vor Ihrer Chefin? Welches Recht haben Sie, mich vor der Besucherin schlechtzumachen und als Querulantin hinzustellen?‹ Kurz zuvor war eine Frau ins Lehrerzimmer gekommen und hatte nach der Direktorin gefragt. Stella hatte gefragt, ob der Besuch dienstlich oder privat sei. Als die Dame sagte, privat, brachte Stella sie nicht zum Direktorenhaus, sie wollte keinen Ärger kriegen – seit der Sache mit dem ›Sonderunterricht‹ sind sie nicht gut aufeinander zu sprechen.

Gut, die Direktorin ohrfeigte Stella, als sie den Vorwurf zurückwies. ›Lügnerin, Lügnerin‹, schrie sie. ›Los, entschuldigen Sie sich. Ich bin schließlich Ihr Boss.‹ Stella stand auf und setzte sich auf einen Stuhl. Die Direktorin hinter ihr her. Wieder eine Ohrfeige! ›Machen Sie den Mund auf und sagen Sie, es tut mir leid.‹

Dann gab Stella ihr einen Schubs. Die Frau flog gegen den Tisch, schrie, fiel auf den Boden und riss dabei die Gardinen runter. Stella lief raus. Haaaa! Wissen Sie, was jetzt kommt? Keiner ahnte, dass diese Frau ihren Mann dabei hatte und der draussen ganz ruhig wartete und uns durchs Fenster zusah. Stella rannte direkt in seine Arme. Er packte sie und zog sie an den Haaren zurück ins Lehrerzimmer. Hmmmnh! Der Mann war außer sich vor Wut. ›Sie wagen es, meine Frau anzufassen?‹ Sie glauben es nicht, was das für Ohrfeigen waren, die er Stella gab. Stella lief vor ihm weg, schrie und versuchte, aus dem Lehrerzimmer zu entkommen. Aber der Mann versperrte ihr den Weg.

Erst als Effiong dazukam und zusammen mit Nwandu den Mann in Schach hielt, ließ der Stella durch.«

»Hat irgendein Schüler das mitbekommen?«, fragte Zuba. In seinem Hirn ratterte es.

»Ich glaube nicht, sie waren alle in ihren Klassen. Aber wahrscheinlich haben sie das Schreien gehört.«

Zuba schüttelte den Kopf. Nein, das konnte nicht alles sein. Irgendetwas anderes musste dahinter stecken. Er tröstete Stella und half ihr auf einen Stuhl, dann verließ er das Lehrerzimmer.

Das Schulgelände sah merkwürdig verlassen aus. Zubas Schritte hallten auf dem geteerten Weg, der zu den Wohnungen der höheren Schulangestellten führte. Warum zwitscherten heute auf den Neem-Bäumen keine Vögel? Selbst die Eichhörnchen, die sonst von Ast zu Ast sprangen, waren nirgends zu sehen, und es gab keine kleinen Echsen, die auf dem Weg ihr Sonnenbad nahmen. Hatte der Lärm sie aus der Anlage vertrieben?

Er klopfte an der Tür der Direktorenwohnung. Nach einem prüfenden Blick durch das Fenster wurde die Tür geöffnet.

»Guten Tag, Madam«, sagte Zuba. »Ich hätte gern ein Wort mit Ihnen gesprochen.«

Mrs. Egbetuyi führte ihn ins Wohnzimmer und setzte sich neben ihren finster blickenden Mann.

Mr. Egebetuyi saß selbstgefällig auf der Couch. Etwas zu selbstgefällig für einen Mann, der die Position des Ernährers an seine Frau abgegeben hatte. Gestern hatte Nonye noch erzählt, wie der Mann die Versuche ihres Vaters abgewehrt hatte, ihm einen Job zu verschaffen – er hatte solche Versuche als »Einmischung in die inneren Familienangelegenheiten« bezeichnet und als »Versuch, die Ehre der Familie zu besudeln.« Sein rechter Arm, lässig über die Kopflehne der Couch gelegt, berührte die Schulter seiner völlig angespannten Frau und schien zu signalisieren: »Yeah, hier habe ich das Kommando.«

Ein Zischen – das Zischen eines überkochenden Topfes – und der penetrante Geruch süßlichen Basilikums kamen aus der Küche. Die Direktorin entschuldigte sich.

Zuba sah sich um. Die einzige Ergänzung zu der Standardmöblierung bestand aus einem alten Radio. Es stand auf einem Bord neben einem gerahmten Foto von Mrs. Egbetuyi und ihrem Ehemann am Tag ihrer Hochzeit. Auf einem Hocker neben seinem Stuhl lag ein Magazin, die Seite mit den Kleinanzeigen war aufgeschlagen. Eine der Anzeigen fiel Zuba ins Auge:

Glauben Sie, Sie sind ein Mann?
Bevor Sie diese Frage bejahen können, müssen Sie Ihre Partnerin mit vier oder fünfmal Sex hintereinander beeindruckt haben. Aber viele Arten von Störungen verhindern das; die Folge sind frühzeitige Ejakulation, zu schwache Erektion, wässriges Sperma etc. Besuchen Sie Dr. Aljahi Fa-

suba, in Indien ausgebildeter Homöopath, und finden Sie eine dauerhafte Lösung für sich. Hausbesuche überall und jederzeit möglich. Ein Test wird Sie überzeugen...

Ein Topfdeckel schepperte, und die Direktorin kam in das Zimmer zurück. Obwohl sie leicht hinkte, signalisierte ihre Art zu gehen immer noch ein ausgeprägtes Selbstbewusstsein, das allerdings schwand, sobald sie sich neben ihren Ehemann setzte.

»Em...«, begann Zuba. »Madam, was war im Lehrerzimmer los? Warum diese Aufregung?«

»Soll das ein Verhör werden? Welchen Rang haben Sie in der Befehlskette dieser Schule? Oder fragen Sie als Verbündeter?«, fragte Mr. Egbetuyi.

Die Lippen seiner Frau, die sich gerade zu einer Antwort geöffnet hatten, schlossen sich wieder.

»Sie sollten ihr die Antwort überlassen. Dies ist eine offizielle Schulangelegenheit, und sie weiß genauer, was vorgefallen ist«, antwortete Zuba, ohne auf den aggressiven Ton des Mannes einzugehen.

»Aber Sie dürfen sie nicht nach Schulangelegenheiten fragen. Sie ist Ihnen keinerlei Rechenschaft schuldig. Das ist sie nur gegenüber Ihrem Vater.«

»Ich glaube kaum, dass sie Ihren Standpunkt teilt. Sie weiß, dass ich unter bestimmten Umständen meinen Vater vertrete...« Zuba beendete den Satz nicht. Er suchte einen anderen Weg, um aus dieser Sackgasse herauszukommen.

»Egal, ich will nur wissen, was passiert ist, so wie sich das andere auch fragen.«

»Können Sie sich vorstellen, dass diese teuflische alte Prostituierte, die sie Stella nennen, meine Schwester ausfragt und mich in ihrer Gegenwart beleidigt?«, begann die Direktorin. »Das ist nicht das erste, nicht das zweite oder das dritte Mal, dass sie mit mir Streit sucht. Neulich hörte ich, wie sie sagte, ich sei eine Hexe. Und so sehr ich ihr auch aus dem Weg gehe, immer mischt sie sich in meine Angelegenheiten ein.«

»Aber meinen Sie nicht auch, dass Sie mit den Prügeln zu weit gegangen sind? Sie hätten das melden können, und man hätte nach entsprechenden Ermittlungen disziplinarische Maßnahmen ergriffen.«

»Ich habe das mehrfach Ihrem Vater gemeldet, aber vergeblich. Dieses Mal war ich dermaßen verärgert, dass ich sie ohrfeigte. Das ist alles. Aber sie stieß mich zu Boden, ich humple immer noch wegen meiner verstauchten Hüfte.«

»Sehen Sie, Zuba, es ist doch ganz normal, dass ein Boss seine Untergebenen auch mal schlägt«, meldete sich Mr. Egbetuyi wieder. »Ich habe gehört, dass auch Ihr Vater Angestellte geschlagen hat. Und gestern stand in den Zeitungen, dass der Präsident seinem persönlichen Referenten eine Ohrfeige verpasst hat. Glauben Sie mir, die Ohrfeige war längst fällig. Stella wird sich in Zukunft meiner Frau gegenüber korrekt und respektvoll verhalten, wie sich das einem Boss gegenüber gehört.«

Zuba öffnete seinen Mund, brachte aber keinen Ton heraus.

»Sie hat uns wirklich wütend gemacht. Und wir sind doch auch nur Menschen«, fügte die Direktorin hinzu.

Die Geschichte mit dem »Sonderlektionen-Honorar« (wozu sie mit Sicherheit von ihrem faulen Ehemann angestachelt worden war) war noch nicht aus der Welt, und schon hatten sie eine andere Affäre am Hals. Zuba schüttelte den Kopf; sein Vater würde das Ganze jetzt bestimmt so lächelnd beenden, wie ein Kind einem Weberknecht die Beine ausreißt.

Er rieb an seinem Keloid und sagte: »Gut, Madam, das Wichtigste ist, dass an der Schule Frieden herrscht; die Schule muss weiterlaufen, bis mein Vater wieder da ist.«

Die Egbetuyis tauschten Blicke. So etwas wie Überraschung flackerte in ihren Augen.

»Vielen Dank für Ihr Verständnis«, sagte Mrs. Egbetuyi.

Als Zuba das Haus verließ, dröhnte die Stimme des Mannes durchs offene Fenster:

»... Wenn der Junge die Wahrheit scheut, müssen wir ihn nicht drauf stoßen. Sein Vater ist endgültig weg vom Fenster. Genauso war es, als mein Vater weggebracht wurde, und er endete auf dem Friedhof.«

Zuba grinste. Sie ahnten nicht, dass solche Krankenhausaufenthalte für seinen Vater völlig normal waren.

Als er wieder Richtung Verwaltungsgebäude ging, fiel sein Blick auf den Mann der Mathe-Lehrerin. Nur mit einem Lendenschurz bekleidet, saß er auf der Veranda vor ihrer Wohnung und las Zeitung. Er war Dozent an der nahegelegenen Nnamdi-Azikiwe-Universität und behauptete, wöchentlich nur drei Stunden Vorlesung zu geben. Er winkte, Zuba winkte zurück.

Bestimmt hätte er nach seinem Masterabschluss in England eine Dozentenstelle sicher. Und dann würde er auch das bequeme Leben eines Universitätsdozenten führen und sich Zeit für seine Forschungen nehmen. Und natürlich würde er sich um die administrativen Dinge nur am Rande kümmern.

Zuba näherte sich den Büros und träumte dabei von seinem zukünftigen Leben als Drei-Stunden-pro-Woche-Dozent: rein in den Seminarraum, Vorlesungen geben, dann wieder raus, seine Skripte markieren und verteilen, das Gehalt einstreichen, Urlaub machen und aus Solidarität mit den Kollegen auch den Streik-Urlaub antreten. Diese Streiks waren der Grund, warum er für seinen Bachelor in Naturwissenschaften statt vier volle sechs Jahre gebraucht hatte. Seine Dozenten hatten im ersten Jahr vier Monate bei voller Bezahlung gestreikt, sieben Monate im zweiten und fünf im dritten.

Im Lehrerzimmer bat er das Kollegium, seine Arbeit ganz normal weiterzuführen. »Mein Vater wird schnell wiederkommen und die Angelegenheit klären«, versicherte er.

»Der Disziplinarausschuss sollte sich der Sache annehmen«, schlug Mr. Nwandu, der stellvertretende Direktor, vor. Er war auch Vorsitzender des Ausschusses.

Zuba musterte Nwandu. Seine Augen waren immer noch voller Empörung über den Vorfall. Zuba hatte Zweifel, ob der disziplinarische Weg etwas brachte. Das kurze Treffen mit der Direktorin und ihrem Mann ließ ihn daran zweifeln, dass sie dabei mitwirken würden. Trotzdem gab er seine Zustimmung.

»Hallo Zuba«, Nonye öffnete ihm die Tür.

»Danke. Das war ein Tag!«

Er zerrte an seinem Schlips und ging direkt in sein Zimmer. Er nickte zu dem Bild, das an der östlichen Wand seines Zimmers hing. Das Bild zeigte Gandhi, auf seinen Stock gelehnt, mit der Unterschrift: Mahatma Gandhi, Vater der Gewaltlosigkeit – Auge um Auge macht die Welt blind. Auf die linke untere Ecke des Bildes war ein Post-it geklebt, darauf stand: 1 Meter 64 groß.

Er zog seine Schuhe und den Anzug aus und legte alles an seinen Platz. Er nahm seine Uhr ab und legte sie auf Coetzees Buch *Life & Times of Michael K* neben seinem Bett. Er hatte es fast ausgelesen und fragte sich, ob er bei seinem nächsten Besuch im Buchladen noch einmal genau so viel Glück haben würde: Ein Buch aufzuschlagen und schon im ersten Satz eine Figur mit körperlichem Defekt zu finden.

Zwei linke Füße

Zuba griff zur Uhr: 6.27 morgens. Er war von Stimmen aufgeschreckt, die aus Richtung der Angestelltenwohnungen laut wurden. Er war noch nicht einmal angezogen, als es an der Tür klopfte. Thomas, Stellas Verlobter, stand draußen. »Guten Morgen, Zuba«, keuchte er, »Sie müssen schnell kommen. Die Egbetuyis greifen uns an.«

»Im Ernst?«, rief Zuba, zog sich schnell seine Slipper an und lief, sein Hemd zuknöpfend, hinter Thomas her.

In Leinenschuhen und einem verblassten, blauen Trainingsanzug tobte Mr. Egbetuyi vor Stellas Wohnung hin und her und schlug dabei immer wieder gegen die Tür.

»Wo bist du? Du kannst uns nicht einfach bedrohen und dann abhauen. Komm raus! Lass uns das von Mann zu Mann klären, ein für allemal.«

Nur wenige Schritte von ihm entfernt lehnte die Direktorin an der Wand. Ihr Blick fixierte die Wohnungstür, starr wie ihre zusammengepressten Lippen.

Angestellte und ihre Kinder standen mit offenem Mund und verschlafenen Augen vor ihren Wohnungen. Eine Gruppe von Schülern, von ihrer Morgengymnastik zurück, blieb neugierig stehen.

Mr. Egbetuyi erblickte Thomas: »Feigling, Feigling. Warum bist du weggerannt? Warum bist du weggerannt?«

»Mr. Egbetuyi, Mrs. Egbetuyi, was soll das hier bedeuten? Ich dachte, wir hätten gestern alles geklärt«, mischte sich Zuba ein.

Mrs. Egbetuyi rang die Hände. Ihr Ehemann unterbrach sein Hin- und Hertigern und fixierte Zuba; seine Nasenflügel bebten.

»Ja«, begann Mrs. Egbetuyi, »aber –«

»Kommen Sie, kommen Sie, erklären Sie es mir«, unterbrach Zuba. Er führte sie zu ihrer Wohnung.

Als sie die Veranda erreicht hatten, platzte es aus Zuba heraus. »Mrs. Egbetuyi, was ist jetzt wieder los? Wie können Sie so ein Verhalten an den Tag legen? Sie sind doch immerhin die Direktorin, Herrgottnochmal.«

»Tut mir leid, Zuba. Aber können Sie sich vorstellen, womit dieser Mistkerl, der zwanzigste Liebhaber dieser Hure, uns gestern Abend gedroht hat? Es war ungefähr sieben Uhr und mein Mann und ich wollten einkaufen gehen. Als wir gerade am Tor waren, sahen wir Stella und ihren Freund kommen. Ihr Freund blieb stehen, starrte meinen Mann an und sagte: ›Dir bleiben genau sieben Tage.‹ ›Sieben Tage für was?‹, fragte mein Mann. Thomas sagte: ›Ich werde dir zeigen, dass ich ein würdiger Sohn dieses Landes bin. Und deiner Frau auch. Und ich werde euch zeigen, was die Engländer meinen, wenn sie sagen: man soll sich nicht in die Höhle des Löwen wagen.‹ Dann stürmte er mit Stella davon. ›Warte, warte‹, rief mein Mann ihm hinterher. ›Wir können über alles reden.‹ Aber der scherte sich nicht darum.«

Mr. Egbetuyi, der währenddessen weiter aufgeregt hin und her lief, blieb stehen und sagte: »Verstehen Sie, Zuba, ich war sechzehn Jahre beim Militär und man hat uns beigebracht, Drohungen nicht auf die leichte Schulter zu nehmen. Ich hab versucht, die Drohungen dieses Mannes wegzustecken. Aber sie verfolgten mich die ganze Nacht. Dass ein Mann mir droht, das ist die eine Sache, und da kann ich auch in Ruhe abwarten, ob er es wagt, seine Drohung wahr zu machen. Aber dass ein Mann einer Frau droht! Ich war wach seit fünf Uhr morgens.«

»Und weil der Mann sich weigerte, friedlich über alles zu reden, also...« fügte die Direktorin hinzu.

Angesichts der bulligen Gestalt Egbetuyis und dessen kantigem Schädel konnte Zuba kaum glauben, dass Thomas, der spindeldürre und kurzsichtige Architekt, ihn so herausgefordert haben könnte. Eher schien es, dass Mr. Egbetuyi diese Gelegenheit als ein Geschenk des Himmels ergriffen hatte, um aus dem Verlobten der Erzfeindin seiner Frau Kleinholz zu machen.

»Gab es irgendwelche Zeugen?«, fragte Zuba.

»Nein«, antwortete die Direktorin. »Wir waren allein und es wurde schon dunkel.«

Zuba versuchte den Ärger, der in ihm hochstieg, zu dämpfen. Sein Vater würde die Affäre klären, sobald er zurückkäme. Noch einmal versuchte er, den Vorfall herunterzuspielen: »Wahrscheinlich wollte er vor seiner Verlobten das Gesicht wahren«, sagte er. »Und Sie, Mr. Egbetuyi, müssten das als Mann doch am ehesten verstehen. Trotzdem, die Abwesenheit des Eigentümers bedeutet nicht, dass wir hier tun und lassen können, was uns gefällt. Wir dürfen dies alles nicht im Chaos versinken lassen, nur weil er krank geworden ist. Ich werde jeden der Polizei übergeben, der noch einmal den Schulfrieden stört.«

Zuba verließ die Egbetuyis und steuerte Stellas Wohnung an.

»Niemals habe ich eine solche Drohung ausgesprochen«, insistierte Thomas. Er schüttelte den Kopf so heftig, dass Zuba um die Brille fürchtete. »Wir trafen uns zufällig an der Pforte und wechselten nicht ein einziges Wort. Vielleicht hat er Gewissensbisse. So wie man bei uns sagt: Wenn ein Huhn furzt, wird es von Schatten gejagt.«

»Abgesehen davon«, begann Stella, »glauben Sie wirklich, dass Mr. Egbetuyi dann mit seiner Aktion bis zum Morgen gewartet hätte? Der hätte doch sofort den Kampf gesucht.«

Das klang logisch. Zuba wiederholte trotzdem die gleiche Warnung wie bei den Egbetuyis, dass er keine Störung des Schulfriedens mehr dulden würde.

Fünfzehn Minuten später fuhr Ike Zuba zum Krankenhaus. »Wir müssen tanken.«

Zuba schaute auf die Benzinuhr. »Oh, nein. Steht man da nicht ewig in der Schlange?«

In der Stadt herrschte Benzinmangel. Selbst zu dem extrem hohen Preis von fünfunddreißig Naira pro Liter – fünfzehn Naira über dem offiziellen Preis – verkauften nur wenige Tankstellen. Autos, Busse und Motorräder standen schon weit vor den Zapfsäulen Schlange und blockierten dabei den Straßenverkehr. Einige Fahrer versuchten an verschiedenen Stellen, sich in die Schlange hineinzudrängen und provozierten so Schläge, Proteste und wüste Beschimpfungen. Straßenhändler gingen von Auto zu Auto und boten ihre Waren an – die Tankstellen waren zu Marktplätzen geworden.

»Lass uns nach Nnewi fahren«, sagte Zuba, »wenn die Uzoil genauso belagert ist, wie die hier, müssen wir irgendwo schwarz tanken.«

Ike kehrte um und gab Gas. Er spuckte aus dem Fenster, als er an einem Haufen abgehackter und verkohlter Körperteile vorbeifuhr, die direkt an einer Kreuzung aufgeschichtet waren – das Markenzeichen der Bakassi Boys, einer gefürchteten Bürgermiliz gegen Diebe und Räuber.

An der Uzoil-Tankstelle warteten nur fünf Autos vor der Tanksäule. Es waren gepflegte Autos, im Gegensatz zu den üblichen Secondhand-Wagen, Blechkisten oder den so genannten Management-Autos – Autos, bei denen der Fahrer einen Defekt nach dem anderen managen muss: kaputte Lenkungen, überhitzte Motoren, Fehlzündungen, quietschende Lager oder stotternde Vergaser – die Straßen sind voll von ihnen. Kein Pendler, kein Bus oder Taxi schien diese Oase inmitten der Benzindürre entdeckt zu haben.

Ike bog in die Tankstelle ab und reihte sich hinter einem grau schillernden Honda Accord in die Schlange ein. Zuba seufzte erleichtert.

»Wie teuer?«, fragte Ike aus dem Fenster heraus.

»Fünfzig Naira pro Liter, eh.«

»Fünfzig Naira!« rief Zuba. »Kein Wunder, dass hier nur Spießer-Autos stehen. Ike, was machen wir?«

»Wir kaufen. Es ist hier immer noch billiger und besser als auf dem Schwarzmarkt. Oder willst du, dass ich dich hier absetze und ich mit meiner Schlafmatte zu einer der überfüllten Tankstellen zurückfahre und ein bisschen Urlaub mache?«, kicherte Ike.

Zuba lachte. »Ike-Power, kein Urlaub, eh.«

Ike grinste und fuhr sich mit der Hand übers Gesicht. Er war groß und so schlank, dass seine Kraft und seine ungezähmte Art äußerlich nicht auffielen; er freute sich immer, wenn er erzählte, wie zart und schüchtern er gewesen war, als er in die Gegend von Onitsha-Ojoto kam. Die Schlepper, Straßenkinder, falschen Steuereintreiber und falschen Parkwächter hatten ihn so lange schikaniert, bis er lernte zurückzuschlagen – bis er begriff, dass Härte, lautes Schreien und die Faust das Entscheidende waren.

Zuba betrachtete Ike wie einen Bruder, weil er seinem Vater fast ehrfürchtig ergeben war. Zuba hatte mitbekommen, wie Ike sich bemüht hatte, manches Geheimnis seines Vaters zu hüten – Geheimnisse, von denen sein Vater nicht einmal ahnte, dass Zuba sie kannte – und manchmal seinen eigenen Ruf riskierte, um den seines Vaters zu retten.

Schon nach kurzer Zeit waren sie beim Krankenhaus. Zuba traf den Arzt im Flur vor dem Krankenzimmer seines Vaters.

»Wie geht's ihm, Doktor?«

»Zuba, ich fürchte, er hatte einen Schlaganfall.«

»Schlaganfall?«

»Ja. Er war im Stress. Er hat es übertrieben. Ich habe ihn mehrere Male davor gemahnt, die Dinge nicht auf die leichte Schulter zu nehmen und mehr auf seine Gesundheit zu achten. Aber Sie kennen Ihren Vater. Er hört nicht auf einen. Im Moment ist die rechte Körperhälfte gelähmt. Tut mir leid. Wir können nur hoffen, dass das nicht so bleibt.«

Zuba eilte in das Zimmer seines Vaters, Ike hinter ihm. Er wollte nicht glauben, was der Arzt gesagt hatte. Nein, sein Vater hatte sich einfach mehr verausgabt als sonst und brauchte jetzt nur ein bisschen Ruhe. Er platzte in das Zimmer und ging sofort zum Bett.

Seine Brust zog sich zusammen, als er auf seinen Vater hinunter sah. Seine rechte Gesichtshälfte schien deformiert und hing nach unten. Speichel lief in einem elastischen Faden von seinen Lippen. Zuba nahm ein Taschentuch und wischte ihm über Mund und Kinn.

»Guten Morgen, Dad.«

Sein Vater blickte ihn mit den matten Augen eines Greises an. Das unruhige Feuer, das seinen Blick so gewinnend machte, war erloschen.

»Daddy ... Daddy...« Er beugte sich tiefer hinunter. »Ich bin's, Zuba.«

Es war wie ein Schlag in die Magengrube, als sein Vater seine Augenlider senkte und ihn von seiner neuen Welt ausschloß.

»Doktor, haben Sie das bemerkt? Er erkennt mich nicht. Mein Vater erkennt mich nicht mehr.«

Er legte eine Hand auf dessen Schulter und rüttelte sie sanft. »Daddy, sag was. Irgendwas. Dass du weißt, dass ich hier bin. Dass du mich erkennst.«

Der Arzt führte Zuba zu einem Stuhl.

»Doktor, erzählen Sie mir nicht, dass mein Vater mich nicht mehr erkennen kann. Sie hatten doch gesagt, er sei nur gelähmt. Betrifft das auch seine geistige Verfassung?«

Der Arzt fuhr sich über die wenigen Haare. »Tut mir leid, Zuba, das kann ich jetzt noch nicht sagen. Wir brauchen noch einige Zeit und einige Untersuchungen, bis wir die Art und das Ausmaß des Hirnschadens erkennen können. Und wir haben hier nicht die Ausrüstung, um alle notwendigen Test durchführen zu können. Dazu muss ich ihn an ein anderes Krankenhaus in Enugu überweisen.«

Zuba schluckte seinen Tränen hinunter.

»Hab Vertrauen, mein Junge, es wird wieder gut«, sagte der Arzt.

Zuba warf einen Blick zu Ike. Mit feuchten Augen stand er gegen den Kleiderschrank gelehnt und guckte auf Zubas Vater.

»Hab Vertrauen, sage ich«, wiederholte der Doktor. »Es kann eine Weile dauern, aber er könnte sich vollständig erholen. Du kennst deinen Vater. Er war immer ein Kämpfer und wird nicht so schnell aufgeben. Hoffen wir, dass er in paar Monaten wieder auf die Beine kommt.«

»Monaten?«

»Sie müssen sich um seine Geschäfte kümmern. Sie wissen, wie sehr ihm die Schule am Herzen liegt. Und Sie müssen dafür sorgen, dass er etwas hat, wohin er zurückkommen kann.«

Zuba und Ike fuhren schweigend zum Schulgelände zurück.

Nonye weinte und klagte: »Daddy, oh Daddy. Lieber Gott, warum ist das Leben so grausam zu uns?«

»Aber Nonye, Dad lebt noch...«

Sie löste sich aus seiner Umarmung. »Das nennst du Leben? Das nennst du Leben, Zuba?« Ihre Augen flackerten wie im Wahn. »Gibt es für ihn eine schlimmere Strafe als diese? Oh Gott, willst du uns zu Waisen machen? Mummy, ich wünschte, du wärst hier, ich wünschte, du hättest uns nicht verlassen«, schluchzte sie.

Zuba zog sie wieder in seine Arme. »Nonye, nicht weinen«, sagte er und wischte sich dabei verstohlen die eigenen Tränen aus den Augen. »Glaub mir, es wird wieder, er wird bald wieder da sein. Du kennst Daddy. Er gibt nie auf. Er wird kämpfen. Für uns. Für die Schule. Glaub mir, Nonye. Er weiss, was er uns bedeutet. Wir müssen stark bleiben, Nonye, stark für ihn, damit er wieder gesund wird.«

Sie schliefen zusammengekauert auf dem Sofa neben dem Aquarium ein. Als sie wach wurden, war der Abend schon fast vorbei. Ike fuhr Nonye ins Krankenhaus, wo sie die Nacht bei ihrem Vater verbrachte.

Zuba fuhr zurück, um die Schule im Auge zu behalten. Nach einem Gang über das Anwesen legte er sich ins Bett. Er schlief schlecht; um vier

Uhr morgens starrte er in die Dunkelheit, wälzte sich hin und her. Er konnte die Stimmen der Dorfbewohner hören, die zum Fluss hinunter gingen, um Wasser zu holen. Die ersten Sonnenstrahlen streiften gerade den Himmel. Er setzte sich auf, knipste die Leselampe an und massierte sein Keloid. Er hatte keine Wahl. Nein, er hatte keine Wahl. Oder wie sein Vater immer sagte: Er musste dem Rhythmus folgen, den das Schicksal vorgab. Selbst mit zwei linken Füßen.

Neben seinem Bett lag die Zulassung zur englischen Universität und eine Informationsbroschüre, auf deren Hochglanzpapier seine Fingerabdrücke zu erkennen waren.

Es war April, im September sollte er anfangen. Er griff nach den Unterlagen und presste sie an sich. In der Benachrichtigung war ein Satz dick unterstrichen: »Eine Verschiebung des Stipendiums auf einen späteren Zeitraum ist nicht möglich.« Er öffnete die Schreibtischschublade, schob die Unterlagen hinein und schloss sie wieder. Dort waren sie gut aufgehoben. Genau wie seine Träume. Für Wochen, vielleicht für Monate. Aber bestimmt nicht länger.

Er fiel wieder in sein Bett.

Magengrummeln

Als Zuba aufwachte, waren Sorgen und Ängste verflogen und einer unerklärlichen Euphorie gewichen. Er hatte einen Traum gehabt. Es war Nonyes Immatrikulationsfeier, und sie tanzte mit ihrem Vater. Der Vater bewegte sich etwas unbeholfen, sein rechter Arm war steif. Aber er lachte und schien ebenso glücklich wie Nonye. Ja, er würde wieder gesund, und in kurzer Zeit wäre ihr Leben wieder so wie früher. Zuba schaute auf die Uhr: 9.22. Er sprang aus dem Bett und lief ins Bad. Dann zog er sich an und ging nach draußen.

Die Rasenflächen glitzerten smaragdgrün und seidig, eingerahmt von den dunkelgrünen Blättern und knallroten Blüten der Ixora-Hecken. Sprinkleranlagen fauchten und zischten und produzierten einen leichten Nebel. Agama-Echsen hingen an den Wänden, wo sie gerade aufgewacht waren, grau und mürrisch, in Erwartung der matten Sonne der Regensaison, die sie nach draußen zog.

Zwei Schüler kamen ihm auf dem Weg vor den Wohnheimen entgegen. »Guten Morgen, Onkel«, grüßten sie Zuba.

»Guten Morgen«, gab Zuba zurück. »Habt ihr keinen Unterricht?«

»Doch, aber ich musste den Schlüssel für mein Schließfach holen, den hatte ich im Wohnheim vergessen«, sagte der eine der beiden und kramte ein Schlüsselbund aus seinen Hosentaschen. Der andere zog einen Rechner aus seiner Brusttasche: »Und ich vergaß meinen Rechner.«

Zuba bemerkte die Haferflocken an ihren Lippen und den Geruch von Schokolade in ihrem Atem.

»Okay, ab in die Klassen«, sagte er.

Die Schüler rannten los.

Zuba ging die Treppe zum Verwaltungsgebäude hoch. Er hielt ein aufgeschlagenes Notizbuch in der Hand, darin stand in fetten schwarzen Buchstaben:

1. *Prüfen, ob in der Schule alles in Ordnung ist.*
2. *11 Uhr Treffen mit Dads Anwalt: informieren über Dads Schlaganfall. Prüfen, ob man die Direktorin feuern kann. Vizedirektor an ihrer Stelle.*
3. *1 Uhr Verabredung mit Dr. wegen Dads Überweisung ans Krankenhaus in Enugu.*

Er konnte die Direktorin durch ihr Bürofenster sehen. Sie hatte ein pfirsichfarbenes Kostüm an und war in eine Akte vertieft. Sie legte sie zur Seite, als Zuba eintrat.

»Guten Morgen, Madam. Wie steht's mit der Schule?«

»Guten Morgen, Zuba. Alles läuft seinen normalen Gang.«

Es war das erste Mal, dass er ihr Büro so ruhig und leer sah. Normalerweise herrschte hier hektisches Treiben – Lehrer, die Rat suchten oder die eine oder andere Angelegenheit mit ihr diskutierten. Er nickte ihr zu und ging in das Büro seines Vaters.

Ein Aktenvermerk des Vorsitzenden des Disziplinarauschusses lag oben auf den anderen Sachen im Posteingang. Er schob einen Stuhl an den Tisch, setzte sich und überflog den Vermerk. Stella hatte die Vorladung vor den Ausschuss angenommen, die Direktorin hatte sie abgelehnt. »Ein Hoher Priester kann nicht vor seinen eigenen Gerichtshof geladen werden«, hatte sie geantwortet.

Es klopfte leise. Stella stand keuchend in der Tür: »Zuba, ein Polizist ist hier und will Thomas mit auf die Wache nehmen.«

Kaum hatte sie das gesagt, als Thomas hinter ihr auftauchte, gefolgt von einem Mann in verwaschenen Jeans.

»Zuba, würden Sie bitte mit auf die Wache kommen?«, sagte Thomas und blickte durch die offene Bürotür nach hinten. Der Mann in Jeans hatte im Sekretariat Platz genommen.

Zuba passte das überhaupt nicht. Aber da war etwas in Thomas' Augen, was es ihm schwermachte, seine Bitte abzulehnen.

Zuba versuchte es mit einem kleinen Umweg. Er ging zu dem Polizisten: »Guten Morgen, Officer. Ich bin Mr. Maduekwe. Zuba Maduekwe, amtierender Leiter dieser Schule.«

Der Polizist erhob sich und musterte Zuba erstaunt von Kopf bis Fuß. Sie gaben sich die Hand.

»Ich bin Sergeant Akume, Sir, von der Kriminalpolizei in Ojoto.«

Sein Atem roch nach Tabak und mischte sich mit dem Geruch süßlichen Parfums.

»Thomas sagte, Sie hätten ihn auf die Wache gebeten. Ich hoffe, es gibt da kein Problem.«

»Überhaupt kein Problem, Sir«. Der Polizist zeigte ein entwaffnendes Lächeln. »Irgendjemand hat ihn wegen einer Morddrohung angezeigt. Wir wollen ihm bloß n' paar Fragen stellen, mehr nicht.«

Zuba ging in sein Büro zurück. »Sehen Sie«, sagte er mit gepresster Stimme, »man muss sich keine Sorgen machen. Die wollen nur ein paar Fragen stellen.«

»Zuba, man kann diesen Leuten nicht trauen. Bitte begleiten Sie mich.«

»Bitte, gehen Sie mit«, beschwor Stella ihn.

Zuba guckte kurz auf seine Uhr: »Gut, gehen wir.«

Er ging zum Büro der Direktorin, um ihr zu sagen, dass er kurz weg müsse. Aber ihr Büro war verschlossen und sie nirgendwo zu sehen. Er setzte sich auf den Rücksitz von Thomas' Passat; vor ihm, auf dem Beifahrersitz, saß der Kriminalbeamte.

Die Polizeistation lag abgelegen hinter der alten Straße nach Nnewi; eine der zwei Teerstraßen der Stadt, die in die hektische Industriestadt Nnewi führten, Heimatstadt von Emeka Ojukwu, Führer der Igbos während des Biafrakrieges. Läden, Wohnhäuser und Maniokplantagen sausten an ihnen vorbei. Männer mit nacktem Oberkörper waren über frisch gerodete Parzellen gebeugt und häuften mit ihren Hacken mächtige Hügel für den späteren Süßkartoffelanbau.

Ein Metallschild, bemalt mit den Landesfarben Blau, Gelb und Grün, verkündete: Nigerianische Polizei Ojoto. Die Station befand sich im Erdgeschoss eines nicht fertiggestellten zweistöckigen Gebäudes. Fenster ohne Lüftungsschlitze waren weit geöffnet.

Unfallautos, demoliert und zusammengefaltet in jeder denkbaren Form, standen verstreut auf dem von Unkraut überwuchertem Gelände.

Zuba war überrascht, hier Mr. und Mrs. Egbetuyi anzutreffen; sie saßen auf einer Bank in der Wache.

»Sie haben die Schule ohne irgendeine Nachricht verlassen«, sagte er.

Die Direktorin schaute völlig überrascht auf: »Bitte, tragen Sie es mir nicht nach, Zuba. Wie schon mein Mann sagte, können wir einen Angriff auf unser Leben nicht auf die leichte Schulter nehmen. Seit dieser Drohung fanden unsere Gedanken keine Ruhe mehr. Sie wissen ja, wir sind fremd hier in dieser Gegend. Und deshalb müssen wir besonders vorsichtig sein.«

Mr. Egbetuyis Nasenflügel bebten.

»Keine Sorge«, fuhr Mrs. Egbetuyi fort, »Sie hätten ihn gar nicht begleiten müssen.« Sie nickte verächtlich in die Richtung, in der Thomas stand. »Wir wollen nur, dass er sich zurückhält und der Vorfall polizeilich registriert wird; wenn uns irgendetwas passiert, weiß die Polizei, wo sie suchen muss.«

Thomas setzte sich hinter einen braunen Schultisch. Ein Poster über ihm verkündete: »KAUTION IST MÖGLICH«. Ein Polizist tauchte aus einem der hinteren Räume auf. Er legte Thomas zwei Formulare auf den Tisch. »Durchlesen«, sagte er, »und dann schreiben Sie Ihren Kommentar dazu.«

Thomas beugte sich über das Papier. Zwei Minuten später begann er zu schreiben; alle sahen zu und warteten. Nach einer Viertelstunde gab er dem Polizisten das Papier zurück.

Der brauchte seine Zeit, um das Dokument genau zu studieren.

»Also, Sie streiten alles ab, heh?«

Mr. Egbetuyi murmelte etwas auf Yoruba zu dem Polizisten. Der Polizist antwortete ebenfalls auf Yoruba und sah Mrs. Egbetuyi an. Sie nickte.

Zuba schüttelte frustriert den Kopf. Er hatte zwar sein Jahr für den National Service im Südwesten, wo sie Yoruba sprachen, absolviert, aber außer einigen Gruß- und Schimpfworten kaum etwas gelernt.

»Ich habs doch schon gesagt. Niemanden habe ich bedroht«, sagte Thomas.

»Okay, aber Sie müssen hier warten, solange wir das überprüfen.«

»Warten?« Thomas' Brauen zogen sich zusammen.

»In der Zelle. Bis die Untersuchung beendet ist.«

»Aber Sie wissen, wo ich wohne.«

»Und woher sollen wir wissen, dass Sie nicht weglaufen?«

»Das ist ja grotesk!«

»Hören Sie, Mister-wie-immer-Sie-heissen, das hier ist keine Abiturprüfung. Versuchen Sie bloß nicht, mir zu beweisen, wie klug Sie sind. Ich halte mich bloß an die Vorschriften.«

Zuba ging zum Schreibtisch.

»Officer, bitte hören Sie mich an. Wir sind eine Schule und wir alle leben in der Schule. Ich bin Chikezuba Maduekwe, amtierender Schulleiter. Wie jede andere Einrichtung haben wir unsere eigenen Methoden, solche Vorfälle wie diesen zu regeln. Also bitte, dies hier ist ganz offensichtlich ein kleines Missverständnis, das wir in der Schule klären können, ohne daraus eine Staatsaffäre zu machen. Ich verspreche Ihnen, wenn es uns nicht gelingt, die beiden Seiten miteinander zu versöhnen, dann werden wir von uns aus die Sache bei Ihnen anzeigen.«

»Hören Sie, Mister, erzählen Sie mir nicht, was ich zu tun oder zu lassen habe.«

»Okay.« sagte Zuba. Er ging an dem Mann vorbei den Korridor hinunter, klopfte an eine Tür und trat ein.

Es war ein kleines, total vollgestopftes Büro. Der Leiter der Polizeistation saß hinter einem Tisch voller Akten und Papiere. Er war ein drahtiger Mann mit einer makellosen, glatten Gesichtshaut, wie sie viele schwarze Mädchen gern hätten. Auf dem Schild vor ihm war zu lesen: A.C. Okonkwo. Zuba lächelte und begrüßte ihn herzlich auf Igbo.

»Was kann ich für Sie tun, junger Mann?«

»Bitte, es geht um eine kleine Sache, in der ich Ihre Hilfe brauche. Ein Angestellter, ein Yoruba, hat wegen einer Nebensächlichkeit Anzeige erstattet bei einem Ihrer Beamten, der ebenfalls Yoruba ist. Ich habe nicht verstanden, was sie in ihrer Sprache miteinander beredet haben, aber jetzt will der Beamte meinen Igbo-Freund hier behalten, statt ihn gegen eine Kaution freizulassen.«

Der Stationschef grummelte, rief den Beamten zu sich und bedeutete Zuba, zu warten.

Zuba setzte sich draußen auf die Motorhaube eines Autos. Nach einer halben Stunde kam Thomas herausgestürmt.

»Zuba, Können Sie mir zweihundert Naira leihen? Ich hab nur dreihundert, und der Mann will fünfhundert, um mich gegen Kaution frei zu lassen. Und dann soll ich auch noch für jeden Schaden, der den Egbetuyis zugefügt wird, schriftlich die Verantwortung übernehmen.«

Zuba gab ihm die zweihundert Naira. In dem Moment, als Thomas mit dem Geld zurücklief, traten die Egbetuyis aus dem Gebäude.

»Bitte, Zuba, verstehen Sie doch. Wie ich schon sagte, wir sind fremd hier und können kein unnötiges Risiko auf uns nehmen. Mit einer schriftlichen Erklärung fühlen wir uns viel sicherer«, sagte Mrs. Egbetuyi.

»Ja, solche Verteidigungsmaßnahmen sind auf unsicherem Terrain manchmal notwendig«, fügte Mr. Egbetuyi hinzu.

»Mit Ihren ›Verteidigungsmaßnahmen‹ sollten Sie es jetzt aber genug sein lassen«, sagte Zuba.

»Sie wissen genau, dass wir friedliche Leute sind. Es wird keine Probleme mehr geben«, antwortete Mrs. Egbetuyi.

Die beiden gingen auf dem Seitenstreifen der Straße bis zum DAILY BREAD SUPERMARKET. Dort winkten sie nach zwei *okadas*. Die Fahrer dieser Motorradtaxen wedelten noch durch den dichtesten Stau und ließen, wenn es darauf ankam und eilig war, einen lange Serie von Schimpfwörtern und Lackschäden hinter sich. Ike hielt eine Pferdepeitsche über dem Armaturenbrett bereit, um sie nötigenfalls auf Abstand zu halten.

Einer der Fahrer hielt sein Motorrad schräg in Richtung Mrs. Egbetuyi; mit der einen Hand stützte sie sich auf ihren Mann, mit der anderen hob sie ihren Rock und zeigte kräftige Oberschenkel, hellhäutiger als ihr Gesicht. Mr. Egbetuyi schwang sich gekonnt hinter seinem Fahrer auf den Sitz, und beide Motorräder brausten davon.

Thomas verließ die Wache. »Danke, Zuba. Sie haben mich gerettet. Danke.« Er schüttelte Zubas Hand.

»Nicht der Rede wert«, antwortete Zuba. Er blickte auf die Uhr, als sie zum Wagen gingen. Von der Autowerkstatt nebenan hörte man lautes Hämmern. Ein Mann beulte gerade eine Stelle an einem Pendelbus aus, der Lehrling guckte ihm dabei zu. Zuba und Thomas stiegen ins Auto und fuhren los. Das gleichmäßige Hämmern des Mechanikers verfolgte sie; es klang wie das Schlagen eines Herzens in Todesangst.

Zu Hause wartete Ike neben dem Auto. Seine Frau und sein Sohn – eine rundliche Frau mit einem Kranz aus geflochtenem Haar und ein Hosenmatz von vielleicht zwei Jahren – standen dicht bei ihm. Oby war schwanger, ihr Bauch trat deutlich hervor. Als sie Zuba sah, gab sie Ike ein Schlüsselbund und nahm den kleinen Jungen an die Hand.

»Gehen wir«, sagte sie.

»Nein, mit Daddy Auto fahren«, schrie der Kleine, und schlang seine pummeligen Arme um Ikes Bein. Der Junge klammerte sich an seinen Vater wie ein Koalabär.

»Wie geht's, Junior?«, fragte Zuba.

Der Junge lief zu Zuba, holte mit seiner Hand aus und schlug mit all seiner Kraft in Zubas Hand ein.

»Starker Junge«, sagte Zuba und schüttelte die kleine Hand. »Oby, wie geht's dir? Alles in Ordnung?«

»Ja, alles prima, Sir.« Sie nahm ihren Sohn an die Hand und sie gingen davon.

Zuba guckte auf die Uhr. »Gleich haben wir den Termin beim Rechtsanwalt.«

»Bitte, wartet auf mich!« Nonye kam aus dem Haus und verschloss die Tür. Ihre Stimme war heiser und ihre Augen verrieten, dass sie wenig geschlafen hatte. Sie versteckte den Schlüssel in einem Blumentopf unter einer dichtgewachsenen Dieffenbachie.

»Musst du nicht ausschlafen nach der Nacht im Krankenhaus?«, fragte Zuba.

»Ich will nicht dauernd an Dad denken. Und das tu ich, wenn ich allein bin.«

»Nonye, Kopf hoch, positiv denken. Mit Dad wird bald wieder alles in Ordnung sein. Ich hab's gesehen; ich hab's heut morgen in den Knochen gespürt und spüre es immer noch. Alles wird wieder o.k.«

Chigbos Kanzlei war in einem weitläufigen Bungalow im Regierungsreservat versteckt, einem besonders exklusiven Ortsteil von Onitsha. »Der einzig normale Teil von Onitsha«, hatte sein Vater gesagt, als er ihn beim letzten Mal in die Kanzlei begleitet hatte, kurz bevor er sein Pflichtjahr antrat.

Ein lebensgroßes Porträt von Anwalt Chigbo hing an der Wand im Empfangszimmer. Es zeigte ihn im vollen Ornat, mit einer Urkunde in der Hand, seiner Ernennung zum Senior-Anwalt Nigerias. Neben dem Porträt hing, in Ebenholz geschnitzt, ein Bild der Justitia über den Worten:

Es scheint uns äußerst verdächtig, dass Justitia eine Augenbinde trägt und so nicht erkennen kann, welcher Schwachsinn und welche Schandtaten in ihrem Namen verkündet werden.

Zuba und Nonye warteten auf einer Bank und ließen den Platz vor einem dunklen Fleck an der Wand frei, den ein Klient mit fettigen Haaren hinterlassen hatte. Zuba griff sich eine Zeitung vom Tisch und fand zwischen den Seiten ein eingelegtes Flugblatt: IGBOS STEUERN AUF BRUCH MIT NIGERIA ZU. *Die Bewegung für den Aufbau eines unabhängigen Biafra eröffnet Botschaft in Washington.* Er schnaubte verächtlich, als er es durchgelesen hatte, und ließ das Flugblatt auf den Tisch fallen. Dann vertiefte er sich in die Zeitung.

Die Tür zur Kanzlei öffnete sich. Eine große, dunkle Frau trat herein. Als sie die Tür wieder schloss, fiel aus den Akten, die sie in der Hand hielt, ein Buch heraus und landete neben Nonyes Füßen.

Nonye hob es auf. Coetzee's *Disgrace;* Zuba dachte einen Moment darüber nach, ob dieses Buch auch einen Helden mit körperlichem Defekt hätte wie der andere Roman von Coetzee, der neben seinem Bett lag. Er betrachtete die Frau. Ihre weiße Bluse war chic und frisch gebügelt, der schwarze, leinene Rock reichte bis zu den Knien. Lange schwarze Zöpfe umrahmten ihr schmales Gesicht. Sie hob ihren Arm.

»Danke«, sagte sie, «wie ungeschickt von mir.«

Der singende Niger-Delta-Ton ihrer Stimme, der starke Ausdruck ihrer schmalen Lippen und der verlockende Silberblick ihrer Augen - die Art von Blick, der die Augen lächeln lässt, auch wenn sie gar nicht lächelte - brachte irgendetwas in Zubas Magengrube in Bewegung.

Er starrte auf den Türrahmen, durch den sie entschwunden war. Der Blütenduft ihres Parfums hing in der Luft. Er atmete diese Luft tief ein.

»Ich muss mal auf Toilette«, flüsterte er Nonye zu und erhob sich.

Der Korridor war im Vergleich zum Warteraum sehr dunkel. Als er das offenstehende Büro der Frau sah, verlangsamte er seinen Schritt. Sie war über eine Akte gebeugt. Die Spitze eines Stifts lag auf ihren Lippen. Er ging schnell weiter, als sie ihren Kopf hob.

Auf der Toilette wusch er sich die Hände und prüfte dabei sein Keloid. Dessen Oberfläche glänzte wie lackiertes Leder. Er fuhr sich über das Gesicht und tupfte das Keloid mit einem nassen Taschentuch ab. Wieder prüfte er seine Stirn im Spiegel. Dann stopfte er die Hände in die Taschen und ging den Korridor zurück. Ohne den Schritt zu verlangsamen, ging er an ihrem Büro vorüber.

Nonye blätterte ein Magazin mit dem neuesten Klatsch über das Leben der Lokalgrößen durch. Er setzte sich und nahm wieder die Zeitung in die Hand. Nach einer Minute ertappte er sich dabei, denselben Artikel Wort für Wort immer wieder zu lesen.

»Entschuldige noch mal.«

»Irgendein Problem?«, fragte Nonye.

»Uhhhh!« Er presste die Hand auf seinen Bauch. »Es sieht so aus, als ob mein Magen verrückt spielt. Magengrummeln. Gottseidank haben sie hier eine anständige Toilette.«

Er betrat den Korridor und ging direkt in ihr Büro. Kaum stand er im Türrahmen, als sie schon sagte: »Kommen Sie rein, bitte.«

Er straffte seine Schultern. Um ihren Schreibtisch standen drei gepolsterte Stühle. Er ging um den Stuhl direkt vor ihr herum und setzte sich links neben sie. Der Roman, den sie im Wartezimmer hatte fallen lassen, lag oben auf einem Stapel von Gesetzbüchern.

»Hi«, sagte er.

»Hallo, kann ich was für Sie tun?«

»Em…Ja…Em…Ich sah das Buch. *Disgrace.* Ich lese gerade ein Buch von demselben Autor.«

»Sie interessieren sich für Literatur?«

»Ja, sicher. Ich kann das triviale Zeugs nicht ausstehen...«

Er zögerte plötzlich. Warum fing er an zu lügen? Er las fast alles an Romanen, Hauptsache, sie hatten mit körperlichen Defekten zu tun. *Es ist keine Lüge, es ist bloß eine Übertreibung,* sagte eine andere Stimme in ihm.

»Ich liebe Bücher. Deswegen habe mich ich wahrscheinlich in meinem letzten Studienjahr in urheberrechtliche Fragen vertieft.«

»Wo war das?«

»Universität von Nigeria. Im Enugu-Campus.«

»Oh, das habe ich paar Mal als Kind besucht. Ich bin in Enugu aufgewachsen.«

»Eine schöne und friedliche Stadt. An welcher Universität waren Sie?«

»Benin. Ich habe Biochemie studiert. Wir nannten das aber Drogenkunde.«

Sie kicherte und zeigte weiße, wohlgeformte Zähne. »Also, ich habe keine Ahnung, was Biochemie ist. Ich meine, was machen denn Biochemiker?«

Zuba gefiel ihre unverblümte Frage. »Gut, aus ihnen werden Laborratten.«

Er sah ihre Zöpfe hin- und herfliegen und nahm den Klang ihres Lachens in sich auf.

»Ich jedenfalls werde in diese Richtung gehen.«

»Sie meinen in die Forschung?«

»Ja, aber auch Lehre.«

Es entstand eine Pause. Zuba marterte seinen Kopf auf der Suche nach irgendeinem Thema. Er steckte seine Hand tiefer in die Hosentasche, um sie daran zu hindern, an seinem Keloid zu reiben. Sie sah ihn ruhig an, ein leichtes Schmunzeln auf den Lippen. Schließlich sagte er: »Komisch, dass ich Sie früher hier nie getroffen habe.«

»Ich bin erst seit einigen Monaten hier.«

»Entschuldige«, sagte eine Stimme hinter Zuba. Nonye stand in der Tür.

»Wir können jetzt zu Rechtsanwalt Chigbo«, sagte sie.

Zuba drehte sich der jungen Frau zu: »Meine kleine Schwester.«

»Hi.«

»Ich muss jetzt. Es war wirklich sehr schön, mit Ihnen zu reden.« Er bewegte sich nicht von der Stelle.

»Wahrscheinlich bin ich nach Ihrem Termin bei meinem Chef nicht mehr hier. Aber ich hoffe, dass ich Sie hier bald mal wieder sehe.« Sie streckte ihre Hand Zuba entgegen.

»Tanna«, sagte sie.

»Kurzform von Lotanna«, sagte Zuba mit fragenden Augen. »Ich bin Zuba. Chikezuba.« Er hielt ihre Hand einige Sekunden lang fest.

»Jetzt beeilen Sie sich. Mein Chef wartet nicht gern.«

»Sie gefällt dir«, sagte Nonye, als sie den Korridor hinuntergingen.

»Was?«

»Ich sagte, du magst sie.«

»Ja, sie gefällt mir. Mir gefallen viele Leute.«

»Du weißt, was ich meine. Du würdest dich gern mal mit ihr verabreden.«

»Ich habe sie gerade erst gesehen. Und hab an nichts weiter gedacht.«

»Du lügst.«

»Was denkst du dir? Stehst einfach da und sagst, ich lüge. Kannst du Gedanken lesen?«

»Du reibst an deinem Keloid.«

»Na und. Es juckt.«

»Magengrummeln, genau. Spiel bloß nicht big brother, wenn ich mal Magengrummeln habe.«

Rechtsanwalt Chigbo war über den Schreibtisch in seinem großen Büro gebeugt. Bücherregale bedeckten die Wände. Oben auf den Regalen glänzten Trophäen und Urkunden.

»Guten Morgen, Herr Rechtsanwalt.« sagte Zuba.

»Ahaa«. Der Anwalt sah auf. »Zuba, wie geht es dir. Und dir, meine Tochter?«

Zuba blickte auf die glänzende Glatze. Das kräftige schwarze Haar drum herum wirkte wie die üppige Vegetation um einen See. Er erinnerte sich daran, wie auf dem Hochzeitsfoto seiner Eltern dessen damals noch mächtige Haarkrone alles überragte

»Ich war heute morgen auf dem Weg ins Büro im Krankenhaus«, begann der Anwalt, nachdem Zuba Platz genommen hatte. »Ich habe euren Vater besucht. Er schlief. Der Doktor sagte, alle Anzeichen stehen gut. Es wird wieder, es wird wieder. Es ist nur eine Frage der Zeit. Der Doktor sagte, dass du ihn heute Nachmittag nach Enugu bringen lässt.«

»Ja«, sagte Zuba.

»Er kommt durch, ganz sicher«, fuhr der Anwalt fort, »ich habe schon Schlimmeres gesehen. Das Wichtigste ist, dass du dich in der Zwischenzeit um alles kümmerst. Und du weißt, ich helfe dir, wo ich kann.«

Er sprach langsam. Seine Stimme war kaum lauter als die Klimaanlage. Aber er war vor Gericht als Feuerkopf bekannt. Besaß er für Gerichtsverhandlungen eine spezielle Stimme, die er nach der Verhandlung wie seine Robe an den Haken hing?

»Tut mir leid, dass ihr Probleme mit eurer Direktorin habt. Ich hoffe, dass ich da eine Lösung finde.« Er erhob sich, ging zum Aktenschrank, zog eine heraus und redete ununterbrochen weiter. »Du hast Glück – oder besser: dein Vater hat Glück. Er kann dir vertrauen. Ihr beide bewegt euch auf einer Ebene. Das ist heutzutage schon bemerkenswert. Mein Sohn hört mir nicht mal zu. Er spielt die ganze Zeit Basketball. Wie kann ihn Basketball aufs Leben vorbereiten?«

Zuba senkte seinen Blick.

»Die größte Sorge deines Vaters, was dich betrifft, war, dass du für diese Welt nicht gerissen genug bist, so drückte er sich aus. Aber du bist ja noch jung, und das wird sich ändern.«

Er setzte sich, reckte sich über den Tisch und legte ein Papier vor Zuba.

Die Überschrift lautete: *Vollmacht.*

Die von der Fünften Kolonne

Professor Chukwueloka Maduekwe öffnete vorsichtig die Augen. Er zwinkerte mit den Augenlidern, um die Müdigkeit zu vertreiben. Das fleckenlose Laken, das ihn bedeckte, schien so weit entfernt wie eine Wolke, die sich sanft in seinen Blick schob. Die cremefarbenen Wände hingen Meter über Meter nach unten wie leicht geraffte Gardinen.

Durch ein Fenster rechts von ihm drang Licht in den Raum. Die metallenen Lamellen der Luftschlitze glitzerten im Sonnenlicht und warfen helle rechteckige Muster auf die gegenüberliegende Wand.

Er lag in einem Bett. Ja. Mit nackter Brust. Er konnte seine gekräuselten Brusthaare erkennen. Er lag also in einem Bett. Einem weißen Bett. Mit einem cremefarbenen Gitter am Fußende. Ein Baum ... aus Eisen, ja, Eisen, stand direkt neben dem Bett. Seine Augen wanderten den Stamm hinauf bis zur Gabelung. Er trug die seltsamsten Früchte. Groß, sackförmig. Eine hatte die Farbe von Wasser. Die andere war bräunlich. Durchsichtige Stiele führten von den Früchten über den Baumstamm bis hin zu ihm. Schaudernd entdeckte er, dass einer der Stile an seinem Arm befestigt war.

Menschen. Ihre Stimmen erreichten ihn aus großer Entfernung. Entstellt. Worte im Wüstenwind. Sie schrien, sie flüsterten. Stimmen. Da waren sie. Die da redeten. Auf- und abschwebend wie Geister. Vergänglich wie Seifenblasen, die jederzeit platzen könnten. Drei waren es. Ein junger und ein älterer Mann und eine Frau. Eine Frau in einem blaugelb gemusterten *ogodo*. Der Jüngere sprach mit dem Älteren. Der Ältere war weiß gekleidet und trug ein metallnes Seil, das vom Nacken bis zum Bauch baumelte. Sein Gesicht hatte die Farbe einer gerade zersägten Bohle; seine Augen hatten die Farbe des Meeres. Sein Haar war braun wie Jute, sah aus, als ob es gerade mit einem heißen Kamm geglättet worden wäre.

Der Junge – irgendwas an ihm verleitete ihn zum Lächeln. Aber seine Lippen bewegten sich nicht. Die Augen des Jungen ... er kannte ihn von irgendwo her. Er mochte ihn. Wußte aber nicht, warum. Der Junge zeigte auf seine offenen Augen und die anderen kamen näher ans Bett. Sie staunten ihn an. Er war das neugeborene Baby in einem Kinderbett. Ihre Gesichter verschwammen und schmolzen vor seinen Augen, genau wie ihre Stimmen. Der Mann in Weiß nahm das Ende des metallenen Seils in die Hand und presste es gegen seine beharrte Brust. Er schaute dabei auf ein Band an seinem Handgelenk.

Ein Duft. Ja, ja. Was war das für ein Duft? Woher kam er? Da. Noch eine Person an seinem Bett. Ein junges Mädchen. Eine angenehme Wärme stieg in ihm hoch. Wärmte sein Herz. Sein Herz. Er spürte es schlagen. Er lebte. Aber was war passiert. Aaah! Der Duft wurde stärker. Sie beugte sich über ihn. Er wollte sie an sein Gesicht heranziehen. Ihren Duft einatmen, ganz auf sich einwirken lassen. Ihr Geheimnis enträtseln, und das Geheimnis seiner Lage. Warum sie ähnlich wie er, aber doch anders duftete. Er versuchte, seinen Arm zu heben. Aber sein Körper fühlte sich an, als ob er in Beton gegossen wäre, als ob er nicht ihm gehörte. Er machte noch einen Versuch. Er wurde ohnmächtig.

*

Der Regen kam mit schweren Tropfen. Er schlug auf die Erde, die Dächer und Fensterscheiben wie tausend trommelnde Hände. Der Himmel war wolkenverhangen, die Luft kühl.

Es war genau der Sonntagmorgen, den man nur im Bett verbringen konnte, aber die Egbetuyis hatten um einen Termin wegen einer »wichtigen Angelegenheit« gebeten.

»Sie haben sich rar gemacht die letzten Tage, war schwer, Sie zu erreichen«, sagte Mrs. Egbetuyi und hob ihre Stimme, um das Prasseln des Regens zu übertönen.

»Ja, schwerer als ein Visum nach Amerika zu bekommen«, fügte ihr Ehemann hinzu. Sie kicherten und zwinkerten sich zu.

Zuba lächelte. Mr. Egbetuyi machte einen angenehmen und freundlichen Eindruck, ganz anders als der unsympathische Mann, den Zuba zwei Tage vorher auf der Polizeiwache getroffen hatte. »Kann ich Ihnen irgendetwas anbieten?«, fragte er.

»Es ist noch zu früh, Zuba, machen Sie sich keine Umstände.«

Zuba lehnte sich zurück.

»Wie geht's Ihrem Vater? Übrigens, vielen Dank, dass Sie unsere Gehälter diesen Monat so pünktlich überwiesen haben«, setzte Mrs. Egbetuyi das Gespräch fort. »Es muss schwer für Sie sein, gleichzeitig auf die Schule zu achten und sich um den kranken Vater zu kümmern.«

»Er macht Fortschritte, wenn auch langsam. Wir haben ihn am Freitag in ein besseres Krankenhaus gebracht und ...«

Ein Donnerschlag schluckte den Rest seiner Antwort. Die Terrassentür schepperte unter dem peitschenden Regen.

»... der Arzt meint, die Genesung in seinem Alter bräuchte ihre Zeit.«

»Wissen Sie«, sagte Mr. Egbetuyi, »ich habe meinen Vater nach einem Schlaganfall verloren. Er starb nach vier Monaten Krankenhausaufenthalt. Und seitdem habe ich kein Auto mehr, weil ich damit die Krankenhausrechnung bezahlen musste. Ich kann Ihre Situation gut nachfühlen.«

»Und Ihr Vater war so ein guter Chef«, sagte Mrs. Egbetuyi. »Der beste, den ich je in meiner Laufbahn hatte. Klar, auch wir hatten unsere Probleme, Missverständnisse und Meinungsverschiedenheiten. Aber die wurden durch notorische Lügner provoziert.«

»Die von der Fünften Kolonne«, fügte ihr Ehemann hinzu.

»Aber wir haben das immer aus dem Weg räumen können und sind uns dabei auch näher gekommen.« Sie schüttelte traurig ihren Kopf.

»Glauben Sie mir, Zuba, meine Frau brach beinah in Tränen aus, als wir gestern Abend über den Zustand Ihres Vaters sprachen. Und ebenso über Ihre schreckliche Lage: ein hübscher junger Mann, vielversprechend, frisch von der Hochschule, das Leben noch vor sich, die Welt liegt ihnen zu Füßen, und Sie könnten ein wenig Spaß haben wie andere junge Leute.«

»Und dann plötzlich mit einer Aufgabe belastet, dass einem das Haar über Nacht grau werden kann«, fügte Mrs. Egbeuyi zu.

»Und das, ohne wirklich das Leben je genossen zu haben«, schloss Mr. Egbetuyi.

Hübscher junger Mann? Und das mit dem Blutegel auf seiner Stirn? Zuba setzte sich auf. Das Gespräch nahm eine andere Entwicklung, als er gedacht hatte. Er hatte vermutet, dass Mrs. Egbetuyi ihren Rücktritt anbieten und ihn so um die Verlegenheit bringen würde, ihr das Kündigungsschreiben zu überreichen, das schon, vorbereitet für Montag, auf seinem Schreibtisch lag. Aber jetzt war er sich nicht mehr sicher.

»Danke für Ihr Mitgefühl und Ihr Interesse«, sagte er.

Langes Schweigen folgte. Die Egbetuyis tauschten Blicke. Dann nahm Mrs. Egbetuyi das Gespräch wieder auf:

»Zuba... In Anbetracht des schlechten Gesundheitszustands Ihres Vaters könnte ich ... könnten wir uns vorstellen, dass ich mich, meine Erfahrung und mein Fachwissen, einbringe, um Ihnen in der aufgewerteten Position einer Schulleiterin zur Seite zu stehen. Ich könnte, mit Unterstützung meines Mannes...«

»Und einer neuorganisierten Truppe«, warf Mr. Egbetuyi ein.

»... die Schulangelegenheiten überwachen und steuern, und würde Ihnen dann, ganz nach Wunsch, regelmäßig Bericht erstatten, so dass Sie ausreichend Zeit hätten, sich um Ihren Vater zu kümmern und um die Dinge, die ein junger Mann eben gern macht.«

»Natürlich wird erwartet, dass diese neue Aufgabe auch mit höherem Gehalt, höheren Vergünstigungen und Gewinnbeteiligungen ausgestattet wird«, mischte sich Mr. Egbetuyi ein.

»Es könnte auch nur vorübergehend sein«, fuhr Mrs. Egbetuyi fort, »solange Ihr Vater nicht völlig erholt ist, oder auch für immer, ganz wie

Sie wollen. Sobald Sie Ihr o.k. geben, gehen wir sofort an den Start und positionieren die Schule neu, für einen noch größeren Erfolg. Was sagen Sie dazu, Zuba?«

Zuba atmete tief durch und hielt die Luft an. Dann erhob er sich. »Entschuldigen Sie mich, es dauert nur eine Minute.« Er ging in sein Büro. Wieder ließ ein Donnerschlag die Fenster klappern, das Licht flackerte.

Mit einem weißen Umschlag in der Hand kam er zurück.

»Die Ereignisse der letzten Tage waren bedauerlich...«

»Negativ«, sagte Mr. Egbetuyi und nickte energisch.

»... und es tut mir leid, aber angesichts dieser Entwicklung muss ich einige harte Entscheidungen treffen.« Er ließ seine Augen nicht von Mrs. Egbetuyi. »Madam, dieses Schreiben hätte Ihnen am Montagmorgen übergeben werden sollen. Ich bedaure Ihnen mitteilen zu müssen, dass die Schule in Zukunft auf Ihre Dienste verzichtet. Als Abfindung erhalten Sie ein Monatsgehalt und sind aufgefordert, die Dienstwohnung sofort zu räumen.«

Der letzte Satz klang lauter als er eigentlich beabsichtigt hatte, weil der Regen plötzlich nachließ. Mrs. Egbetuyi war zur Salzsäule erstarrt und unfähig, ihren Arm zu heben, um den Brief entgegenzunehmen. Ihr Ehemann fixierte Zuba mit einem Ausdruck finsterer Entschlossenheit.

Zuba ließ den Brief auf den Tisch fallen.

»Soll das ein Scherz sein?«, fragte Mr. Egbetuyi.

»Tut mir leid«, sagte Zuba. »Keine Schule kann ein solches Fehlverhalten ihres Direktors dulden.«

»Nein, nein, Sie können sie nicht einfach so feuern. Ich dachte, wir hätten das alles längst hinter uns. Sie können sie nicht einfach so feuern.« Seine Stimme schwoll dermaßen an, dass sich alle erschraken.

»Es wäre grausam und herzlos von Ihnen, Zuba. Ich kann nicht glauben, dass Sie zu so etwas fähig sind.« Er starrte auf den Brief. »Ich wünschte, Ihr Vater wäre hier. Bevor ich und meine Frau diesem Umzug über sechshundert Kilometer zustimmten, fragte ich Ihren Vater nach Garantien, was den Arbeitsplatz und die Perspektiven betraf, und er versicherte uns, wir sollten uns deswegen keine Sorgen machen. Er bezahlte sogar unseren Umzug.« Mr. Egbetuyi hielt es kaum auf seinem Stuhl. »Meine Frau hatte einen großartigen Job mit besten Perspektiven in Lagos. In Lagos! Sie verließ ihn, gab alles auf, um in diesem verlassenen Provinznest für Ihren

Vater zu arbeiten, nachdem er sie mit Engelszungen dazu überredet hatte. Und jetzt wollen Sie ihre Mission einfach für beendet erklären.«

Seine Frau griff nach dem Brief. Mr. Egbetuyi fegte ihre Hand weg.

»Nein, Zuba. Nehmen Sie diesen Brief zurück. Bitte, nehmen Sie diesen Brief zurück. Ich dachte, wir wären Verbündete. Glauben Sie mir, das ist nicht das, was Sie wirklich wollen. Und ich nehme nicht hin, dass meiner Frau solch ein Unrecht geschieht. Ich werde mich vor sie in die Schusslinie stellen. Niemand, ich sage niemand, kann meine Frau so behandeln. Nicht solange ich lebe.«

Zuba blickte auf das Foto seines Vaters an der Wand, auf dem er in seinem vornehmen Anzug vor dem Regierungspräsidenten den Eid als Commissioner ablegte.

»Mr. Egbetuyi, ich dachte, Sie könnten sich in meine Situation hineinversetzen. Machen Sie es mir nicht so schwer. Verstehen Sie. Ganz bestimmt würden Sie an meiner Stelle genau so handeln. Ich kann den Brief nicht zurücknehmen.«

»Na schön«, sagte Mr. Egbetuyi. »Dann los, öffne ihn. Es ist deiner.«

Mrs. Egbetuyi nahm den Brief und riss ihn auf. Sie senkte ihre traurigen, kummervollen Augen auf das Papier. Sekunden später hob sie ihren Kopf und starrte Zuba an, die Augen voller Hass.

Mr. Egbetuyi entriss ihr den Brief. Er überflog ihn und bewegte dabei die Lippen wie ein kleines Kind, das gerade lesen lernt.

»Okay, wir sollen verschwinden«, sagte er. »Wir sollen verschwinden. Sie haben sich entschieden. Und ganz nebenbei, wer will in so einem Provinznest bleiben? Aber Sie müssen meine Frau ehrenhaft entlassen, ihr die vollen Versorgungsansprüche auszahlen und nicht nur diese jämmerliche Ein-Monats-Abfindung.«

»Ihre Frau weiß ganz genau, dass ihr aufgrund ihres Arbeitsvertrages nicht einmal die Ein-Monats-Abfindung zusteht; ihr wurde wegen Fehlverhaltens gekündigt.«

»Sie werden ihr entweder sechs Monate Zeit geben, um ihren Rücktritt einzureichen und eine neue Position zu finden, oder aber Sie zahlen ihr eine Abfindung von sechs Monatsgehältern und übernehmen einen Teil der Umzugskosten. Das wären zusammen ungefähr ... zweihundertausend Naira.«

Mrs. Egbetuyi nickte.

»Das ist nicht Ihr Ernst. Ihre Forderungen sind unbegründet...«

»Ich habe Ihnen nur gesagt, was Sie tun müssen, um uns auf friedliche Art und Weise loszuwerden.«

»Dann werden Sie von den Schulanwälten hören.«

»Anwälte? Was werden die tun? Zum Gericht gehen. Und was werden die Gerichte tun? Kommen Sie heute, kommen Sie morgen, vertagt bis zur nächsten Woche, vertagt bis zum nächsten Monat, vertagt bis zum nächsten Jahr.«

»Sie reden von Ihren Anwälten, Zuba«, sagte Mrs. Egbetuyi, »wissen Sie nicht, dass wir uns auch Anwälte nehmen können? Wir können daraus einen endlosen Streit machen, wenn Sie es wollen. Sie kennen unsere Gerichte. Die Sache wird sich länger als drei Jahre hinziehen.«

»Und solange werden wir hier sein, tun und lassen, was wir wollen.« Mr. Egbetuyi präsentierte sein Krokodilslächeln. »Zuba, Sie wollen uns doch keine Sekunde länger hier haben, nach dem, was Sie gerade getan haben. Sie haben uns den Krieg erklärt.«

Zuba stand auf. Seine Augen verengten sich. »Das Gespräch ist beendet. Und ich rate Ihnen, dem Brief Folge zu leisten.«

Mr. Egbetuyi musterte Zuba von oben nach unten und erhob sich. Als er sich mit seiner Frau an ihm vorbeischob, blieb er kurz stehen.

»Seien Sie nicht dumm. Sie haben gerade die Gehälter ausgezahlt. Das heißt, Sie haben die Vollmacht über alle Konten.«

»Raus«, presste Zuba zwischen seinen Zähnen hervor.

»Seien Sie nicht so geldgierig. Geben Sie etwas ab. Sie wissen genau, dass das Geld sowieso nicht Ihrer Familie gehört. Ihr Vater und dessen Vater, der Senator, haben es gestohlen, als sie an der Regierung waren. Oder glauben Sie, dass man solch ein Anwesen allein vom Gehalt finanzieren kann? Wenn General Babangida Buhari nicht gestürzt und Ihren Vater und all die anderen korrupten Politiker befreit hätte, wäre Ihre Familie genauso arm wie meine.«

»Ich sagte raus!«

Mr. Egbetuyi blieb stehen, massig und finster auf Zuba herabstarrend, lange genug, um Zuba die physische Bedrohung spüren zu lassen, die von ihm ausging.

»Sie werden das Geld zahlen, das garantiere ich Ihnen, so wahr ich Frank Egbetuyi heiße.«

Zuba machte sich schon auf lautes Türschlagen gefasst, aber Mr. Egbetuyi zog die Tür sacht hinter sich ins Schloß.

Zuba setzte sich; er zitterte am ganzen Leib und rieb sein Keloid.

Fette Probleme

Montagmorgen wurde Zuba früh wach. Er lag in seinem Bett und lauschte den gurrenden Turteltauben und den heiseren Stimmen der Palmweinzapfer, die zum Fluss hinuntergingen. War es erst gestern gewesen, dass er Mrs. Egbetuyi entlassen hatte? Er würde kein Risiko eingehen. Er würde sich mit der Kanzlei Chigbo in Verbindung setzen und einen Brief an die Egbetuyis schreiben lassen. Damit wäre für sie klar, dass er es ernst meint, und sie müssten die Entlassung akzeptieren. Tannas Gesicht kam ihm in den Sinn - ihr perfektes Lächeln –, und er beschloss, selbst zur Kanzlei zu fahren, statt zu telefonieren. Er sprang aus dem Bett.

Er nickte Gandhi zu, summte vor sich hin und angelte sich die marineblauen Hosen, ein hellblaues Hemd und einen marineblauen Schlips aus seinem Kleiderschrank. Auf dem obersten Bord entdeckte er einen Roman und warf ihn auf das Bett. Dann ging er zu Nonyes Zimmer, klopfte und trat ein. Der Duft von Puder und Körpercreme hüllte ihn ein. Nonye lag unter der Bettdecke. *One Night of Love* hieß der Bestseller von Mills and Boon, der neben ihrem Kopfkissen lag.

»Nonye, sieht das gut aus zusammen?« Er hielt ihr Hemd, Hose und Schlips hin.

Nonye gähnte und reckte sich, streckte ihre ineinander verschlungenen Hände einem Poster von Snoop Dogg entgegen.

»Hmmmmn. Wieso fragst du mich heute, was du anziehen sollst? Wo willst du hin?«

»Sag doch … sieht das gut zusammen aus?«

»Nein, antworte mir erstmal. Sonst sag ich gar nichts.«

Zuba grinste. »Okay, eiserne Lady. Ich geh ins Büro.«

»Und danach?«

»Wieso diese Ausfragerei? Antworte doch einfach.«

»Ich muss wissen, wohin du gehst und was du vorhast, damit ich einschätzen kann, ob deine Sachen passen.«

»Okay. Gewonnen. Nach dem Büro geh ich zur Kanzlei.«

Nonye lachte. »Ich wusste es. Ich wusste es. Schon seit einer Weile.«

»Also – sieht das gut zusammen aus?«

»Emmmm... Ich denke mal, es ist zuviel Blau. Ein bisschen mehr Kontrast wär gut, mehr Persönlichkeit, mehr Wärme. Nimm den roten Schlips, den ich dir zum Geburtstag geschenkt hab.«

Nach dem Bad stand Zuba vor dem Spiegel und betrachtete die wenigen Haarstoppel an seinem Kinn. Als Kind hatte er Erwachsene immer gefragt, was sie für ihren Haarwuchs täten; einem Rat folgend hatte er sich in das Zimmer seines Vaters geschlichen und Gin auf sein Kinn, seine Brust, Arme, Beine und den Schambereich gerieben. Sein Bruder Chuu guckte ihm dabei aufmerksam zu. »Heey!«, rief er wenige Tage später, als er sein Kinn im Spiegel prüfte. »Es sprießt!«

Er sah in seine Augen. »Mach deine elenden scharfen Schweinsaugen zu«, hatte sein Englischlehrer ihn einmal angeblafft, als die ganze Klasse »Flugzeug« spielen sollte – auf einem Bein stehend, nach vorne gelehnt, die Arme in die Horizontale ausgebreitet und die Augen geschlossen – und er Zuba erwischt hatte, wie er ihn genau beobachtete.

Zum Schluss konzentrierte Zuba sich auf das Keloid. Es sah heute kleiner aus, wie Blutegel im Hungerstreik. Beim Massieren presste er es in die Haut hinein.

Er war schon zu lange im Badezimmer gewesen; schnell zog er sich an.

»Wie seh ich aus?« Er stand in der Tür zu Nonyes Zimmer.

Nonye legte ihr Buch zur Seite und begann an einem unsichtbaren Burger zu kauen.

»Danke«, sagte er lächelnd.

Als seine schweren Halbschuhe in Richtung Haustür stapften, hörte er Nonye rufen:

»Zuba, Zubaaa...«

»Was gibt's?«, rief er zurück.

»Ich glaub, sie mag dich.«

»Woher willst du das wissen?«

»Ich weiss es eben. Wir Frauen wissen so was.«

Im Büro erledigte Zuba schnell, was unbedingt nötig war: ein längeres Gespräch mit dem stellvertretenden Direktor, Mr. Nwandu, und dann ein Treffen mit den Angestellten, wo er die Entlassung von Mrs. Egbetuyi und die Ernennung von Mr. Nwandu zum amtierenden Direktor mitteilte.

Gegen drei war er in Chigbos Kanzlei. Er nestelte an seinem Schlips, als er Tannas Büro ansteuerte. Ein leichter Hauch von Blüten- und Moschusgeruch hing in der Luft.

»He, Zuba, wie geht's«, sagte sie, als sie ihn in der Tür sah.

Leuchteten ihre Augen? Waren sie größer? Mit ihrem schwarzen Kostüm und ihrer strahlend-weißen Bluse sah sie aus, als ob sie direkt vom Gericht käme. Aber sie stand vor ihrem Schreibtisch und klaubte Unterlagen zusammen wie jemand, der gerade gehen will.

»Nicht schlecht«, sagte er und lockerte seinen Schlips. »Und Ihnen?«

»Gut. Leider muss ich gleich zu einem Termin.«

»Ich muss mit Anwalt Chigbo reden, und ich habe Ihnen was mitgebracht.«

Er hielt ihr den Roman hin, den er morgens aus dem Regal genommen hatte. »Es ist der Coetzee, von dem ich erzählt habe. Gerade zuende gelesen. Sehr gut. Ich dachte, das wäre was für Sie.«

Sie strich über das Buch. Ihre Finger waren lang und schmal. Sie las den Klappentext.

»Ich sollte jetzt zum Anwalt rein«, sagte Zuba. »Und kommen Sie nicht zu spät zu Ihrem Termin. Und viel Spaß beim Lesen.«

*

Am nächsten Morgen hatte er den Brief des Anwalts zu den Egbetuyis bringen lassen. Einige Minuten stellte er sich vor, wie sie reagieren würden. Die Juristensprache, die Wucht der Imperative und vor allem der letzte Absatz würden sie in die Flucht schlagen:

> *Falls Sie nicht binnen sieben (7) Tagen nach Erhalt dieses Briefes den berechtigten Forderungen unseres Klienten entsprochen und die Dienstwohnung der Kündigung gemäß nicht geräumt haben, bleibt uns keine Wahl, als die schärfsten juristischen Sanktionen gegen Sie einzuleiten.*
> *Es wird Ihnen daher dringend angeraten, den Forderungen vollständig zu entsprechen.*

Zwei Tage später erhielt Zuba einen Umschlag. *Kanzlei Duru* stand unten links. Er öffnete ihn. Der Brief war mit einer Schreibmaschine getippt; verschiedene Stellen waren mit tipp-ex ausgebessert:

Betr.: Beendigung der Tätigkeit von Mrs. Egbetuyi und Ausgleich der ihr zustehenden Ansprüche.

Zuba hob den Kopf und starrte auf das Landschaftsgemälde an der Wand in seinem Büro. Er atmete tief durch und beugte sich wieder über den Brief. Die Kernsätze wirkten wie Peitschenhiebe:

... Ihr Schreiben, welches das Beschäftigungsverhältnis mit meiner Klientin kündigt, ist in höchstem Maße ein gesetzeswidriger Akt, zumal es auf einer äußerst fragwürdigen Vollmacht basiert ...
... Falls Sie jedoch immer noch den Wunsch hegen, dass meine Klientin ihre Anstellung bei Ihrem Vater aufgibt, dann haben Sie alle ihre Ansprüche auszugleichen, und zwar ...
... Wir hoffen, dass Ihnen dieser Brief deutlich macht, dass wir uns vor Ihnen und den von Ihrem Anwalt genannten »schärfsten juristischen Maßnahmen« keineswegs fürchten. Im Gegenteil, wir sehen ihnen freudig entgegen und sind gewillt, die Angelegenheit bis zum Obersten Gerichtshof zu tragen, um meiner Klientin Gerechtigkeit widerfahren zu lassen ...

Die aufgelisteten Ansprüche beliefen sich auf insgesamt zweihunderttausend Naira.

Zuba atmete durch. Warum müssen Menschen immer solche Schwierigkeiten machen? Er griff nach dem Telefon.

Eine Stunde später verließ er sein Büro; den Brief legte er der Sekretärin auf den Schreibtisch. »Machen Sie eine Kopie und schicken das Original an die Kanzlei Chigbo.« Dann ging er in die brütend heiße Sonne nach draußen.

»Gestern passierte etwas Großartiges im Krankenhaus«, sagte Nonye, als er nach Hause kam. »Dad hat zum ersten Mal wieder geredet.«

»Tatsächlich?« fragte Zuba. Seine Stimme war immer noch belegt von den Problemen im Büro.

»Den ganzen Tag starrte er vor sich hin, und plötzlich sagte er: ›Wha ...Wha ... Nonye?‹« Nonye hatte versucht, den rauen Klang nachzuahmen, mit dem sein Vater seine ersten Worte gesprochen hatte. »Es klang überhaupt nicht nach ihm. Es klang so rostig. Aber für uns war es die schönste Musik. Tante Chinwe schickte mich zum Doktor und versuchte ihn am Reden zu halten. Als ich mit dem Doktor zurückkam, war er schon wieder eingeschlafen. Aber er wird wieder gesund, er wird wieder gesund.« Nonye nickte. Sie biss ein Stück von der hellgelben Mango ab, die sie in der Hand hielt. »Seit einer Stunde bin ich wieder hier.«

Zuba saß auf dem Stuhl neben ihr. Ihr Optimismus und die guten Nachrichten wirkten in ihm nach.

Nonye zeigte auf den Porzellanteller, der auf dem Stuhl neben ihm stand. Darauf lagen zwei Mangos, grün und glänzend. Sie sahen anders aus, als die gelbhäutigen auf ihrem Teller.

Zuba nahm sich eine. Es war seine Lieblingssorte. Sie blieben grün, auch wenn sie reif waren. Er hatte nie verstanden, warum man sie »deutsche Mangos« nannte. Er rieb die dicke Haut, biss neben den Stiel ein Loch hinein und begann das süße Fruchtfleisch herauszusaugen.

»Und wie war's. Irgendwelche neue Entwicklungen zwischen dir und deinen Freunden?«

»Neue Entwicklungen? Nonye, das wird ein richtig fettes Problem. Kannst du dir vorstellen, dass die sich einen Advokaten genommen haben, den Rechtsanwalt Chigbo einen ›berüchtigten und rücksichtslosen Winkeladvokaten für alle dubiosen Kautions-Fälle‹ nennt, und der von uns zweihunderttausend Naira fordert als Abfindung für Mrs. Egbetuyi und dann noch ihre Kündigung als ›höchst gesetzeswidrigen Akt‹ bezeichnet?«

»Klingt beeindruckend.«

»Und das, obwohl Rechtsanwalt Chigbo seinem Schreiben meine Vollmacht beigelegt hatte. Sie sagen, dass sie die Vollmacht vor Gericht anfechten würden.« Er nahm die Mango wieder zwischen seine Lippen und presste das Fleisch aus. »Rechtsanwalt Chigbo meint, wir sollten erstmal die Sieben-Tage-Frist abwarten, die er Ihnen in dem Brief gesetzt hatte, und vielleicht sollten wir sogar etwas länger warten. Denn weil die Schule ihnen kein Gehalt mehr zahlt, werden sie sich auf jeden Fall nach etwas anderem umsehen müssen.«

»Also sollen wir noch länger mit denen auf ein und demselben Gelände schlafen?«

»Na ja, Chigbo hat gesagt, dass selbst dann, wenn wir gleich zum Gericht gehen, wir eine Entscheidung frühestens in zwei Wochen oder einem Monat hätten. Vielleicht dauert es sogar noch länger. Also, egal für welchen Weg wir uns entscheiden, wir müssen in jedem Fall in diesen sauren Apfel beißen. Aber ich vermute mal, sie verziehen sich schnell genug, schneller als wir vielleicht erwarten, auf der Jagd nach einem neuen Job.«

Hin- und herlaufen

Jeden Abend saßen die Egbetuyis von nun an demonstrativ auf ihrer Veranda, so dass Zuba sie sehen konnte, wenn er von seinem Büro nach Hause ging. Und je öfter er sah, wie sie auf die Büros und die Wohnheime starrten, ruhig und abwartend wie Raubvögel, umso unbehaglicher fühlte er sich.

»Zuba, vielleicht solltest du dir einen Ruck geben, Mr. und Mrs. Egbetuyi ihre sogenannten Ansprüche auszahlen und dann sie und all diese Probleme vergessen«, sagte Nonye eines Abends. »Das Geld auf Dads Notfallkonto kann das leicht abdecken.«

Zuba lief auf der Veranda hin und her. Gerade heute erst hatte er Mr. Egbetuyi erwischt, wie er im Schein der Sicherheitsbeleuchtung vor einem Schülerwohnheim herumspionierte.

Nonye saß in einem Korbsessel und verfolgte seine Bewegungen. Die Dieffenbachia, die in einem Topf neben ihr stand, bekam ihre Nervosität zu spüren. Sie schlug die Pflanze mit ihren Fingerspitzen; ihre Nägel ritzten nasse, senkrechte Wunden in den Stamm.

»Der Pförtner hat auch gesagt, dass der sonst nie nachts unterwegs war. Ich glaube, der will mir auf den Geist gehen«, sagte Zuba.

Er saß neben Nonye und beobachtete die Insekten, die die Lampe über ihnen umschwärmten. Motten, Ungeziefer, fliegende Ameisen und Käfer verschiedenster Größe. Sie summten und stießen mit ihren Köpfen gegen den verzierten Lampenschirm, als ob die Glühbirne dahinter ein Schatz wäre, den sie heben müssten. Ein Käfer landete erschöpft neben seinem

Fuß. Er zertrat ihn mit übertriebener Wucht. Ein unangenehmer Geruch erfüllte die Luft. Er fing an, sein Keloid zu reiben.

»Zuba, ich mache mir langsam Gedanken wegen dieser ganzen Affäre. Solange Dad im Krankenhaus ist, brauchen wir diesen ganzen Ärger wirklich nicht.«

Zuba missfiel die Traurigkeit in ihrer Stimme. »Aber Dad hat gesagt, das ganze Leben besteht aus Ärger.« Er lachte und erwartete zumindest ein Kichern von ihr.

»Zuba, zieh das nicht ins Lächerliche. Warum zahlen wir ihnen nicht einfach ihre sogenannten Ansprüche, dann müssen sie das mit ihrem Gewissen allein abmachen? Und wir haben unsere Ruhe?«

»Nonye, hör auf, dich zu quälen. Es reicht, wenn ich mir Sorgen mache.« Er schlug auf seinen Nacken und hielt die Hand prüfend vors Gesicht. Auf der Handfläche waren Blut und ein zerquetschter Moskito. »Lass uns reingehen. Schon wieder diese Moskitos.« Er stand auf. »Ich will versuchen, das irgendwie zu Ende zu bringen. Als erstes werde ich morgen früh zur Polizeistation gehen. Der Chef dort ist mein Freund.«

Der Polizeichef schien über das Wiedersehen mit Zuba erfreut. Nachdem sie sich auf Igbo begrüßt hatten, wechselte er ins Englische (offenbar eine Gewohnheit von Beamten, die lange in Landesteilen verbracht hatten, deren Sprache sie nicht beherrschten):

»Junger Mann, was kann ich diesmal für Sie tun?«

Zuba blieb beim Igbo, als er von seinen Problemen mit den Egbetuyis erzählte.

Der Officer nickte und fiel wieder ins Igbo zurück: »Es war richtig, dass Sie hergekommen sind, um mir davon Mitteilung zu geben. Ich werde die Sache für Sie in Ordnung bringen. Ich werde sie auf die Wache bringen lassen und sie anweisen, ihren Aufenthalt auf dem Schulgelände auf die unmittelbare Umgebung ihres Hauses zu beschränken. Und wenn sie wieder irgendeinen Ärger machen, dann lassen Sie es mich wissen. Ich habe einen guten Eindruck von Ihnen und halte Sie für einen verantwortungsbewussten jungen Mann.«

»Danke, Officer«, sagte Zuba etwas verwirrt, weil alles so einfach schien. »Ich bin Ihnen sehr zu Dank verpflichtet.« Er wollte aufstehen, aber in seine Hose hatte sich ein Splitter des wackligen Holzstuhls verfangen. Er setzte sich wieder hin und zog an seiner Hose, bis er befreit war. Dann stand er auf. Er drehte sich in der Hüfte, um den Riss zu begutachten, den er seiner Hose bei der Befreiungsaktion zugefügt hatte.

»O, Entschuldigung«, sagte der Officer wieder auf Englisch. »Das erleben wir hier jeden Tag. Die Regierung gönnt uns keine besseren Stühle. Sie haben teure Designermöbel in ihren Büros und geben uns billige Fertigmöbel aus Spanplatten. Sogar meine Uniform ist in miserablem Zustand. Er reckte sich auf seinem Stuhl und schob die Beine unter den Tisch. Er stand auf, ging zum Fenster ohne Lüftungsklappen, schaute durch die Sicherheitsgitter und kehrte wieder zu seinem Stuhl zurück. »Oh je! Es ist schon nach zwei.« Er guckte auf seine Uhr. »Kein Wunder, dass mein Magen so knurrt. Ich hab noch nicht mal Frühstück gehabt. Um fünf Uhr morgens bin ich aus dem Haus. Dieser Polizeijob! Und das nur, um Leute wie Sie zu schützen! Und zu allem Unglück habe ich auch noch mein Portemonnaie vergessen.« Zuba riss seinen Blick von dem Loch in seinem Hosenboden, durch das die Unterhose zu sehen war, eine Zornesfalte zeigte sich auf seiner Stirn. Die Hosen waren ganz neu, er trug sie erst zum zweiten Mal.

»Junger Mann, ich sagte, der Hunger plagt mich, und ich habe zu Hause mein Portemonnaie vergessen.«

»Oh«, sagte Zuba. Er langte in seine Tasche und gab dem Polizisten etwas Geld. Dessen Augen weiteten sich. »Danke, Sir.«

Zuba blickte überrascht auf; für das bisschen Geld rang sich ein älterer Mann ein »Sir« ab?

»Übrigens, wenn Sie gleich in dem Moment zu mir gekommen wären, wo sie die Frau feuern wollten, wäre alles längst erledigt. Die beiden hätten gepackt und wären verschwunden. Aber Ihr Kerle wollt ja unbedingt Anwälte einschalten, und so können die Anwälte immer wieder euer Geld fressen. Die machen dann aus so einer simplen Geschichte eine lange Affäre, und so fressen sie noch länger euer Geld. Das ist alles, was sie können.«

Als Zuba die Wache verließ, konnte er das Bild, wie ein Anwalt Nairas, Dollars oder Pfundnoten in seinen Mund stopft, nicht abschütteln. Die Sonne brannte. Hitzedämpfe bildeten sich über den zerbeulten, rostigen Dächern der Autowracks. Eidechsen suchten unter ihnen Schutz. Er hielt seine Hände schützend vor die Augen, als er zu seinem Wagen ging.

Am folgenden Tag hielt Zuba Ausschau nach Mr. Egbetuyi. Aber der ließ sich auf der Anlage nicht blicken. Einmal sah er Mrs. Egbetuyi, wie sie schnell am Tor vorbeilief.

Eines Freitagnachmittags fuhr ein Mann auf das Schulgelände. Es war schon Feierabend, aber Zuba saß noch im Büro. Weil der amtierende Direktor mit seinen Zöglingen im Speisesaal aß, ging er nach draußen, um den Herrn zu begrüßen.

Er kam aus der Ölstadt Port Harcourt im Niger-Delta. Er hatte zwei Kinder in der Schule, einen Sohn im dritten und eine Tochter im ersten Schuljahr. Während sie in Richtung Büro gingen, erzählte er ihm, dass er leider eines der Kinder herausnehmen und auf einer anderen Schule in Port Harcourt anmelden müsse.

»Eigentlich wollte ich sie zusammenlassen. Es ist praktischer«, sagte er, »speziell an Besuchstagen.«

Und dann verriet er, dass die Direktorin ihm dringend geraten hätte, seinen Sohn an einer anderen Schule anzumelden, wo er direkt seinen Mittleren Schulabschluss machen könne, denn die Schule hier hätte Probleme, ihre Schüler für die Prüfung einschreiben zu lassen.

Zuba war geschockt. Er beschleunigte seine Schritte Richtung Büro.

»Hier«, sagte er und zeigte dem Mann die Akten mit den ausgefüllten Einschreibeformularen.

»Es stimmt, dass der erste Schülerjahrgang noch zu klein war, um die Schule offiziell zu einem Prüfungszentrum zu machen, aber die Schule hat die Extrakosten nicht gescheut, damit auch hier die Prüfungen abgenommen wurden. Das war natürlich auch eine Frage des Prestiges. Denn sonst wären unsere Schüler zum Examen einer anderen Schule zugewiesen worden.«

»Tut mir leid, dann war das ein Missverständnis.«

»Oh nein, das war überhaupt kein Missverständnis. Das war böse Absicht. Die Direktorin ist nicht mehr im Amt. Und das wird auch in unserem schriftlichen Semesterbericht stehen.«

Zuba rief sofort nach Ike, nachdem der Mann das Büro verlassen hatte. Sie fuhren zur Polizeiwache.

Der Boss empfing sie mit einem breiten Lächeln. »Ah, mein junger Mann. Hoffentlich keinen neuen Ärger?«

Zuba setzte sich vorsichtig auf den Rand des Stuhls. Ike setzte sich neben ihn. »Guten Tag, Officer«, sagte er. »Leider ist es so.« Er informierte ihn über die jüngsten Vorfälle.

Der Polizist biss auf ein Stück bitter kola. Er kaute langsam, während Zuba redete, und ließ ihn nicht aus den Augen.

»Haben Sie in dieser Angelegenheit Ihren Anwalt eingeschaltet?«, fragte er, nachdem Zuba geendet hatte.

»Nein. Ich dachte, ich sollte als erstes zu Ihnen gehen.«

»Sie lernen schnell, junger Mann.« Er machte eine Pause: »Ich bin mir sicher, dass Sie die beiden nicht wieder in Ihrer Anlage herumlaufen sahen, seitdem Sie das letzte Mal hier waren.«

»Nein, das stimmt«, sagte Zuba. »Nochmal vielen Dank. Deswegen bin ich ja wieder hier.

Sie müssen noch mal strengstens verwarnt werden, und zwar dürfen sie keinerlei Kontakt mehr aufnehmen zu Eltern, die ihre Kinder in der Schule haben.«

»Ich sagte ja schon, das alles wäre gar nicht passiert, wenn Sie gleich zu mir gekommen wären. Der Mann ist ein Streithammel. Ich hab ihn mir genau angeschaut. Ich kenne solche Typen. Wie manche Militärs eben sind: sie fühlen sich über das Gesetz erhaben, sind immer noch betrunken von dem Gefühl, dass sie uns dreißig von vierzig Jahren seit der Unabhängigkeit beherrscht haben, und sie verstehen nur Gewalt.« Er schwieg und fiel dann ins Igbo: »Die Hauptsache ist doch, dass Sie die aus dem Gelände raushaben wollen, richtig? Sie wollen keinen Ärger mehr haben mit denen?«

Zuba nickte.

Die Augen des Polizisten klebten an Ike. »Und wer ist dieser Freund hier? Hab ich ihn schon mal gesehn?«

»Nein. Das ist Ike, ein Angestellter. Er kam mit hierher, damit ich ihn später mal zu Ihnen schicken kann, wenn ich selber keine Zeit habe.«

»Sie vertrauen ihm also.«

»Vollkommen.«

»Dann ist es ganz einfach. Kommen Sie mit ein oder zwei Zeugen – hier ist ja schon einer«, er nickte Ike zu, »und machen eine Anzeige, dass der Mann und seine Frau irgendetwas Furchtbares in der Schule vorhaben. Irgendwas wie...« – seine Augen verengten sich – »Lebensmittelvergiftung in der Schülerkantine. Und ich werde dafür sorgen, dass meine Männer sie aufgrund dieser Zeugenaussage abholen und einsperren.«

Zuba wurde leicht schwindelig.

»Oder Sie sagen einfach, dass sie Hanf an die Schüler verkaufen«, fügte der Polizist hinzu, als er Zubas Gesichtsausdruck sah. »Sie zahlen eine winzige Kleinigkeit – und wir legen los.«

Ike nickte. »Ja, Zuba. Sie haben es nicht anders verdient. Ich bin manchmal regelrecht irre geworden wegen all dem Ärger und würde ihnen zur Strafe am liebsten eine Tracht Prügel mit meiner Pferdepeitsche gönnen. Nur ihretwegen ist dein Vater jetzt im Krankenhaus. Also komm, machen wir's.«

Zuba bewegte den Kopf langsam hin und her. Er wollte bei den Egbetuyis eher auf Zeit setzen; ohne Einkommen würden sie nicht mehr lange bleiben können. Seine Hand schob sich an das Keloid; lächelnd sagte er: »Vielen Dank, Officer. Ich komme wieder, sobald ich mir das nochmal überlegt habe.«

Eines Abends, eine Woche nach ihrem Besuch auf der Polizeistation, Zuba lag gerade auf dem Sofa und guckte Fernsehen, platzte Ike hinein.

»Sie hauen ab! Die Egbetuyis hauen ab! Mrs. Egbetuyi hat mich eben gefragt, ob du mir erlaubst, sie und ihre Umzugskartons mit dem Schulbus morgen früh um fünf nach Lagos zur Busstation zu fahren.«

Zuba sprang auf: »Ja, natürlich. Du kannst den Wagen haben, solange du willst, wenn wir bloß diese Leute und diesen Ärger vom Hals haben.«

Dann überlegte er. Warum gaben sie ihm so spät Bescheid? So dass der Schulverwalter keine Zeit mehr hätte, ihre Wohnung zu inspizieren und zu gucken, ob alles ordentlich übergeben wurde. »Ike, pass auf, dass keine Sachen, die der Schule gehören, mit in den Bus kommen.«

Als Zuba an diesem Abend im Bett lag, kicherte er vor sich hin, als er an die jetzt etwas leer klingende Drohung dachte: *Sie werden zahlen, das garantiere ich Ihnen, so wahr ich Frank Egbetuyi heiße.* Er hätte gern Nonye bei sich gehabt; sie hätten die halbe Nacht geredet und gelacht. Aber sie war bei ihrem Vater im Krankenhaus und kam erst am nächsten Morgen zurück.

Als er endlich eingeschlafen war, hatte er einen höchst seltsamen Traum: Bewaffnete Zivilpolizisten aus der Polizeizentrale, angeführt von einem Stammesbruder der Egbetuyis aus der Hauptstadt Awka, etwa dreißig Meilen entfernt, standen am nächsten Morgen vor der Tür. Die Polizisten verhafteten ihn und Ike aufgrund einer Anzeige wegen Androhung von Gewalt und Diebstahl; sie hätten bewaffnete Gauner angeheuert, die die Egbetuyis mit Pferdepeitschen und Macheten bedrohten, die Frau und ihren Ehemann mit ihren persönlichen Sachen in den Schulbus verfrachteten und dann nach Onitsha fuhren, sie an der Lagos Busstation hinauswarfen und sich dann mit dem Geld und den elektronischen Geräten der Egbetuyis davon machten, bevor alles ausgeladen war.

Und genauso geschah es.

Die Zwischenwelt

»Mein Bein, mein Bein! Mein Bein bringt mich um. Officer, ich sterbe. Ihr Kerle hier wollt mich wohl gar nicht behandeln, eh?«

Zuba drehte sich. Sein ganzer Körper schmerzte; die Moskitos hatten sich vollgesogen und waren verschwunden. Er öffnete seine Augen. Neben ihm saß Drogist und drückte sein rechtes Bein, direkt über der Schusswunde, an seinem Knöchel. Im trüben Licht der Morgendämmerung sah er seine Schultern zittern. Er warf einen Blick nach links. Ike starrte mit glühenden Augen zurück, er hatte nicht schlafen können.

»Officer! Officer! Polizei! Idem! Mein Bein bringt mich um!« Drogist schrie: »O Lord, soll mein Leben diesen Weg nehmen? Soll ich nur noch ein Krüppel sein?« Er brach in eine so bittere Wehklage aus, dass Zubas Magen sich umdrehte.

Zuba hatte noch nie einen Mann so weinen hören. Wirklich weinen. Schluchzen. Er spürte einen Kloß im Hals. Er setzte sich auf. Die anderen Zelleninsassen wurden ebenfalls unruhig. Er erinnerte sich daran, wie seine Mutter ihm immer das Bein oder den Arm mit einem Kissen hochlagerte, wenn er eine Wunde oder ein Furunkel hatte, und dann die Schmerzen meistens nachließen.

»Drogist, Drogist«, rief er. »Drogist«, rief er noch mal und fasste ihn leicht am Arm.

Drogist hörte auf zu schluchzen und sah Zuba an.

»Wenn du dich umdrehst und dein Bein gegen die Wand hochstreckst, dann hast du vielleicht weniger Schmerzen.«

Drogist sah ihn eine Weile an. Das Morgenlicht war immer noch so trüb, dass Zuba den Ausdruck in seinen Augen nicht erkennen konnte. Drogist drehte sich und legte seinen Kopf zwischen die Füße von Zuba und Eiergrapscher. Er hob sein Bein und lehnte den geschwollenen Fuß vorsichtig an die Wand, direkt neben Zubas Kopf.

Der Fuß stank nach vergammeltem Fleisch. Zuba rutschte nach unten, um zwischen Kopf und Fuß mehr Abstand zu bekommen.

»Danke«, sagte Drogist dreißig Sekunden später.

Frieden machte sich in der Zelle breit. Einige Insassen seufzten erleichtert, und Zuba nahm es als weiteres Dankeschön. Er schloss seine Augen, hörte aus der Ferne das Krähen der Hähne und Vogelgezwitscher.

Er versuchte noch ein bisschen Schlaf zu finden. Die taufeuchte Luft, die durch das Fenster über ihm kam, legte sich tröstend auf sein Gesicht und die empfindliche Haut seiner Augenlider.

Der Gestank wurde unerträglich, als sie morgens ihre Runde zum Toilettenkübel machten. Frische Fäkalien plumpsten in abgestandenen Urin und entwickelten einen Gestank, der jeder Beschreibung spottete. Schwaden üblen Mundgeruchs hingen in der Zelle, als einer nach dem anderen gähnte oder nieste und dabei Speicheltropfen herausprustete, die wie winzige, stinkende Knoblauchkapseln in der Luft schwebten.

Speichel sammelte sich in Zubas Mund. Er hatte den Geschmack von Magensaft und Erbrochenem auf der Zunge. Er schluckte und schluckte, um seinen nach oben drängenden Magen und die nervös zitternde Speiseröhre zu beruhigen.

Der Präfekt gab Mike die Streichhölzer, drehte sich weg, presste sein Gesicht gegen das Gitter, und hielt seine Nase weit in den Flur hinaus.

Mike erhob sich und stand vor den Papierkordeln an der Wand. Er nahm ein Streichholz und zündete eine Kordel an, drückte dann die Flamme mit Daumen und Zeigefinger aus. Die Kordel schmorte und verkohlte langsam und ließ Rauchkringel in die Luft steigen, die den Gestank in der Zelle mäßigten.

Mike fluchte, als sein Blick auf die von Blut vollgesogenen Moskitos an der Wand fiel. Er fing an, auf sie einzuschlagen. Sie versuchten, wegzufliegen, aber das viele Blut hinderte sie daran. Platsch. Platsch. Frische Blutflecken zierten die Wand.

Schritte auf dem Flur. Idem erschien in der Tür. Das Gewehr hing an seiner Schulter. Er rasselte mit seinen Schlüsseln und schloss auf. »Raus mit dem Scheißeimer.«

Papa gab sich einen Ruck. Er hob den Kübel hoch. »Ein Tausendfüßler, ein Tausendfüßler!«, schrie er und hüpfte zur Seite. Die Gefangenen sprangen auf. Nur Drogist blieb auf dem Boden liegen. Mike machte einen Schritt nach vorn und trat mit dem Absatz auf den Tausendfüßler, bevor er sich unter Drogist verkriechen konnte. Der Tausendfüßler krümmte sich und zeigte dabei seinen hellen Unterleib und die hässlichen Stachel. Mike kickte ihn aus der Zelle. Idem trat auf ihn ein, bis er sich nicht mehr rührte.

»Oja, bring den Eimer raus«, sagte Idem. Er drehte sein Gesicht ab und hielt sich die Nase zu, als Papa an ihm vorbeiging.

»Und wasch ihn gut aus, eh«, rief der Präfekt Papa hinterher.

Idem verschloss die Tür und ging in großem Abstand hinter dem Eimerträger her.

»Danke, oh, vielen Dank«, sagte Drogist zu Mike. »Als wären meine Schmerzen noch nicht schlimm genug.«

Papa kam mit dem feuchten, muffelnden Eimer zurück.

»Officer, mein Bein bringt mich noch um. Ihr wollt mich wohl überhaupt nicht behandeln?«, rief Drogist in Richtung Idem.

»Ich darf machen gar nichts. Nur der Officer, der dich gebracht hat, darf machen, und ich ihm sagen.«

»Okay, ich bitte dich, kauf mir Panadol und Ampicillin«, flehte Drogist.

»Bring Geld.«

Drogist verstummte.

Idem schloss die Tür ab und ging zur Zelle gegenüber.

Zuba drückte Drogist etwas Geld in die Hand.

Drogist reichte das Geld dem Präfekten, der wiederum rief Idem und gab ihm das Geld.

Idem schloß die Zelle gegenüber auf. »Oja, Euren Eimer.«

Eine Frau in schmuddeligem grauen Rock und Bluse trug den Eimer raus. Minuten später brachte sie Idem wieder in die Zelle zurück.

»Nwamaka, komm, feg das Büro aus«, sagte er und hielt die Zellentür auf.

Nwamaka richtete sich auf. Sie schob sich aus der Zelle. In ihren Augen war eine Resignation, wie man sie nur nach immer wiederkehrendem Leid kennt. Sie sah schön aus, trotz der Schlaf- und Rotzspuren auf ihrem Gesicht. Zuba fiel ein, was sein Vater einem Freund geraten hatte: »Wenn du wissen willst, ob eine Frau wirklich hübsch ist, dann musst du sie in dem Moment angucken, wo sie aufwacht.«

Idem schloss die Zellentür ab und ging hinter Nwamaka her. Das Kratzen eines Besens auf dem Betonboden hallte durch das Gebäude.

Zuba verlagerte seinen Hintern. Sein Körper tat überall weh.

In der Zelle war es ruhig. Die Insassen wirkten wie die Figuren eines trostlosen Gemäldes. Der Präfekt und Mike hatten sich wieder hingelegt und schienen zu schlafen. Ebenso Papa am Ende der Reihe. Drogist schien weniger Schmerzen zu haben und beugte sich nachdenklich über seinen geschwollenen Fuß. Ike starrte an die Wand, zur Buga-Zeichnung, als ob sie eine Kinoleinwand wäre. Zuba hob seine Hand zum Keloid. Er zuckte zusammen. Es fühlte sich wund an. Er hob seinen Hintern ein wenig an und setzte sich auf seine rechte Hand. Dann starrte er, genauso wie Ike, auf Buga. Buga starrte zurück, ein spöttisches Lächeln auf seinen Lippen.

Das Kratzen des Besens auf Beton hörte auf. Durch die Stille schwebte ein zarter Klang, klar und hell wie eine Kirchenglocke. Zuba erkannte ihn. Es war genau wie der Klang seiner Gürtelschnalle, als er sie geöffnet hatte. Ein gedämpftes Keuchen drang den Korridor hinunter. Die Geräusche endeten abrupt. Dann wieder dieser Klang. Eine Minute später ging Nwamaka an den Zellentüren vorbei. Mit der rechten Hand führte sie ein Kauhölzchen in den Mund, mit der linken hielt sie eine Schüssel Wasser. Idem folgte ihr. Als sie wenig später zurückkam, breitete sich eine Wolke von Karbol in der Zelle aus. Sie setzte sich an ihren Platz. Ihre Nachbarin murmelte ihr etwas zu, Nwamaka brach den Kaustab in zwei Teile und gab ihr die eine Hälfte. Sie steckte ihre Hälfte in eine Zellophantüte und legte sich hin.

Ike starrte immer noch auf Buga.

»Alles okay«, fragte Zuba.

Ike blickte zu Zuba, dann lächelte er. Zuba erschien dieses Lächeln unwirklich, so als hätte Ike sich weit entfernt, als würde er ihre Zwangslage nur von weitem wahrnehmen und darin Komisches entdecken. »So okay, wie es eben sein kann«, anwortete er.

Da war ein Flackern in Ikes Augen, ein Flackern, das sich hinter dem Lächeln versteckte. Aber Zuba war sich nicht sicher. Er lächelte zurück und sagte: »Hey, guck dich mal an.«

Ike führte die Hand an sein Gesicht.

»Und deine Arme«, sagte Zuba.

Zuba sah sich seine eigenen Arme an, übersät mit den Beulen von Moskitostichen. Er strich mit den Fingern über sein Gesicht und spürte die angeschwollenen Stellen.

»Also ehrlich«, sagte Ike, »natürlich will ich jünger aussehen, aber nicht wie ein pickliger Jüngling.«

Zuba kicherte. Er wandt sich an Drogist. »Gibt es irgendeine Chance, dass wir an Moskitospulen rankommen? Und an Kaustäbe?«

»Ja, wenn Madam Food kommt, könnte sie's für uns besorgen.«

Ike gähnte und legte sich auf den Boden. Zuba tat es ihm nach.

Drogist nahm die Gideon-Bibel in die Hand. Er begann mit leiser, schwerer Stimme zu lesen.

Gebrochen ist mein Auge vor Gram; gealtert ob all meiner Feinde.

Zuba wachte auf von einem Singen. Eine Frau mittleren Alters stand in der Mitte der gegenüberliegenden Zelle. Ihre Brüste waren üppig, wie die einer stillenden Mutter, und tanzten unter ihrem Hemd bei jeder Bewegung. Sie schaute zu dem winzigen Fenster an der Wand hoch, von dem ein Strahl der Nachmittagssonne auf sie fiel und die Tränen auf ihrem Gesicht funkeln ließ. Ihre Arme hoben sich dem Licht entgegen, als sie sang:

Nimm mich zu Dir, o Herr
Nimm mich zu Dir
Mein Leiden erdrückt mich.

Es war ein bekanntes Kirchenlied, das Zuba schon oft gehört hatte. Aber noch nie so berührend.

Er schloss seine Augen und betete – etwas, was er seit seiner Schulzeit nicht mehr getan hatte.

Ike schlief noch, lag ausgestreckt auf dem Rücken mit den Armen neben sich, in perfekt »königlicher Position«. Drogist schlief mit offenem Mund und zeigte schön geformte Zähne. Mike, der Eiergrapscher und Papa am Ende der Reihe, saßen auf ihrem Hintern. Mike starrte die Decke an, Papa und der Eiergrapscher blickten sehnsüchtig auf das Stück Himmelblau, das durch das kleine Zellenfenster zu erkennen war. Der Präfekt setzte sich auf, sah zu, wie Nwamakas Haare von ihrer Nachbarin geflochten wurden, und warf nur ab und zu einen Blick auf die singende Frau.

Deren Stimme erreichte eine quälende Dichte. Der Klang sprang von den Wänden zurück und den Flur hinunter. »Nimm mich zu Dir...«

»Hey! Die Person, die da singen, nicht so laut!« brüllte Idem von seinem Büro aus.

Die Stimme der Frau wurde höher. Sie begann zu klatschen und mit den Füßen den Rhythmus zu stampfen. »Nimm mich zu Dir...«

»Hey, wenn du willst, dass ich in Zelle komm, dann hau ich dir dermaßen eins rein, dass du daran denkst für den Rest von Leben.«

Die Frau erstarrte und kauerte sich auf den Boden.

Zwei Münder und fünf Hände

Draußen bremste ein Auto. Vielleicht sogar zwei Autos. Türen schlugen zu. Undeutliche Stimmen. Sekunden später Schritte vorm Büro. Zubas Körper spannte sich voller Hoffnung.

»Wo is' Idem? Officer sagt, du musst erlauben, ihre Leute zu sehen«, sagte jemand.

»Vielen Dank«, hörte Zuba Anwalt Chigbo sagen. Zuba rüttelte an Ikes Arm.

»Eure Leute sind zurück«, erklärte der Präfekt.

Ike und Zuba sprangen auf und strichen ihre Kleidung glatt. Freilassung, endlich! Zuba wischte sich über das Gesicht. Seine Hände wurden feucht von Schweiß, und er trocknete sie an seinen Hosen.

Ein Polizist in Uniform erschien vor der Tür. »Ihr zwei, rauskommen«, sagte er, als er aufschloss.

Im Büro schlang Nonye ihre Arme um Zuba, Ikes Frau lief zu ihrem Mann. Zuba drückte Nonye an seine Brust und nickte dem Anwalt zu. Seine Augen weiteten sich, als er hinter dem Anwalt Tanna entdeckte. Zuba löste sich aus der Umarmung. Tannas Augen waren leicht gerötet.

»Sie sehen aber nicht aus wie jemand, der eingesperrt ist«, sagte sie.

»Was erwarten Sie nach einer Nacht?«

»Ich habe gehört, dass die Leute da drinnen schlagen und prügeln. Ich hatte Angst. Sie sind ja nicht gerade der Stärkste.«

»Na gut, wir haben unser Teil abbekommen.«

Er betastete die vielen Moskitostiche auf seinem Gesicht.

»Nonye, du glaubst nicht, wie froh wir sind, dass ihr hier seid und Ike und ich hier endlich rauskommen.«

Ike löste sich aus den Armen seiner Frau. »Oby, dieser Tag gestern war ein Alptraum. Ich fühle...«

»Ich habe gebetet, dass der Herr auf dich aufpasst.« Sie nahm Ikes Hand, presste sie auf ihren runden Bauch und lächelte. Aber ihr Gesicht sah trotzdem traurig aus. Sie blickte an ihm herunter: »Was ist mit deinen shorts passiert?«

»Nichts weiter. Ich erzähl' es dir in Ruhe, wenn wir zu Hause sind.«

Zuba ergriff die Hand des Anwalts.

»Es tut so gut, dass Sie da sind.«

Der Anwalt lächelte etwas steif in seinem schwarzen Anzug.

»Gut, dass du okay bist, Zuba.«

Zuba schüttelte Tannas Hand.

»Schön, dass es Ihnen gut geht.«

»Ihre Zeit ist vorbei gleich. Zwei Minuten noch«, sagte der Polizist.

»Zuba, ihr zwei könnt Montag freikommen«, sagte Tanna.

»Was haben Sie gesagt? Könnt? Kommen wir nicht mit nach Hause?«

»Tut mir leid. Mein Chef wird es erklären.«

»Ja, Zuba. Die Polizei verlangt zwanzigtausend Naira, zehntausend für jeden, um euch gegen Kaution freizulassen. Ja, das ist illegal, Kautionen sind im Prinzip frei. Aber so ist das Geschäft. Ich kann natürlich vor Gericht ziehen, euer Menschenrecht einklagen und eine Verfügung erwirken, euch freizulassen, dafür müsstet ihr dann auch nichts zahlen. Aber das kann dauern, bis...«

»Ich zahle«, fiel ihm Zuba in Wort. Ike neben ihm atmete durch.

»Sie haben fünfzigtausend gefordert, fünfundzwanzigtausend für jeden. Es war eine harte Schacherei, die Summe soweit runterzukriegen. Ich hätte sie gern noch niedriger gekriegt.«

»Zeit abgelaufen«, verkündete der Polizist.

Zuba nahm Nonye schnell beiseite und erklärte ihr, wie sie an das Geld ran käme. »Okay Zuba, wir tun alles, um euch hier schnellstens rauszuholen.«

Sie drückte ihm etwas Geld in die Hand und zeigte ihm die Plastiktüten randvoll gefüllt mit Essen und Getränken. »Morgen komm ich wieder, zusammen mit Ikes Frau. Wir lassen euch am Sonntag nicht allein.«

Zuba nickte. Er griff nach den Tüten.

»Hey, du! Moment!«, brüllte der Polizist, »Finger weg von den Tüten!«

Zuba zuckte zusammen.

»Sie müssen das Essen probieren vorher.« Der Polizist lehnte sich über den Tresen.

»Eine Vorsichtsmaßnahme, um Vergiftungen zu verhindern«, erklärte Anwalt Chigbo. »Nonye, probier von dem Essen.«

Der Geruch guten Essens quoll aus den Behältern, die Nonye öffnete. Sie nahm eine Gabel und aß von allem eine Kostprobe.

»Alle Gabeln weg, nur Löffel nehmen«, sagte der Polizist. Er prüfte die Behälter und nickte.

Zuba griff sich zum zweiten Mal die Tüten. Ike nahm ihm eine ab. Zuba ging zu Tanna und dem Anwalt. »Vielen Dank«, sagte er. »Nonye wird die Kaution besorgen.«

»Tanna wird Montag hier sein, um euch rauszuholen«, sagte der Anwalt.

»Seien Sie vorsichtig«, flüsterte Tanna. »Bis Montag.«

Zuba sah ihnen nach. Tannas Arm lag auf Nonyes Schultern. Ike stand wie eine Statue neben ihm.

»Oja, zurück in Zelle. Denkt dran, auch Officer hat Mund«, sagte der Polizist.

Zuba hätte dem Polzisten am liebsten eine Plastiktüte ins Gesicht gefeuert, aber er wusste, dass er ihm ausgeliefert war. Er griff in die Tüte und legte einen Obstkuchen und eine gekühlte Flasche Coke auf den Tresen. Die Augen des Polizisten leuchteten auf wie eine Fackel.

In der Zelle zurück legten Zuba und Ike ihre Tüten auf den Boden und ließen sich auf ihre Plätze sinken. Ike legte seinen Kopf auf die Knie, während Zuba mit gequältem Blick wieder auf die Buga-Zeichnung starrte.

»So ist es hier, he«, sagte Mike. »Reinkommen ist einfach, rauskommen schwer. Aber ihr beide wisst, dass ihr bald rauskommt; das ist mehr, als der Rest von uns hier sagen kann.«

Zuba riss sich zusammen; irgendwie hatten Mikes Worte sein Gewissen angekratzt.

»Nicht grübeln, immer was tun, Tagträume oder Schlaf – oder noch besser, Essen, das lässt die Zeit schneller vorbeigehn«, fügte Mike hinzu und schielte dabei auf die Tüten mit den Essenssachen.

Zuba hörte, wie neben ihm Drogist heftig schluckte, und er sah, wie die Augen der anderen an den Tüten klebten. In der Zelle baute sich eine

Spannung auf, die in der freien Wildbahn einem Anfall von Fressgier vorausgeht. Er reichte Getränke und Essen herum. Es gab vier Packungen Reis mit gebratenem Huhn von Mr. Bigg's. Zuba gab eine dem Präfekten, eine Mike und dem Eiergrapscher zum Teilen, und eine für die anderen beiden. »Nein, Okpu-uzu haut mich übers Ohr. Er wird zwei Münder bekommen und fünf Hände. Ich teile lieber mit Drogist.« Mike stand auf, als die anderen lachten, und setzte sich Drogist gegenüber. Papa stand auf und setzte sich vor den Eiergrapscher. Dann nahm Zuba sich eine Packung für Ike und sich selbst.

»Hey ... hey ... new man«, rief Nwamaka.

»Zuba heißt er«, sagte der Präfekt mit vollem Mund.

»Hey, Zuba, vergiss uns nicht«, sagte Nwamaka.

Zuba sah Ike an.

»Ist in Ordnung. Gib ihr was ab.«

Zuba gab die halbe Portion dem Präfekten.

»Danke, Zuba, du bist ein Schatz«, sagte Nwamaka, nachdem sie sich das Essen geangelt hatte.

»Und was bin ich?«, fragte der Präfekt.

»Du bist ein Kumpel«, sagte sie und kicherte.

Der Geruch von Huhn machte sich in der Zelle breit, und die Getränkedosen zischten beim Öffnen.

Mike blickte zufrieden auf Ike. »Mein Junge, wie geht's Dir?« Seine Stimme hatte einen weichen Ton, als ob er zu einem Freund sprach, den er lange nicht gesehen hatte, und nicht zu jemandem, den er mal gerade einen Tag vorher heftig attackiert hatte.

Ike zuckte zusammen. »Solange es ein Leben gibt, werden wir es leben.« Er nippte an seinem Getränk und vermied es, Mike anzusehen.

»Ein wahres Wort. Ja, du hast ein wahres Wort gesprochen.« Mike schaute wieder zu Ike. »Wie ich schon gesagt hab, ihr zwei werdet bald rauskommen – Montag, nehm ich an. Ihr habt bestimmt kein Problem, die Kaution zu zahlen. Meine Leute brachten zweitausend Naira, aber der Officer sagte, sie müssten auf fünftausend erhöhen. Also haben sie versucht, noch mal dreitausend Naira aufzutreiben. Ich habe mich damit abgefunden, dass ich hier noch lange bleiben muss, und bete nur noch darum, dass die Zelle nicht noch voller wird.« Er machte eine Kopfbewegung zum Präfekten. »Peter sagt, wenn eine Zelle zu voll wird, dann sortieren sie Leute aus, bringen sie vor den Untersuchungsrichter und von dort ins Gefängnis bis zum Urteil. Aber normalerweise ist es so: Je schneller du hier raus willst, umso mehr hast du für die Freilassung zu zahlen; und je länger du hier bist, umso weniger zahlst du.« Mike schaufelte sich noch etwas Reis in den Mund.

»Wie lange bist du schon hier?«, fragte Zuba, und nahm sich ein Stück Huhn.

»Ungefähr einen Monat. Und er schon mehr als drei Monate«, fügte Mike mit einem Blick auf den Präfekten hinzu.

»Weswegen hat man dich eingesperrt?«

Seine Augen lächelten. »Sie sagen Betrug, Paragraph 419, ich hätte jemanden um fünfzigtausend Naira betrogen. Aber wenn ich das Geld wirklich hätte, dann hätte ich längst meine Freilassung bezahlt.«

Zuba wandte sich an Papa, der sie kauend beobachtet hatte. Er senkte seine Stimme. »Papa, was ist passiert?«

»Ach, mein Junge, eine Grundstücksgeschichte. Ein Big Man in meinem Dorf will sich ein zweites großes Haus bauen. Sein Land grenzt an das, was ich von meinem Vater geerbt habe, und er will, dass ich das Land an ihn verkaufe, damit er genug Platz hat. Als ich sein Geld nicht wollte, hat er einen Polizisten bestochen und eine Anklage gegen mich erfunden. Sie behaupteten, sie hätten mich dabei erwischt, auf seinem Grundstück Zaubermittel verbrannt zu haben. Ich bin ein armer Bauer, das Land ist das einzige, was ich meinen Kindern hinterlassen kann, so wie es mir mein Vater hinterlassen hat. Geld ist wie der Morgennebel. Jetzt ist es da, dann ist es wieder weg. Aber Land ist was Bleibendes.«

In der Zelle war es still geworden.

»Halt durch, Papa«, sagte Zuba. »Am Ende wird alles gut.« Er wusste, dass das ein blöder Satz war. Aber er konnte nichts anderes sagen.

Eine ganze Weile war nichts außer schmatzenden Mündern und knackenden Hühnerknochen zu hören. Zuba lehnte sich nach vorn.

»Okpu-uzu, was ist mit dir?«

»Kümmer' dich um deinen eigenen Kram«, schnappte der Eiergrapscher zurück.

Mike lachte. »Kannst du dir vorstellen, warum wir ihn Okpu-uzu nennen?«

Schmied? – Nein, was sollte er sich darunter schon vorstellen?

»Man sagt, er hätte Räubern Akwa-made Waffen gebaut.«

»Akwa-made?«

»Selbstgebaute Pistolen.«

»Okay«, sagte Zuba. Er nickte dem Präfekten zu.

Mike flüsterte: »Man sagt, dass er zu den Mopedfahrern gehört, die Handtaschen von Fußgängern klauen. Und sie«, er deutete auf Nwamaka in der Zelle gegenüber, »sie wurde mit ihrem Freund in einem Hotel in Onitsha verhaftet, er soll Spezialist für bewaffnete Raubüberfälle sein. Sie war ihm von Lagos gefolgt. Niemand weiß, wo er jetzt ist. Ihre verarmten Eltern, sie können weder schreiben noch lesen, waren hier, um ihre Freilassung zu erbitten. Aber die Polizei sagte, sie könnten sie nicht entlassen, bevor die Untersuchung abgeschlossen ist.«

»Awhhhhhh«, gähnte der Präfekt. Er fegte die leere Packung zur Seite und streckte sich aus. Papa stand auf und schlurfte zum Kübel. Er zog seine Hosen runter und setzte sich drauf. Der Kübel schabte auf dem Boden. Frischer Gestank stieg in die Zelle.

»Ooooooh! Dieser Kerl da. Warum ausgerechnet jetzt?«, schrie der Eiergrapscher.

»Scheiße ist wie ein Chefkoch, du musst seinem Befehl folgen«, sagte Papa mit vor Anstrengung gepresster Stimme.

»Kannst du dir das nicht wenigstens bis morgen früh verkneifen? Warum musst du zwanzigmal am Tag dieses Hornissennest von Gerüchen aufscheuchen?«, schimpfte der Eiergrapscher weiter. Er verzog sein Gesicht und hielt sich die Nase zu.

Zuba drehte sich weg. Er konnte das wütende Summen der Fliegen in dem Kübel hören. Er lag auf der Seite, voller Neid auf den Präfekten, der seine Nase in den Flur hinaus halten konnte.

Der Kübel schabte wieder auf dem Boden.

Zuba drehte sich um und berührte dabei Ike, der trotz des Gestanks mit geschlossenen Augen seine »königliche Position« einnahm. Papa saß immer noch auf dem Kübel, still und zufrieden, als ob er sich in einem wunderschönen Garten eine Pause gönnte, um Schmetterlingen zuzuschauen.

Zuba guckte weg und dachte darüber nach, wie unterschiedlich seine Zellengenossen die Toilette benutzten: Wenn der Präfekt auf dem Kübel saß, wanderten seine Augen herum, um bei allen Aufmerksamkeit zu erreichen; Mike war alles egal; die Augen des Eiergrapschers suchten gezielt den Blick der anderen, seine Lippen gespitzt und bereit, jeden anzuranzen: »Hast du noch nie einen Menschen scheißen sehen?«, während Drogist nach oben oder unten guckte, um bloß keinen Blick mit den anderen wechseln zu müssen.

Papa stand auf, deckte den Kübel zu und zog seine Hosen hoch ohne sich abzuwischen.

Mike sprang mit seinen Streichhölzern auf. Er zündete die vierte Papierkordel an der Wand an.

Ein barfüßiger Junge erschien vor den Gittern. Er hielt zwei kleine Plastiktüten in der Hand.

»Bitte, nimm sie für mich an«, sagte Drogist.

Mike nahm sie und gab sie weiter.

»Danke«, sagte Drogist und erforschte ihren Inhalt. Er gab Zuba einige Moskitospulen und einige Kauhölzer. Dann nahm er aus der anderen Tüte eine Flasche, öffnete sie, beugte sich über seinen Fuß und ließ den Inhalt auf die Wunde tröpfeln.

Stimmen vorne im Büro wurden laut. Dann ein Babyschrei. Und noch mehr Stimmen.

Minuten später ging die Zellentür gegenüber auf.

»Wo sein Mrs. Igbokwe?«, fragte der Polizist, »Komm raus. Du müssen gehen. Dein Ehemann hat sich gestellt.«

Die Frau, die so darum gesungen hatte, am Tisch des Herrn sitzen zu dürfen, schraubte sich hoch. Sie raffte ihren Morgenmantel vor der Brust zusammen und eilte leichtfüßig davon.

*

Als Zuba Sonntagmorgen aufwachte, war seine Nase voll vom stechenden Geruch der Moskitospule. Er hörte die Stimme von Drogist neben sich. Diesmal jammerte er nicht. Er hielt die Gideon-Bibel vor seiner Nase:

Erhebe dich, oh Herr, rette mich. Oh mein Gott: denn Du hast zertrümmert allen meinen Feinden die Backenknochen und gebrochen die Zähne der Gottlosen...

Selbst als Drogist später seinen Gang zum Kübel machte, rezitierte er immer noch leise vor sich hin. Er hüpfte zu seinem Platz zurück, nahm die Bibel in die Hand und las weiter:

Lass alle meine Feinde beschämt und bestürzt sein: lass sie umkehren und plötzlich beschämt sein…

»Bitte, kann ich diesmal den Kübel leermachen?«, fragte Ike, als er Schritte näher kommen hörte. »Ich würde gern mal meine Beine bewegen und bisschen frische Luft schnappen.«

Der Präfekt zuckte mit den Achseln. Ike stand auf und machte sich an die Arbeit. Zuba wusste, dass Ike es nicht leiden konnte, wenn ein älterer Mann für sie den Dreckskübel leerte. Minuten später kam Ike zurück und rieb seine feuchte Hand an der zerrissenen Hose trocken.

»Ike-power«, sagte Zuba voller Anerkennung. Er wollte noch mehr sagen, aber das hätte bedeutet, dass er zu allen in der Zelle gesprochen hätte.

Papa legte seine Hand auf Ikes Oberschenkel. »Mein Junge, es wird alles gut. Du wirst leben, bis dein Kopf von einer grauen Haarpracht bedeckt ist; und mögen deine Kinder, die Kinder deiner Kinder und anderer Leute Kinder dir zehnfach die Güte zurückgeben, die du mir erwiesen hast.«

Die Glühbirne ging an, hell, mit vollem Strom. Ein Igbo-Gospel plärrte aus einem Radio im Büro:

Gebet ist mein Zauber
Setze auf Gott
Gebet ist mein Zaubergeist
Ich werd ihn nochmal beschwören

Zuba legte sich hin und versuchte, in den Schlaf zu flüchten. Er ertappte sich dabei, wie er manchen Psalm von Drogist im Geist wiederholte und sich dabei die Egbetuyis vorstellte: den Mann mit den schlauen, gelben Augen, die Frau mit einem vielsagenden Lächeln auf den Lippen. Sie nickten beide: »Wir haben dich! Wir haben dich!« Und er dachte an den Rat seines Polizistenfreunds: *»Es ist ganz einfach. Kommen Sie mit ein oder* *zwei Zeugen und machen eine Anzeige, dass der Mann und seine Frau irgendetwas Furchtbares in der Schule vorhaben. Irgendwas wie Vergiften des Schüleressens oder Verkauf von Hanf an die Schüler. Ich werde dafür sorgen, dass meine Männer sie aufgrund dieser Zeugenaussage abholen und einsperren. Sie zahlen 'ne Kleinigkeit – und schon legen wir los.«* Er war sich ganz sicher, dass irgendein anderer Polizist den Egbetuyis einen ähnlichen Rat gegeben hatte: *Es ist ganz einfach. Kommen Sie mit irgendeinem Beweis und zeigen an, dass sie Sie rausgeworfen und dabei einige Dinge gestohlen haben. Sie und Ihre Frau sind Zeugen genug. Dann werde ich meine Männer losschicken, um sie zu verhaften und einzusperren. Es wird Sie nur einen Teil der fälligen Abfindung kosten.*

Er versuchte sich vorzustellen, was passiert wäre, wenn er die Nummer mit dem »Hanfverkauf an Schüler« durchgezogen hätte. Die Egbetuyis wären verhaftet worden, und wahrscheinlich hätte man in ihren Sachen eine kleine Menge Cannabis gefunden. Dann hätte man sie erpresst: nur wenn sie auf der Stelle ihre Sachen packen würden, würde man auf eine Anklage gegen sie verzichten. Warum bloß hatte er sich darauf nicht eingelassen?

Aus dem Büro schmetterte das Radio die Sieben-Uhr-Nachrichten. Irgendwas wurde über Raubdrucke und die nigerianische Urheberrechtsbehörde gemeldet. Zuba musste an Tanna denken, und dabei schwanden seine Hassgefühle wie die Luft aus einem angestochenen Ballon. »In meinem Abschlußprojekt habe ich über Urheberrechtsfragen zum Schutz der Bücher gearbeitet«, hörte er sie noch in ihrem melodischen Niger-Delta-Dialekt sagen, den er als so exotisch empfand – jener Dialekt, der sich neben den Hauptsprachen Igbo, Yoruba und Hausa behauptet hatte. Er sah Tanna vor sich, wie sie in ihrem Büro über einer Akte saß und dabei einen Stift an die Lippen hielt, die Stirn leicht gerunzelt. Ihr sanfter und doch fester Händedruck. Der traurige und ... ja, besorgte Ausdruck in ihren Augen. »Seien Sie vorsichtig«, hörte er sie sagen. Er durchsuchte ein Flaschenregal nach einer ganz bestimmten Flasche, endlich hatte er sie gefunden. Er öffnete sie, und Tannas Lachen sprang heraus. Er sah, wie ihre Zöpfe hüpften.

Das Kreischen der Gittertür gegenüber riss Zuba aus seinen Träumen. Nwamaka kam zurück. Ihre Haut war freucht. Sie trug jetzt ein rosafarbenes T-shirt über einem schwarzen Rock; den unteren Teil des

T-shirts hatte sie nach oben gehoben und trug darin einige Früchte; man sah ihren straffen Bauch und ihren Nabel. Sie begann, reife Guavas zu verteilen.

»Für Zuba und seinen Bruder«, rief sie und warf eine Handvoll Früchte zum Präfekten rüber.

Zuba erinnerte sich, einen Guava-Baum vor der Polizeistation gesehen zu haben, als er und Ike hineingeführt wurden. Er wollte keine Guavas, wollte ihre freundliche Geste aber auch nicht abweisen.

»Nwamaka, danke«, sagte er.

»Du hast mehr getan«, antwortete sie.

Die Guavas fühlten sich kühl an, saftig. Sie waren ohne Makel - genau die Sorte, in die er so liebend gern hinein gebissen hätte. Er konnte den Heißhunger spüren, aber er bezwang ihn und reichte die Frucht an Papa weiter. Er wusste, die Guavas könnten das empfindliche Gleichgewicht in seinem Magen stören. Darmtätigkeit auslösen. Oder schlimmer: Magengrummeln.

Ich versteh keine Computersprache

Endlich Montagmorgen. Zuba wurde mit dem ersten Hahnenschrei wach und setzte sich auf; er sah durch das kleine Fenster in den heller werdenden Himmel, zählte die Minuten und klammerte sich an das Versprechen, dass dies für ihn und Ike der letzte Morgen in der Zelle sein würde. Neben ihm sass Ike, ebenso kerzengerade; ebenso den Blick in den Himmel gerichtet, seine Lippen bewegten sich lautlos. Die anderen Zellengenossen begannen sich langsam auf dem Betonboden zu räkeln.

Nachdem die Kübel geleert waren, wurden Zuba und Ike in das Meldebüro geführt. Dort wartete ein Polizist in Zivil.

»Zieht eure Sachen an, aber hopphopp, und dann kommt«, sagte er. »Eure Anwältin ist draußen.« Er war schlank, klein und hatte ein Jungengesicht. Eine dicke Narbe war auf seinem Unterarm zu sehen.

Eine hypertrophe Narbe - die Verwandte des Keloids, dachte Zuba, und fand ihn sympathisch.

Idem hatte ihre Sachen auf den Tresen gelegt. Zuba und Ike zogen sich schnell an.

»Meine Uhr und mein Geld?«, fragte Zuba, nachdem er sein Hemd übergestreift und den Gürtel geschlossen hatte.

»Ihr Kerle geht hier noch nicht weg. Ihr hier kommt zurück«, bellte Idem und bremste ihre Euphorie.

Ike und Zuba folgten dem Polizisten nach draußen, sie sahen Tanna und liessen sie nicht mehr aus den Augen.

»Sie sagen nicht einmal mir, was sie vorhaben«, sagte Tanna, als sie Zubas fragenden Gesichtsausdruck bemerkte. »Sie müssten noch etwas erledigen, bevor man euch beide auf Kaution freilassen kann. Also ich denke, wir sind auf dem richtigen Weg.«

Der Albino-Polizist, der Zuba und Ike in die Zelle gebracht hatte, wartete mit seinem Gewehr neben einem roten Toyota Starlet. Er lächelte Zuba an und zeigte seine Zähne, genauso gelb wie seine Haut.

Zuba sah hinter dem Mann den klaren Himmel, die Raubvögel, die in der Ferne kreisten, und die Sonne, die langsam höher stieg. Die Luft roch nach Früchten und Gras. Er atmete tief und heftig, in der Hoffnung, so den Zellengestank aus seiner Nase zu vertreiben.

»Bayo, mach ich Handschellen an?«, fragte der Albino. Er schnaufte und griff zu den Handschellen an seinem Gürtel.

Bayo, der Polizist mit dem Jungengesicht, überlegte. »Okay«, sagte er.

»Hey, Herr Vorsitzender! Warum?«, fragte Tanna. »Sie wissen ganz genau, dass sie nicht wegrennen. Sie waren während der ganzen Affäre noch nie in Handschellen. Und warum dann jetzt, wo die Sache sowieso bald abgeschlossen ist?«

Bayo war verunsichert.

»Herr Vorsitzender, sehen Sie sich die beiden an, einfach nur ansehen. Die beiden sind Gentlemen. Sie sind Gentlemen, und Sie wissen es.« Tanna überzuckerte ihre Worte mit einem Lächeln.

Bayo warf einen Blick auf Zuba und Ike, die seinen Blick regungslos erwiderten, weil sie sich nicht sicher waren, welcher Gesichtsausdruck ihnen jetzt wohl nützen könnte.

»Okay«, sagte Bayo.

Der Albino schnaufte. Sein Kiefer straffte sich.

Idem erschien im Eingang der Wache.

»Bayo, komm *bitte*, ich hab noch Nachricht für dich.«

Bayo ging schnell zu Idem.

Tanna wandte sich an den Albino: »Euer Ehren, vielen Dank für Ihr Verständnis. Ihr Leute gebt ein gutes Beispiel dafür, was im Radio die neue Freundlichkeitsoffensive der Polizei genannt wird.«

»Okay«, sagte er, und brach in lautes Lachen aus. Er schnaufte und machte drei Schritte zu dem Guavabaum dicht bei ihnen. Er hielt ein Nasenloch zu und schnäuzte mit dem anderen.

Zuba sah Tanna an. »Sie überraschen mich. Herr Vorsitzender? Euer Ehren? Welcher Titel kommt als nächstes?«

Tanna kicherte. »Das ist ein Trick, den ich meinem Chef abgeguckt habe. Sie müssten sehen, wie er den bei den wirklich hohen Tieren anwendet.«

Bayo kam zum Auto zurück. »Einsteigen, einsteigen«. Er hielt die hintere Tür für Ike und Zuba auf.

»Wohin fahren wir?«, fragte Zuba.

»Das werdet ihr bald sehen«, sagte Bayo. Er schob eine Kassette in die Stereoanlage. Tina Turners *»Simply the best«* presste sich durch die Boxen.

Die vertraute Musik milderte den Eindruck der völlig fremden Situation. Sie fuhren auf Nebenstraßen und entgingen so der Montag-Morgen-Hektik, die auf den Hauptstraßen um die Provinzhauptstadt Akwa herrschte. Farmen und Wälder, Wohnhäuser, Busse, Autos, Fahrradfahrer und Lasten tragende Fußgänger flogen an ihnen vorüber. Zubas Blick war auf die Narbe an Baxos Arm fixiert, als der das Lenkrad hin und her riss, um Schlaglöchern auszuweichen. Was konnte sie verursacht haben?

Sie fuhren langsamer, als sie sich einem Markt näherten. Eine rotschwarz-grüne Biafra-Fahne mit dem Zeichen einer aufgehenden Sonne flatterte an einer Bambusstange neben einer Anschlagtafel mit Bildern von Blut pissenden oder scheissenden Männern und dazu geschriebenen Texten, die Hilfe versprachen gegen Gonorrhoe, Syphilis, Herpes, Hämorrhoiden, Juckreiz an intimen Stellen, Wurmbefall und Staphylokokken. Unten, über die Füße der Anschlagtafeln, war ein weißes Transparent gespannt:

WIR SAGEN JA ZU BIAFRA! WIR SAGEN NEIN ZU NIGERIA! BEWEGUNG FÜR DIE GRÜNDUNG EINES UNABHÄNGIGEN BIAFRA (MASSOB). OHNE GEWALT! OHNE EXODUS!

Eine Frau saß mit dem Rücken zum Transparent und fritierte Süßkartoffeln und Bohnenküchlein am Straßenrand. Feuer knisterte unter ihrer Pfanne, und der aufsteigende Rauch füllte sich mit dem Duft der brutzelnden Speisen und drang durch die offenen Scheiben in Bayos Auto. Zubas Mund wurde wässrig. Er hörte Ike neben sich schlucken. »Bitte, können Sie anhalten und mich paar Kartoffeln und *akara* kaufen lassen?«, sagte er.

Bayo brachte das Auto zum Stehen. Ein Mädchen von etwa sieben Jahren kam angerannt.

»Soll ich was bringen? Soll ich was bringen?«, fragte es. Sie war eine verkleinerte Ausgabe der Frau, die vor der Bratpfanne saß.

»Wie viel kostet das?«

»Ein Stück eine Naira.«

Zuba schaute sich im Wageninneren um, bevor er dem Mädchen zwei grüne Scheine gab. »Bring was für vierzig Naira, zwanzig für Kartoffeln und zwanzig für *akara*.«

Vor ihnen standen verbeulte Pendlerbusse in zwei Reihen nebeneinander und ließen nur eine Spur für den Verkehr frei. Sie ließen ihre Motoren aufheulen und die Hupen dröhnen. Die Fahrer lehnten sich aus den offenen Türen und riefen:»Onitsha! Upper Iweka! Abfahrt jetzt - jetzt!« Schlepper suchten und lockten Passagiere, griffen Vorbeigehende am Arm und zogen sie Richtung Busse.

Der dampfende Behälter mit Kartoffeln und *akara* erfüllte das Auto mit köstlichem Duft. Die Roter-Pfeffer-Tomaten-Sauce darüber köchelte noch.

»Reines Wasser, kauft reines Wasser«, riefen Straßenhändler und wedelten mit blau-schwarz beschrifteten Wasserflaschen.

Zuba ignorierte sie. »Essen wir«, sagte er und stellte den Behälter zwischen den Vorder- und Rücksitz. Er nahm sich ein Kartoffelstück und stopfte es in seinen Mund. Die Hitze verbrannte seine Zunge und seinen Gaumen. Er öffnete seinen Mund und ließ Luft durch den durchgekauten Bissen ziehen, bevor er ihn herunterschluckte. Er fühlte die reinigende Hitze in seinen Magen kriechen. Ike kaute und schluckte auf die gleiche Art und schmatzte dazu. Genauso Bayo und der Albino. Tanna bedankte sich und vergrub ihren Kopf in ein amtlich aussehendes Dokument. Zuba griff wieder und wieder in den Behälter und hoffte, niemand von den anderen würde sich zwei Münder oder fünf Hände wachsen lassen.

Es war die Schule, wohin Bayo sie fuhr. Er hupte vor dem Schultor. »*Wo ihr Kind sich wohlfühlt*«, brummelte er, als er das Schild am Eingang las. Der Pförtner tauchte auf, knöpfte sein Hemd zu und blickte Bayo misstrauisch an.

»Alles in Ordnung. Ich bin's. Mach das Tor auf«, sagte Zuba.

»Heeey. Guten Morgen, Sah. Willkommen, Sah.« Er ging zurück und öffnete das Tor.

»Zeig mir den Weg zu deinem Haus«, sagte Bayo; er fuhr langsam die Straße zwischen den hohen Neem-Sträuchern entlang und drehte den Kopf von einer Seite zur anderen. »Deine Schule aber sehr fein«, sagte er. »Mein Kind kann hier auch kommen? Er ist zwölf und hat seine Secondary fertig. Oder deine Schule nur gut für Kinder von Big Man?«

»Klar kann er herkommen«, sagte Zuba.

»Wie hoch sind Schulgelder?«

»Em... ungefähr einhundertundfünfzigtausend Naira pro Jahr.«

»Haaa! Das ist mehr als mein Gehalt für ganzes Jahr. Siehst du, diese Schule nur für Kinder von Big Man.«

»Aber es gibt Stipendien. Es gibt Prüfungen für Stipendiaten.«

»Wirklich?« Begeisterung ließ Bayos Stimme lauter werden. »Mein Kind sehr klug. Er kann Prüfung knacken und euer Stipendium kriegen. Wo gibt es Bewerbung? Bewerbung umsonst?«

»Normalerweise im Büro. Sie ist nicht umsonst, aber ich kann Ihnen eine besorgen.«

»Haaa! Vielen, vielen Dank.«

»Nein, hier lang«, sagte Zuba.

»Ich weiß. Ich wollte mich nur umsehen.«

»Was ist da drin?« Bayo zeigte auf eine kleine, mit rotem Hibiskus eingezäunte Anlage.

»Das ist ein Fischteich.«

»Sie meinen, die Kinder hier haben eigenen Fischteich?« Er schüttelte seinen Kopf.

Zuba lächelte.

»Dies dein Haus?«, fragte Bayo, als Zuba ihm sagte, wo er parken solle.

»Nein. Das Haus meines Vaters. Ich habe da nur mein Zimmer.«

»Ich höre, Vater ist krank?«

»Ja, er ist im Krankenhaus.«

»Oh, tut mir leid. Aber wir müssen dein Zimmer durchsuchen nach gestohlenen Sachen; elektronische Geräte und Geld«, sagte Bayo, als sie die Veranda erreichten.

Tanna stellte sich in den Weg. »Sie haben einen Durchsuchungsbefehl, nehme ich an?«

»Nein, diese Frau aber auch!«, Bayo schüttelte den Kopf, zog ein gefaltetes Stück Papier aus seiner Tasche und gab es ihr.

Das Hausmädchen öffnete die Tür, nachdem Zuba geklopft hatte.

»Hah! Bruder Zuba! Hereinspaziert!«, sagte sie.

»Danke«, sagte Zuba. Er ging ins Haus vor. »Du bist also zurück. Hoffe, die Hochzeit deiner Schwester lief gut. Wie geht es deinen Leuten?«

»Es geht allen prima, Bruder. Sie lassen grüßen.«

»Was ist mit Nonye?«

»Sie fuhr gestern Abend ins Krankenhaus, um Tante Chinwe abzulösen. Am Nachmittag ist sie wieder da.«

»Und was ist mit meiner Frau?«, fragte Ike.

»Sie ist drin, fühlt sich nicht gut.«

»Okay«, sagte Zuba, nachdem er einen Blick auf den Polizisten geworfen hat. »Du kannst solange zu ihr gehen. Ich sag dir Bescheid, wenn die hier mit mir fertig sind.«

»Aber nicht wegrennen, eh«, sagte Bayo. »Sonst nehmen wir deine Frau mit.«

Zuba hatte sein Zimmer am Freitagmorgen in aller Eile verlassen. Seine Badelatschen standen im Weg, ein Handtuch lag zusammengeknüllt auf dem Bett neben seinem Pyjama. Der abgestandene Geruch feuchter Wäsche hing in der Luft. Auf dem Tisch, neben dem Computer, stand ein halbvolles Glas Saft.

»Okay. Bevor wir mit der Durchsuchung beginnen, gib an, wie viel Geld und welche elektronischen Geräte sich hier im Raum befinden.«

Zuba fiel Bayos dienstbeflissener Ton und das perfekte Englisch auf.

»Ich habe hier bloß ein bisschen Kleingeld rumliegen und diesen Computer«, sagte er.

»Genaue Angaben«, sagte Bayo. Sein Blick wanderte durch das Zimmer. Er zeigte sich amüsiert, als er den Text an der Wand neben Gandhi entdeckte. Auch Tanna schaute auf das Bild, nachdenklich, mit gerunzelter Stirn.

Zuba durchwühlte seine Sachen und kramte eine Handvoll Geld hervor. Er legte es auf den Tisch neben den Computer. »Sechstausend Naira. Das ist alles. Und dieser Computer ist das einzige elektronische Gerät hier.«

Bayos Blick streifte das Geld und blieb dann auf dem Computer hängen: »Zeig mir die Quittung für diesen Computer.«

Zuba seufzte. »Tut mir leid, ich weiß nicht, wo sie ist. Ich hab den Computer seit meinem zweiten Studienjahr.«

»Aber wie soll ich dann wissen, dass er nicht gestohlen ist?«

»Of-fii-cerrr!« Tanna schaltete sich mit ihrem leichten Singsang ein. »Officer, machen wir das alles nicht schwerer, als es ist. Wir alle wissen, wir nicht haben Quittungen für alles, was ist im Haus.« Ihr Pidgin-Englisch war sanft und vollkommen, so wie Zuba es erwartet hatte.

»Das mag ja so sein«, gab Bayo in immer noch perfektem Englisch zurück. »Aber ich bin hier nicht der Verdächtige.«

Tanna lächelte. »Aber Sie wissen, auf Liste der Kläger mit angeblich gestohlenen Gegenständen taucht nicht Computer auf.«

»Meine Vorgesetzten werden das entscheiden, sobald der Computer auf unserer Wache abgeliefert ist.« Er drehte sich um und bellte: »Corporal!«

»Sir«, antwortete Gelbgesicht und schnaufte.

»Bring diesen Computer und alles Zubehör ins Auto.«

»Nein. Warten Sie! Einen Moment! Ich kann Ihnen beweisen, dass der Computer mir gehört. Wenn wir ihn einschalten, werden Sie sehen, dass er auf meinen Namen registriert ist.«

»Mein Freund, ich versteh keine Computersprache«, sagte Bayo.

»Es ist ganz einfach. Wir machen ihn an, und dann sehen Sie meinen Namen. Meinen Namen als Eigentümer.«

»Ich hab dir gesagt, dass ich die Computersprache nicht versteh. Wenn du mit mir sprechen willst, sprich in einer Sprache, die ich versteh.«

»Officer«, rief Tanna, »entschuldigen Sie uns eine Minute.« Sie winkte Zuba zu sich, sie gingen nach draußen. Sie steckten ihre Köpfe zusammen und sprachen im Flüsterton. Ihr Atem hatte immer noch den würzigen Geruch von *akara,* der sich mit ihrem Duft mischte. Er musste sich zurückhalten, um den Abstand zwischen ihrem und seinem Gesicht nicht noch weiter zu verringern und sie direkt auf ihren Mund zu küssen.

»Ich kann nicht zulassen, dass sie meinen Computer mitnehmen. Da drin ist viel gespeichert. Wenn er erstmal in ihrem Büro ist, kostet es mehr Geld und Zeit, ihn da wieder rauszubekommen. Oder noch schlimmer, sie machen ihn kaputt oder erklären ihn für verloren.«

»Gut, du hast gesehen, wie sie mit deinem Geld geliebäugelt haben. Also, du gibst ihnen entweder einen Teil davon oder du musst zulassen, dass sie den Computer mitnehmen.«

Im Schlafzimmer hockte Gelbgesicht immer noch vor dem Tisch und rollte mit seiner Hand das Stromkabel für den Computer zusammen. Er blickte Zuba an.

Zuba langte nach dem Geld auf dem Tisch. Seine Lippen bewegten sich, als er einige Noten abzählte. Im äußersten Blickwinkel sah er, wie sich Bayos Lippen beim Zählen mitbewegten. Er knüllte die Noten zu einer Kugel zusammen, hielt sie mit dem Daumen in seiner Handfläche bedeckt und machte dann die Hand auf. »Ich bin mir sicher, diese Sprache verstehen Sie«, sagte er.

Bayo kicherte. »Sehr gut sogar«, sagte er, als sie sich die Hände gaben.

»Hmmnnnh, Zuba. Sie überraschen mich. Sie scheinen ziemlich erfahren in solchen Dingen«, sagte Tanna.

»Ich habe das bei Straßenkontrollen gesehen«, sagte Zuba.

»Okay. Lass den Computer in Ruhe«, wies Bayo seinen Kompagnon an. »Such du unter dem Bett, und ich kontrollier' die Kleidung.«

Zuba sah ihnen zu, amüsiert über die Oberflächlichkeit ihrer Sucherei. Bayo riss die Türen des Schranks auf und blickte in jedes Fach, ohne die Sachen zu berühren. Zubas Augen blieben wieder auf Bayos Narbe hängen und er fragte sich, ob die auch juckte. Er vertrieb diese Gedanken und sah Tanna an.

Das Licht im Fenster tauchte ihre Gestalt in ein schimmerndes Weiß und ließ sie unwirklich erscheinen. Ihre schwarze Jacke hatte einen eigenartigen Glanz angenommen und kontrastierte mit den geblümten Gardinen links und rechts von ihr. Sie wirkte wie ein ganz besonderes Gemälde, eins von der Sorte, die auf Versteigerungen sechsstellige Summen erzielen. Er hätte sie gern in seine Arme genommen. Nur um sie festzuhalten und ihre Wärme zu spüren.

»Hey! Guck mal dies Buch«, sagte Bayo, als er das letzte Regal prüfte, und zog ein grün-weißes Buch hervor. *Grundlagen. Politik, Gesellschaft und*

Wirtschaft stand auf dem Umschlag. »Sie haben uns das Buch für unseren Grundlagenkurs zum Kauf empfohlen. Du kannst verleihen das Buch an mich?«

»Sie studieren?«, fragte Zuba verblüfft.

»Mein Freund, du glaubst wohl, ich will mein ganzen Leben Inspektor bleiben? Ich haben Psychologie auf einer Außenstelle der Universität Onitsha belegt. Ich machen drittes Jahr jetzt.

Und wenn fertig, dann ich mache Master in Kriminologie. Und eines Tages ich werde Gebietskommandeur oder sogar Commissioner der Polizei und mach Frau und Kinder oberglücklich.«

Zuba lächelte, mehr darüber, dass Bayo wieder in sein Pidgin-English zurückfiel, als über seine Worte selber. »Ich wünschte, der Tag wäre heute«, sagte er. »Das Buch gehört Ihnen.«

»Okay. Ich noch werfen einen scharf-scharfen Blick auf Haus von deinem Fahrer, und wenn da nichts-nichts ist, ich fahren dich direkt zu meinem Boss und er lassen dich frei, schnell-schnell.«

»Ike, wo bist du?«, rief Zuba. »Du bist an der Reihe.«

Es reicht, um euch an die Wand zu nageln

Bayo gab seinem Boss den Durchsuchungsbericht und verliess das Büro. Zuba und Ike saßen dort neben den Egbetuyis. Der Officer schleuderte den Bericht zur Seite und redete weiter auf Zuba ein:

»... die Beweislage ist die, dass du sie aus eurem Schulgelände heraushaben wolltest. Sie weigerten sich, fragten nach deiner Vollmacht und forderten, dass du vorher ihre Ansprüche voll und ganz erfüllst. Sie haben sogar ihren Anwalt bemüht, um ihre Forderungen schriftlich geltend zu machen.« Der Officer schwenkte einen Brief aus der offenen Akte vor ihm. »Jetzt erzähl mir, wer euch die Geschichte glauben soll, dass sie sich eines Morgens plötzlich entschlossen, die Sachen zu packen und, ohne dass sie das ihnen zustehende Geld bekommen hätten, das Gelände zu verlassen und…«

Zuba warf dazwischen: »Alles, was Sie zu tun haben, ist…«

»Mister man, ich liebe es nicht, unterbrochen zu werden. Füg deiner Sammlung von Straftaten nicht auch noch schlechtes Benehmen hinzu.«

Zuba schloss seinen Mund; sein Miene straffte sich. Er blickte finster auf die Egbetuyis neben ihm. Mr. Egbetuyis Hand ruhte auf den Oberschenkeln seiner Frau, und sie umklammerte sie mit beiden Händen. Sie hatten kaum aufgeblickt, als er und Ike hereingeführt worden waren.

»Die Beweislage ist die, dass du ein Motiv hattest, sie hinauszuwerfen. Und du hast die Mittel, kleine Gauner mit Schusswaffen, Macheten oder Äxten anzuheuern, die – wie die Kläger ausgesagt haben – sie damit schikanierten, bevor sie dann zusammen mit ihren Sachen noch vor dem Morgengrauen in den Bus verfrachtet wurden.« Der Officer stocherte mit einem Kugelschreiber in seinem schon angegrauten Haar. Sein Gesicht glänzte, als ob es mit Vaseline eingerieben wäre. Er zückte ein Taschentuch und rieb damit seine Augenbrauen. »Und dann haben sie deine Strolche und dein Fahrer zum Busbahnhof gefahren und sie dort mit ihren Sachen rausgeschmissen.« Er zog schnell ein Foto hervor, das Koffer und andere Sachen wild durcheinandergeworfen an einem Straßenrand zeigte. »Dein Pech, dass diese Verbrecher und dein Fahrer beschlossen, dich übers Ohr zu hauen und bei der Aktion ein wenig Beute zu machen. Also nahmen sie ihnen das Geld weg und ein paar Geräte: einen Kenwood 3-CD-Wechsler, einen 29-inch Sony Farbfernseher und noch einige Sachen. Mr. und Mrs. Egbetuyi haben uns die Fotokopien der Quittungen für die fehlenden Geräte überlassen.« Mit seinem beringten Zeigefinger pochte er zweimal auf die Quittungen, die neben der Akte lagen.

»Alles Fälschungen«, platzte es aus Zuba heraus. »Officer, ich habe keine Gauner angeheuert. Und ich sage Ihnen, die beiden hatten nie einen Kenwood CD-Player oder einen Sony-Fernseher.«

»Halt deinen Mund. Hör auf zu lügen«, brüllte Mr. Egbetuyi. »Du hast es getan, um uns dafür zu bestrafen, dass wir nicht weggehen wollten. Du kannst von Glück sagen, dass ich dir hier nicht an die Wäsche kann.«

Völlig außer sich wandte sich Zuba an Mrs. Egbetuyi. »Madam, wie können Sie nur so lügen? Wie können Sie nur…?« Er appellierte mit leiser Stimme an ihr Gewissen.

Mrs. Egbetuyi sagte gar nichts. Sie mied seinen Blick.

Ihr Ehemann legte seinen Arm um ihre Schultern. »Lass sie in Ruhe. Sie kann nicht reden, weil sie immer noch geschockt ist von deiner Hinterhältigkeit.«

Zuba drehte sich wieder zum Officer.

»Glauben Sie mir, sie lügen. Ich war mehrere Male in ihrer Wohnung; sie haben niemals einen Kenwood-CD-Player oder einen Sony-Fernseher besessen.«

»Ist das so? Wenn diese Angelegenheit vor Gericht kommt, mit den Quittungen als Beweis, dann haben Sie einen schweren Stand, den Magistrat davon zu überzeugen, dass ein Paar in der Position, nach so vielen Dienstjahren, keinen Fernseher in der Wohnung hat.«

Zuba rieb an seinem Keloid.

»So, weiter … und kein Wort mehr!« Der Officer griff nach einem Blatt aus der Akte. »In deiner eigenen Aussage streitest du alles ab. Du sagst, es ist ein abgekartetes Spiel. Aber du gibst zu, dass es Motive gab. Du gibst zu, dass du sie raushaben wolltest. Du sagst, du seist so erleichtert gewesen, dass sie schließlich doch ihre Sachen gepackt hätten, dass du auf das übliche Übergabeprotokoll verzichtet hast. Du hast nicht mal einen Angestellten hingeschickt, um eine Inventur zu machen und zu kontrollieren, dass sie die Wohnung in ordentlichem Zustand verlassen. Du sagst, dein Fahrer hätte dir berichtet, dass all ihre Sachen abgeladen worden seien und er nur von seinem Cousin begleitet wurde, der am selben Morgen abreiste.« Er machte eine Pause und sah Ike verächtlich an. »Fahrer sind überall gleich: Ganoven, die nur darauf lauern, ihrem Chef in den Rücken zu fallen. Er hat das Geld und die Wertsachen der Kläger irgendwo versteckt, und nach dieser Affäre wird er kündigen, und irgendwo mit seinem Anteil an der Beute ein kleines Geschäft aufmachen.«

Zuba übersetzte Ike die Worte des Officers ins Igbo. Er spürte, wie Ikes Beine zitterten. Er atmete tief durch und flüsterte dann: »Ist das wahr?«

»Natürlich nicht, Zuba. Wie kannst du das nur denken?« Ike starrte ihn fassungslos an.

Zuba legte eine Hand auf Ikes Schenkel. »Tut mir leid«, flüsterte er, »Ich habe das nie gedacht. Ich habe nur gefragt, weil man das von mir erwartet.« Er wandte sich an den Officer. »Er sagt, das ist nicht wahr.«

»Natürlich. Was sollte er sonst sagen? Aber komischerweise gab er in seiner Aussage einige interessante und hilfreiche Hinweise, die deinen Angaben zum Teil widersprechen.«

Zuba übersetzte wieder.

»Das ist nicht wahr«, schrie Ike. »Es sei denn, der Polizist hat etwas anderes aufgeschrieben als ich gesagt habe. Und was ich ihm gesagt habe, war dasselbe, was ich Ihnen gesagt habe: Es passierte gar nichts; sie luden ihre Sachen an diesem Morgen in den Bus und luden sie wieder aus, als wir am Busbahnhof ankamen. Sie winkten mir sogar zum Abschied, als ich wegfuhr. Dann sah ich im Rückspiegel, wie Mr. Egbetuyi ihre Sachen am Straßenrand durcheinanderschmiss. Aber ich habe nicht weiter drüber nachgedacht. Ich dachte, vielleicht hat ihn seine Frau geärgert und er hat ein Wutanfall gekriegt.«

Der Officer lachte.

»Seine Aussage liegt der Polizei und der Staatsanwaltschaft vor, und ich sage euch, da stecken genug Beweise drin, um euch an die Wand zu nageln. Wenn euer Fall vor Gericht kommt, ist eure Verurteilung und eine Gefängnisstrafe so sicher wie das Amen in der Kirche, deswegen solltet ihr euern Sternen dankbar sein, dass die Kläger hier zu einem außergerichtlichen Vergleich bereit sind. Sie haben bewiesen, dass sie nicht zu der Sorte Auge-um-Auge-Zahn-um-Zahn-Typen gehören. Sie wollen lieber den ganzen Vorfall vergessen und in Ruhe weiterleben, als Jahre über Jahre wegen dieser Sache vor Gericht erscheinen zu müssen und am Ende euer Leben zu ruinieren. Sie verlangen jedoch, dass ihnen alle gestohlenen Gegenstände zurückgegeben werden. Oder, für den Fall, dass ihr dazu nicht in der Lage seid«, er warf einen verächtlichen Blick auf Ike, »eine Entschädigung in Höhe von ... von...«, er blätterte in der Akte. »Ja, eine Abfindungssumme von zweihundertfünfundfünfzigtausend Naira, die sich zusammensetzt aus erstens einhundertfünfzigtausend Naira, die ihnen entwendet wurden, und zweitens einhundertundfünftausend Naira als aktuellem Gegenwert für ihre elektronischen Geräte. War es das?«

Mr. Egbetuyi nickte und zog seine Mundwinkel voller Widerwillen nach unten.

»So, Mister man, jetzt hängt es nur von dir ab, wie wir weiter verfahren. Willst du lieber einen außergerichtlichen Vergleich oder soll ich das Verfahren fortsetzen, euch vor Gericht bringen und dort eine Anklageschrift vorlegen?«

Zubas Wut hatte sich bei den Worten des Polizisten langsam gelegt und war einer Bestürzung gewichen.

»Wie ich schon sagte. Das Ganze ist ein abgekartetes Spiel. Ganz klar ein Versuch, das Geld zu erpressen, das ich seinem früheren Schwur entsprechend, zu zahlen habe. Nein, das kommt gar nicht in Frage.« Seine Stimme klang brüchig, als wenn sie gleich versagen würde.

Der Officer lehnte sich in seinen Stuhl zurück.

»Offenbar hast du nicht die geringste Ahnung, in was du da hineingeraten bist. Ich werde die Anklage in sieben Tagen, von heute an gerechnet, einreichen. Das sollte dir genug Zeit geben, über alles noch mal gründlich nachzudenken. Wenn du bis dahin deine Meinung geändert hast, kannst du mit der Abfindung in mein Büro kommen. Die Kläger werden in dem Falle ein Dokument unterzeichnen, wonach sie alle Anschuldigungen gegen dich, den Fahrer und alle anderen, die noch frei herumlaufen, zurückziehen, und dann wird auch die Anklage zurückgenommen. Eines solltest du aber noch wissen: deine Anwälte werden dir immer von einem außergerichtlichen Vergleich abraten, weil sie dann nämlich ihre Honorare, in welcher Höhe auch immer, verlieren würden. Die bekommen sie, wenn dann der Fall vor Gericht geht und dort Monat für Monat, Jahr für Jahr verhandelt wird. Ich rate dir also, darüber genau nachzudenken und nicht deine Anwälte zu konsultieren. Es geht um *deinen* Hals.«

»Wie ich schon sagte, ich werde auf keinen Fall eine Abfindung zahlen für ein Verbrechen, das gar nicht stattgefunden hat, für Wertsachen und Geld, die sie gar nicht besessen haben«, bekräftigte Zuba.

Der Officer schaute Zuba an. Er schüttelte seinen Kopf. »Bayo.«

»Sir.« Bayo erschien in der Tür.

»Fertige eine Anklage für die Verdächtigen: Androhung von Gewalt und Diebstahl. Setz den 24., nächste Woche, als Gerichtstermin ein.«

»Jawohl, Sir«, sagte Bayo.

Mr. Egbetuyi sprang auf und stand vor dem Schreibtisch stramm. »Bitte abtreten zu dürfen, Sir.«

»Genehmigt.«

Mr. Egbetuyi salutierte. Mrs. Egbetuyi erhob sich. »Danke, Sir.«

Der Officer nickte.

Zuba zog seine Hand aus der Tasche und fuhr sich übers Gesicht. Er starrte auf seine feuchte Handfläche. Er stützte seinen Ellbogen auf den Tisch und rieb sein Keloid.

Bayo kam mit einem kleinen Stück Papier herein und reichte es Zuba.

Draußen standen die Egbetuyis unter einem Mangobaum direkt vor der Polizeistation. Frische und verrottete Früchte bedeckten den Boden um sie herum. Mrs. Egbetuyis boubou raschelte, als sie irgendetwas zu ihrem Mann murmelte.

Eine junge Frau kniete vor ihren Füßen und schüttete Erdnüsse und Popcorn von ihrem Tablett auf eine alte Zeitung. Die Egbetuyis sahen auf, als Zuba und Ike das Büro verließen. Zuba war über Mrs. Egebetuyis feindseligen Blick verblüfft. In Mr. Egebtuyis Gesicht waren weder Wut noch Hass erkennbar. Vielmehr ein Aufscheinen von Triumph und ein stummes, vieldeutiges Grinsen, das Zuba an das Buga-Grafitti in der Polizeizelle erinnerte.

Falsch geparkt

»Ganoven! Perverse! Idioten!« Rechtsanwalt Chigbos Stimme donnerte und ließ die cremefarbenen Jalousien in seinem Büro vibrieren. »Die stecken mit Mrs. Egeb... Mrs. Ebge... also mit dieser gefeuerten Direktorin mit dem unaussprechlichen Namen unter einer Decke. Und mit ihrem Ganoven von Ehemann.« Er begann in seinem Büro auf- und abzulaufen, und hielt das Anklageprotokoll so verkrampft in seinen Händen, dass Zuba fürchtete, er würde das Papier zerfetzen.

Tannas Blick folgte ihrem Chef. Das Grinsen auf ihrem Gesicht ließ erkennen, dass sie an solche Zornesausbrüche gewöhnt war.

»Geld! Es geht nur um Geld. Sie wollen dich mit Drohungen in einen Vergleich drängen, um dann alles unter sich aufzuteilen. Du hast genau das Richtige getan, Zuba, dass du ihr Angebot abgelehnt hast. Wir werden sie vor Gericht wieder sehen. Ja, vor Gericht, wenn sie überhaupt den Nerv haben, soweit zu gehen. Und wenn ich diese verlogene Frau und ihren schrägen Vogel von Ehemann erstmal im Zeugenstand habe, mache ich Kleinholz aus ihnen.« Er machte mit den Händen eine Bewegung, als ob er etwas zerreißen wolle. »Sie erzählten dir, dass Anwälte etwas gegen Vergleiche hätten, weil sie dann ihre Prozessgebühren verlieren würden, eh? Gut, du erzählst ihnen beim nächsten Mal, wenn du sie siehst, dass ich diesen Fall pro bono übernehme...«

»Pro bono?«, fragte Zuba flüsternd.

»Honorarfrei«, flüsterte Tanna zurück.

»Ist das seine Gerichtsstimme?«

Tanna rollte mit ihren Augen und nickte.

»Von ihm möchte ich lieber nicht befragt werden.«

Sie lächelten verschwörerisch. Zuba fühlte wieder diesen Stich in der Magengrube.

»... und ich werde bei jeder Verhandlung dabei sein. Das ist das Mindeste, was ich für dich und deinen Vater unter den gegebenen Umständen tun kann. Wie geht es ihm überhaupt?«

»Es geht ihm besser. Ich werde ihn morgen besuchen.«

»Frag den Arzt, ob er schon Besuch empfangen darf. Ich würde ihn gern sehen.«

»Ich werde Ihnen Bescheid sagen.«

»Sir, wir müssen noch über die Sicherheiten wegen der Kaution sprechen«, sagte Tanna.

»Ja, richtig, meine Liebe. Manchmal wünsche ich mir dich anstelle meines Sohnes, der bloß Basketball im Kopf hat.«

Anwalt Chigbo ließ sein ganzes Gewicht in den Sessel fallen und griff nach seinem Kalender. »Hmmmmmmnh ... am 24. muss Tanna in Lagos sein und ich in Enugu vor dem Berufungsgericht. Ich werde Greg zu deiner Anklageeröffnung schicken. An dem Tag passiert sowieso nichts. Du und, em …«, er blickte auf das Anklagepapier, »… Ike werdet auf die Anklagebank gesetzt. Die Anschuldigungen werden vorgetragen und ihr werdet gefragt ›Schuldig oder nicht schuldig?‹ Ihr erklärt euch für nicht schuldig, und Greg wird eine Kaution beantragen. Das Gericht wird einer Kaution zustimmen. Man wird einen Tag festlegen, an dem die Verhandlung beginnt. Eure Bürgen werden die Kautionsgarantien unterschreiben und ihr könnt nach Hause gehen. Aber sorg dafür, dass zwei Onkel von dir zur Verhandlung erscheinen. Beide müssen Grundbesitz haben, eine Nutzungsgenehmigung für das Grundstück sowie eine Steuerbescheinigung über drei Jahre vorlegen.«

»Herr Anwalt, was soll ich sagen? Vielen, vielen Dank.«

Zuba blickte zu Tanna, dann auf seine Uhr. »Ich schätze, ich muss gehen.«

»Vergiss nicht, mir über deinen Vater Bescheid zu geben«, sagte der Anwalt und schob ihm das Anklagepapier zu. »Tanna macht noch eine Kopie, bevor du gehst, für unsere Akten.«

»Okay, nochmal danke.«

Tanna schaute auf ihre Uhr. »Sir, ich gehe auch, sobald ich die Kopien gemacht habe.«

»In Ordnung. Einen schönen Abend.«

Zuba stand auf und folgte Tanna zur Tür.

»Ich hab jetzt ein viel besseres Gefühl bei der ganzen Geschichte«, sagte er, als sie den Flur hinuntergingen. »Ich wünschte, Nonye wäre mitgekommen. Sie hätten sehen sollen, welche Szene sie mir machte, als ich von der Polizeistation zurückkam und ihr erzählte, was passiert war. ›Du hast es wieder getan, Zuba! Das ist nicht die Frage von richtig oder falsch. Es geht darum, ob du deinen Kopf rettest. Du solltest den Vergleich machen und sie mit ihrem Gewissen allein lassen, damit wir die ganze Sache endlich hinter uns haben.‹«

»Sie mag Sie so gern. Sie saß uns die ganze Zeit im Nacken, als Sie in der Polizeizelle waren.«

Tanna war fertig mit den Kopien, sie guckten sich an. Er steckte seine Hand in die Hosentasche. »Em ... Eure Hoheit, ich überlege gerade, ob Sie mir erlauben würden, Sie nach Hause zu fahren?«

»Seit wann reden Sie so?«

»Ein Trick, den ich von einer wundervollen Frau gelernt hab. Sie wendet ihn allerdings nur Polizisten gegenüber an.«

Tanna lachte.

Als sie das Büro verließen und zwischen Croton-Sträuchern zum Auto gingen, ärgerte sich Zuba, weil er sie nicht einfach zum Abendessen eingeladen hatte, wie er es eigentlich vorhatte. Jetzt musste er sich während der Fahrt etwas einfallen lassen.

Im Auto roch es nach ihrem Parfum. Zuba bemerkte, wie eng sie in dem kleinen Innenraum nebeneinandersaßen. Seine Hand fuhr hoch zu seinem Keloid, blieb aber dann auf seinem Hals liegen. Er blickte zu ihr hin, um dann doch sein Keloid zu reiben.

»Juckt dich die Narbe?«

»Es ist keine Narbe. Es ist ein Keloid.« Er steuerte das Auto aus der Anlage heraus in Richtung Oguta Road, wo dichter rush-hour-Verkehr herrschte.

»Juckt es?«

»Manchmal. Aber auch wenn nicht, fühle ich oft einen Zwang, dran zu reiben.«

»Ich habe mitbekommen, dass du manchmal deine Hand in die Tasche steckst, um dich selbst davon abzuhalten.«

»Das hast du?« Zuba guckte sie mit großen Augen an. »Weißt du, wie sie mich deswegen in der Schule nannten?«

Sie schüttelte ihren Kopf.

»Narbengesicht.«

Sie lächelten sich an.

»Und es gibt kein richtiges Mittel dagegen. Du schneidest es aus – und es rächt sich mit verstärktem Wachstum. Es führt ein ganz eigenes Leben, sag ich dir. Aber die Forschung ist an einem geeigneten Mittel dran. Jedenfalls möchte ich mit dabei sein.«

»Hmmm. Die Laborratte, was?«

»Yeah. Ich will meinen Master in medizinischer Biochemie machen.«

»Toll. Aber warum hast du nicht gleich Medizin studiert?«

»Ich hatte nicht den nötigen Notendurchschnitt. Ich war nicht intelligent genug.«

Tanna begann zu lachen.

»Was ist?«

»Deine Offenheit. Selten bei einem Mann.«

Der Pendelbus vor ihnen hielt plötzlich mitten auf der Straße. Zuba trat heftig auf die Bremse, um einen Zusammenstoß zu vermeiden. Der Schaffner sprang raus. »Upper Iweka Road! Wollt ihr hin? Steigt ein. Schnell-schnell.« Er winkte zwei Männern zu, die am Straßenrand entlanggingen. Die Männer quetschten sich in den Bus. Der Bus setzte sich wieder in Bewegung; der Schaffner hing in der offenen Tür.

Zuba fuhr weiter. Er sollte sie bald wegen des Essens fragen. Er sah sich nach einem guten Restaurant um, das sie zusammen ausprobieren könnten. Buden und Geschäfte flankierten die Straße: ein Kleiderladen, der ein Angebot alter Sachen mit neuen Etiketten führte; ein Zement-Geschäft, in dem die Säcke zu ordentlichen Pyramiden gestapelt waren; ein Videoladen mit lebensgroßen Fotos von lokalen Stars neben Crimson-Titeln; eine Bude mit geräuchertem Fisch und Fischen, die auf Blechen lagen, schwarz und steif wie einbalsamierte Körper, ein Baugeschäft, ein Bier- und Palmwein-Saloon, ein Geschäft für Autoersatzteile, ein Laden für geschützte Arzneimittel, eine Mechanikerwerkstatt und ein bunter Reigen von anderen Läden, der sich soweit erstreckte, wie Zuba blicken konnte. Der Hauptmarkt der Stadt, Meilen entfernt, wucherte wie eine Kriechpflanze über jeden freien Platz, über jeden Graben oder jede noch so kleine Lücke und transformierte die Stadt in eine riesige Landschaft des Kaufens und Verkaufens.

»Das muss für dich ein langer Arbeitstag gewesen sein«, sagte er.

»Fühl mich eigentlich gar nicht so. Es macht Spaß, sich für etwas einzusetzen oder jemanden zu verteidigen, an den du glaubst. Aber manchmal ist es auch anstrengend. Wenn z.B. ein Polizist zu mir sagt: ›So eine wie dich hab ich zu Hause; sie kocht mein Essen, wäscht meine Uniform und wärmt mein Bett.‹ Ich freu mich jedenfalls, dass mir dein Fall zugeteilt wurde. Da kann ich viel mehr lernen, in mancher Hinsicht, als ich ahnen konnte.« Sie lächelte kurz.

»Ja, für mich ist all das auch sehr lehrreich. Ich meine damit nicht nur die Zelle.«

»Ah. Genau das wollte ich dich fragen, wenn du nichts dagegen hast. Wie war es denn in der Zelle?«

Zuba grinste. »Unglaublich spannend. Aber das ist eine Geschichte, die kann man nicht so mit leerem Magen erzählen. Vielleicht finden wir ja ein Lokal, wo wir eine Kleinigkeit essen können, und reden dann drüber.«

»Sicher.«

Zubas Grinsen wurde breiter. Er kam zu dem großen Kreisverkehr und bog dann in die Old Market Road ein.

Die roten und gelben Farben von Mr. Bigg's leuchteten auf. Der schmale Weg neben dem Fast-food-Haus, an dem er sonst parkte, wenn der Parkplatz voll war, war mit Autos zugestellt. Er seufzte, fuhr die Old Market Road weiter runter und parkte vor einem metallic-blauen Volvo. »Das passt«, sagte er, rieb sich die Hände, lächelte zu Tanna hinüber und öffnete die Fahrertür.

Er hatte gerade mal einen Fuß aus dem Auto gestellt, als er drei Männer auf sich zukommen sah. Sie hatten das borstige, verhutzelte Äußere, das man mit Menschen in Verbindung bringt, die ihren Tag mit einem mächtigen Schuss *kai-kai* beginnen, einem extrem starken, heimischen Gin. Ihre blutunterlaufenen Augen glänzten triumphierend, als sie vor ihm standen.

»Falsch geparkt«, sagte einer der Männer. Er verstellte Zuba den Weg und zückte einen schmutzigen Ausweis mit der Aufschrift *Onitsha Task force für Verkehrsberuhigung.* »Sie müssen eine Strafe von zweitausend Naira zahlen.« Er zog einen zerknautschten Quittungsblock aus seiner hinteren Jeanstasche. Er trug das Wappen der Staatsregierung unter dem Schriftzug: *Regierung von Anambra, Amt für interne Einnahmen.*

»Blödsinn«, sagte Zuba auf Englisch. »Hier ist kein Parkverbotsschild.«

»Wenn's Ihnen Spaß macht, können Sie das ganze englische Wörterbuch aufsagen.«

»... und außerdem ist hier auch noch ein anderes Auto geparkt.«

»Ja. Wir haben den Fahrer nicht mehr erwischt. Aber er wird nicht wegfahren, ohne uns vorher zu sehen.« Der Mann trat einen Schritt zurück, so dass Zuba sich herauslehnen und das Auto angucken konnte. Ein Rad fehlte. Die Achse lag auf einem Holzpflock.

»Zahlen Sie, nehmen Sie Ihre Quittung und wir lassen Sie wegfahren und woanders parken. Andernfalls müssen wir Sie aufs Amt bringen, und dort zahlen Sie nicht nur fürs Falschparken, sondern auch noch für die Freigabe des Wagens.«

Zuba merkte, dass Tanna ihn beobachtete. »Hört auf mit diesem Unfug«, schrie er. »Zeigt mir das Schild, auf dem steht ›Parken verboten‹.«

»Wo haben Sie Ihren gesunden Menschenverstand gelassen? Sie bevorzugen wohl die härtere Gangart.« Der Mann nickte seinem Kompagnon zu, der hinter dem Wagen stand, schnell den Kofferraum öffnete und Ersatzreifen und Wagenheber herausholte.

»Wenn Sie sich entschließen die Strafe zahlen, bekommen Sie Reifen und Wagenheber zurück«, sagte der Mann, »Sie glauben wohl, ich hätte nichts Besseres zu tun, als hier herumzustehen und auf Ihre hässliche Warze zu gucken?«

»Einen Moment«, begann Tanna

Zuba legte eine Hand auf ihren Schenkel. Seine Stimme war leise, als er sagte: »In Ordnung. Alles in Ordnung. Legt Reifen und Wagenheber wieder zurück. Wir fahren zum Amt. Ich will mit euren Vorgesetzten sprechen.«

Reifen und Wagenheber flogen in den Kofferraum. Zwei der Männer setzten sich auf die Rückbank und verdrängten Tannas Parfum mit ihrem Geruch von Tabak und Alkohol.

Zuba bemerkte, dass seine Hand immer noch auf Tannas Schenkel lag, und zog sie schnell zurück.

»Okay, also zu unserem Büro. An der Upper Iweka Road«, sagte der Mann. Er hielt die Kopfstütze von Zubas Sitz umklammert.

»Wo in Upper Iweka?«

»Neben der Telefonzentrale.«

Zuba fuhr los. An der Straße weiter unten hatte sich eine Menschenmenge versammelt und behinderte den Verkehr. Ihre weißen Westen trugen die Aufschrift: MASSOB. *Keine Gewalt. Kein Exodus*, und das Transparent, das sie hielten: *Bewegung für die Gründung eines unabhängigen Biafra* (MASSOB). Die rot-schwarz-grüne Biafra-Fahne flatterte in ihrer Mitte an einer Bambus-Stange vor dem Hauptpostamt. Zuba nahm eine Parallelstraße Richtung New Market Road. In der Awka Road herrschte wieder dichter Verkehr und er kam nur langsam voran. Im Auto war es mucksmäuschenstill, nur gelegentlich unterbrochen von einem Husten von der Rückbank. Er vermied es, Tannas Blicke zu erwidern. Sein Herz klopfte bei dem Gedanken, ob sein Plan wohl aufgehen würde.Als sie zum Zik-Kreisverkehr kamen, bog er ab und raste in Richtung Armeegelände.

»Wohin fahren Sie? Das ist die falsche Richtung!«, schrien die Männer von hinten.

»Ich weiß. Aber ich muß vorher schnell den Eigentümer informieren, dass sein Auto beschlagnahmt werden soll.«

»Und wer ist der Eigentümer?«

»Oberstleutnant Maduekwe.«

»Das ist 'ne Lüge«, platzte es auf Englisch aus dem Mann heraus. Seine Stimme war um eine Oktave nach oben geklettert. »Warum ist dann keine Armee-Plakette am Auto?« Er fiel ins Igbo zurück.

»Das können Sie ihn selber fragen, wenn wir bei ihm sind.«

»Okay, zeig' mir die Wagenpapiere.«

»Tanna, würdest du bitte im Handschuhfach nachsehen. Da ist eine braune Hülle. Bitte gib dem Mann den Kraftfahrzeugschein, der da drin steckt.«

Tanna öffnete das Handschuhfach. Sie zog ein Dokument aus der Hülle und reichte es nach hinten.

»Da steht kein ›Oberstleutnant‹ vor dem Namen des Eigentümers«, sagte der Mann.

»Das geht mich nichts an. Wenn Sie ihn sehen, können Sie ihm das ja sagen.«

»Und als Adresse steht hier Ojoto«, triumphierte der Mann.

»Logisch, was da angegeben ist, ist seine Heimatstadt, seine ständige Adresse«, sagte Zuba, als er auf das Armeegelände einbog und auf das Gaspedal trat.

Der Mann, der hinter Tanna saß, beugte sich zu seinem Kompagnon und machte irgendwelche Zeichen.

»Okay. Stop, Stop«, sagte er. »Anhalten.«

»Warum? Wo liegt das Problem?« Zuba trat noch stärker aufs Gaspedal.

»Bitte anhalten. Bitte. Ich will keinen Ärger mit meinen Chefs. Polizei und Armee kommen uns nicht in die Quere und wir ihnen auch nicht.«

Zuba reagierte nicht. Er fuhr hinter den Mammy Market. Da musste es einige vornehme Bungalows oder Zweifamilienhäuser geben.

»Okay. Bitte anhalten. Ich hab keine Lust auf Ärger mit diesen Armeekerlen. Sie wissen, wie die sich aufführen...«

»Mister, ich bitte Sie anzuhalten. Wie oft sollen wir das denn noch sagen? Mein Kollege hier hat doch gesagt, dass es ein Irrtum war.«

Zuba bremste ab und machte einen U-turn. »Ich lass euch an der Bushaltestelle raus.«

Die Männer konnten gar nicht schnell genug aus dem Auto kommen. Einer prallte dabei mit dem Kopf gegen den Türrahmen.

»Danke, danke«, sie stürzten zu dem Bus, der auf der gegenüberliegenden Straßenseite wartete.

»Diese Halunken, haben uns den Abend verdorben«, fluchte Zuba und sah den Männern hinterher.

Tanna fing an zu lachen.

»Keine Sorge. Wir werden unser Dinner schon noch haben«, sagte sie. »Aber nicht mehr heute. Es ist schon ziemlich spät. Ich hab eine andere Idee: Hast du Zeit am Wochenende nach deinem Gerichtstermin, Sonntag vielleicht?«

»Ja.«

»Dann hol mich doch zum Essen ab, so um zwei?«

»Sicher.«

»Großartig. Dann kannst du sehen, wo ich wohne. Allerdings schmücke ich meine Wände nicht mit Gandhi.«

Zuba fädelte sich wieder in den Verkehr ein.

»Meine Wohnung ist nicht weit von hier. Kennst du Omagba Estate?«

»Oh ja.«

»Ich wohne da bei meiner Tante in deren Bungalow. Sie ist Stewardess. Kein schlechter Job für jemanden, der nirgendwo länger bleiben mag.«

Einige Minuten später zeigte sie auf ein Haus. »Hier ist es.«

Zuba konnte nur ein silberfarbenes Aluminiumdach erkennen, das über einen hohen, ungestrichenen Zaun hinausragte. Er hielt vor dem Tor und drehte sich zu ihr, als sie ihre Handtasche und die Akten nahm.

In ihren Augen war so etwas wie Belustigung zu erkennen. Und wieder hatte Zuba das Gefühl, dass sie ihn durchschaute und wie einen ihrer Romane lesen konnte.

Sie beugte sich zu ihm und gab ihm einen Kuss auf die Wange.

»Bis nächsten Sonntag, Herr Direktor. Vielen Dank fürs Mitnehmen.«

Zuba schluckte. »In Ordnung, General-Anwältin. Gute Nacht. Und gute Reise nach Lagos.«

Tanna schloss die Wagentür. Zuba sah noch ihren Rücken, ihre schmalen Schultern und die schlanken Arme. Sie verschwand hinter dem Tor. Sein Kopf fühlte sich an wie ein Luftballon, der an einem dünnen Faden über dem Körper schwebte. Er fasste an seine Wange. Dann startete er den Motor und fuhr langsam aus der Siedlung heraus.

Dinge beim Namen nennen

Professor Chukwueloka Maduekwe hatte seine Augen halb geöffnet. Seine Kinder saßen auf einem Sofa und unterhielten sich mit gedämpften Stimmen, aber ihr Flüstern hatte sich in seine Träume geschoben und ihre Anwesenheit seine von Medikamenten verursachte Benommenheit verscheucht.

Nonye hatte ein hellgelbes Kleid mit vielen dunkelblauen Punkten an. Ihre Hände lagen in ihrem Schoß. Ihre Haare trug sie anders, als er es in Erinnerung hatte. Es war locker nach hinten gekämmt und betonte ihre Stirn und das herzförmige Gesicht. Wahrscheinlich trug sie eine Spange am Hinterkopf, um die glänzenden, glatten Haare zusammenzuhalten. Er sah sich ihr Gesicht an. Kajalstift, Wimperntusche und rosa Lippenstift waren präzise eingesetzt. Ihm gefiel das immer noch nicht. Make-up war was für Erwachsene. Junge Mädchen sahen damit frühreif aus. Und altklug. Aber er hatte den Kampf verloren.

Ihre Augen blinzelten energisch. Ihre Lippen waren zu einer Schnute verzogen. Offensichtlich war sie mit dem, was Zuba ihr sagte, überhaupt nicht einverstanden, und wartete ungeduldig darauf, dass er endlich fertig war. Professor Maduekwe wusste, dass er – wenn er sich streckte und nach unten schaute – sehen könnte, wie ihr rechter Fuß ungeduldig auf- und abwippte, ganz wie ihre Mutter früher. Sie würde wahrscheinlich auch das letzte Wort haben. Seine Augen verengten sich zu einem Lächeln.

Zubas Lippen bewegten sich schnell und ließen das Weiß der Zähne und das Rosa der Zunge aufblitzen. Die oberen Hemdknöpfe waren offen und zeigten seine unbehaarte Brust und ein ziemlich starkes Brustbein. Seine Hand fuhr immer wieder zum Gesicht – als Junge war er von seinem Keloid regelrecht besessen, aber damals fiel die große Narbe in seinem schmalen Gesicht auch deutlicher auf. Jetzt war sein Gesicht breiter geworden und das Keloid wirkte kleiner, ungefähr wie die Narben eines Boxers, die dessen Gesicht eine Aura von Wildheit verleihen.

Da war etwas Neues in seinen Augen, eine Entschlossenheit, eine Ruhe, die nur einer festen Überzeugung entspringen konnte. Nein, Nonye würde nicht das letzte Wort haben.

Er winkte ihnen. Sie waren augenblicklich still. Regelrecht aufgeschreckt. Was verbargen sie vor ihm? Er drückte die Hand seines Sohnes, streichelte über seinen Arm.

»*Kedu?*«, seine Stimme klang rauh.

»Mir geht's gut«, sagte Zuba. Er prüfte das Gesicht seines Vaters. »Und dir?«

Der Professor nickte.

Zuba zog sich einen Stuhl ans Bett.

Professor Maduekwe griff nach Nonyes Arm. Er zog sie so nahe zu sich, dass sie über ihn gebeugt war. Er streichelte ihr Gesicht, ihre Wangen, ihre Stirn. Die Spange fiel aus ihrem Haar, genauso gelb wie ihr Kleid. Die Plastikunterlage unter seinem weißen Bettzeug verrutschte, als Nonye sich neben ihn setzte. Sie nahm ein Taschentuch vom Nachttisch und tupfte damit den Speichel ab, der aus seinem Mund lief.

Der Professor zeigte auf Zuba. »Was ist passiert ... mit deinem Bruder? Er strahlt so ... oder?«

»Er hat seine Geheimnisse. Sogar vor mir! Seit zwei Tagen ist er so. Singt im Bad, zählt die Tage im Kalender.«

Der Professor lächelte. »Hast du mir irgendetwas zu sagen, Sohn?«

Zuba rieb an seinem Keloid. Unter normalen Umständen hätte er seinem Vater kein Wort verraten, und wenn er noch so viel gefragt hätte. Aber man konnte kaum eine Bitte abschlagen, die einem aus einem Krankenbett heraus gestellt wurde.

Er sah zu Nonye. »Dad, ich werde jemanden treffen.«

»Genau, was ich gedacht habe«, rief Nonye.

»Treffen ... jemanden treffen?«

»Er meint, er hat sich mit einem Mädchen verabredet. Mit Tanna, oder?«

Jetzt grinste der Professor: »We... wer ist Tanna?«

»Eine hübsche Anwältin, die in Chigbos Kanzlei arbeitet.« Sie verschluckte, was sie noch sagen wollte ... *und die ihn aus der Zelle geholt hat.* Ein Satz, mit dem sie ihren Bruder schon häufiger geneckt hatte.

Die Augen des Professors leuchteten auf. Sein dicker Bauch hob und senkte sich beim Atmen. Er dachte daran, wie er damals vor sich hin gepfiffen hatte, als er sich vor der ersten Verabredung mit seiner Mutter im Badezimmer schick gemacht hatte.

Der Doktor kam mit Tante Chinwe herein. Er ging zum Bett und zupfte an Zubas Arm. »Er sollte jetzt schlafen. Er sieht so aus, als ob er heute schon Aufregung genug für die nächsten Tage gehabt hätte.«

»Ah, Dad, Rechtsanwalt Chigbo möchte dich gern mal besuchen«, sagte Zuba, als er sich erhob.

Der Professor nickte. »Und wie geht es meiner Schule?«

»Alles in Ordnung.« Zuba verkniff sich, noch mehr zu sagen. Er sah einige Kataloge auf dem Nachttisch liegen: »Soll ich dir den neuesten Stephen King besorgen oder ein anderes Buch oder irgendwelche Zeitschriften? Ich kann sie dir morgen bringen lassen.«

Professor Maduekwe nickte. Er antwortete mit zwei Worten.

»Was?« Zuba beugte sich näher zu ihm.

»Die Bankauszüge.«

Zuba richtete sich auf. Sein Vater war auf dem Weg der Besserung.

*

»Da ist es.« Zuba zeigte auf das offene Tor neben einem großen Schild: *Hoher Gerichtshof und Schiedsgericht des Staates Anambra in Ogidi.*

Ike blinkte und fuhr auf das Gelände. Der Weg führte an den Verwaltungsbüros vorbei. Erosion hatte große Stücke von Teer auf dem Weg weggefressen und eine rötlich-ölige Erde freigelegt. Ike versuchte mit dem Auto den Schlaglöchern auszuweichen und schlängelte sich an den blühenden Büschen und parkenden Autos vorbei, viele von ihnen trugen die grün-gelb-schwarze Plakette der nigerianischen Anwaltskammer.

Die Verhandlungsräume befanden sich in einem langgezogenen, gelben Gebäude im Kolonialstil. Eine Treppe, geformt wie ein umgedrehtes Y, befand sich vor dem Eingang. Menschen in adretter Kleidung liefen herum, ihre Gesichter voller Erwartung oder Angst. Andere standen in kleinen Gruppen zusammen und unterhielten sich. Sie schienen sich in dieser Umgebung, wie auch in ihren dunklen Anzügen sehr wohl zu fühlen.

Zuba winkte erleichtert seinen beiden Bürgen zu, die vor ihren Autos warteten.. Einer war ihr Hausarzt, der Professor Maduekwe auch gleich nach seinem Schlaganfall behandelt hatte. Der andere trug die rote Kopfbedeckung eines Stammesältesten. Zuba nannte ihn Onkel Arinze, obwohl er keine Ahnung hatte, wie sie miteinander verwandt waren. Es war diese Art »Urgroßvaters ältere Schwester, deren Schwiegersohn und dessen Enkel«-Verbindung, deren Spuren die Generation seines Vaters immer wieder aufgenommen hatte und die ihn einfach nur schwindlig machte. »Frag ihn, ob er für dich bürgt. Rr ist dein Onkel«, hatte Tante Chinwe ihm geraten.

Als Zuba es über sich ergehen ließ, dass sein Onkel Arinze ihm den Rücken tätschelte, sah er einen Mann in schwarzem Anzug, der gerade sein Nummernschild prüfte, und gleichzeitig den Albino-Polizisten, der von einer anderen Ecke des Geländes auf sie zukam. Er sah auf die Uhr: 8 Uhr 50.

»Guten Morgen«, sagte der Mann im schwarzen Anzug. »Ich bin Rechtsanwalt Greg Amazu von der Kanzlei Chigbo. Sie müssen Zuba sein und sind wegen der Anklageeröffnung hier in einem Fall von...«

»Mister man, guten Morgen«, fiel ihm der Albino-Polizist ins Wort. «Man hat mich geschickt um Ihnen zu sagen, dass Anklageeröffnung heute nicht sein kann. Sie sagen, noch mal zur Station mitkommen, wegen anderem Termin.«

»Wo liegt das Problem?«, fragte Zuba.

»Ich nicht weiß. Wenn Sie zur Station kommen, Sie wissen.«

»Sie sagen, die Anklageeröffnung wird heute nicht stattfinden?«, mischte sich der Anwalt ein.

»Ja. Sie sagen, noch mal zur Station mitkommen, wegen anderem Termin«, wiederholte der Polizist.

»Entschuldigen Sie mich eine Minute«, sagte der Anwalt.

Der Polizist ging einige Schritte zur Seite.

»Können Sie hier irgendwo die Kläger sehen?«, fragte der Anwalt.

Zuba suchte mit den Augen das Gelände ab. Ike ebenso. Er schüttelte den Kopf.

»Hast du genau geguckt?«, fragte Onkel Arinze.

Zuba schaute sich noch mal gründlich um. »Ja, sie sind hier draußen nicht zu sehen. Vielleicht sind sie drin.«

»Nein, sie würden nicht reingehen. Es würde mich nicht überraschen, wenn sie verschwunden wären. Vielleicht haben wir Glück und sie und ihre Komplizen haben begriffen, dass sie Sie mit der Anklageeröffnung nicht in einen Vergleich zwingen können, und haben die frei erfundenen Anschuldigungen gegen Sie fallen lassen. Sie sollten Gott danken.«

Zuba lächelte und gab Ike einen Klaps auf den Rücken. Ike grinste. Onkel Arinze hob seine Hände: »Oh Gott, ich danke dir. Gericht macht nur Ärger, und keiner will Ärger.«

»Und was nun?«, fragte der Doktor.

»Ich werde mit Zuba und Ike zur Polizeistation fahren. Ich glaube nicht, dass es nötig ist, dass Sie mitkommen. Sie können wieder zurückfahren, wenn Sie wollen.«

Zuba gab dem Arzt die Hand und dankte ihm.

Er umarmte Onkel Arinze. »Pass auf dich auf, Sohn«, sagte der.

»Officer, Officer«, rief der Anwalt zum Albino, »fahren wir.«

Sie fuhren über Nebenstraßen und freies Gelände zur Polizeistation. Mr. und Mrs. Egbetuy saßen auf einer Bank unter dem Mangobaum und blickten zum Bürogebäude mit einer Selbstgefälligkeit, die Zuba ärgerte.

»Da sind sie ja«, murmelte Zuba zu Ike, als sie Richtung Büro gingen. »Unsere Kläger.«

»Ja, kommen Sie rein, kommen Sie rein«, sagte Bayos Boss, als sie in der Tür standen.

»Anwalt Amazu von der Kanzlei Chigbo«, stellte sich der Anwalt vor und streckte sein Hand aus.

»Staatspolizei, Ajah«, sagte der Officer, »setzen Sie sich, setzen Sie sich. Gut, dass sie mitgekommen sind.« Er klopfte mit seinem Kugelschreiber auf die Akte vor ihm, als sie sich zu dritt auf die Bank vor seinem Schreibtisch drängten. »Ich habe wenig Zeit. Deswegen komme ich schnell auf den Punkt«, begann er und wandte sich an Zuba. »Unsere Rechtsabteilung ist den ganzen Fall noch mal durchgegangen. Und sie haben einen Fehler entdeckt.«

Ein Lächeln machte sich auf Zubas Gesicht breit.

»Sie stellen fest, dass die Anklage gegen Sie, Ihren Fahrer und andere nicht auf Androhung von Gewalt und Diebstahl lauten darf. Sondern auf bewaffneten Raub – im Gesetz definiert als ›Diebstahl mit Gewalt oder Androhung von Gewalt‹, und wir sollten die Dinge doch beim Namen nennen.«

»Aber, Superintendent, Sie wissen genau, das ist völlig unmöglich. An den Haaren herbeigezogen. Sie wissen, so eine Anklage hat keinen Bestand.«

»Das ist Sache des Gerichts –«

»Selbst wenn...«

Der Officer hob seine Hand. »Herr Rechtsanwalt, bleiben Sie ein Gentleman und lassen Sie mich ausreden. Sie werden noch genug Zeit haben zu reden.« Er blickte zur Tür. »Bayo.«

»Sir.« Bayo stand in der Tür.

»Stell ihnen eine neue Anklage aus wegen bewaffnetem Raub. Heute ist Montag, eh?«

»Ja, Sir.«

»Leg den Eröffnungstermin auf Donnerstag. Ich hab genug von diesem Fall und will ihn endlich vom Hals haben. Wenn sie vor Gericht sind, können sie sich selbst um die Kaution kümmern und den Fall mit ihren Anwälten klären.«

»Officer«, der Anwalt schaltete sich mit rauher, erhobener Stimme ein. »Sie wissen genauso gut wie ich, dass bewaffneter Raub keine Anklage ist, von der man sich mit einer Kaution freikaufen kann; wenn Sie Anklage wegen bewaffneten Raubes erheben, müssten meine Mandanten in Haft bleiben.«

»Ich …, also das weiß ich nicht. Ich bin kein Anwalt. Ich bin nur Polizeibeamter und mache meinen Job.«

Der Officer sah zu Zuba. Trotz des geschäftsmäßigen Tons schien sein Blick ein wenig amüsiert.

Für einige Sekunden war Zuba wegen der verschärften Anklage fassungslos. Dann gab er sich einen Ruck: »Officer, warten Sie...«

»Ja?« Der Officer beugte sich nach vorn, aber Anwalt Amazu machte Zuba eine Geste, um ihn zu stoppen. Der Officer runzelte die Stirn.

»Okay, okay, ich will nichts mehr hören. Angesichts der Schwere der Anklage gegen ihre Mandanten nehmen wir sie in Gewahrsam. Sie bleiben hier. Wir werden sie zur Anklageeröffnung direkt von hier zum Gericht bringen. Wir wollen nicht, dass sich jemand aus dem Staub macht. - Bayo!«

»Sir.« Bayo trat ein. Er legte ein Papier vor Zuba auf den Tisch.

Der Anwalt nahm das Papier und las. Er schüttelte seinen Kopf. »Superintendent, wir sollten bei allem, was wir tun, nie vergessen, dass es einen gibt, der größer ist, der Herr aller Welten. Dem wir am Ende Rechenschaft ablegen müssen.«

Der Gesichtsausdruck des Officers verfinsterte sich. »Bayo, bring die Verdächtigen in die Zelle.«

»Ja, Sir.« Bayo tippte Zuba auf die Schulter. »Gehen wir.«

»Wir werden das Ganze mit Ihrer Rechtsabteilung durchsprechen – wenn die überhaupt davon wissen, und mit dem Commissioner«, sagte der Anwalt, als er sich von der Bank erhob.

Das Gesicht des Officers verfinsterte sich noch mehr.

»Lassen Sie den Kopf nicht hängen, Zuba. Ich begreife nicht, wie Leute so handeln können ohne Furcht vor dem Herrn. Ich werde sofort zur Rechtsabteilung gehen, wir sorgen dafür, dass die Anklage wegen bewaffnetem Raubes fallengelassen wird. Und wenn wir bis zum Commissioner gehen oder nach Ajuba schreiben. Alles wird okay. Lassen Sie den Kopf nicht hängen.«

Eine Beklemmung überfiel Zuba. Sein Gehirn schien sich vom Körper zu verabschieden. Er gab dem Anwalt die Autoschlüssel. »Bitte bringen Sie das Auto meiner Schwester. Und bitte nehmen Sie das noch mit.« Er zog Jacket und Schlips aus. Ike löste seine goldene Halskette und eine Brosche von seinem Kaftan.

»Gelber«, schrie Bayo. »Gelber, wo du bist?«

Der Albino-Polizist erschien; jetzt hing ein Gewehr an seiner Schulter.

»Gehen wir.« Bayo ging voran. Zuba, Ike und der Gelbe folgten. Der Gestank der Zelle stieg schon in Zubas Nase.

Die Selbstgefälligkeit wich aus den Mienen der Egbetuyis, als sie sahen, wie Zuba und Ike von einem bewaffneten Polizisten zu Bayos Wagen geführt wurden. Mit halbgeöffnetem Mund verfolgte Mr. Egbetuy das Geschehen. Wollte Zuba etwa doch keinen Vergleich schließen?

Zuba war zu benommen, als dass er ihnen mehr als einen kurzen Blick schenkte. Langsam wurde ihm klar, was nun auf sie zukommen würde. Er und Ike mussten auf der Rückbank des Polizeiwagens Platz nehmen.

»Ihr Kerle, was ist verkehrt mit euch?« Bayo brüllte los, als sie die Polizeistation hinter sich ließen. »Was mit euch stimmt nicht, eh? Warum so verbohrt? Ihr wollt beweisen, ihr seid knallhart? Oder ist es so, ihr müsst tun, was hoffnungsloser Fall von Anwalt sagen? Warum eigentlich habt ihr Quatschkopf-Anwalt geschickt? Warum nicht nette Frau? Egal, dies ist kein Anwalt-Ding, nicht mehr. Dies ist euer eigenes Leben, oder? Rettet euch selbst jetzt. Wir alle wissen, du hast Geld. Meinem Boss ist jetzt die Sache mit den Klägern egal; er und sein Boss wollen Geld aus diesem Fall von euch. Wenn du willst keine Abfindung für die Kläger, dann gib etwas für meinen Boss und er drehen Anklage zurück zu Androhung von Gewalt und Diebstahl. Wenn du das nicht willst, dann seid ihr vor Gericht wegen bewaffnetem Raub und ihr geht direkt dann in ATM …, o je, ja, dahin geht ihr. Und ich sag euch, ihr fangt an euch zu hassen, wenn ihr da reingeht. Sie prügeln euch die Seele aus dem Leib; sie nehmen abgebrochene Flasche und rasieren so schöne Frisuren wie… Hmmmmnh. Furchtbarer Ort. Nicht wie Zelle bei uns.« Die ganze Zeit beobachtete er Zuba im Rückspiegel.

Bayos Worte trafen Zuba wie Elektroschocks. Er fixierte seinen Hinterkopf. Konnte er ihm glauben? Oder versuchte er nur, ihn in eine Falle laufen zu lassen?

»Also, auf keinen Fall Anwälte«, fuhr Bayo fort. »Ich weiß, jetzt wo wir fahren zur Zelle, dieser Anwalt von euch macht Geschäft mit anderem Fall und anderer Person. Und wenn ihr jetzt leidet, der Anwalt freut sich, weil er Geld macht mit anderer Person. Ihr wisst, wie Geier machen

Fleisch tot und lassen es verrotten, bevor sie fressen? Na, machen Anwälte genau so.

Sie lassen Fall ruhen, damit erstmal alles schlecht aussehen. Ich aus meinem Job kenn Anwälte, die machen langsam-langsam, und so gehen die Klienten erstmal in ATM und so sie können verlangen mehr Geld. Ihr kümmert euch besser selber drum. Wenn ihr wollt, ich drehen um und fahren zurück zu meinem Boss und regeln alles.«

»Was bedeutet ATM?«, fragte Zuba.

»ATM, Awaiting Trial Men, Untersuchungsgefängnis für schwere Fälle. Schrecklicher Ort.«

»Bitte lassen mich darüber nachdenken«, sagte Zuba. Aber er hatte längst seine Entscheidung getroffen: er würde seinen Anwälten Zeit lassen, die Sache noch mal umzudrehen. Die Anklageeröffnung war für Donnerstag angesetzt; wenn er und Ike am Mittwoch immer noch die Anklage wegen bewaffnetem Raub am Hals hätten, dann würde er Bayos Boss ein Signal geben, mit ihm verhandeln und tun, was immer verlangt würde. Dieser Entschluss beruhigte ihn. Er wollte das Ike auf Igbo sagen, damit Bayo nichts mitkriegte. Aber der Gelbe würde alles verstehen, und dem konnte man nicht trauen.

Sie fuhren schweigend viele Meilen, dann ging es einen Hügel hinunter, an dessen Fuß die Polizeistation und das Gefängnis lagen. Dicke Cumulus-Wolken zogen sich am Himmel zusammen und dämpften das Licht der Nachmittagssonne. Bayo begann wieder: »Mein Freund, jetzt glücklich? Mein Boss will dich nicht bestrafen. Sonst hätte er euch ins Staats-Gefängnis gesteckt, wo man *ogbologbo* einsperrt, Schwerkriminelle. Wo sie nackt in Zelle stehen, und man wird geschlagen und schläft in Toilette. Ihr habt Glück. Und deswegen du kannst sagen, du brauchen Zeit zu denken. Um was zu denken? Ihr wisst ja, kein besseres Gefängnis sonst für euch. Und ihr wisst, wir schliessen euch ein in Superzelle.«

Dieselben Süßkartoffel- und Maisfelder, dasselbe wilde und harte Gras wucherte rund um das Gebäude. Ein Mann in schwarzen shorts stand über das Gras gebeugt und bearbeitete es mit einer Sense. Das switschswitsch der Klinge begleitete seinen Gesang. Schweiß rann an seinem Körper hinab. Seine Hose und sein Hemd hingen an einem niedrigen Ast des Guavabaums. Auf dem Boden davor lagen reife, verrottende und angefressene Früchte.

Zuba und Ike folgten Bayo auf dem rot-braunen Trampelpfad, der zur Station führte.

»Idem, schließ sie ein«, sagte Bayo und legte den Haftbefehl auf die Theke.

»Hah! Zuba. Du schon wieder?, sagte Idem.

»Guten Tag, Idem,« sagte Zuba. »Ich versteh zwar nicht, warum. Aber es wird bald vorbei sein.«

»Zuba, bist du es wirklich? Bist du es wirklich?« Nwamakas Sopran erklang vom Flur.

Zuba zögerte. »Ja, Nwamaka, ich bin's.«

»Es sieht so aus, als ob du eine Freundin hier hättest«, versuchte Ike einen Scherz, aber keiner konnte darüber lachen, und Zuba hatte das Gefühl, als ob Ike das nur gesagt hatte, um von etwas anderem abzulenken.

»Zuba, was ist passiert?«, schrie Mike.

»Genug geredet«, sagte Idem, als Zuba antworten wollte. »Zieht euch aus und geht zu ihnen. Dann ihr könnt sprechen ohne Ende.«

Sie behielten ihre Hosen diesmal an. Zuba zog sich bis aufs Unterhemd aus, Ike bis auf die nackte Brust.

»Zuba«, rief Nwamaka, als sie an ihrer Zelle vorbeiliefen.

»Nwamaka, wie geht's?«

Sie zuckte mit der Achsel. »Ich bin immer noch hier.«

Zuba fühlte sich von vertrauten Gerüchen umhüllt, als die Gittertür hinter ihnen geschlossen wurde. Die Gerüche legten sich um die Haare in seinen Nasenlöchern, webten sich in die Haare auf seinem Kopf, schlängelten sich in seine Ohren, bohrten sich in seine Poren und legten sich auf seine Kleidung.

Der Präfekt und Papa waren nicht mehr da. Mike war in die erste Position vorgerückt, er saß nun direkt an der Tür, gefolgt von Eiergrapscher, Drogist und zwei neuen jungen Männern.

»Was ist passiert?«, fragte Mike noch mal.

»Es ist bloß wegen dieser Polizeileute«, sagte Zuba. »Die wollen von uns Geld erpressen.«

Mike blickte die Reihe der Zelleninsassen hinunter. »Macht ihnen da Platz«, und zeigte auf Drogist und die beiden neuen.

Die jungen Männer rückten zur Seite. Ihre Gesichter verrieten keinerlei Regung, obwohl sie jetzt genau gegenüber dem Kübel saßen.

Zuba und Ike ließen sich auf dem Boden nieder.

Drogist legte eine Hand auf Zubas Bein. »Die Wahrheit ist, dass ich froh bin, euch wiederzusehn. Obwohl ich nicht froh sein dürfte, dass ihr wieder an diesen schrecklichen Ort zurückgekehrt seid.«

Chemist stank. Zuba drehte sich weg. Er versuchte, ein wenig abzurücken, aber dann fiel ihm dessen kranker Fuß wieder ein. Er warf einen Blick nach unten. Die offene Wunde war mit Eiter bedeckt. Die Haut daneben nahm eine ungesunde weiß-gelbliche Färbung an. Zuba wurde speiübel. Er schluckte. Sein Blick wurde glasig, als er die gegenüberliegende Wand betrachtete.

Das Buga-Grafitti erwiderte seinen Blick. Dieses gemeine Grinsen: *Welcome back.*

Du bist es, der darunter zu leiden hat

Wassertropfen, die auf seinen Körper spritzten, rissen Zuba aus dem Schlaf. In der Zelle war es pechschwarz, der Gestank hatte sich verflüchtigt, und draußen peitschte ein Sturm. Ein Windstoß jagte Regen durch die schmale Öffnung an der Wand. Ein Tropfen landete in seinem linken Auge. Er war eiskalt und vertrieb die Schläfrigkeit aus seinem Kopf. Ein Blitzschlag, grelles Blau, erhellte die Dunkelheit. Zuba schreckte auf und fühlte, wie sich seine Haare wie elektrisiert hochstellten. Drogist saß aufrecht, totenstill, und besah sich den kranken Fuß. Das Donnern übertönte das Geprassel des Regens. Zuba seufzte und wälzte sich zur Seite. Ike drehte sich im Schlaf.

Er hatte einen Traum gehabt, bevor der Regen ihn weckte. Die Anklageeröffnung hatte wie geplant begonnen, und Funken – rot-orange und blau-gelb – sprühten aus dem Mund des Richters, als er dem Polizeivertreter heftige Vorwürfe machte. Der Anwalt drehte und wendete sich, um den Funken zu entgehen; er krümmte sich jedes Mal vor Schmerzen, wenn die Funken sich durch seine schwarze Robe brannten und seine Haut versengten.

Wieder drehte sich Ike. Er versuchte sich hochzustemmen, sein Ellbogen grub sich in Zubas Rippen. Zuba bemerkte, dass Ike zitterte. Er setzte sich hoch, zog sein Unterhemd aus und legte es über Ikes nackte Brust.

Ike brummelte vor sich hin. Seine Knie erreichten die warme Stelle, die Zuba gerade verlassen hatte.

Zuba fühlte die Schulter von Drogist. Wieder ein Blitz, und Zuba sah flüchtig, dass Buga auf ihn von der Wand herabsah. Da war Schadenfreude auf seinem Gesicht, und seine Augen schienen zu sagen: *Du hast keinen Schimmer, was auf dich zukommt, oder?*

Ein Donnerschlag ließ das Gebäude erzittern.

*

Am Morgen, eine Stunde, nachdem der Kübel geleert worden war, erschien Idem vor der Gittertür. Schlüssel klapperten in seiner Hand und übertönten die Psalme, die Drogist vor sich hin brabbelte.

»Zuba, du und dein Freund, raus mit euch. Ihr Kerle müsst los.«

Zuba sprang auf. Diese Nachricht ließ seinen Kopf leichter werden. Er schubste Ike an: »Ike, wach auf, wir gehen.«

Schon stand Ike auf seinen Füßen.

Sie verabschiedeten sich eilig von Mike und Drogist.

»Zuba, bye-bye. Und Zubas Bruder, auch bye-bye.« Nwamaka presste ihr Gesicht gegen das Gitter. Ihre linke Hand, um eine Stange geklammert, hatte abgekaute Fingernägel. Als Zuba ihre strahlenden Augen und das ungetrübte Lächeln sah, rührte es ihn, dass sie sich wirklich für sie freute. Anders als Mike und Drogist, die eher verdrossen schienen.

»Jetzt aber los, los«, sagte Idem.

Zuba ging hinter Ike und Idem her in Richtung Büro. Bayo wartete an der Tür. »Schnell, nehmt eure Siebensachen, und dann ab.«

Zuba verkniff sich ein Lächeln. Bayos barscher Ton bewies, dass er sauer war. Die andere Seite hatte den Kürzeren gezogen. Idem reichte Zuba Hemd, Uhr und Geld. Zuba fasste in seine Tasche. »Mein Taschentuch, ich hab's in der Zelle vergessen. Ich hol's mir schnell«, sagte er und rannte den Flur hinunter.

»Keine Zeitverschwendung«, schrie Idem hinter ihm her.

Zuba hockte vor Nwamakas Zelle. »Nwamaka, hast du für irgendjemanden von deinen Leuten eine Nachricht?«

Sie schüttelte den Kopf. »Sie wissen, dass ich hier bin. Sie haben's versucht. Ich darf keinen Besuch haben, bis die Ermittlungen beendet sind.«

»Okay, sag mir deinen Namen, den vollständigen Namen.«

»Du hast immer noch nicht dein Taschentuch? Was machst'n du noch da?«, schrie Idem aus seinem Büro.

»Nwamaka Ezeh.«

Zuba sprang auf. »Ich find's nich. Komm' ja schon.«

Draußen wartete der Gelbe auf sie. Das Gewehr hing an seiner Schulter, und er wies mit dem Lauf auf Bayos Auto.

»Wohin fahren wir?«, fragte Zuba, als sie die Straße erreichten. »Wollen Sie unsere Wohnungen noch mal durchsuchen?«

»Ich hab's euch gesagt. Ich hab euch gewarnt, oder?« sagte Bayo.

Zuba und Ike wurden nach vorn geworfen, als Bayo hart auf die Bremse trat. Ein Pendlerbus hatte plötzlich angehalten. KEIN ESSEN FÜR FAULE MENSCHEN stand in Rot auf der Heckscheibe. Der Schaffner winkte einen Fussgänger heran.

Bayo nahm die Gegenspur und fuhr langsam an die Fahrerseite des Busses heran. »Mach Spiegel kaputt«, sagte er.

Der Gelbe hielt den Gewehrlauf aus dem Auto heraus und stieß damit gegen den Seitenspiegel; Glassplitter bedeckten die Straße. Der Fahrer wollte losschimpfen, als er die Polizeiuniform erkannte.

Bayo fuhr weiter. »Ich hab' euch gewarnt«, sagte er noch mal. »Ich hab's dir gesagt: du bist es, der drunter zu leiden hat.«

»Sag mir. Wohin fahren wir?«

»Wir bringen euch zum Gericht, zur Anklageerhebung.«

Zuba lehnte sich zurück. Wie war das möglich? Er hatte selbst die Vorladung gesehen. Für Donnerstag. Aber jetzt war Dienstagvormittag. »Was ist mit meinen Anwälten? Wissen sie, dass das heute stattfindet?«

»Hör dir diesen Kerl an! Der fragt doch tatsächlich immer noch nach seinen Anwälten.«

Der Gegenverkehr verdichtete sich zu einem Stau, und jetzt bewegte sich auch auf ihrer Spur nichts mehr.

»Schlagt ihn tot. Schlagt ihn tot.« Schreie gellten aus einer Menge auf einer Kreuzung vor ihnen. Die Fahrer schalteten die Motoren aus, Mitfahrer krabbelten aus den Autos und mischten sich unter die Menge.

»Was ist los?«, brummelte Bayo.

»Sieht nach Bakassi-Boys aus. Haben mal wieder einen Räuber gefangen«, sagte der Gelbe.

Zuba steckte seinen Kopf aus dem Fenster. Stimmen gellten aus der Menge heraus. Die Körper der Fußgänger, Handwerker, Bauern, Straßenhändler, Studenten und Kinder, ballten sich zu einer tobenden bunten Menge zusammen und bildeten einen undurchdringlichen Kreis um eine hochgerissene Machete. Die breite Klinge leuchtete im Tageslicht. Jäh wurde es still, als die Klinge heruntersauste. Ein herzzerreißender Schrei, schrill und hell, ging in ein ersticktes Gurgeln über. Die Menge wich zurück. Zuba konnte noch sehen, wie sich ein kopfloser Körper auf der Erde wand, die Beine in Bewegung, als wenn sie um ihr Leben liefen, die Arme zerrten reflexartig an den Handschellen.

Ein Mann mit rotem Schal übergoss den bebenden Körper mit Benzin. Er entzündete ein Streichholz, warf es in eine Lache vor seinen Füßen und drehte sich weg, als die Flammen den Körper erfassten.

Zuba spürte Brechreiz. Aber nur ein Strom bitteren Magensafts drang aus seinem Mund.

In der Luft hing der Geruch von verbranntem Fleisch. Leute liefen zu ihren Autos zurück, fuhren neben der verstopften Straße und trieben die Fußgänger noch tiefer in das Gebüsch am Rande der Schnellstraße. Vor ihnen streckten Fahrer und Fahrgäste eines Busses die Hände heraus und winkten. »Die Bakassi-Boys kommen. Hoch Bakassi!«

»Diese Bakassis soll'n ma' kommen«, sagte der Gelbe zu Bayo.

»Platz da! Platz da!«

Bayo riss das Steuer herum und trat auf's Gaspedal. Der Wagen schleuderte ins Gebüsch neben der Straße und blieb dort neben anderen Wagen stehen. Noch mehr Schreie waren von Fußgängern und aus haltenden Wagen zu hören: »Hoch Bakassi! Das Bakassi-Anti-Raub-Kommando. Bakassi, wir danken dir. Endlich können wir ruhig schlafen! Bakassi Hooooooch! Schlagt die Räuber tot! Bakassi for ever!«

Ein Bus, weiß und glänzend wie neu, war weiter vorne zu sehen. Seine Hupe klang wie eine Sirene, als er gegen den Verkehr anfuhr. Mit einem blutroten Stirnband, aber sonst ganz in Schwarz, saß ein Mann auf dem Dach. Die Brille, die seine Augen bedeckte, war ebenso schwarz. Ein kleiner Palmzweig, jung und hellgrün, hing zwischen seinen Lippen. Seine Beine waren weit gespreizt, als ob der Bus ein Pferd wäre. Eine Machete, immer noch rot von Blut, lag in seinem Schoß. Noch mehr Macheten, und auch Gewehre, wurden aus den Busfenstern herausgehalten.

Nachdem die Bakassi-Boys passiert hatten, quietschten Reifen, als die Wagen wieder auf die Straße fuhren. Bayo trat mächtig aufs Gaspedal. Der Gelbe spuckte aus dem Fenster, als sie an dem Leichnam vorbeifuhren, und fluchte, als er diesen Haufen aus verbrannten Gliedmaßen, Torso und Schädel betrachtete.

»Also«, sagte Zuba endlich, »wissen meine Anwälte, dass ich heute angeklagt werde?«

»Dieser Kerl. Deine Anwälte, die sitzen jetzt bei einem netten Frühstück und sind damit beschäftigt, aus dem Ärger von anderen Leuten Geld zu machen. Wo jetzt deine Probleme erst richtig beginnen. Du tust mir echt leid. Nach all dem guten Rat, den ich dir gab, und ich sogar meinen Hals für dich hingehalten hab.«

*

Die Egbetuyis saßen auf der Besucherbank des Verhandlungssaals, sein Kaftan und ihr boubou strahlten im gleichen blauen Brokat. Ungerührt erwiderten sie Zubas und Ikes Blicke.

Eine hölzerne Anklagebank stand mitten im Saal zwischen den Besucherbänken und dem Gestühl, wo Männer und Frauen mit schwarzen Roben und weißen Perücken vor langen Tischen saßen, die bedeckt waren mit rot zusammengebundenen Akten und dicken Büchern.

Bayo zeigte auf eine Bank an der Wand, der Anklagebank und einer dort sitzenden Beschuldigten gegenüber. Zuba und Ike setzten sich. Neben ihnen war ein Mann, dessen Bein, Arm und Kopf verbunden waren. Eine dicke gelbliche Flüssigkeit war durchgesickert und verbreitete fauligen Geruch in dem stickigen Raum; Zuba musste an Drogist denken. Bayo gab einer der beiden Frauen, die am Ende des Verhandlungstisches saßen, ein Zeichen, und sie folgte ihm. Sie standen im Durchgang zum Flur und tuschelten miteinander. Bayo gab ihr ein Schreiben. Sie warf einen Blick darauf, nickte, und beide kehrten in den Saal zurück.

Zubas Atem ging schwer. Die Stimme der Richterin klang verzerrt, und die Anwaltsbank verschwamm zu einer schwarz-weißen Collage. Er riß sich zusammen. Der Raum hörte auf, sich zu drehen. Er tippte Bayo gegen das Bein: »Was ist?«, fragte Bayo.

»Reichen vielleicht fünfzigtausend Naira?«

»Haa! Blöder Kerl! Wieso erst jetzt? Warum nicht früher?«

»Okay, stopp die Anklage«, sagte Zuba.

Bayo schaute hoch. Mr. Egbetuyis Augen ruhten auf ihnen.

»Komm, wir reden alles besser draußen«, sagte er. »Sehen, ob du auch mit ihnen einig wirst.«

Bayo stand auf. Er verbeugte sich und verließ den Saal. An der Tür winkte Bayo Mr. Egbetuyi und ging in den Durchgang.

Mr. Egbetuyi ging aus dem Saal mit gefalteten Händen. Er hatte den bedrückten Ausdruck eines vom Schicksal zu Unrecht geschlagenen Mannes.

»Hallo, Mr. Egbetuyi.« Zuba streckte ihm die Hand entgegen.

Mr. Egbetuyis Händedruck war schlaff, und sein Gesichtsausdruck blieb unverändert.

»Ich brauche in bestimmten Punkten Klarheit. Ich glaube, dass wir unsere Differenzen bereinigen können, wenn wir ehrlich von Mann zu Mann sprechen. Ich war nicht dabei, als der Schulbus Sie und Ihre Sachen zur Lagos Bus Station brachte. Deswegen weiß ich auch nicht, was da passierte. Aber sagen Sie ganz ehrlich: wurden Ihnen wirklich einhundertfünfzigtausend Naira geraubt, wie Sie behaupten? Und wenn ja, wie kamen Sie an eine solche Summe?«

Mr. Egbetuyi seufzte: »Zuba, ich weiß nicht, wie ich es Ihnen noch klarer machen kann, dass wir um unser Geld gebracht wurden. Glauben Sie mir, Sie ahnen nicht, was Ike und seine Komplizen uns angetan haben. Ike musste ja immerhin zugeben, dass er von anderen Personen begleitet wurde, schließlich hatte der Pförtner eine davon beobachtet. Wenn Sie wirklich von allem nichts gewusst haben, dann hat Ike Sie verschaukelt. Aber wir haben keine andere Wahl als anzunehmen, dass Sie alles geplant haben oder zumindest gebilligt haben, als Bestrafung dafür, dass wir Ihnen Probleme gemacht haben …«

»Und das Geld?«, fiel ihm Zuba ins Wort. Ihm war inzwischen klar, dass er zahlen würde. Aber er brauchte noch einen Vorwand, um seine Kehrtwendung zu rechtfertigen.

»Ja. Wir konnten nicht endlos darauf warten, dass Sie unsere Forderungen akzeptierten. Wir hatten kaum noch Rücklagen. Deswegen nahmen wir das bisschen Geld, was wir noch hatten, liehen uns von Freunden etwas dazu, so dass wir auf etwa zweihundertfünfzigtausend Naira kamen, und entschieden uns, zurück nach Lagos zu gehen, wo meine Frau vielleicht einen neuen Posten in einer anderen Schule bekommen konnte. Wir kauften einen Tag vor unserer Abfahrt für ungefähr einhunderttausend einen Kenwood-CD-Player, einen Sony-TV und paar andere Geräte, weil sie hier billiger sind und wir sie später mit Gewinn in Lagos verkaufen könnten. Wir beschlossen, Sie Ihrem Gewissen zu überlassen. Wir sind ein einfaches Paar, das sich alles erkämpfen muss, sogar die Chance, eigene Kinder zu haben.«

Zuba drehte sich zur Seite. Zweifel nagten an seinem Verstand: Waren sie vielleicht doch ausgeraubt worden? Von Ike? »Okay, wir haben alles beredet. Ich werde zahlen«, sagte er zu Bayo. »Stoppen Sie die Anklage.«

Er ging mit Bayo in den Durchgang zum Gerichtssaal, von wo aus Bayo den Blick der Frau suchte, in der Zuba die Gerichtsschreiberin vermutete. Die Frau blickte hoch, sah, wie Bayo einen Finger hob, und runzelte die Stirn.

Bayo und Zuba gingen wieder zu Mr. Egbetuyi zurück.

Die Frau erschien, immer noch missmutig und mit einem ängstlichen Gesichtsausdruck. »Was ist jetzt schon wieder? Wollen Sie mich in Schwierigkeiten bringen? Ihre Gnaden kann es überhaupt nicht leiden, wenn man während der Verhandlung raus- und reinläuft.«

»Sorry, ich möchte Sie bitten, ziehen Sie unseren Fall zurück. Wir können ihn jetzt nicht durchziehen. Es gibt neue Entwicklungen«, sagte Bayo.

Die Lady drehte ab und zog sich in den Gerichtssaal zurück.

»Ganz ehrlich. Diese Gerichtsgeschichte wollten wir nie. Wir wollten weder Sie noch irgendjemand anderen bestrafen. Wir wollen bloß unser Geld zurück, damit wir hier wegziehen und woanders weiterleben können«, sagte Mr. Egbetuyi.

Minuten später gingen Zuba und Bayo wieder in den Durchgang. Die Frau schüttelte ihren Kopf. Sie kritzelte etwas auf ein Papier und gab es dem Polizeivertreter, der neben ihr an der Wand saß. Das Papier wanderte von Hand zu Hand bis zum hinteren Teil des Saals. Bayo ging einige Schritte hinein, nahm das Papier und ging wieder hinaus.

Zuba war sofort bei ihm. Auf dem Zettel stand: *Zu spät. Ihr Fall liegt bereits Ihrer Ehren vor. Kommen Sie rein und setzen Sie sich. Er wird gleich aufgerufen.*

Bayo steckte das Papier in die Tasche und starrte auf seine Füße. Als er seinen Kopf wieder hob und Mr. Egbetuyi ansah, wurden seine Augen eiskalt.

»Was ist los? Gibt es doch keinen Vergleich?«, fragte Mr. Egbetuyi.

»Nein. Das ist vorbei«, blaffte Bayo ihn an. »Gehen Sie wieder rein. Die Dinge nehmen jetzt ihren Lauf.«

»Gibt es keinen Weg mehr, das Ganze zu stoppen?«, insistierte Mr. Egbetuyi.

»Nein, es liegt nicht mehr in unserer Hand. Das ist jetzt Gerichtssache. Und kann nur durch gerichtliche Entscheidung gestoppt werden.«

»Ganz sicher? Es gibt wirklich überhaupt keinen Weg?«, drängte Mr. Egbetuyi.

»Doch – gehen Sie rein und reißen Sie der Richterin das Papier aus der Hand«, schnappte Bayo zurück.

Mr. Egbetuyi schnaubte und drehte ab. Er rang seine Hände.

Bayos Gesicht nahm einen mitleidigen Ausdruck an, als er eine Hand auf Zubas Schulter legte und in Richtung Gerichtssaal wies.

Zuba schüttelte die Hand ab. Er folgte ihm wieder in den Gerichtssaal, verbeugte sich und nahm Platz. Dann beugte er sich zu Ike.

»Ike, ich muss dich das noch mal fragen.« Zubas Stimme war ein heiseres Flüstern. »Hast du ... ich meine, wurden die Egbetuyis in irgendeiner Weise belästigt oder irgendwelcher Sachen beraubt an dem Morgen, als du sie zur Busstation fuhrst?«

Ikes Augen weiteten sich. »Zuba, ich hab dir doch schon gesagt: Nichts von alledem ist passiert. Sonst hätte ich es dir gesagt, das weißt du genau. Sie lügen, sie lügen.«

Zuba sah in Ikes Augen und merkte, wie sehr er Ike mit seiner Frage verletzt hatte. »Ike, tut mir leid. Ich musste das fragen. Ich glaub dir, ich glaube dir.«

Aber Zuba bemerkte noch etwas in Ikes Blick. Es war ein Flackern, das ihm schon ein oder zweimal aufgefallen war, als sie in der Zelle waren, ein Flackern, hinter dem etwas verborgen war: *Wenn du doch bloß dem Vorschlag des Polizeichefs von Ojoto gefolgt wärst, dann wären jetzt die Egbetuyis in dieser Lage und nicht wir.* Aber er wusste auch, dass Ike das aus Respekt nie aussprechen würde.

»Kam irgendwas raus bei deinem Gespräch mit ihnen?«, fragte Ike.

Zuba schüttelte den Kopf und drückte Ikes Knie; als er seine Hand wieder wegzog, hinterließ sie auf Ikes Hosen einen feuchten Fleck. Ike senkte die Augenlider.

Zuba atmete tief durch und versuchte, alles mit großer Distanz zu sehen. Er konzentrierte sich auf das Objekt vor ihm, die Anklagebank. Der Mann mit dem Verband, der vorher neben Ike gesessen hatte, stand jetzt vor ihr. Die Gerichtsbeamtin hob ihre Stimme, als sie aus der Anklageschrift zitierte. Wie aus großer Entfernung hörte Zuba immer wieder das Wort »Mord«. Dann die Worte »Fahrer«, »Tanklaster«, »hineingerast«, »Bus«, »töten«, »Fahrgäste«.

Die Beamtin las eine Liste von Namen vor. Zuba dachte daran, dass der Fahrer, der seine Mutter und seinen Bruder getötet hatte, nie gefasst worden war. Er war geflüchtet. Er fragte sich, ob sein Vater die Sache weiterverfolgt hatte. Er schaute sich den Mann genauer an. Er sah erbärmlich und bemitleidenswert aus mit seinem Verband, mit den blutunterlaufenen Augen und den wenigen weißen Stoppeln am Kinn.

Die Richterin ordnete seinen Verbleib im Gefängnis an. Der Anwalt hielt dagegen und verwies auf die Verletzungen: deren Behandlung sollte abgeschlossen werden, bevor er wieder ins Gefängnis müsse. Die Richterin lehnte ab. Der Mann solle sich im Gefängnis weiterbehandeln lassen, bis der Anwalt vor dem Hohen Gericht eine Freilassung auf Kaution erreicht hätte.

Gefängnis. Gefängnis. Gefängnis. Das war alles, was in Zubas Kopf hängenblieb von dem Disput zwischen Richterin und Anwalt.

»Wie es dem Gericht beliebt«, tönte es von der Anwaltsbank, als die Richterin ihren Vortrag beendet hatte.

Der Krückstock des Mannes polterte auf den Holzfußboden, als er nach draußen humpelte.

Die Beamtin las einige Aktenzeichen vor und verkündete dann: »Der Commissioner der Polizei gegen Zuba Maduekwe, Ike Okoye und andere, noch nicht festgenommene Personen.«

Bayo tippte an Zubas Arm und zeigte zur Anklagebank.

Zuba stand auf. Sein Körper ging nach vorne, und er hatte das Gefühl, als ob er ihm mit einigen Schritten Abstand folgen würde. Als Ike sich erhob, schubste er Zuba dabei versehentlich fast um. In der Anklagebank standen sie der Richterin und den Gerichtsbeamten gegenüber. Die

Richterin sah sehr richterlich aus. Sie betrachtete sie durch die Gläser ihrer randlosen Brille. Ohne jede Regung. Die Gerichtssekretärin hatte weit aufgerissene Augen. Wachsam. Zuba konnte sich nicht erklären, welches Gefühl sie beide so aus der Fassung brachte: War es Schock? Traurigkeit? Fassungslosigkeit? Reue?

Die Gerichtsbeamtin fuhr fort: Dass Sie, Zuba Maduekwe, und Sie, Ike Okoye, und so weiter und so weiter an dem und dem Tag sich mit anderen, noch nicht Gefassten sich zu einem Kapitalverbrechen verschworen haben, und zwar zu bewaffnetem Raub, ein Vergehen strafbar nach Paragraph blah blah blah Strafgesetzbuch...

Dass Sie, Zuba Maduekwe, Ike Okoye und andere noch nicht Gefasste und so weiter und so weiter an dem und dem Tag sich bewaffnet haben mit gefährlichen Waffen: Pistolen, Macheten, Dolchen und Äxten, und die Kläger, Mrs. Adebisi Egbetuyi und Mr. Frank Egbetuyi folgender Gegenstände beraubt haben: einhundertfünfzigtausendtausend Naira Bargeld, einen 29-inch-Sony-Fernseher, einen Kenwood-CD-Player ...

Dass Sie, Zuba Maduekwe, Ike Okoye und andere noch nicht Festgenommene...

Und zum Schluss die Frage: Schuldig oder nicht schuldig?

»Nicht schuldig«, schrie es in Zubas Körper. Aber der Ton, der herauskam, war mal gerade ein Krächzen.

»Nicht schuldig«, sagte Ike. Der Anblick eines Mannes, der aussah wie Rechtsanwalt Chigbo und in den Gerichtssaal eilte, brachte Zuba wieder zu sich. Er guckte genauer. Nein, es war nicht der Anwalt. Aus seinen Lippen purzelten Worte heraus: »Euer Ehren, entschuldigen Sie bitte, wir sind hier fälschlicherweise angeklagt...«

Die Augen der Gerichtsbeamtin weiteten sich warnend. Sie führte ihren Zeigefinger an den Mund und schüttelte den Kopf.

Zubas Atem wurde wieder schneller. Die Geräusche in dem Gerichtssaal erreichten ihn wie durch einen großen Wattebausch, und was er sah, glich einer Filmszene.

Die Richterin verkündete ihre Entscheidung. Nur zwei der vielen Sätze erreichten Zuba: Kaution ist weder in Erwägung gezogen noch erlaubt in einem Fall von bewaffnetem Raub. Es wird hiermit angeordnet, dass die Angeklagten in Haft bleiben.

Und dann folgte der Chorgesang: Wie es dem Gericht beliebt.

Ein Mann näherte sich der Anklagebank, um sie abzuführen. Er hatte vorstehende Augen und ein fahles Gesicht, was ihm, kombiniert mit der trauerschwarzen Polizeiuniform, das Aussehen eines Leichenbestatters gab. Handschellen glänzten silbern in seinen Händen. Ein Paar legte er um Zubas Handgelenk, das andere schnappte um Ikes zusammen.

Bayo machte eine Verbeugung und verließ den Saal, ohne sich umzudrehen.

Die Richterin erhob sich. Alle Anwesenden sprangen auf. Der Saal füllte sich mit Lärm, nachdem die Richterin ihn verlassen hatte. Muntere Unterhaltung, schlurfende Schritte, das Kratzen von zurückgeschobenen Stühlen, Anwälte, die ihre Roben auszogen oder wieder zurechtrückten, Zuschauer, die hinausdrängten.

Die Egbetuyis standen jetzt einsam auf dem Gang neben den Besucherbänken. Mr. Egbetuyi wedelte mit seinen Händen. Sein Mund stand offen. Zuba war sich sicher: Was er in Mr. Egbetuyis Augen sah, war Reue. Aber er war sich nicht sicher, ob er Reue empfand wegen seines und Ikes Schicksals oder deswegen, weil ihm seine »Abfindung« in letzter Sekunde durch die Lappen gegangen war. Seine Frau schürzte die Lippen, wie ein Kind, das einen besonders süßen Bonbon lutschte.

Zuba wandte den Kopf ab und rieb an seinem Keloid. Der Leichenbestatter-Polizist erhielt vorne von der Sekretärin ein Papier, faltete es und steckte es in seine Tasche. Dann kam er wieder zu Ike und Zuba zurück. Die Handschellen schnitten in die Haut. »Es wird alles gut werden«, sagte Zuba zu Ike.

»Ich weiß…«, sagte Ike. Sein Gesicht war geschwollen, die Augen gerötet. Zuba war sich sicher, dass sein Gesicht nicht anders aussah. Er blickte noch mal zu Ike. Der suchte nach Worten, die die furchtbare Situation etwas erleichtern könnten, in der sie jetzt steckten.

»Weißt du noch, was Mama Wanze ihren Kindern sagte, als kochendes Wasser auf die Matratze gekippt wurde, in der sie hausten?«, sagte Ike schließlich, »haltet durch, Kinder. Was heiß ist, wird irgendwann auch wieder kalt.«

Es wollte ihnen kein Lächeln gelingen.

»Gehen wir«, sagte der Leichenbestatter-Polizist.

Die Innenwelt

Das Taxi ächzte einen Hügel hinauf. Kinder und Erwachsene in abgetragener Kleidung säumten die Straße wie Bürger, die einen populären Staatsmann begrüßen. Sie boten ihre Waren wie Geschenke an. Körbe mit Früchten, Orangen, Mangos und Avocados, zu hübschen Pyramiden gestapelt, standen auf wackligen, wettergeschädigten Tischen. Kekse, Süßigkeiten und Kuchen in farbenfroher Verpackung glänzten in der Abendsonne. Angenehm duftender Dampf stieg aus verrußten Kochtöpfen. Über allem kreisten Geier.

Der Leichenbestatter-Polizist hustete vorne auf dem Beifahrersitz. Zuba starrte aus dem Fenster und rieb mit seinem linken Zeigefinger die Stirn. Er blickte auf die Straßenhändler und das dunkle Wasser des Niger in einiger Entfernung hinter ihnen. Der Anblick des Flusses hatte tröstende Wirkung. Er sah die Vögel, wie sie ins Wasser stürzten und dann mit kleinen silbrigen Fischen in den Krallen wieder hochflogen. Der Wagen fuhr in ein Schlagloch und die Handschellen scheuerten wieder an den Gelenken. Gleichzeitig mit Ike entdeckte er die gewaltigen Mauern, die sich vor ihnen auftürmten. Oben drauf, wie eine Dornenkrone, Scherben von gebrochenem Glas und Stacheldraht. Bei dem Gedanken, was sich hinter diesen Mauern tat, steigerte sich seine Angst. Er kämpfte gegen sie an. Du hast die Polizeizelle überlebt - hier kann es nicht viel schlimmer kommen. Und auch das wirst du überleben.

Das Auto blieb klappernd stehen. »Aussteigen!«

Zuba und Ike wanden sich aus dem Wagen.

Sie wurden von zwei Gefängniswachen, die unter einem Mangobaum ihre Gewehre putzten, genau beobachtet. Dessen Zweige waren knorrig und verkümmert, seine wenigen Blätter wie vertrocknet. Nur einer der Wachen winkte zurück, als der Polizist ihnen zuwinkte. Der andere starrte sie mit roten Augen an und blies Rauch aus seinen Nasenlöchern.

Der Polizist schlug gegen das Tor. Ein Fenster wurde geöffnet und ein Gesicht darin sichtbar. Schlüssel klapperten, Bolzen wurden zurückgeschoben. Eine Tür in dem großen Tor öffnete sich geräuschlos. Sie traten ein. Die Bolzen schoben sich wieder vor.

Sie befanden sich in einem kleinen Vorhof. Die Wände waren in einem schmutzigen Hellgrün gestrichen. Auf beiden Seiten Räume und Büros, die Türen angelehnt. Gefängniswärter in bräunlich-grünen Uniformen liefen herum. Eine Gruppe junger Männer saß auf dem blanken Fußboden vor den Büros. MASSOB. *Keine Gewalt. Kein Exodus,* stand auf ihren T-shirts.

Die Männer nahmen von Zuba und Ike keine Notiz. Sie blickten gespannt durch die Tore am anderen Ende des Vorhofs auf den Gefängnishof, wo nackte, verschwitzte Brüste und kräftige, beharrte Beine zu sehen waren, die sich um einen Fußball balgten und von einer Menge blasser Männer in blasser Kleidung beklatscht und bejubelt wurden.

Der Polizist brachte Zuba und Ike in eines der Büros. Er löste ihre Handschellen und ging mit einem Stück Papier in der Hand zum gegenüberliegenden Büro.

Zuba hob den Arm und prüfte seine lädierten Handgelenke.

»Ihr Name?«, fragte der Wärter und blickte Ike an. Er notierte Ikes Daten auf dem Formular vor ihm. »Ihr Name?«, fragte er wieder und blickte diesmal auf Zuba.

»Zuba Maduekwe.«

»Maduekwe? Wie Chukwueloka Maduekwe?«

Zuba nickte.

»Dr. Maduekwe. Der frühere Bildungs-Commissioner, dessen Vater Senator war?«

Zuba schwieg.

»Okay, ihr zwei, ausziehen, schnell-schnell. Und liefert alle Wertsachen ab. Denkt dran, ich werde euch genau unter die Lupe nehmen.«

Zuba und Ike zogen sich aus bis auf ihre Unterwäsche.

»Arme und Beine auseinander«, sagte der und ging um sie herum. Er tastete sie von Kopf bis Fuß ab und ging wieder zu seinem Schreibtisch.

Vom Gefängnishof war Geschrei zu hören: »Tooooooor!«

Zuba und Ike wurden unruhig. Sie sahen sich an. Ihre Augen wanderten durch den Raum, genauso flattrig wie ihre Nerven. Sie erkannten hinter dem Wärter einen Haufen von Wertsachen neu eingelieferter Insassen, über ihm einen brandneuen Deckenventilator, die dicken Stangen vor dem geschlossenen Fenster zum Gefängnishof hin und die Langeweile im Gesicht des Wärters, mit der er etwas in sein Dienstbuch schrieb. Der Anblick einer Pferdepeitsche und eines schmalen Dolchs auf dem Fußboden schreckte Zuba auf.

»Bitte, können sie uns irgendwie helfen? Ich will nicht, dass wir verprügelt werden«, sagte er.

»Hier wird keiner von irgendjemand verprügelt«, schnappte der Wärter zurück.

»Okay. Danke. Und können Sie uns bitte in dieselbe Zelle einweisen?«

»Nein. Leute unter derselben Anklage werden getrennt. Um geheime Absprachen zu vermeiden. Ihr könnt jetzt im Durchgang bei diesen anderen Männern warten«, sagte der Wärter, bevor Zuba noch etwas sagen konnte.

Sie standen etwas entfernt von den MASSOB-Männern und blickten in den Gefängnishof. Ein junger Mann in blauer Gefangenenkluft wartete auf der anderen Seite des Tors. Ab und zu blickte er in den Vorhof. Seine Gesichtshaut war bedeckt mir einer Unmenge eiternder Rasierwunden, so schlimm, wie es Zuba noch nie gesehen hatte.

Der Wärter rief: »Maduekwe, komm noch mal her.«

Zuba ging wieder in das Büro.

Der Wärter saß auf seinem Schreibtisch. Er warf seine Beine in die Luft, als er Zuba musterte. Nach einer Minute ungefähr begann er mit leiser Stimme zu reden: »Maduekwe, ich habe beschlossen, dir zu helfen. Um deinen Aufenthalt hier angenehm zu machen, gibt es hier eine Clique, für die jeder neue und begüterte Häftling seine *cell-sho*w bezahlen muss. Hol dir fünftausend Naira von deinen Leuten, dann gib sie mir, und ich gebe das Geld an sie weiter. Sie werden nie etwas von dir direkt fordern, weil sie nicht auffliegen wollen. Schläge sind hier zwar verboten, aber wenn du ihnen nichts zahlst, gibt es andere schlimme Methoden, um ihre Forderungen einzutreiben.«

Zuba dachte daran, was in der Polizeizelle passierte. Idem hatte haargenauso Hilfe angeboten. Aber er hatte den größten Teil selber eingesackt und die lächerliche Summe, die er dem Zellenpräfekten weitergab, hatte den nur wütend gemacht. Er und Ike wären pulversisiert worden, hätte er dem Präfekten nicht mehr Geld als cell-show gegeben. Der Gedanke daran ließ Zubas Gesicht strenger werden. Er guckte zur Seite und sagte nichts.

Der Wärter kniff seine Augen zusammen. »Gut, wie du willst. Ich bin hier, falls du deine Meinung änderst.«

Zuba verließ das Büro und stand wieder neben Ike.

»Okay, Okwu, bring die Männer rein. Spiel ist bald aus. Superintendent will reden mit ihnen.«

Die Worte kamen aus dem Büro gegenüber. Ein grüner Vorhang, mit der Zeit durchscheinend geworden, hing über dem Eingang. Okwu teilte den Vorhang und trat in den Vorhof. Er betrachtete Zuba und die anderen Gefangenen mit den lachenden Augen eines Menschen, der nichts ernst nimmt. »Achtung. Das gilt für alle. MASSOBians – aufstehen. Ihr geht jetzt rein.«

Seine Stimme quiekte. Wie die Stimme eines Mannes, der gewürgt wird und um sein Leben fleht. Zuba kam das gekünstelt vor.

Okwu schloss das Tor zum Gefängnishof auf. »Amaechi, bring sie bis zur Tür vom Büro des Superintendenten«, sagte er.

»Okay«, sagte der Mann mit den Rasierwunden, »ihr folgt mir.«

Zuba war der letzte in der Reihe von Gefangenen, die hinter Amaechi herging. Er hasste den Anblick von Ikes nacktem Oberkörper vor ihm. Er ließ Ike so machtlos aussehen, ohne jedes Selbstbewußtsein.

Das Fußballspiel tobte immer noch, und kaum jemand im Gefängnishof ließ sich davon ablenken. Amaechi führte sie auf einem Trampelpfad zwischen dem Spielfeld und einer Reihe von Büros entlang. Eine Kirche stand vor ihnen; gelb, weiß und hell.

»Was habt ihr Leute angestellt?«, fragte Amaechi, er hatte sich umgedreht und schaute sie an.

Für einen Moment genoss es Zuba, dass er und Ike zu einer Gruppe gehörten. Ihm war es viel zu peinlich, dass es ein Fall von bewaffnetem Raub war, der ihn und Ike hierher gebracht hatte.

»Nichts«, sagte der Mann direkt hinter Amaechi. Er schien der Anführer zu sein. »Sie haben uns am Postamt festgenommen, wo wir friedlich demonstrierten, und brachten uns erst in die Polizeizelle, dann zum Gericht, und jetzt hierher.« Er strich sich mit einer Hand über den Bart. »Aber wir machen uns keine Sorgen. Freiheitskämpfer wurden immer verfolgt, die ganze Geschichte hindurch. Und du. Was hast du verbrochen?«

»Raub und Mord« antwortete Amaechi.

Die Selbstverständlichkeit, mit der er das sagte, als ob er seine Geburtsdaten mitteilte, ließ alle verstummen.

»Wir warten hier, bis das Spiel zuende ist«, sagte er.

Sie setzten sich auf den betonierten Boden vor der Kirche. Die Kirche warf ihren Schatten in der Abendsonne.

Zuba sah sich um. Außer der Kirche und den grün gestrichenen Büros auf der linken Seite waren die anderen Blocks um den Platz herum grau. Die Mauer mit den Glasscherben und dem Stacheldraht oben drauf, die die Sicht auf den Horizont versperrte, war in dem gleichen aschfahlen Grau. Sand, wüstenbraun und steril, bedeckte überall den Boden. Nicht ein Hauch von lebendigem Grün wuchs auf dem kärglichen Gelände.

»Es dauert nicht lange«, murmelte er vor sich hin. »Ja!« Er wandte sich an Ike. »Ike, es wird nur für kurze Zeit sein. Nonye und der Anwalt werden uns bald finden, und dann sind wir hier raus. Wir stellen uns drauf ein und passen auf uns auf, so gut wir können. Stellen wir uns vor, es ist so eine Art ... eine Art.... Ja! Eine Art Ausflug.«

»Du hat vergessen, dass ich nie zur Schule ging«, brummte Ike. Mit den Augen fixierte er die Glasscherben und den Stacheldraht auf der Mauer am anderen Ende des Feldes.

»Dann nimm es als Abenteuer.«

»Meine Frau ist von heute ab überfällig. Ich hänge hier fest, ohne dass ich irgendwelche Vorbereitungen getroffen habe, und du sagst...«

»Ike, mach dir keine Gedanken. Ihr wird es gut gehen. Nonye wird sich um sie kümmern. Wie letztes Mal. Sie wird...«

»Mr.-Keine-Gewalt-Kein-Exodus, wohin willst du?«

Der Anführer der MASSOB-Leute war aufgestanden und ging zur Mauer hinter der Kirche: »Entschuldigen Sie, ich will mich nur erleichtern.«

»Du darfst hier nicht pissen«, sagte Amaechi.

»Nein, ich muss nur pupsen.«

»Musst du den ganzen Weg nach Jericho gehen, nur um zu furzen?«

»Ich habe meine Würde. Und ich will sie behalten«, sagte der Mann.

»Sowas gibt's hier nicht«, fiel ihm Amaechi ins Wort. »Du bist hier im Gefängnis. Du furzt, wo du willst. Oder pustet uns das um?«

Zuba zwang sich mit den anderen zu lachen. Sein Lachen war am lautesten. Er puffte Ike in die Seite, damit auch er mitlachte. Er wandte sich an Amaechi. »Ich finde, der Mann hat Recht. Wie Gandhi sagte, niemand kann dir deine Würde nehmen, es sei denn, du gibst sie selber auf.«

Amaechi lachte lange und hysterisch. »Ich würde gern wissen, was ihr sagt, wenn ihr zwei Wochen in diesem Loch zugebracht habt.«

Der MASSOB-Mann tätschelte Zubas Arm. Er guckte ihn freundlich an. »Weißt du, solche Leute wie dich brauchen wir in unserer Bewegung«, flüsterte er.

»Das ist jetzt wirklich nicht das dringendste Problem«, sagte Zuba. »Außerdem kann ich manche Sachen, an die ihr glaubt, überhaupt nicht ertragen. Ich hab eure Plakate und Flugblätter gesehen.«

Der MASSOB-Mann schüttelte seinen Kopf.

Der Schiedsrichter pfiff das Spiel ab, und die Anhänger des siegreichen Teams klatschten und hüpften vor ihrem Zellenblock auf und ab. Das Team, im Kontrast zu den rot behemdeten Verlierern mit nackter Brust auftretend, umarmte sich gegenseitig. Sie sprangen in die Luft, tanzten über das Spielfeld und wirbelten jede Menge Staub auf. Einer machte sogar einen Flick-flack. Es wirkte alles entspannt und frei und Zubas Sorgen, die er vorher mühsam unterdrückt hatte, schwanden wie von selbst.

Ein goldener Pokal stand am Rande des Spielfelds auf einem Stuhl. Daneben, auf einem zweiten Stuhl, saß ein Gefängnisbeamter. Die prächtige, nagelneue Uniform und die Epauletten auf seiner Schulter machten ihn für jeden als Superintendent erkennbar. Wenige Meter rechts von ihm führten zwei Wärterinnen eine Gruppe ausgemergelter Frauen in zerlumpter Zivilkleidung aus dem Gelände heraus. Sie verschwanden auf das danebenliegende Grundstück durch das Tor auf der anderen Seite der Kirche.

Der Superintendent erhob seinen zierlichen Körper und marschierte Richtung Büroblock. Ein Gefangener nahm den Pokal und folgte seinen energischen Schritten nur mit Mühe.

»Aufstehen! Aufstehen!«, rief Amaechi und drängte sie alle zu den Treppen vor dem Büro des Superintendenten.

»Ich wollte Sie alle sehen, bevor Sie in Ihre Zellen gebracht werden«, begann der Superintendent. Er sprach deutlich, sein Englisch war tadellos. »Sie sind jetzt im Gefängnis, was Fela Kuti* die ›Innere Welt‹ nannte. Sie haben hier keine Rechte. Machen Sie einfach, was man Ihnen sagt. Sogar Präsident Obasanjo hatte keine Rechte, als er im Yola-Gefängnis saß.

* Fela Kuti, 1938-1997, war nigerianischer Saxophonist und Bandleader. Er betätigte sich auch politisch und verurteilte die Militärdiktatur in Nigeria, weshalb er mehrmals verhaftet wurde.

Mich interessiert nicht, ob Sie schuldig oder nicht schuldig sind. Das zu entscheiden, ist Sache der Gerichte. Interessieren tut mich aber, dass Sie sich in der Zeit, wo Sie hier sind, gut benehmen. Sie sind des Landesverrats angeklagt, und das bedeutet, dass Sie hier eine lange, lange Zeit bleiben. Ich bin aufgefordert worden, auf Sie ganz besonders zu achten. Und ich möchte Sie warnen: Machen Sie keinen Ärger in meinem Gefängnis, denn das hätte schwerwiegende Folgen. Wie Sie heute Abend gesehen haben, sind wir hier eine glückliche Familie. Alle hier – Wärter, die zweihundertsechzig Verurteilten und die neunhundert Untersuchungshäftlinge – genießen diese herzliche Atmosphäre. Versuchen Sie nicht, Ihre Kampagne für eine Wiedergeburt Biafras in meinem Gefängnis fortzusetzen. Versuchen Sie nicht, andere Mitgefangene zu beeinflussen oder zu agitieren. Sie haben die Freiheit, an Ihre Ziele zu glauben, aber behaltet sie für euch. Ich sehe die Fidel-Castro-Karikaturen von Bärten auf euren Wangen, den jugendlichen Eifer in euren Gesichtern, die Augen von Weltverbesserern, und ich kann nur meinen Kopf schütteln. Wenn Biafra entsteht, dann nicht durch Leute wie euch. Ich habe euch gewarnt, meine Leute werden euch im Auge behalten.« Er drehte sich um, teilte den Vorhang, der vor der Tür hing, und ging in sein Büro.

»Los«, sagte Amaechi. Er führte Zuba, Ike und die anderen Gefangenen quer über das Fußballfeld.

»MASSOB! MASSOB! Keine Gewalt. Kein Exodus«, schrien einige Gefangene auf dem Feld und streckten ihre geballten Fäuste in den Himmel. Mehrere Wächter befahlen ihnen, den Mund zu halten. Der Führer der Gruppe konnte ein stolzes Lächeln nicht verbergen.

Die meisten Zellenblöcke waren fest verschlossen. An den Fenstern drängten sich halbnackte Männer. Wie es drinnen aussah, konnte man nicht erkennen.

Zuba sah schließlich einen Block mit offenen Türen. Schwarze Doppelstockbetten standen eng an der Wand. Handtücher hingen an den Bettstangen und bräunliche Moskitonetze waren über manche Betten gestülpt. Fast wie im Internat.

»Wo ist eure Zelle? Ab in die Zelle!« Okwus Kreischen war von weitem zu hören. Er scheuchte Gefangene vor sich her. Sie lachten bei jedem Ton, als sie in ihre Zellen rannten. Okwu erinnerte Zuba an einen Aufsicht führenden Lehrer, der ungehorsame Schüler zur Siesta in ihre

Schlafräume trieb, nur dass er einen Gummiknüppel schwang statt eines Rohrstocks. Ja, es war fast wie im Internat. Auch dort, in seinem Internat, gab es eine hohe Mauer mit Glasscherben obendrauf.

»Aaaah, meine Hand«, gellte ein Schrei, als Okwu die Zellentür zuknallte.

Amaechi führte sie zum anderen Ende des Platzes. Bright Chimezies Lied *African Style* plärrte vom Vorplatz des Gefängnisses. Amaechi sang mit, schnippte mit seinen Fingern und bewegte seine Arme rhythmisch zu »African Styyyyyyyle.«

Einige Männer erwarteten sie. Anders als Amaechi waren sie in Zivil gekleidet. Amaechi ging auf einen Mann in Jeans und schwarzem Unterhemd mit der Aufschrift *Staatsfeind Nr. 1* zu.

»Philip, hier sind sie«, sagte er. »Ich muss mich beeilen.«

»Okay«, sagte Philip.

Amaechi rannte davon.

Die Männer sahen sich die neuen Zellengenossen an.

»Okay«, sagte Philip. »Fangen wir an.«

Zuba wusste plötzlich, was jetzt käme. Er hatte es viele Male in der Schule beobachtet. Die Mannschaftskapitäne schwärmten auf dem Fußballfeld aus, um Spieler für ihre Mannschaft aus einem pool von Schülern herauszupicken, die voller Hoffnung auf sie warteten.

»Du! Du! Warzengesicht!«, rief Philip und deutete auf Zuba. »Komm hierher.«

Zuba erschrak. Aber es gab kein Gelächter. Der Name würde nicht an ihm kleben bleiben.

»Ich wusste, dass du ihn als ersten nehmen würdest; er sieht aus, wie einer, der eine gute *cell-sho* macht«, sagte einer der Männer zu Philip. »Wer ist sein Partner? Komm hierher.«

Als Philip wieder an der Reihe war, zeigte er auf einen Neuankömmling mit kräftigen Beinen.

»Wie heißt du?«

»Nasa.«

»Du hast Fußballerbeine. Kannst du spielen? Kannst du meiner Zelle helfen, den Superintendent-Pokal zu holen?«

Nasa nickte.

»Gut. Dann hierher.«

Die Person, die Philip als letzte auswählte, war der bärtige MASSOB-Anführer. »MASSOB-Mann, komm her. Ich hoffe, du machst keinen Ärger in meiner Zelle«, sagte er.

»Gehn wir.« Philip führte sie in den hinteren Teil eines Zellenblocks. Mehrere Gefangene warteten schon. Sie trugen ausgeblichene shorts, die Oberkörper nackt, überall nur Knochen und Sehnen. Schwarze Flecken bedeckten ihre Körper, und ihr Aussehen hatte etwas Zerbrechliches, als ob ihre Haut sich gleich auflösen könnte. Ihre kahlgeschorenen Köpfe glänzten in der sinkenden Sonne.

Die Gefangenen stellten Zuba und die anderen Neuen nebeneinander an die Wand. »Alle hinsetzen«, rief eine Stimme.

Einer der Gefangenen fixierte Zuba mit hervorstechenden Augen. »Zieh dein Unterhemd aus«, sagte er.

Zuba zog es aus und blickte fragend zu ihm hoch. Der Gefangene zog eine Rasierklinge aus einer Packung. Er summte ein Lied mit, das irgendwo aus dem Hintergrund erklang, brach die Klinge in zwei Teile und begann eine Art Rasierapparat zu improvisieren: ein Skalpell-artig geformtes Stück Aluminiumfolie, mit dem die Klinge an einer Seite gehalten werden konnte.

Ein Haarschnitt. Gefängnis-Schnitt! Zuba blickte nach rechts und sein Herz stockte. Ein Viertel von Nasas Haar war abrasiert. Seine Kopfhaut, glatt wie sein Gesicht, schimmerte weißlich-grau, und sein Gesicht zeigte denselben trostlosen Gefängnisausdruck wie der Mann, der die Klinge durch sein Haar schaben ließ.

Zuba hielt schützend seine Hände hoch: »Tut mir leid. Du darfst mein Haar nicht bis zum Schädel abrasieren. Ich habe nach mehreren Meningitis-Anfällen eine empfindliche Fontanelle, und die darf nicht entblößt werden.« Er sprach den letzten Satz auf Englisch und wies dabei auf den oberen Teil seines Kopfes.

Eine Stromschwankung stoppte die Musik, die vom Vorhof plärrte, und ließ die Glühbirne flackern.

Der Mund des Barbiers blieb mitten im Lied offen stehen. Er drehte sich um und blickte seine ebenso verdatterten Kompagnons an. »Sir, Boss-Mann«, rief er.

Philip bewegte sich in ihre Richtung. »Was ist los?«

»Sag noch mal, was du eben gesagt hast«, sagte der Barbier.

»Ich bat ihn, meine Kopfhaut nicht zu entblößen, weil ich einen Meningitis-Anfall hinter mir habe und die Fontanelle deswegen sehr empfindlich ist.« Er zeigte wieder oben auf seinen Schädel.

Philips Gelächter brach aus ihm heraus wie schäumende Limonade. Er beugte sich herunter, aber seine Heiterkeit war verschwunden, als er sich wieder aufrichtete. »Weiß dieser Junge, wo er ist?«, brüllte er. »Jemand sollte ihm einen Schlag verpassen, damit er sich wieder erinnert.«

Die beiden Gefangenen neben dem Barbier stießen Zuba gegen seine Brust, bevor der Schlag kam.

Die Klinge des Barbiers senkte sich. Zuba spürte einen Hauch Zugluft an seinem Schädel über dem rechten Ohr.

Philip näherte sich und stand neben dem Barbier. »Wie heißt du? Und dein Beruf?«, fragte er in bestem Englisch.

»Mein Name ist Zuba. Ich habe gerade die Hochschule abgeschlossen. Will aber weiter studieren.«

»Welche Schule? Und welches Fach?«

»Universität Benin. Biochemie.«

»Also kannst du natürlich nicht wissen, dass nur Babies Fontanellen haben.« Philip gluckste. »Ich war an der Universität Calabar, hab Medizin studiert. Musste aber zu Physiologie wechseln, weil ich zweimal durch die Prüfung fiel. Das ist zehn Jahre her.« Er tippte dem Barbier auf die Schulter. »Lass ein bisschen Haar oben auf seinem Kopf stehen.«

Die neuen Insassen durften sich nach dem Haarschnitt baden und bekamen frische Kleidung. Zuba musste die shorts, die er bekam, am Bund eindrehen, damit sie nicht hinabrutschten.

»In Ordnung, alles in Ordnung. IG, lass sie rein. Und bring Zuba in die GRA«, sagte Philip.

IG führte sie vor die Zelle. Sie warteten vor der Tür. Sie bestand aus massiven, rostfarbenen Eisen und hatte in Augenhöhe ein kleines quadratisches Fenster. Darüber stand: *Zelle B 3: 17 Stück*. Zuba war gespannt, ob er ein oberes oder unteres Bett bekäme. Ein Wärter näherte sich mit klimpernden Schlüsseln. Er schloss die Tür auf.

»Okay, geht rein«, sagte der Wärter.

»Säubert vorher eure Füße vom Sand«, sagte IG.

Zuba machte einen Schritt über die Schwelle und blieb stehen.

»Weiter, weiter.«

Er bekam einen Schlag auf den Rücken. Die nackten, ausgestreckten Beine vor ihm klappten hoch. Auf dem Boden sitzende Gefangene zogen die Knie an ihre Brust und machten so einen schmalen Weg frei. Viele Augen blickten sie an. Zuba machte zwei Riesenschritte in die Mitte der Zelle, ganz vorsichtig, um nicht auf die Füße zu treten, die in den Weg ragten. Der Boden war warm und kratzig. Der Geruch von Sickergruben, saurem Schweiß, von Speichel und verfaulenden Körpern umfing ihn. Er spürte feuchte, verbrauchte Luft auf seinem Gesicht.

Zuba stand in der Mitte der Zelle direkt unter einer Sechzig-Watt-Birne. Die anderen Neuen standen eng, Bauch an Rücken, hinter ihm. Er wich den Augen aus, die sich in ihn bohrten, und konzentrierte sich mehr auf das Doppelstockbett, das am Ende der Zelle wie ein Thron über den Körpern herausragte. Das untere Bett war leer, aber das obere hatte eine dicke Matratze und ein Kissen, beide purpurfarben bezogen. Es stand genau zwischen den beiden großen Fenstern und teilte so den hinteren Teil der Zelle in zwei Hälften. Ein Kruzifix hing unter dem leuchtend weißen, aufgerollten Moskitonetz an der Wand

»Ihr anderen bleibt hier in Corrordor«, sagte IG. »Du, Mr. Grammar, hier lang zur GRA – der Government Reserved Area.« Er war über die Körper zu Zuba gestiegen. »Warte«, sagte er und platzierte Zuba auf der rechten Seite des Doppelstockbetts, direkt vor dem Fenster. Dann ging er wieder zur gegenüberliegenden Seite der Zelle zurück, setzte sich zwischen zwei Häftlinge und lehnte seinen Kopf gegen die Wand.

Zuba blieb stehen. Nur zwei Gefangene saßen hier auf dem Boden, auf zwei Matratzen, die wie Teppiche neben dem Bett ausgebreitet lagen, ihre Rücken gegen die schwarz verdreckte Wand gelehnt. Anders als im Rest der Zelle, wo alle eng nebeneinander an der Wand saßen, lagen Tassen, Kannister, und kleine Taschen mit persönlichen Dingen zwischen ihnen. Ihre Füße streckten sie aus in das, was IG »Corrordor« genannt hatte. Zwei Reihen von Insassen füllten Rücken an Rücken, Schulter an Schulter sitzend den Corrordor. Dünne Arme hielten aufgestellte Beine. Unterkiefer ruhten auf knotigen Knien, die Füße auf den schmalen Gang gestreckt, jederzeit bereit, sie wieder zurückzuziehen, um Platz zu machen. Ihre Gesichter wirkten knochig, und die Haut über den Knochen so dünn wie Klarsichtfolie. Zuba schaute zur anderen Seite des Doppelstockbetts. Dort saßen, mit viel mehr Platz, Männer bei einem Brettspiel. Das helle, fröhliche Klackern des rollenden Würfels klang in dieser Umgebung fast unwirklich.

Ein Schlüssel wurde in das Türschloß geschoben. Zwei Gefangene kamen mit einem langen, hölzernen Tablett herein. Zerbeulte Aluminiumteller waren ineinandergestapelt. Der Geruch von Essbarem breitete sich in die Zelle aus. Einige Corrordor-Insassen standen auf und machten Platz, und das Tablett wurde auf dem Boden abgestellt. IG schüttete drei Portionen auf einen Teller und deckte ihn zu. »Madabuchi, nimm und heb auf für Boss-Man«, sagte er.

Einer der Männer die rechts vom Doppelstockbett vor Zubas Füßen saßen, stand auf und nahm den Teller entgegen. Er stellte ihn auf das leere, untere Bett.

IG reichte mehrere Teller an das andere Ende der Zelle weiter, wo er noch eben gesessen hatte. Dann erklärte er auf Englisch: »Holt eure Teller für eure Ration.« Er beobachtete, wie die übrigen Teller ausgeteilt wurden.

»Wer sehen kein Essen?«, fragte IG.

»*Onye afuro* ration *ya*?«, wiederholte die Zelle im Chor die Frage auf Igbo.

IG guckte in die Runde. »Essen fassen«, befahl er.

In der Zelle war nur noch ein Schlürfen, Schmatzen und Kauen zu hören.

»Macht Platz«, sagte IG zu einigen Gefangenen, die im Corrordor saßen. »Gut, new men, setzt euch.«

Nasa und der MASSOB-Mann schoben sich an den Körpern vorbei.

IG gab Zuba ein Zeichen, sich hinzusetzen, und ging dann wieder zu seinem Platz zurück.

Madubuchi rückte zur Seite. »Setz dich hierhin«, sagte er und klopfte auf den Platz links von ihm, direkt an der Grenze zum GRA-Bereich.

Zuba war froh, endlich sitzen und sich vor den abschätzigen Blicken mancher Gefangener wegducken zu können. Er stellte den Aluminiumteller auf seinen Schoß. Die wenigen braunen Bohnen in der Schüssel waren trocken und mit schwarzen Flecken und Löchern bedeckt. Er wollte das Essen Madubuchi abgeben, aber er spürte, dass man ihn beobachtete. Er nahm sich von Madubuchi einen Löffel, schaufelte etwas Essen in seinen Mund und zwang sich zu kauen. Die Bohnen waren ungesalzen und hart, als ob sie bloß in Wasser getaucht und nicht gekocht worden wären. Kleine, tote Käfer knackten zwischen seinen Zähnen. Er verschluckte sich.

»Nein, warte«, sagte Madubuchi. Er angelte kleine Gläser mit Palmöl, Pfeffer, Curry, Maggiwürfel und Salz aus einer Plastiktüte neben sich, schüttete Zubas Teller in seinen und begann das Essen zu veredeln. Er warf einige Zwiebelstücke hinein. Der scharfe Geruch stieg in Zubas Augen. Als er fertig war, schüttete er einen Teil auf Zubas Teller. Er zauberte einen halben Brotlaib unter dem Bett hervor, brach ein Stück ab und gab es Zuba. Er saß da wie ein rundum zufriedener Küchenchef.

Zuba nahm einen halben Löffel Bohnen.

Sie waren so roh und so hart, dass ihr Geschmack den der Gewürze noch überlagerte.

»Wie ist es jetzt?«, fragte Madubuchi.

Zuba nickte. »Es hat einen ganz eigenen Geschmack.«

Madubuchi strahlte.

Zuba biss etwas Brot ab und zwang sich zu einem weiteren Löffel. Er merkte, dass andere Gefangene ihn wieder anstarrten. Aber diesmal vor Hunger. Die ausgeleckten Teller lagen in ihren Schößen.

»Tut mir leid, ich kann nicht mehr«, sagte er zu Madubuchi.

»In Ordnung, du kannst es weitergeben, an wen du willst.«

Zuba wandte sich an den Mann zu seiner Linken. »Ich kann nicht mehr essen«, flüsterte er.

»Hey, gib her, gib«, sprudelte es aus dem Mann heraus. Er griff sich den Teller, leckte seine Finger, nahm ein kleines Gefäß, das neben ihm gestanden hatte, schüttete ein wenig Wasser auf seine Hand und in seinen Mund. Er sah verstohlen in die Runde und streckte Zuba seine Hand hin. »Ich bin Aboki«, sagte er. Die Hand war schuppig und, besonders um das Gelenk, mit Krätze übersät.

IG, am anderen Ende der Zelle, stand auf. Er blickte in die Runde und brüllte dann auf Englisch: »Geschirr zusammenpacken.«

»Zelle saubermachen!«, antwortete der Zellenchor, ebenfalls auf Englisch.

Drei Gefangene standen auf, sammelten das Geschirr ein und stapelten es auf das Holztablett. Zwei andere liefen mit kleinen Besen und flachen Plastikteilen herum, die aus den Seitenwänden eines Wasserkanisters stammten und als Kehrbleche dienten. Die auf dem Corrordor Sitzenden mussten aufstehen, damit Sand und ein paar plattgetretene Bohnen vom Boden aufgefegt werden konnten.

Die Lautsprecherstimme des Superintendenten erklang in der Nähe. IG spähte durchs Fenster und rief dann zu den Zelleninsassen: »Philip's Angels!«

»Boys!«, antwortete die Zelle.

»Grüßt das Gefängnisoberhaupt«, sagte er auf Igbo.

»Guten Abend, Sir!«, schrie die Zelle.

Ein Wärter öffnete die Tür, und das Geschirr wurde hinausgetragen.

Minuten später drehte sich der Schlüssel schon wieder. Die Geschirrträger huschten wieder hinein. Hinter ihnen Philip und ein Wärter. Philip betrat die Zelle.

»Philips Woooort...«, rief IG auf Englisch.

»Gilt!«, antwortete der Zellenchor.

»Jo-oooooooo«, rief IG.

»Ho-oooooooo«, antwortete die Zelle.

»Ist Philip ein Führer?«

»Er ist ein Führer!«

»*Cho!*« IG und die Männer neben ihm salutierten.

Der Wärter stand in der Tür. Er hielt in der Linken ein Stück Papier, während er mit dem Kugelschreiber in seiner Rechten die Insassen abzählte.

»Keine Entlassung. Drei Neuzugänge. Damit sind wir siebenundfünfzig jetzt«, sagte IG.

Der Wärter nickte. Er machte Notizen auf seinem Zettel, schloss die Tür ab und verschwand.

Philip zog seine Latschen aus, bevor er auf die Matratze trat, die neben seinem Bett auf dem Boden lag. Er ging an Zuba vorbei, ohne ihn anzugucken, und schob ein Stück Kuchen unter das Bett zu all den anderen nahrhaften Sachen wie Milchdosen, Sardinenbüchsen und Kakaopulver.

Er schob sein Tablett mit dem Essen beiseite.

»Das ist für euch«, sagte er. Mit seinem Nachbarn zur Rechten fiel Madubuchi über das Essen her.

Philip zog sich bis auf die Unterhosen aus und kletterte oben auf das Doppelstockbett. Mit seinen gekreuzten Beinen saß er da wie Buddha. »Philip's Angels«, rief er.

»Boys!«, antworteten die Insassen.

»IG, ich überlege gerade, ob wir heute noch mit der Einführung weitermachen?«, sagte er.

»Sir Boss-man, machen wir's doch morgen«, antwortete IG.

»Okay«, entschied Philip, »dann singen wir stattdessen in der nächsten halben Stunde.«

Die Gefangenen erhoben sich. Zuba tat es ihnen gleich. Schlaginstrumente wurden zur Hand genommen. Eine hohe Stimme sang auf Igbo:

Oh Herr Du bist gut
Oh Herr Du bist gut
Du, der Du gehest über Wasser
Oh Herr Du bist gut
Du, der Du brichst Eisen wie Holz
Oh Herr Du bist gut

Der Gesang wurde klatschend und tanzend begleitet. Die Stimmen stiegen in dem engen Raum wunderschön in die Höhe. Hüften kreisten und Füße stampften im Takt. Zuba hatte das Lied noch nie gehört, bewegte aber seine Lippen. Er klatschte nur leicht, um sich nicht ins Schwitzen zu bringen. Er spürte schon, wie die Hitze aus der Masse der tanzenden Körper stieg, roch Schweiß und faulen Mundgeruch.

Philip sang und sang. Nach einigen Liedern breitete er das Moskitonetz über sich aus. Madubuchi und ein Insasse auf der anderen Seite des Bettes klemmten es unter der Matratze fest. Philip kniete mit dem Rücken zur Zelle nieder, die Hände gefaltet, sein Gesicht zum Kruzifix erhoben, die Lippen zum Gebet geöffnet.

Zuba fühlte ein Kribbeln in seinem Kopf. Die Szene hatte etwas von einem Heiligenbild: Philips knieende Haltung, erkennbar im ätherischen Weiß des Netzes, weit über das Doppelstockbett ragend mitten zwischen den dreckig braunen Wänden und den dreckig braunen Körpern. Als wenn man in einem Tempel eine Erscheinung hätte. Zubas Augen trübten sich. Er presste sie zusammen. »Oh Herr, bitte hilf mir.« In diese wenigen Worte packte er seinen größten Wunsch: dass Nonye, Tanna, Ikes Frau und Anwalt Chigbo von seiner und Ikes Lage erführen und morgen zu Besuch kämen.

Philip bekreuzigte sich und saß wieder aufrecht. »Jemand soll das Nachtlied singen.«

Eine tiefe Stimme begann in schwerfälligem Igbo:

Voller Tränen und Kummer rede ich zu Dir, Vater
Gebrochenen Herzens rede ich zu Dir, Jehova
Wenn Du all unsere Missetaten siehst
Wenn du all unsere Sünden zählst
Oh Herr, wer kann da bestehen?
Wer kann vor Deinem Angesicht bestehen?

»Los, gehen wir vorm Schlafen pissen.« Madubuchi griff Zubas Arm, als der Gesang beendet war. Sie stellten sich in eine Schlange vor eine winzige Tür, die in einen ebenso winzigen Raum gegenüber der Zellentür führte. Neben der Tür stand ein Eimer, ein aufgeschnittenes Fass.

Zuba atmete tief ein, um den Atem anhalten zu können, wenn er an die Reihe käme, und lauschte den frommen Liedern, die über den Hof aus den anderen Zellen erklangen.

»Wer stiehlt uns da drinnen unsere Zeit? Wenn du scheißen willst, dann warte und lass die vor, die pissen wollen«, rief eine Stimme.

»Okay, bin fertig. Jetzt kannst du rein mit deinem Tripper.«

Als Zuba endlich in den kleinen Raum trat, erschien er ihm sauberer als die Toiletten in der Universität. Eine Schüssel mit schrägem Abflussrohr war in den Boden eingelassen. Das Weiß der Keramik blitzte unter der uringefärbten Oberfläche durch. Der matte Geruch von Sickergruben stieg ihm in die Nase, als er auf den Zehen stehend in das Becken pinkelte und die verschimmelten, abgeblätterten Wände betrachtete.

Philip lag ausgestreckt auf seinem Bett, als Zuba und Madubuchi in ihre Ecke zurückgingen. Das Netz über seinem Bett bewegte sich leicht in der Brise, die vom Fenster hereinströmte. Zuba wäre gern in dem frischen Luftzug und im Licht der Scheinwerfer stehengeblieben.

»Toshiba!« brüllte ein langer, dünner Mann neben IG und zeigte auf einen jungen Mann, der im Corrordor saß. Die anderen Männer neben ihm wiederholten den Ruf. »Du, Toshiba!«

Drei Männer im Corrordor standen auf. Ihre glänzenden Körper reflektierten das Licht der Sechzig-Watt-Birne. Sie machten sich auf den

Weg zu IG am Ende der Zelle, nahmen flache Plastikstücke in die Hand und fächerten damit denen zu, die nach ihnen gerufen hatten.

»Wer haben keinen Platz?«, fragte IG.

»*Onye afuro post ya?*« Der Zellenchor wiederholte die Frage auf Igbo.

IG sah in die Runde. »Gute Nacht, Zellenmitglieder«, sagte er.

»Du, leg dich hierher, das ist dein Platz«, sagte Madubuchi und zeigte auf den Platz neben sich. Zuba legte sich direkt an die Grenze zum GRA. Die Matratze roch nach ranzigem Schweiß. Sie war so dünn, dass Zuba sie wie eine Verpackung um sich hätte herumwickeln können. Madubuchis Beispiel folgend streckte Zuba seine Beine auf dem nackten Boden unter dem Doppelstockbett aus. Sein Nachbar lag mit dem Rücken auf einem Stück Karton, seine Knie hochgezogen und die Füße gegen die Füße eines anderen Gefangenen im Corrordor gestemmt. Schnarchen und das Kratzen von Fingernägeln auf der Haut erfüllten die Zelle. Zuba blickte an den Insassen, die auf dem Corrordor kauerten, vorbei in Richtung Toilette und suchte Nasa und den MASSOB-Mann, die anderen beiden Zellen-Neulinge. Zwei Kakerlaken krabbelten vom Toilettenrand herunter auf die Masse der Körper zu; sie blieben immer wieder stehen, um mit ihren Antennen den Weg zu ertasten. Eine steuerte offenbar direkt auf Nasa zu.

Nasa war schon eingeschlafen. Sein Kopf war auf die nackte Schulter des neben ihm sitzenden Mannes gesunken, und mit der Spuke, die von seinen Lippen tropfte, machte er sie nass; seine Beine waren hochgeklappt und lehnten gegen Knie von der einen Seite und seine Zehen stützen sich ab an der Fußsohle des Insassen gegenüber. Der MASSOB-Mann hatte den Kopf auf seine Arme gelegt, die wiederum auf den Knien lagerten. Seine Glatze schimmerte im Licht der Glühbirne.

Zuba sah wieder weg und schämte sich seiner Privilegien. Er spürte nicht mehr die Schmerzen von Ellbogen und Kopf. Er hörte nicht mehr das rasselnde Schnarchen von Madubuchi. Er schob Madubuchis Beine etwas zur Seite und machte sich so mehr Platz. Madubuchi hörte auf zu schnarchen. Zuba tippte seinem Nachbarn auf die Schulter und zeigte auf den Platz unter dem Bett. »Du kannst deine Beine dahin strecken, dann hat dein Gegenüber vom Corrordor bisschen mehr Platz.« Sein Nachbar warf einen schläfrigen Blick auf Philips Bett und schüttelte seinen Kopf. Er drehte sein Gesicht von Zuba weg.

Madubuchi fing wieder an zu schnarchen. Zuba rührte und zuckte sich nicht. Er starrte auf die Betondecke der Zelle, auf die Eisenstangen, die zwischen dem Beton sichtbar waren, und dachte darüber nach, wie es wohl Ike ging. Konnte er sich ausstrecken oder musste er sich hinkauern? Er versuchte an Nonye und Tanna zu denken, an seinen Vater und an Anwalt Chigbo. Aber sein Kopf weigerte sich, sich über das zu erheben, was um ihn herum war – so, als ob solche Gedanken verbotener Luxus wären.

Die Mosquitos meldeten sich.

Zuba bieb ruhig. Er verkniff sich, nach ihnen zu schlagen. Ja, beißt mich, stecht mich, durchbohrt meine Haut und saugt euch voll, wollte er rufen. Aber mit seiner Ruhe war es vorbei, als er auf seinem nackten Rücken die Bisse von Wanzen spürte, die in der Matratze hausten, auf der er lag.

Einer ist immer der Beste

Zuba wurde am Morgen von lauten Stimmen geweckt:

»Loooobet den Herrn!«

Er schlug seine Augen auf und spürte den Geruch von Nonye in seiner Nase. Sie würde heute Morgen kommen. Sie war schon auf dem Weg. Er bemerkte einen Zettel auf seiner Brust und las: *Wir beobachten und warten. Wenn wir nach dem ersten Besuch, den du bekommst, nichts von dir hören, wirst du von uns hören!,* stand da mit Bleistift gekritzelt. Es war ein Stück Toilettenpapier. Er schaute grübelnd zum Fenster hoch.

Die Häftlinge, die ihren Platz entlang der Wände hatten, saßen schon aufrecht. Die auf dem Corrordor streckten ihre Arme zur Decke, ihre Gelenke knackten. Zuba setzte sich. Er zuckte zusammen, als sein Rücken die Wand berührte. Er steckte den Zettel in die Tasche und gähnte, als jemand das Morgengebet sprach. Sein Kopf war schon etwas klarer, als die Hymne begann:

Christus ist groß in seiner Fürsorge
Er wird sicher für dich sorgen
Wie er für mich sorgt.

»Zelle bereit! DPP übernimm«, meldete IG und setzte sich.

Der Mann, der am Abend vorher als erster »Toshiba« gerufen hatte, bewegte sich nach vorn. Er war ungewöhnlich dürr. Hellgrüne Rosenkranzperlen hingen an seinem Hals und funkelten auf seinem nackten Oberkörper. Er hielt ein Stück Papier hoch. »Dienstplan für heute«, verkündete er. Er rief die Namen einiger Insassen auf und verteilte Aufgaben wie Geschirr zusammenstellen, Zelle säubern, Abfalleimer leeren und Toilette aufwischen. »Felele, du machst die Toilette sauber als Strafe dafür, dass du Nwa-Oyis Mutter gestern missbraucht hast«, ordnete er an.

»Wie es dem Gericht beliiiiiiiebt«, rief die Zelle im Chor, nachdem er geendet hatte.

Philip saß auf seinem Bett. Madubuchi neben ihm stand auf und ging zur Toilette. Er kam mit einer weißen Plastikflasche zurück, schob das Moskitonetz zur Seite und reichte sie hoch. Sekunden später gab ihm Philip die Flasche zurück, gelb und schwer von Urin. Jemand auf der anderen Seite des Doppelstockbetts faltete das Moskitonetz zusammen, als Madubuchi mit der Flasche wieder zur Toilette ging.

Philip gähnte.

»Begrüßt den Führer!«, rief IG.

»Guten Morgen Sir Boss-man«, röhrte die Zelle.

»*Kabiyesi Baba!* Einer-ist-immer-der-Beste Philippi! Mögest du *waka jeje* und niemals fallen«, hörte man unten vor Philips Bett einen Lobgesang.

»Guten Morgen, Zellenmitglieder«, sagte Philip. »IG, beginn mit der Einführung.«

IG erhob sich wieder. »Alle Neuen aufstehen!«

Zuba stand auf. Die morgendliche Brise kühlte seinen verschwitzten Körper. Durch das Fenster sah er auf dem Platz, ordentlich aufgereiht, Strafgefangene in blauen Uniformen. Eimer und kleine Fässer in den verschiedensten Farben lagen zu ihren Füßen. Mehrere Wärter standen vor ihnen, einer hielt eine Ansprache. Weiter links sah man die offene Zellentür. Bis auf die Doppelstockbetten war die Zelle leer.

»Mr. Grammar! Guck hierher!«, IG erhob seine Stimme.

Die Zelleninsassen lachten.

Zuba drehte sich vom Fenster weg. Den Namen hatte er nun wohl weg.

»Wenn Ihr Kerle gehört hättet, was er gestern sagte, als ich ihm den Kopf rasieren wollte«, erklärte der Barbier. »Er blies auf seiner wundervollen Grammatik, und die Lichter gingen aus.«

Noch mehr Gelächter. Philip sah die ganze Zeit milde lächelnd von seinem Hochsitz aus zu.

»Er sagte, die vordere Teil seines Kopfes ist eine *frontanel*«, fuhr der Barbier fort. »IG, bitte ihn doch, er soll mal wiederholen, was er gesagt hat.«

»Nach der Einführung könnt ihr ihn immer noch fragen, wenn ihr wollt«, sagte IG. »Komm in die Mitte der Zelle«, forderte er Zuba auf.

Zuba bewegte sich auf Zehenspitzen zwischen den Körpern und stand mit Nasa und dem MASSOB-Mann auf dem Mittelgang, eingerahmt von ineinander verschränkten Beinen. Sein Herzschlag beschleunigte sich. Er versuchte, niemanden anzusehen.

»Jetzt könnt ihr euch selbst vorstellen, einer nach dem anderen, und sagen, was ihr beruflich in der Welt draußen so macht und weswegen ihr hier seid. Beginnen wir mit dir, Mr. Grammar.«

»Mein ... mein Name ist Zuba. Ich bin Student. Ich bin hier wegen ... Diebstahls. Eine verwickelte Sache, die sich schnell klären wird.«

»Willst du damit sagen, dass du es nicht getan hast?«, fragte DPP.

»Sein Vater ist ein Big Man. Seine ganze Familie. Sie waren in der Regierung. Commissioner, Senator«, sagte Philip.

»Ooooh! Das ist gut. Dann bringt er uns jetzt unseren Teil vom nationalen Kuchen. Unseren Teil von all dem Geld, was sie in der Regierungszeit gestohlen haben«, sagte DPP.

»Erwartest du irgendwelchen Besuch?«, fuhr IG fort.

Ich lass besser meine Familie aus dem Spiel, dachte Zuba. Seine Hand berührte das Keloid. »Ja, meine Anwälte.«

Philips Gesichtsausdruck verdüsterte sich. »Jemand sollte ihm einen Klaps geben«, bellte er.

Die Gefangenen auf dem Corrordor rangelten darum, an Zuba heranzukommen.

»Wartet«, schrie DPP. »Der Klaps gehört mir.«

Er bahnte sich einen Weg durch die vielen Körper wie eine Stockheuschrecke und landete einen knöchernen Schlag auf Zubas Wange.

Der schale Morgengeschmack in Zubas Mund wich dem warmen, süßlichem von Blut.

»Du erwartest deine Anwälte?«, fauchte DPP. »*Fa ga-eli ego gi rapu gi!* Sie werden dein Geld fressen und dich links liegen lassen«, wiederholte er auf Englisch. »Wir wollen dieses Wort hier nicht mehr hören, hast du verstanden?«

Zuba nickte.

»Wen erwartest du?«, wiederholte IG die Frage.

»Meine Leute. Familie.«

»Hoffe, sie kommen mit einem Batzen Geld. Hoffe, sie bringen deine *cell-sho*«, sagte DPP.

»Lies das.« IG zeigte auf die Wand.

Zuba blickte kurz auf: CELL-SHOW = N 5000.

»Sie dich um«, fuhr IG fort. »All diese Kerle, die hier im Corrordor oder vor dem Toilettenloch hocken, die haben alle ihre *cell-sho* nicht bezahlt. Und jetzt sieh dir die Landlords an, die da bequem an der Wand lehnen. Das ist der Platz für diejenigen, die ihre *cell-sho* abgeliefert haben. Sieh zu, dass du die *cell-sho* von deinen Leuten kriegst, wenn sie dich heute besuchen, sonst landest du im Corrordor.«

»Sir Boss-man, Mr. Grammars *cell-sho* sollte doppelt so hoch sein«, sagte DPP. »Er sollte nicht dasselbe zahlen wie die anderen. Seine Familie war in der Regierung. Sie haben unser Geld gestohlen. Sie sollten einiges davon zurückgeben. An uns.«

Philip lächelte und sagte nichts.

IG wandte sich an Nasa und den MASSOB-Mann. Der MASSOB-Mann sagte, er sei Händler auf dem Hauptmarkt von Onitsha. Sein einziges Verbrechen war es, sagte er, an einer friedlichen Demonstration für die Freiheit der Igbos und die Wiedergeburt von Biafra teilgenommen zu haben. Er erwartete den Besuch von anderen MASSOB-Leuten und seiner Familie.

Nasa sagte, er sei Fahrer von Beruf. Er war wegen Raubes verhaftet worden. Er gab die Tat zu, und DPP schüttelte seinen Kopf.

»Ich fuhr meinen Herrn zur Bank, weil er Geld brauchte, und fuhr nachts mit meinen Freunden zu ihm, weil wir Geld brauchten«, sagte er und kicherte vor sich hin.

»Herzlich willkommen in der Zelle B 3«, sagte IG, »der besten Zelle im Untersuchungsgefängnis. Ihr habt Glück, dass ihr hier seid. Unser Bossman ist Philip. Salutiert und sagt: Guten Morgen, Sir Boss-man.«

Zuba und die beiden anderen Neuen riefen: »Guten Morgen, Sir Boss-man.«

»Seid ihr Weiber?«, bellte DPP. »Erhebt eure Stimmen wie Männer und stampft mit den Füßen fest auf den Boden.«

»Guten Morgen, Sir Boss-man!«, wiederholten sie.

»Ich bin der Assistent von Sir Boss-man, der Inspector General of Police, der IG, während DPP Director of Public Prosecution ist, der hier die Rechtsfragen regelt. DPP, jetzt bist du dran. Lies ihnen die Zellengesetze vor.« IG zog sich auf seinen Platz zurück.

DPP hakte ein schmales Stück Pappe von der Wand los. Er hielt es mit beiden Händen, als wären es Moses' Gesetzestafeln. »Es gibt dreiundfünfzig Gesetze in dieser Zelle«, begann er auf Englisch. »Wer sie wieder und wieder und wieder bricht und so beweist, dass er ihnen nicht folgen will, wird den Wärtern übergeben und kommt in Einzelhaft, Station A, oder er wird nach Station K gebracht, in die Zelle für Verrückte.« Er hob die Pappe vor sein Gesicht.

Von deren Rückseite lächelten glückliche Kindergesichter unter der Zeile *Standard Cabin Biscuit* Zuba an.

»Das oberste Gesetz in dieser Zelle ist: Du aber sollst deine *cell-sho*w leisten. Das zweite: Alle Zellenmitglieder haben Sir Boss-man jederzeit Gehorsam zu leisten, sein Wort gilt! Drittens: Es darf keine Verschwörung geben – Strafe: eine Woche Toilette aufwischen. Viertens: Keine Gewalt, kein Streit. Fünftens: Stehlen verboten – Strafe für vier und fünf: drei Tage Einzelhaft in der Toilette. Sechstens: Keine homosexuellen Handlungen. Strafe: die betreffende Person wird wünschen, nie geboren worden zu sein...« DPP setzte sein Lesung bis zum Ende der Liste fort. Zum Schluss sagte er: »Aber das allerwichtigste Gesetz ist: Du sollst deine *cell-sho* zahlen. Wenn man sich an dieses Gesetz hält und alle anderen bricht, dann hat man sich auch an die anderen Gesetze gehalten. Wenn man es bricht und sich an alle anderen hält, dann hat man alle anderen auch gebrochen.«

Zuba zuckte zusammen, als sich einer der Gefangenen vom Corrordor im Schlaf an ihn lehnte. Er kratzte dabei eine juckende Stelle auf seinem Schenkel.

»Alle Neuen müssen je zwei Abende die Zelle mit Neuigkeiten von der Welt draußen unterhalten«, setzte DPP die Einführung fort. »Und, Mr. Grammar, mit dir fangen wir heute Abend an.«

Der Wärter mit der Kreischstimme erschien draußen am Fenster und blickte auf Philips Bett.

»Philips Angels«, rief Philip.

»Boys.«

»Grüßt Okwu.«

»Okwu, guten Morgen.«

»Eheen. Danke, danke Leute«, krächzte Okwu in die Zelle hinein.

Einige der Landlords begannen zu lachen.

»Philip«, krächzte Okwu weiter, »Superintendent sagt, du sollst mit den anderen Zellenpräfekten heute um elf Uhr morgens zu ihm kommen.« Okwu verzog sich.

»DPP, wir machen heute Nachmittag weiter. IG, mein Badewasser«, sagte Philip.

Zuba ging auf seinen Platz zurück. Nasa und der MASSOB-Mann setzten sich wieder in den Corrordor.

Philip erhob sich von seinem Bett. Madubuchi drückte Colgate auf seine Zahnbürste, legte für ihn Latschen, Handtuch und Seife bereit und machte dann das Bett.

Wasser floß in gleichmäßigen Strömen aus der Toilette, während Philip badete. Die Gefangenen, die direkt vor der Toilette ihren Platz hatten, sprangen auf die Füße. »Wasser aufwischen!«, rief einer von ihnen. Zwei Männer standen bereit mit schmuddeligen Putzlumpen in der Hand.

Ein Sonnenstrahl fand seinen Weg in die Zelle. Er traf Philips Hymnensänger, der sein Gesicht mit geschlossenen Augen in die Sonne hielt, als erhielte er gerade eine angenehm schmerzhafte Massage.

Ein Mann mittleren Alters war aufgestanden. Er streckte sich und stieß seine Hände nach oben. Das Knacken seiner Knochen übertönte Philips Wasserplantschen. Der Mann drehte seinen Körper nach rechts und links und begann auf der Stelle zu treten. Nach einer Weile hörte er auf und steuerte Philips Doppelstockbett an. »Onye-owa, bitte, ich brauch heute nur wenig Zeit. Fünf Minuten.«

Der Hymnensänger machte ein abweisendes Gesicht.

»Onye-owa höchstpersönlich! Der schnellste Fluchtautofahrer auf Erden, der ohne Scheinwerfer durch die dunkelste Nacht rast, als wäre es am hellichten Tag«, trug der Mann eine Lobpreisung auf den Hymnensänger vor.

»Okay, zwei Minuten«, sagte der und machte Platz. Der Hosenboden seiner shorts war mit der Zeit so durchscheinend geworden, dass er den Blick auf einen schwarzen, schuppigen Hintern freimachte.

Der ältere Mann setzte seine Füße auf den Platz, auf dem es sich der Hymnensänger bequem gemacht hatte. Er drehte sich um und hielt seinen nackten Rücken ins Sonnenlicht.

Der Rücken des Mannes war über und über bedeckt von eiternden oder verschorften Wunden von Krätze und Ringelflechte. Sein Schulterblatt ragte heraus wie eine dreieckige Platte. Die Haut darüber war so straff gespannt, dass Zuba fürchtete, der Knochen könnte gleich brechen. »Ahhhhh...« stöhnte der Mann, als die Sonne seinen Rücken streichelte.

Philip verließ das Bad und verströmte den Duft von Seife. Er brachte eine Dose mit Citruscreme, eine Flasche Deodorant, einen Handspiegel und einen Satz frischer Wäsche heraus. Der Geruch von Zitrone und Moschus machte sich breit. Zuba bemerkte DPP's finstere Miene und blickte schnell nach oben auf die Wand. Wann würde Nonye kommen? Würden sie sie reinlassen? Bestimmt. Ike und er waren ja nicht in Isolationshaft. Er dachte an Tanna, aber ohne, dass ihm warm oder sein Kopf leichter wurde. Anwalt Chigbo müsste die Information auch erhalten haben. Und die Egbetuyis. Wie die sich wohl fühlten? Er ballte seine Fäuste.

»Hier, nimm paar Kekse«, sagte Philip und hielt Zuba eine Packung hin.

Zuba zögerte; er fühlte sich in die Zange genommen von Philips Angebot und den bohrenden Blicken der anderen. Er rieb sich die Stirn. »Sehr gern, aber ich glaub, mein Hals ist leicht entzündet. Danke.«

Philip hob den Becher an seine Lippen.

Zuba vermutete, dass dieser Becher ein Grinsen verdecken sollte.

Es knarzte, als sich die Tür öffnete. Ein Wärter, Bleistift und Papier in der Hand, zählte die Insassen und machte einen Schritt zurück, als er fertig war.

Schließlich kam der langersehnte Ruf: »Zuba Maduekwe und Ike Okoye aus B 3 und B 2 kommt raus, Besucher sind da. Maduekwe und Okoye...«, rief jemand durchs Fenster in die Zelle.

Zuba sprang auf.

»Du kannst meine Latschen nehmen«. Madubuchi gab ihm schwarze flip-flops.

IG kam zu ihm hin. Er gab ihm einen khaki-grünen Kittel. »Zieh das an. Und sag deinen Leuten, dass sie diese Sachen hier für dich besorgen sollen.« Er übergab Zuba eine Liste auf einem Stück Toilettenpapier.

Zuba zog den Kittel an und versuchte den Gedanken zu verscheuchen, wie viele vor ihm den schon getragen hatten. Er sah die Liste durch: Badeseife, Waschmittel, Zahncreme und -bürste, Papiertaschentücher, Latschen, shorts, Hemden, Morgenmantel, Multivite, Novalgin, Tetracycline.

»Warte, gib noch mal her.« IG nahm die Liste, kritzelte etwas und gab sie Zuba zurück. Er hatte Tetracycline durchgestrichen und Lincocin Upjohn hinzugefügt. »Es ist besser, stärker, allerdings auch viel teurer. Aber du kannst es dir ja leisten.«

»Wofür ist das?«, fragte Zuba.

»Man braucht es gegen Geschwüre, Ausschlag und *nyamanyama*, die sich bald auf deiner Haut ausbreiten werden«, antwortete IG. »Geh einfach geradeaus zum Vorhof. Sie werden dich zum Besucherraum führen. Und vergiss nicht, deine *cell-sho* mitzubringen, eh«, fügte er noch hinzu, als die Schlüssel in der Zellentür klapperten.

»Soll er's doch vergessen – dann wird er sehen, was mit ihm passiert«, brüllte DPP aus der Toilette.

Zuba trat nach draußen. Langsam ging er in Richtung Vorhof. Er guckte sich um, als er das Quietschen einer Zellentür, zwei Blöcke entfernt, hörte. Ike trat aus seiner Zelle, blieb vor der Tür stehen und blinzelte, um sich an das grelle Licht zu gewöhnen. Er strich mit einer Hand über den kahlen Kopf; in seiner anderen hing ein grüner Kittel.

Zuba ging ihm ein paar Schritte entgegen. Der Gestank von Urin schlug ihm entgegen, als er Ike erreicht hatte. »Ike, wie geht's«, fragte er und hielt ihn am Arm.

Ike sah ihn aus geschwollenen Augen an. Dünne Äderchen, rot und entzündet, waren um die Iris herum aufgeplatzt. »Ich bin okay«, sagte er. »Nur müde. Ich konnte nicht schlafen. Wir, die Neuen, wurden direkt neben der Toilettengrube zusammengepfercht. Die ganze Nacht saßen, standen und drehten wir uns in der Toilette.« Er versuchte zu lächeln, Zuba schuckte. »Und wie war es bei dir?«

Zuba überhörte die Frage. »Sie dürfen uns in diesem Zustand nicht sehen; das würde ihnen das Herz brechen. Ich glaub, der Waschraum ist in dieser Richtung...«

»Bist du der Maduekwe, der Besuch hat und der gestern ankam?« Ein dünner, alter Mann mit einer Matte von grauem Haar stand vor ihnen.

Zuba nickte.

Vor Schreck fielen dem Mann fast die Augen heraus. »Was machst du hier? Ich kenne deinen Vater. Als ich und andere Lehrer von der Schule geflogen sind, hat uns dein Vater wieder eingestellt und sich mit uns getroffen. Er war Commissoner...«

Zuba fiel ihm ins Wort. »Bitte hilf uns. Unsere Besucher warten und wir brauchen ein bisschen Wasser, um wenigstens den Gestank von seinen Beinen abwaschen zu können...«

»Was macht ihr Kerle immer noch hier?« Der Wärter, der sie rausgelassen hatte, war zurückgekommen. »Dalli-dalli zum Besucherraum, sonst schließ ich euch wieder ein und schick euren Besuch weg.«

»Booty persönlich! Der adleräugige Booty persönlich.« Mit einer unterwürfigen Geste schmeichelte der alte Mann dem Wärter. »Bitte, sie sind meine Kinder. Gib ihnen zwei Minuten, um sich frisch zu machen. Ich bring sie dann selbst zum Vorhof.«

»Papa, du...«

»Ich werde vor dir auf die Knie fallen, wenn du nein sagst, oho.« Papa machte Anstalten, sich auf den Boden zu werfen.

»Okay, okay. Aber macht schnell.« Booty entfernte sich, seine viel zu großen Schuhe verliehen ihm den großspurigen Auftritt eines Millionärs.

»Ihr habt es gehört, wir müssen schnell machen.« Papa führte sie an der Rückseite der Zellenblocks vorbei zu einem betonierten Karree, auf dem mehrere eingeseifte Männer vor Wassereimern standen. »Bitte, kannst du uns den Rest Wasser geben?« Er zeigte auf einen Eimer, vor dem sich ein Mann gerade abtrocknete.

»Lehrer, ich heb mir das auf für mein nächstes Bad.«

»Wir kaufen dir einen ganzen Eimer voll, sobald die Gefangenen vom Fluss zurück sind«, sagte Papa und griff sich den Eimer.

Ike seifte seine Beine ein und spülte sie ab. Er wusch sein Gesicht, die Arme, rieb dann mit der Seife, als sei es eine Lotion, den ganzen Körper ein, genau wie Papa es ihm zeigte, und zog den grünen Kittel an. Dann sausten sie los.

»Ike, haben sie dir eine Liste mit Sachen gegeben, die du besorgen sollst?«

»Liste? Nein.«

»Sagt euren Leuten, dass sie euch morgen zwanzigtausend Naira bringen sollen, damit ihr in bessere Zellen umzieht, in denen ihr auch mal an die Sonne kommt. Macht es einfach. Ich erklär später warum. Ich warte«, flüsterte Papa, als ein Wärter Zuba und Ike in den Vorhof passieren ließ.

Zuba zögerte, bevor er die Tür zum Besucherraum öffnete. Er tauschte Blicke mit Ike. Sie verstanden sich. Sie setzten ein Lächeln auf und betraten den Raum.

Nonye und Ikes Frau saßen neben anderen Besuchern auf einer Bank; der Raum war sehr eng. Nonye hielt sich mit durchgedrücktem Rücken von der Wand weg. Nur die Spitzen ihrer Slipper berührten den Boden. Ikes Frau war völlig in sich zusammengesunken, es schien, als ob ihr Rückgrat das Gewicht nicht mehr halten konnte. Ihr Hände lagen über dem runden Bauch. Und der Weltschmerz stand ihr ins Gesicht geschrieben.

Zuba und Ike nahmen auf der Bank gegenüber Platz, umgeben von anderen Untersuchungshäftlingen in grünen Kitteln.

»Nonye-Nonye!«, Zuba lächelte.

»Oby *nkem,* meine Oby«, murmelte Ike. »Beachte nicht die Seifenspuren auf meiner Haut. Ich habe mich nicht fertig gewaschen, ich konnte es nicht erwarten, dich zu sehen.« Er streckte seiner Frau die Hand entgegen; er hatte so feierlich gesprochen, als wenn er nochmal um sie anhalten wollte.

Tränen liefen über Nonyes Wangen. Die Hände, zu Fäusten geballt, in ihrem Schoß.

Oby biss auf ihre Lippem – ein vergeblicher Versuch, sich zu beherrschen. Lautes Schluchzen brach sich Bahn und schüttelte ihren ganzen Körper. Nonye konnte sich jetzt auch nicht mehr beherrschen.

»Was ist los da? Wir wollen kein Heul-Heul hier. Ihr sein nicht die einzigen Frauen, die ihre Leute haben in Gefängnis. Wir schmeissen euch gleich raus«, brüllte ein hochgewachsener Wärter, der neben der Tür an der Wand stand und das Geschehen im Raum beobachtete.

Eine Frau legte ihren Arm um Nonyes Schultern und zog sie an sich. Nonye presste ihr Gesicht an deren Brust, um so ihr Schluchzen zu ersticken. Ike stand auf und wollte sich zu seiner Frau beugen.

»Hinsetzen da! Hinsetzen!«, bellte der Wärter.

Nonye richtete sich auf.

»Bleib tapfer, meine Tochter. Das Schicksal ist wie ein Wirbelsturm. Es kommt ohne Vorwarnung und wirbelt viel Staub auf. Sei stark und halte durch. Der Staub wird sich bald wieder legen. Das gilt auch für dich, meine Schwester.« Die Frau tätschelte das Knie von Ikes Frau.

»Eure Zeit bald vorbei«, ließ sich der Wärter vernehmen.

Nonye atmete tief durch. »Was ist passiert? Ein Polizist kam gestern Abend zu uns. Er behauptete, er wäre dein Freund, sein Name ist Bayo. Er sagte, ich soll unseren Anwalt informieren, dass ihr beide angeklagt und ins Gefängnis gebracht worden seid und ich soll dir schnell Geld und Essen bringen. Ihr wart doch nur zur Anhörung vorgeladen, ich dachte, ihr würdet gegen Kaution wieder zurückkommen?« Wieder liefen Tränen über ihr Gesicht.

Zuba zog seine Hand unter seinem Oberschenkel hervor und streckte sie Nonye entgegen. »Nonye, glaub mir, es ist nicht meine Schuld. Es ist ein Komplott. Sie haben die Anklage verschärft, um das Geld zu erpressen. Ich hätte mich darauf eingelassen, aber der Anwalt, der uns begleitete, sagte, er würde die Sache anders regeln.«

In Nonyes Augen stand geschrieben, was sie dachte und was sie vom Weinen abhielt: *Ja, es ist deine Schuld! Wenn du von Anfang an auf mich gehört hättest, wär all das nicht passiert...*

»Wir haben ein bisschen Essen mitgebracht. Und Geld, dreitausend«, flüsterte sie.

»Zeit bald um«, verkündete der Wärter wieder.

»Danke. Und hast du Anwalt Chigbo informiert?«

»Ja, er ist regelrecht durchgedreht. Er schwor, dass er all seine Beziehungen mobilisieren wird, um mit den Egbetuyis und deren Komplizen abzurechnen. Er wünschte, Dad hätte noch seine alten Kontakte aus den achtziger Jahren, als er selbst mit an der Regierung war, mit deren Hilfe könnte er die Polizei ordentlich aufmischen. Er wollte heute Nachmittag mit Tanna herkommen, direkt vom Gericht.«

Zuba strich mit seiner Hand über den Haarbüschel auf seinem sonst kahlen Schädel. Ob er Tanna in dieser Situation sehen wollte? Er gab Nonye die Liste. »Bitte kauf alle Sachen, die auf der Liste stehen, doppelt und bring morgen alles her. Geld findest du in meinem Kleiderschrank.« Und mit gesenkter Stimme: »Wir brauchen noch zwanzigtausend Naira. Wofür, erklär ich dir später. Bring mein Scheckbuch mit.«

»Mach dir keine Sorgen. Es geht schneller, wenn ich das Geld von meinem Konto abheb. Du kannst mich *auszahlen*, wenn du rauskommst«, sagte sie.

»Und was ist mit Dad?«

»Er ist okay. Ich sollte heute morgen eigentlich Tante Chinwe ablösen, aber ich hab das Hausmädchen mit einem Brief hin geschickt.«

Ikes Frau weinte leise vor sich hin, als er auf sie einredete:

»Halt durch, Oby, und bleib stark. Wir sind bald wieder raus. Stell dir einfach vor, wir sind auf einem Ausflug, auf einer Abenteuerreise. Was macht der Kleine?«

»Es geht ihm gut. Ich wollte ihn eigentlich mitnehmen.«

»Oh nein, nein. Mach dir keine Gedanken. Ich bin ja bald wieder raus. Und ich würde dich gern jeden Tag sehen, aber in deinem Zustand solltest du das besser lassen, verstehst du?«

Sie nickte.

»Du brauchst Ruhe. Und wie geht's ihm?« Ike zeigte auf ihren Bauch.

»*Ihr* geht's gut«, antwortete sie.

Ike ließ ihre Hand los. Er lehnte sich nach vorn und legte seine Hand auf ihren Bauch. »Mal sehen, ob *er* mit mir spricht. Hmmmmmmh. Weißt du, was er gesagt hat?«

Oby schüttelte den Kopf.

»Ich sag es dir aber nur, wenn ...«

»Schluss jetzt. Probiert von allen Essenssachen, bevor ihr sie euren Leuten gebt. Jetzt sofort!«, befahl der Wärter.

Nonye öffnete die Schalen und nahm von allem eine Kostprobe. Sie gab die Tüte Zuba und drückte seine Hand. »Pass auf dich auf. Ich versuche, die aufgelisteten Sachen für dich noch heute vor Ende der Besuchszeit vorbeizubringen. Sonst eben morgen früh.«

»Hoffentlich ist es kein großes Problem, nochmal reinzukommen.«

»Nein. Wir mussten bloß einen Besuchsantrag stellen und und dann bis zur Besuchszeit warten – wir waren schon viel früher hier. Das ist alles.« Sie erhob sich.

Ikes Frau stemmte sich hoch. Nonye legte einen Arm um sie. »Ike, mach dir keine Sorgen. Ich kümmer' mich um sie. Sie kann solange in unserem Haus wohnen.«

Alle Besucher mussten den Raum verlassen.

»Setz dich«, herrschte der Wärter Zuba an.

Klappern verriet das Öffnen der Gefängnistore. Die Besucher marschierten hinaus, mit ihnen ihre Freiheit und ihre fröhliche Kleidung.

Sobald der letzte Besucher draußen war, kam ein Trupp Strafgefangener in mattblauer Sträflingskleidung herein. Ihre Köpfe waren mit Eimern und Fässern voller Wasser und mit Feuerholz beladen. Zwei mit Gewehren bewaffnete Gefängnispolizisten folgten ihnen.

»Jeder von euch zeigt das Geld, das er bekommen hat«, sagte der Wärter. »Versucht nicht, irgendetwas zu verstecken. Wir durchsuchen euch, und wenn wir verstecktes Geld finden, wird es beschlagnahmt.« Ein weiterer Wärter kam hinzu. Er musterte die Insassen genau, während sein hochgewachsener Kollege von Mann zu Mann ging. Er durchsuchte jeden einzelnen und sammelte das Geld ein. Er zählte es, rechnete mit zusammengekniffenem Gesicht, behielt einige Scheine für sich und gab den Rest zurück. Als Zuba sein Geld nachzählte, fehlten dreihundert Naira.

Nachdem diese Prozedur beendet war, fing der große Wärter an, die Plastiktüten mit allem Essbaren zu durchwühlen. Er öffnete einen Essensbehälter und grinste. Ein Bündel Geldscheine, in einem Nylonstrumpf verpackt, lag oben auf dem Eintopf mit Reis. Er nahm das Bündel an sich und verschloss den Behälter. Der Gefangene neben Zuba blitzte den Wärter in ohnmächtiger Wut an.

»Hey, du. Maduekwe«, rief der Wachmann, der sie bei ihrer Ankunft ins Register eingetragen hatte, von seiner Bürotür aus. »Was machst du in den Normalzellen? Geh zur Fürsorgeabteilung und stell einen Antrag auf Selbstversorgung. Zahl das Geld, und sie verlegen dich in die Big Man Zelle. In der Normalzelle hast du keine Chance zu überleben.«

Er griff Zubas Arm und flüsterte: »Denk dran, was ich dir gesagt hab: Ich warte immer noch, dass du es bringst. Vergeude dein Geld nicht mit einer *cell-show* für deinen Zellenboss. Verlass die Normalzelle und bring besser mir das Geld. Das ist deine letzte Chance. Und dein Geld kriegen sie sowieso.«

Zuba dachte an den Zettel, der beim Aufwachen auf seiner Brust gelegen hatte. Er hielt es für absurd, dass der Wachmann in dieses Spiel verwickelt sein könnte. »Lassen Sie mich in Ruhe«, fluchte er und riss seinen Arm los.

Zuba und Ike wurden in den Vorhof gelassen. Zuba gab Ike die Hälfte des Geldes. Sie standen auf der Treppe, die zum Gefängnishof führte, umklammerten ihre Essenstüten, beobachteten die Strafgefangenen und Untersuchungshäftlinge, die auf dem Hof herumliefen, und warteten auf Papa.

Zuba sah DPP, wie er mit seinen langen Beinen herumstolzierte, und er erkannte Ikes Zellenboss, der sich auf einer Matte sonnte; und er sah Okwu, den Wärter mit der Kreischstimme, der den Chef einer Militärregierung nachahmte, wie der seine Ehrengarde in langsamen Marschtempo abschritt. Die Gefangenen krümmten sich vor Lachen. Zuba hielt so intensiv Ausschau nach Papa, dass er nicht mitbekam, wie hinter ihm das Tor zum Vorhof geöffnet wurde.

»Aus dem Weg mit eurem *kwarikwata*, verdammt«, sagte eine Frau hinter ihnen.

Zuba drehte sich um. Ike war schnell in einer Treppennische verschwunden. Eine Wärterin stand mit gerümpfter Nase zwei Stufen über ihm. Sie hatte ihren khakifarbenen Rock so eng um sich gerafft, als ob sie einen schlammigen Buschpfad überqueren wollte.

»Du kapieren nichts? Ich sag, aus dem Weg mit dir und deinen verlausten Sachen, ich nicht wollen mich angestecken.«

Zuba machte Platz, und die Frau huschte vorbei. Sie wickelte ihren Rock noch enger um sich, als sie an den Gefangenen auf dem Platz vorbeilief, und ließ ihn erst los, als sie einen sauber aussehenden Raum betrat mit einem Schild *Clinic* über der Tür.

»Was macht ihr Kerle hier denn noch? Ab in eure Zellen!«, rief ein Wärter unten an der Treppe.

»Vielleicht können wir ja Papa später noch sprechen und dann das Wasser bezahlen«, keuchte Zuba, als sie über den Platz rannten. »Paß auf dich auf, Ike. Mit dem Geld als Anzahlung auf die cell-show wirst du besser behandelt. Morgen kommen wir in bessere Zellen. Halt solange durch.«

Nachdem sie sich getrennt hatten, lief Zuba einige Schritte weiter zu Ikes Zellenboss. »Sir Boss-man«, sagte er und hockte sich vor ihn, »Bitte, er ist mein Bruder.« Er zeigte auf Ike, von dem nur noch der Rücken zu sehen war. »Tu mir den Gefallen, und behandle ihn gut.« Er blickte sich um und schob einige Scheine unter die Matte. »Dreihundert Naira«, flüsterte er.

Der Boss-man strahlte. Er klopfte auf Zubas Arm. »Keine Sorge, es wird ihm gut gehn. Solange der Regen fällt, wird die Sonne die Pflanzen ernähren, ist es nicht so?«

Zuba ging in seine Zelle zurück. Die Tür fiel ins Schloss. Seine Pupillen weiteten sich. Die Gerüche fielen über ihn her und verdängten die frische Luft aus seiner Lunge. Ein Dutzend Beine zogen sich zurück, um ihn in seine Ecke zu lassen. Er setzte sich neben Madubuchi.

IG kam auf ihn zu: »Wer war es?«

»Meine Schwester.«

»Was ist mit deinem Vater? Und der Mutter?«

»Mein Vater ist krank, liegt im Krankenhaus. Meine Mutter ist tot.«

»Oh, tut mir leid. Meine auch. Aber wo ist deine *cell-sho*? Was seh ich da?«

Zuba gab ihm die Tüte mit Essen und das Geld. Er kratzte sich am Oberschenkel.

IG prüfte den Inhalt. Er tastete Zuba ab und gab ihm die Tüte zurück. »Behalt es. Aber nicht anrühren. Gib es Boss-man, wenn er reinkommt.« Er zählte das Geld: »Eintausendfünfzig Naira?«

Zuba nickte. Er hielt die Tüte neben sich fest und spürte deren Wärme. Der Geruch belebte seine Geschmacksnerven und er bildete sich ein, dass er schon am Kauen war. Er konnte kaum erwarten, dass Philip in die Zelle zurückkam.

Einer der Landlords erhob sich von seinem Platz. Er kratzte sich und zog ein verschimmeltes Knäuel Geldscheine hervor. »Warte«, sagte er, als IG wieder auf dem Weg zu seiner Ecke war. »Bitte ruf den Wärter. Ich möchte raus, meine Beine ausstrecken und die Sonne geniessen.« Er gab IG etwas Geld.

IG ging in seine Ecke. Er presste sein Gesicht gegen die Fensterstäbe und stieß einen Pfiff aus.

»Was ist?«, fragte eine Stimme vor dem Fenster.

»Jemand möchte raus«, sagte IG, und reichte das Geld durchs Gitter nach draußen.

»Und du? Willst du nicht rauskommen?«, fragte die Stimme.

»Heute nicht«, antwortete IG.

Sekunden später sprang die Zellentür auf; und sie sprang wieder zu, nachdem der Landlord draußen war.

In der Zelle herrschte Schweigen. Zuba lehnte mit seinem Rücken an der Wand und lauschte dem Geräusch schlurfender Füße, die draußen zu hören waren. Der Hymnensänger saß an seinem Platz. Der Streifen Sonne war aus seiner Ecke verschwunden. Er hatte sich gesetzt, seinen Rücken gegen Philips Bett gelehnt und starrte an die gegenüberliegende Wand. Nasas Kopf war im Schlaf auf die Schulter des MASSOB-Manns gesunken. Der MASSOB-Mann sass da mit verschränkten Armen und fixierte mit leerem Blick die Toilettentür. Um ihn herum hielten die Corrordor-Insassen ein Nickerchen, aneinandergedrängt wie die Hühner auf der Stange. Dazu hörte man das Kratzen von Fingernägeln auf fleckiger, mit Ausschlag übersäter Haut.

Madubuchi lag neben Zuba. Er bedeckte sein Gesicht mit der Gideon-Bibel. Zuba musste an Drogist denken. Ein Landlord, etwas weiter links von Zuba, stand auf, zog seine shorts aus und ließ verschrumpelte Genitalien sehen. Instinktiv guckte Zuba weg. Aber die Neugier siegte und er schaute wieder hin. Der Landlord stand völlig nackt und unbekümmert in seiner Ecke. Er drehte seine shorts von innen nach außen und hielt sie dicht an sein Gesicht. Seine Augen folgten seinen Fingern, die den Stoff durchkämmten, ganz langsam, als ob er die Fäden zählte. Zwei andere Landlords sprangen auf, zogen ihre shorts aus und taten es ihm gleich.

Zuba tippte den Landlord neben ihm auf den Arm. »Was machen die da?«, flüsterte er.

»Bitte, ich will hier nicht als Aufrührer gelten«, flüsterte er zurück. »Landlords sollen Neuankömmlingen keine Auskunft geben. Frag ihn.« Er wies auf Madubuchi.

Madubuchi schlug seine Augen auf, als Zuba seine Frage an ihn richtete und grinste. »*Kwarikwata* Prüfung«, sagte er. Er griff nach Zubas shorts, drehte den Saum um und legte die Naht frei.

Kleine, eklige, bösartige, schwarz-orangene und gläserne Läuse hatten sich im Saum niedergelassen. Zuba sprang auf und riss sich die shorts vom Leib. Er nahm eine Laus zwischen Daumen und Zeigefinger und wollte sie zerdrücken. Ohne Erfolg.

»Vorsicht, lass sie nicht aufs Bett fallen.« Madubuchi stand neben ihm. »Nein, so geht es nicht«, sagte er und nahm Zuba die shorts ab. »Du lässt die Laus in der Kleidung, nimmst sie zwischen die beiden Daumennägel und drückst zu. So…«, sagte er, als ein kurzes Knacken zu hören war.

»Schau auch im Hosenbund nach. Das ist ihr Lieblingsplatz.« Madubuchi zog ebenfalls seine shorts aus. »Guck hier.« Er zeigte auf seine Hüfte.

Ein fleckiger, schwarzer Streifen voller Bisse war um Madubuchis Hüfte herum zu sehen. Zuba bearbeitete energisch den Hosenbund und fühlte die feuchtkalte Luft der Zelle auf seinen Genitalien.

Minuten später wischten Zuba und Madubuchi ihre blutigen Daumennägel an der Unterseite der Matratze ab. Sie zogen ihre Hosen wieder an und setzten sich. Vom anderen Ende der Zelle war das klackernde Geräusch von Würfeln zu hören.

»Wie lange bist du schon hier?«, fragte Zuba.

»Fast einen Monat«, antwortete Madubuchi.

»Und warum?«

»Es war ein Unfall. Irgendwelche Kultanhänger in meiner Schule griffen mich an. Ich zerbrach eine Flasche, um sie mir vom Hals zu halten. Einer von ihnen rannte direkt hinein. Er starb später im Krankenhaus. Meine Eltern hatten dessen Eltern um eine gütliche Einigung gebeten.«

Die Zellentür schwang auf. Ein Landlord und ein Corrordor-Insasse kamen herein. Beide waren beladen mit Süßigkeiten, die sie von ihrem Besuch bekommen hatten. Der Corrordor-Insasse übergab seine Sachen IG; der Landlord behielt seine für sich. DPP betrat die Zelle, gefolgt von Philip.

»Seine Befehle siiind...«

»Unumstößlich!«

»Yooooooh.«

»Hooooooh.«

»Philip ist ein Führer?«

»Ja, er ist ein Führer.«

Von draußen hörte man Okwu kreischen: »Wo ist deine Zelle? Geh in deine Zelle!« Türen schlugen.

»Maduekwe, wo bist du?« Das war Papas Stimme, er spähte in die Zelle. »Tut mir leid, ich war nicht da, als du vom Besuch zurückkamst. Ich gab Unterricht in der Gefängnisschule. Ich hoffe, es geht dir gut. Ich geh jetzt rein. Werde ein Auge auf dich haben. Philip, hilf mir dabei. Er ist mein Kind.«

Zuba kniete vorm Fenster. »Geh auch zu Ikes Zelle. Und rede mit seinem Boss-man.«

»Okay.« Papa lief los.

Philip stand zwischen Zuba und Madubuchis Beinen und starrte durchs Fenster, hoch zum jetzt verdunkelten Himmel.

»Philips Angels«, rief er.

»Boys.«

»Betet für einen kräftigen Regen. Ich habe Vorsorge getroffen, dass wir viel Regenwasser sammeln um morgen große Wäsche in der Zelle machen zu können. Ich werde genug Seife und Desinfektionsmittel kaufen.«

»Jah! Jehovah! Schick uns Regen«, rief einer der Landlords.

»Amen«, antwortete der Zellenchor.

»Einer-ist-immer-der-Beste Philippi! Wir sind wie Kühe ohne Schwanz. Du bist es, der uns von den Fliegen befreit. Du bist es, der uns das Gefühl von Wasser auf unseren Körpern nicht vergessen lässt. *Kabiyesi Baba!*«, intonierte der Lobessänger.

IG kam nach vorn und gab Philip das Geld, das Zuba mitgebracht hatte. Philip zählte das Geld. »Wieviel *cell-sho* hast du gebracht?«, fragte er und starrte Zuba an.

Zuba sah IG an. Aber dessen Gesicht blieb unbewegt, und er sagte: »Eintausendfünfzig Naira.«

Philip nickte. »Ein guter Anfang, ein guter Anfang. Also, wenn du irgendwas brauchst – ein Bad, oder ein Sonnenbad, besseres Essen oder wenn du irgendwas kaufen willst – lass es mich wissen.«

Zuba sagte nichts. Er hielt ihm die Tüte mit den Lebensmitteln hin.

»Öffne sie«, sagte Philip.

Zuba zeigte ihm das duftende Essen. Er hätte seinen Mund am liebsten wie ein Hund darin vergraben.

Philip lächelte, als er das Hühnerfleisch oben auf dem *Jolof* Reis entdeckte. »Bring mir Teller und Löffel«, sagte er.

Madubuchi gab ihm eine Platte aus rostfreiem Stahl und einen Löffel. Philip schob ein bisschen von dem gelben Reis in seinen Mund. Er nickte beim Kauen. Er beugte sich wieder über das Essen, schaufelte etwas Reis und Hühnerstücke auf seine Platte und ließ Zuba nur ein kleines Stück Fleisch übrig.

Zuba starrte ihn an, unfähig, seinen Groll zu verbergen.

»Bestimmt kann dein entzündeter Hals diese dicken Stücke nicht schlucken«, murmelte Philip, und kletterte auf seinen Hochsitz.

Madubuchi brachte zwei Löffel. Zuba drehte sich so, dass er mit dem Rücken zur Zelle saß und begann zu essen. Im Nu war alles aufgegessen. Sein Magen knurrte nach mehr. Das bisschen Reis erwies sich als Hunger steigernde Droge.

Er starrte auf seine Hände und musste mitanhören, wie Philip oben an den Hühnerknochen nagte. Das Gefängnisessen wurde hereingebracht, und er stürzte sich auf seine Ration. Selbst nachdem Madubuchi die *egusi*-Suppe verfeinert hatte, sah sie aus wie Wasser, mit dem man einen leeren Suppentopf ausgewaschen hatte. Er pulte einige gekochte Maden aus dem *garri* heraus, aß etwas, ließ es aber bleiben, als er entdeckte, dass das einzige Fleischstück, das in der Gemüsesuppe schwamm, eine Stubenfliege war. Madubuchi nahm die Fliege heraus und goss Zubas Suppe in seinen Napf.

Der Himmel öffnete sich, und im Trippeln der Regentropfen ging das Schlürfen in der Zelle unter.

Story *kawai!*

»Zuba Maduekwe und Ike Okoye, Besuch für euch.«

Wieder dieser Ruf.

Ike und Zuba kamen in ihrer grünen Kluft aus den Zellen. Ike hatte jetzt auch Latschen an. Er roch nicht mehr nach Urin und Sickergrube. Der Boden war feucht und ihre flip-flops schleuderten Sandkörner gegen ihre Waden. Die regenfrische Luft fühlte sich kühl an. Die Wolken hatten ihre Düsternis verloren und glänzten jetzt in einem heiteren, silbernen Blau.

»Nein, nicht hierlang. Zur Fürsorge«, erklärte ihnen ein Wärter am Tor zum Vorhof und wies auf ein Büro neben dem des Superintendenten.

Zubas Stimmung hob sich, als er durch die offene Tür Anwalt Chigbo hin- und herlaufen sah. Der Gefängnisbeamte saß hinter seinem Schreibtisch und nickte ihm in Abständen zu. Zuba witterte den Geruch von Freiheit. Er klopfte Ike auf den Rücken, und sie betraten das Büro. Tanna saß auf einer Bank hinter einem langen Tisch; sie wirkte etwas traurig, aber sehr geschäftsmäßig. Neben dem Tisch, mit dem Rücken zur Wand wie ein Landlord, stand ein Regal vollgestopft mit Bibeln, religiösen Schriften und anderen verstaubten Büchern.

Anwalt Chigbo unterbrach seine Wanderung, als Zuba und Ike eintraten. Sein Mund blieb offen stehen, als er mit zwei Schritten auf Zuba zutrat und ihm die Hand auf die Schulter legte. »Schrecklich! Das ist wirklich schrecklich! In was für einem Land leben wir? Diese Halunken haben euch so schnell angeklagt, um ihre Spuren zu verwischen. Aber ich werde alles tun, dass sie dafür büßen. Bist du in Ordnung? Und du auch, Ike?«

»Anwalt, ich freu mich, dass Sie da sind!« Zuba hätte den Mann fast umarmt. »Ob wir okay sind? Hier kann man sich nicht okay fühlen.«

Er merkte, dass sein grüner Kittel das Jackett des Anwalts berührte und wich einen Schritt zurück. »Wir versuchen so gut wie möglich klarzukommen. Aber okay können wir *nur* sein, wenn wir hier wieder raus sind.«

Tanna trug ihre Haare anders. Nicht mehr die Bob-Marley-Zöpfe. Ihr Haar glänzte matt, war füllig, fiel in Stufen auf ihren Nacken und umschloss ihr Gesicht. Sie sah hübscher aus, als Zuba sie in Erinnerung hatte. Als Ike und er sich ihr gegenüber hinsetzten, nahm er ihre Hand und drückte sie.

»Zuba...«

Ein Dufthauch... Und ein schmerzendes Gefühl von Zärtlichkeit, das durch die letzten achtundvierzig Stunden völlig weggebrannt war, regte sich in seinem Bauch. »Schön dich zu sehen«, flüsterte er.

»Ich bin froh, dass ihr beide nicht verprügelt worden seid«, sagte Anwalt Chigbo, als er sich zu ihnen setzte.

»Ich hab's Ihnen doch erklärt, oder nicht?«, sagte der Beamte, »All das hörte auf, als unser neuer Superintendent den Job übernahm.«

»Ja, das haben Sie gesagt. Und wenn ich den Superintendenten treffe, werde ich ihm sagen, wie sehr Sie sich für das gute Image dieser Einrichtung einsetzen«, antwortete Anwalt Chigbo.

Der Beamte strahlte.

Der Anwalt nahm Zuba ins Visier. »Und jetzt, Zuba, werde ich dir sagen, wie es weitergeht.«

»Bitte entschuldigen Sie, Sir«, fiel Tanna ihm ins Wort, »aber vielleicht können die beiden etwas essen, während wir mit ihnen sprechen? Sie sehen abgemagert aus – vielleicht liegt's auch am Haarschnitt –, aber es tut ihnen bestimmt gut, wenn sie etwas zu sich nehmen...« Sie packte eine Mr. Bigg's-Schachtel auf den Tisch.

Anwalt Chigbo blickte zum Beamten, der heftig nickte, und Tanna schob die Schachtel zu Ike und Zuba.

Ike nahm die Packungen heraus und gab eine Zuba. Die Aufschrift sagte: *Spaghetti Bella and Chicken*. Zuba sah auf das Huhn, goldbraun in einer Corned beef-Sauce, und dachte an Philip. Er begann mit dem Fleisch.

»Passieren wird folgendes«, begann der Anwalt von Neuem. »Wir werden die Polizei auffordern, eine Kopie eurer Akte an den Staatsanwalt zu schicken. Sie werden dafür Jahre brauchen, und deswegen werde ich gleichzeitig einen Antrag beim Staatsanwalt stellen, dass er eure Akte anfordert. Wir werden dann bei der Polizei sicherstellen, dass sie dem schnellstens nachkommt. Sobald eure Akte bei der Staatsanwaltschaft ist«, fuhr er fort, »werden sie den Fall untersuchen und hoffentlich ein *nolle prosequi* ankündigen.«

Zuba warf Tanna einen Blick zu.

»Einstellung des Verfahrens«, erläuterte sie.

Er sah wieder den Anwalt an. »Hoffentlich? Sie meinen, das ist nicht sicher? Und es könnte sein, dass wir doch nicht entlassen werden?«

»Zuba, ich war immer aufrichtig zu deinem Vater und bin es jetzt auch zu dir. Niemand kann mit Sicherheit vorhersagen, wie ein Richter oder Staatsanwalt entscheidet. Aber…«

Zuba unterbrach ihn. »Dann könnte es also sein, dass die Staatsanwaltschaft meint, wir müssten uns der Anklage stellen?«

»Ja, Zuba. Wir sind in einem Kampf, der so oder so ausgehen kann. Eure Ankläger wurden von Vollstreckungsbeamten beraten, wie man am besten die Klage gegen euch formuliert, und unterstützt von Polizisten, die sich sehr gut damit auskennen, wie man Beweise produziert.«

Zuba erinnerte sich wieder an den Rat, den ihm ganz am Anfang der Geschichte der Polizei »Freund« gegeben hatte.

Er nahm einen Schluck aus der Coladose. Wenn er bei der Anklageerhebung nur eine Minute früher den Vergleich mit den Egbetuyis angeboten hätte, wäre er jetzt ein freier Mann. Aber so war es eine Sache des Gerichts und ein Vergleich nicht mehr möglich.

Am liebsten hätte er Vogel Strauß gespielt und an nichts weiter gedacht. »Und was passiert, wenn die Staatsanwaltschaft verkündet, dass wir uns zu verantworten haben?«

»Wenn das passiert, dann werdet ihr wahrscheinlich hier bleiben müssen, bis der Fall vor Gericht geklärt ist. Und das kann Jahre dauern.«

Zuba fröstelte. Neben ihm war Ike damit beschäftigt, die letzten Spaghetti aus seiner Packung zu angeln. Er beneidete ihn um dessen dürftige Englischkenntnisse.

Der Anwalt fasste Zubas Arm. »Das Beruhigende ist aber, dass ich glaube, dass unsere Chancen gut stehen. Die Petition, die ich aufsetzen werde mit allen Details, müssten der Staatsanwaltschaft die Augen öffnen, dass eure Kläger nur Lügen verbreiten. Unsere Chancen könnten noch besser stehen, klar. Aber im Moment sind sie auf unserer Seite. Deshalb sollten wir positiv sein, positiv denken, positiv planen.«

Ja! Sei positiv, denk positiv. Die Chancen stehen gut, wiederholte Zuba für sich. Er zwang sich, das Lächeln des Anwalts zu erwidern.

»Und wenn der Staatsanwalt die Einstellung des Verfahrens befürwortet, dann wird er das dem Gericht mitteilen, das euch dann hinbestellen und entlassen wird.«

Ike kaute an seinem Hühnerknochen und ließ ein regelmäßiges Knacken vernehmen, das einem halbherzigen Beifallklatschen glich. Zuba wischte seine Hand an einem Papiertaschentuch ab und reinigte dann sorgfältig seinen Mund von Essensspuren. Philip wäre wahrscheinlich nicht gerade begeistert, wenn er merkte, dass er um ein saftiges Essen betrogen wurde.

»Zuba, Ike«, fuhr der Anwalt fort, »wir tun alles Erdenkliche, dass der Staatsanwalt seine Entscheidung schon in drei, längstens vier Tagen bekanntgibt. Haltet also durch, Kopf hoch, wie bisher. Und macht keinen Ärger. Ihr seid hoffentlich bald draußen.«

»Hoffentlich«, das war das Wort, das Zuba im Ohr blieb.

»Sir, die Selbstversorgung«, murmelte Tanna.

»Aha, das Gefängnis bietet die Möglichkeit zur Selbstversorgung. Ihr kommt in bessere Zellen, wenn ihr euch selbst versorgt. Sie sagen, das kostet pro Kopf zehntausend Naira...«

»Ja, ich hab das arrangiert«, brummelte Zuba. »Nonye bringt morgen das Geld, und wir ziehen dann um.«

»Gut. Gibt es sonst noch was, was du wissen oder mir sagen willst?«

Zuba schüttelte seinen Kopf. Er drehte sich zu Tanna.

»Wenn das so ist, dann geh ich auf eine Zigarette nach draußen.«

Tanna legte ihre Hand auf Ikes Unterarm und sprach ihn auf Igbo an: »Wie geht es deiner Frau, du hast sie hoffentlich gesehen?«

Ihr Igbo klang merkwürdig in Zubas Ohren; es war die Variante aus dem Niger-Delta. »Ja, sie war heut morgen hier.«

»Es wird alles bald wieder gut.« Sie drückte Ikes Arm.

»Ich habe gehört, was vorgefallen ist. Ich muss immer daran denken, dass es vielleicht anders gelaufen wäre, wenn ich hätte dabei sein können. Ich hätte zum Vergleich geraten. Kämpfen hätte man auch später noch können.«

»Dinge laufen, wie sie eben laufen müssen. Wie Gandhi sagte...« Zuba redete nicht weiter. Der Gedanke, dass Ike und er noch für längere Zeit im Gefängnis bleiben könnten, marterte sein Hirn.

Tanna drückte seinen Arm. »Wenn du jetzt die Hoffnung verlierst, wofür sollen wir uns dann noch einsetzen?«

Sie sprach mit solcher Entschiedenheit, dass Zuba leichter ums Herz wurde. Er wickelte seine Finger um ihre.

Tanna lächelte.

»Du siehst so gut aus. Dein Haar, großartig«, flüsterte Zuba.

»Ich ließ es in Lagos schneiden, für unsere Verabredung zum Essen.«

»Ich habe die Tage gezählt.«

Sie lächelte traurig.

»Was ist passiert? Es sieht entzündet aus. Soll ich dir eine Salbe besorgen?« Tanna erhob sich, um die Geschwulst auf Zubas Stirn besser betrachten zu können.

Er lehnte sich zurück, als ihre offene Jacke seinem Ärmel zu nahe kam.

»Bitte, komm mir nicht zu nahe.«

»Schhhhhh!« Sie legte einen Finger auf seine Lippen. »Kein Wort. Ich versteh schon.«

Zuba wollte eigentlich sagen: *Nein, das kannst du nicht verstehen. Es geht nicht nur um meinen juckenden Körper oder den fauligen Geruch, der aus der Matratze strömt und meine ganze Haut überzogen hat.* Stattdessen beruhigte er sich und genoss das Gefühl, wie ihre Finger seine Lippen kühlten.

*

Als sie zu ihren Zellen zurückgingen, erklärte Zuba Ike, was der Anwalt gesagt hatte.

»Ike, die Egbetuyis müssen doch wenigstens einen schweren Fehler gemacht haben. Wir müssen das Ganze noch mal genau durchgehen und dann Anwalt Chigbo informieren, damit wir bessere Chancen haben, hier schnell rauszukommen...«

»Hey, Ike-power!« Ein schlaksiger Insasse lief durch die Anlage und grinste von einem Ohr zum anderen. »Bist du das? Wann bist du reingekommen? Ich weiss, du musst dich gewundert haben, dass ich nicht wegen meines Anteils an der Beute Kontakt zu dir aufgenommen hab, aber jetzt weißt du, warum. Ich bin hier wegen einer anderen Sache.« Er versuchte Ikes Hand zu schütteln.

Ike riss seine Hand los. »Wer ... was ... wovon redest du?«, stammelte er. »Wer bist du?«

»Oh, sorry, sorry. Mein Fehler. Ich dachte, du wärst jemand anders. Vergib mir…«, sagte er und lief weiter.

Zuba konnte kaum atmen.

Ike drehte sich um und blickte ihm in die Augen. »Zuba, ich hab den Mann noch nie in meinem Leben gesehen. Ich weiß nicht, wer er ist und wovon er redet.«

Zuba focht in seinem Innern mit sich selbst. Sein Herz wollte nicht, aber sein Verstand musste der Tatsache ins Auge sehen. Ike wurde nur von seinen dicksten Freunden »Ike-power« genannt. Er fühlte sich plötzlich elend.

Zwei Gefangene schleppten eine Bahre in Richtung Vorhof. Die Leiche war starr, bekleidet nur mit zerfetzten, abgetragenen shorts, aus denen ein schwammiger Hodensack heraushing. Der Bauch war eingefallen, unter der mit Ausschlag übersäten, aufgeplatzten und aschgrauen Haut zeichneten sich die einzelnen Rippen scharf und deutlich ab. Die schmutzig-braunen Zähne zeigten ein letztes Grinsen; Streifen von getrocknetem Speichel bedeckten seine Wangen. Ein Schwarm Fliegen folgte der Bahre.

Zuba krümmte sich. Ein Brei von Spaghetti und Huhn spritzte auf den Sand vor seinen Füßen.

*

»Fang heute morgen nicht wieder damit an«, sagte Tante Chinwe. »Mach deinen Mund auf und lass die Schwester deine Temperatur messen.«

Professor Chukwueloka Maduekwe schüttelte seinen Kopf. Er sah zu der drallen Schwester auf der anderen Bettseite. Sie hielt ein Thermometer in die Luft. Das Lächeln ihrer Lippen war so starr wie ein Gipsabdruck, und ihre Augen verrieten, dass sie am Ende ihrer Geduld war. Er schüttelte seinen Kopf.

»Eunice«, sagte er.

»Aber du hast doch von der Schwester gehört, dass Eunice heute woanders eingesetzt ist, sie ist nicht da. Mach deinen Mund auf und lass die Schwester nicht warten. Sie hat noch andere Patienten zu versorgen«, sagte Tante Chinwe.

Der Professor schüttelte seinen Kopf.

»Okay, dann mach ich's.« Tante Chinwe nahm der Schwester das Thermometer aus der Hand. »Eloka, mein Bruder – okay, mach den Mund auf für mich. Du wirst doch nicht zu deiner einzigen Schwester nein sagen, oder?«

»Eunice«, wiederholte der Professor.

Tante Chinwe seufzte. Sie reichte der Schwester das Thermometer zurück. »Gibt es irgendeine Möglichkeit, Eunice herkommen zu lassen? Wenn er so reagiert, kann man nichts machen.«

Die Schwester nickte, ohne ihr Lächeln zu verändern. Sie legte das Thermometer auf ein Tablett neben dem Bett und verließ den Raum.

»Eloka, das war nicht gut. Was hat dir die arme Schwester getan? Kannst du dir vorstellen, dass du sie mit deinem Verhalten tief verletzt hast?«

Tante Chinwe setzte zu einer längeren Strafpredigt an, der Professor gähnte nur. Sie beklagte sich immer noch, als sich die Tür nach einem höflichen Klopfen öffnete. Eine hellhäutige Schwester betrat den Raum. Ihre Dienstkittel schmiegte sich an ihren schmalen Körper, als sei er ein Designerstück, und die Kappe saß auf ihrem gewellten Haar wie ein Diadem.

»Tante, guten Morgen. Hoffe, Sie haben gut geschlafen.« Sie ging zum Bett und lächelte den Professor an. »Wie geht es heute?«

Der Professor nickte fünfmal.

»Eunice, danke«, sagte Tante Chinwe. »Dem Herrn sei Dank, wir haben wieder einen neuen Tag vor uns. Aber jetzt verraten Sie mal, welchen

Zaubertrank haben Sie meinem Bruder gegeben, dass er so stur darauf besteht, nur von Ihnen versorgt zu werden.«

Eunice lachte. »Vielleicht tun meine Spritzen nicht so weh.«

»Nein, im Ernst. Ich mochte es nicht, wie er die andere Schwester behandelt. Ich fand es ziemlich ungehobelt.«

Eunice blickte wieder zum Professor herunter. Sie schürzte ihre Lippen und schüttelte den Kopf. »Prof, das sollten Sie nicht tun.«

Der Professor nickte.

»Wir arbeiten alle hart für das Ziel, dass Sie wieder gesund werden. Diese Schwester hat mir einige Tricks für unsere Arbeit beigebracht. Sie ist in London ausgebildet. Sie sollten ihr eine Chance geben.«

Der Professor nickte abermals.

»So, jetzt schauen wir mal, wie es Ihnen heute geht.«

Der Professor hatte seinen Mund aufgerissen und wartete auf das Thermometer. Sie notierte etwas in ihren Block und wickelte dann die Manschette für die Butdruckkontrolle um seinen Oberarm. Sie pumpte die Manschette auf.

Der Professor sah ihr zu, nahm alles in sich auf, von den festen, glänzenden Lippen bis zu den gepflegten Fingernägeln.

Auf dem Stuhl auf der anderen Seite des Bettes hielt Tante Chinwe den *Daily Prayer Guide* vor ihr Gesicht, und auf ihrem Schoß lag eine Bibel mit vielen Eselsohren. Die krankenhausblauen Gardinen hinter ihr bewegten sich in der Morgenbrise hin und her.

Eunice lehnte sich nach vorn, um die Quecksilbersäule zu studieren. Der Professor schielte auf ihr Dekolleté. Ihre Brust sah auch nach den beiden Kindern, die sie mit ihrem Ex hatte, fest aus, und ihr Bauch wölbte sich nicht gegen ihre Uniform. Er erinnerte sich, dass irgendjemand gesagt hatte, kleine Frauen hätten elastische Körper.

Eunice hob ihr Gesicht und machte Notizen. »Sie machen Fortschritte. Gut. Ich hoffe, Sie fühlen sich auch so?«

Der Professor nickte.

Sie lächelte.

»Sie schonen Ihre Stimme heute, oder? Sie wollen nicht, dass ich sie höre, eh?«

»Ich fühle mich gut«, krächzte der Professor und grinste zurück.

Tante Chinwe linste hinter ihrem Buch hervor.

»Wissen Sie, Ihre Stimme ist so brüchig, weil Sie sie vernachlässigt haben«, sagte Eunice. »Sie sollten weniger nicken und mehr sprechen.«

Der Professor fing wieder an zu nicken. Er stoppte mittendrin und sagte: »Ja.«

»Können Sie mal versuchen, Ihre Finger zu bewegen?«

Die Finger des Professors zuckten.

»Gut«, sagte Eunice. Sie ging zum Fußende des Betts und hob die Decke von seinem rechten Fuß. Der Fuß sah ein bisschen geschwollen aus. Sie massierte den Spann bis zu den Zehen. »Fühlen Sie was?«

Der Professor nickte: »Ja.«

»Können Sie Ihre Zehen bewegen?«

Zwei Zehen des Professors krümmten sich ein wenig.

»Können Sie mir ein bisschen mehr geben als das? Können Sie den ganzen Fuß bewegen?«

Der Professor nickte: »Ja.« Er presste seine Augen zu.

Der Fuß bewegte sich langsam hin und her.

»Hey«, rief Tante Chinwe. »Jesus sei Dank.«

»Großartig, Professor. Sie machen das prima«, sagte Eunice.

»Urin«, sagte Professor Maduekwe.

Schneller als Eunice war Tante Chinwe im Bad und kam mit einer Urinflasche für ihren Bruder zurück.

Der Professor schob die Flasche mit seiner linken Hand unter die Decke und hantierte an seinem Unterleib herum. Das Geräusch plätschernder Flüssigkeit in einer Plastikflasche. Er gab sie seiner Schwester zurück.

Eunice tätschelte den Professor am Arm. »Sie machen sich gut, und ich bin froh darüber. In dem Zustand können Sie bald wieder aufstehen und die Klinik verlassen. Okay, Wiedersehen und bis später.«

»Warten Sie«, sagte der Professor.

Eunice kam noch mal ans Bett. »Was gibt es denn?«

»Ich möchte Sie um einen Gefallen bitten.«

Eunice lächelte. »Und welchen?«

»Ich ... ich hab einen Sohn.« Der Professor sprach ganz langsam, als wollte er seine Worte zählen. »Ein netter Kerl. Es gibt da ein Mädchen, und er wird sie mir bald ... vorstellen. Und ich habe mir gedacht, dass Sie vielleicht in der Nähe sind und das Mädchen auch treffen könnten. Ich würde gern noch eine andere Meinung hören, die Meinung einer Frau.«

Eunice kicherte: »Aber Tante Chinwe ist doch da.«
»Ich hätte aber gern einen Satz frischerer Augen.«
Eunice lachte und blickte zu Tante Chinwe. Die lächelte zurück. »Okay, sagen Sie mir wann. Und ich komme vorbei mit meinem frischesten Satz Augen.«
Das Hausmädchen kam in dem Moment herein, als Eunice ging. Sie hatte eine Einkaufstüte mit Essen und Früchten dabei. »Guten Tag, Tante Chinwe.«
»Danke. Wie geht's? Und was ist mit Nonye?«
»Sie konnte nicht kommen. Sie gab mir einen Brief für Sie mit.«

*

Philip verschränkte seine Beine in der Lotus-Position. »IG, fang an«, sagte er.
»Story *kawai!*«, brüllte IG.
»*Mbehhhhhhhhhhh!*«
»Story *kawai! Kawai!*«
»*Mbehhhhhhhhhhhhhh!*«
Die donnernde Antwort riss Zuba aus seinem Kummer. Er schluckte den Speichel hinunter, der immer noch nach Erbrochenem schmeckte, und setzte sich aufrecht hin.
»Was ist los? Story *kawai, mbehhhhh?* Was bedeutet das?«, fragte er Madubuchi.
»Muss alles immer eine Bedeutung haben?«, bellte DPP. »Ihr Intellektuellen. Story *kawai mbehhhhhh* ist story *kawai mbehhhhhh*. Ende.«
»Ich hab dich nicht gefragt«, schnappte Zuba zurück.
Madubuchi fuhr vor Schreck zusammen und rückte von Zuba ab. DPP's Hand hatte sich erhoben. Die Faust landete unter lautem Knacken auf Zubas Schädel. Zuba schnappte nach Luft und rieb sich die Stelle.
»Das nächste Mal, wenn du mir frech kommst, verpass ich dir eine Wunde, die dir für den Rest deines Lebens bleibt, und als Zugabe kannst du in der Toilette schlafen...«
»DPP, lass ihn in Ruhe«, sagte Philip.
»Ja, Sir Boss-man.« DPP sah Zuba scharf an und drehte sich weg.
Philip guckte auf Zuba herunter. Er sprach jetzt Englisch.

»Gib meinen Männern nie wieder eine freche Antwort. Verstanden? Nie wieder.«

Zuba nickte und massierte die Beule auf seinem Kopf.

»Story *kawai mbehhhhhhh?*«, fuhr Philip fort, »Eine story ist wie eine Kokusnuss. *Kawai* ist die Aktion, das Geräusch beim Aufknacken der Kokusnuss, und *mbehhhhhh* ist das Herausspritzen des Inhalts, der Kokusmilch, der Geschichte.«

»Also, wer von den Neuen soll anfangen?«, fragte IG weiter.

»Ruf Mr. Grammar auf. Er soll anfangen«, sagte DPP.

»Ja, ja«, stimmten mehrere zu.

»Okay. Du kommst jetzt in die Mitte der Zelle.« IG zeigte auf Zuba.

Zuba stand auf. Die frische Luft vorm Fenster tat ihm gut. Der Mond draußen stand wie eine Sichel über dem Büro des Superintendenten. Er ging weiter und stellte sich unter die Glühbirne. Er stand eingekeilt zwischen den Körpern der Corrordor-Insassen, durch seinen Körper bohrten sich sechsundfünfzig Augenpaare. Er fixierte jetzt IG's erwartungsvolles Gesicht.

»Wir wollen Geschichten hören«, sagte IG. »Erzähl uns was Neues von der Außenwelt.«

Zuba starrte ihn an.

»Bist du taub geworden? Oder willst du, dass wir die Geschichte aus dir herausprügeln? Wenn du uns heute Abend keine gute, lange und spannende Neuigkeit bringst, dann werden wir dich eine Woche lang jeden Abend aufrufen«, sagte DPP.

»Also los, erzähl uns Geschichten, Neuigkeiten«, wiederholte IG.

Zubas Zunge fühlte sich schwer an. Wovon sollte er berichten? Und womit anfangen? »Em ... ja. Nein, nein ... okay. Aha…«, begann er.

»Hör auf, so rumzueiern«, brüllte DPP. »Gib uns Neuigkeiten. Und sprich nur auf Igbo. Wir wollen keine Grammatik.« Er sah zu Philip hin. »Sir Boss-man, was meinst du, einen Klaps für jedes englische Wort aus seinem Mund?«

»DPP, du weißt genau, dass nicht einmal du ohne englische Worte auskommst«, sagte Philip.

»Der Neue, der letzte Woche kam, erzählte was von den Bakassi-Boys. Soll er doch damit anfangen«, sagte einer der Landlords.

»Worauf wartest du?«, sagte Philip. »Fang an, los.«

»Em ... ja. Die Regierung holte...«

»Nein, nein. Du musst story *kawai* sagen, bevor du anfängst«, sagte IG.

»Story *kawai*«, sagte Zuba.

»*Mbehhhhhhhhhhhhhhhhhhhhh.*«

»Die Regierung holte die Bakassi-Boys aus Aba, um die sich überall häufenden Fälle von bewaffnetem Raub in den Griff zu bekommen. Bevor Bakassi kam, war die Situation wirklich übel. Die Räuber waren unverschämt. Sie kündigten ihren Besuch schon vorher an. Und die Leute legten Geld für sie bereit, weil es hieß, dass sie nur dann, wenn sie Geld bekommen, auch wieder verschwinden, andernfalls bringen sie einen um. In manchen Stadtteilen von Onitsha war es so schlimm, dass die Menschen Nachts ihre Wohnungen verliessen und dann in der Kathedrale schliefen. Aber seitdem die Bakassi-Boys da sind, schlafen die Menschen wieder zu Hause, sogar bei offener Tür, und es passiert rein gar nichts.«

»Du musst uns noch erzählen, wie sie die Räuber erwischen«, sagte ein Landlord.

»Allgemein glaubt man, dass sie über starke Zauberkräfte verfügen. Und dass diese Kräfte nicht nur Kugeln und Macheten von ihren Körpern abprallen lassen, sondern sie zu den bewaffneten Räubern führen, speziell zu Mördern. Man glaubt, dass sie eine besondere Machete besitzen, die sich rot verfärbt, wenn man sie über jemanden hält, der das Blut eines anderen vergossen hat. Es heisst, dass Leute ihnen Vorfälle melden, und sie dann ihr Urteil fällen, indem sie diese Machete über die Verdächtigen halten. Und wenn sie glauben, du bist ein Räuber oder Mörder, dann fesseln sie dich, bringen dich zu einer Straßenkreuzung, hacken dich wie Kleinholz in Stücke und setzen deine Überreste in Brand.«

In der Zelle herrschte absolute Stille.

»Der Präsident hat den Gouverneur aufgefordert, die Organisation aufzulösen. Aber der Gouverneur hat sich geweigert. Er sagt, dass die Bevölkerung sie unterstützt. Er hat schon Auszeichnungen als besonders sicherheitsbewusster Gouverneur erhalten, und unser Staat ist zum kriminalitätsfreiesten Teil des Landes erklärt worden. Der Präsident macht aber immer noch Druck, weswegen der Gouverneur die Sache vors Parlament bringen und die Bakassi-Boys und ihre Organisation legalisieren lassen will.« Zuba machte eine Pause.

»*Na wah o!*«, rief ein Landlord aus. »Bitte, verfolgen die Bakassi-Boys auch Taschendiebe? Denn wenn sie das tun, dann sollte ich besser aufhören, dafür zu beten, dass ich vom Justizminister dieses Jahr vorzeitig entlassen werde. Nach sieben Jahren hier drinnen glaubte ich nicht, dass mich noch jemand umbringen will.«

»Da bin ich mir nicht sicher. Ich weiss es nicht. Aber allgemein heisst es, dass sie hinter allen Sorten von Dieben und Mördern her sind.«

»*Na wah o!*«, rief der Landlord noch einmal. »Da gibt es unter uns Leute, deren Akten bei der Polizei verschwunden sind, und wir hoffen doch, dass der Justizminister uns bei seinem Besuch in diesem Jahr freilässt.«

»Natürlich«, sagte DPP. »Der Fluss kann Leute nicht ins Wasser ziehen, wenn er vorher nicht ihre Füße gesehn hat. Ich bete immer noch für meine Entlassung, und wenn ich entlassen werde, dann besorge ich mir, bevor ich auch nur einen Schritt vor das Gefängnis setze, ein Kanu, das mich hier neben dem Gefängnis über den Niger bringt, direkt nach Asaba. Dort haben die doch keine Bakassi, oder?«

»Nein. Aber die Leute von Asaba wollen sie auch holen«, log Zuba.

DPP schaute bedrückt.

»Du meinst, dass sie die Räuber wirklich in Stücke hacken? Bei lebendigem Leib mit Macheten in Stücke?«, fragte ein anderer Landlord.

»Ja«, sagte Zuba.

»Ich, ich hab nichts zu befürchten. Ich bin kein Räuber«, sagte IG direkt in DPP's Ohr.

»Aber du hast gestohlene Sachen genommen«, zischte DPP zurück.

»Woher sollte ich wissen, dass die gestohlen waren? Denkst du, ich kann als vielbeschäftigter Autohändler bei jedem Auto nachforschen, das man mir bringt? Ich war auf mich allein gestellt, und sie brachten mir Autos zu Schnäppchenpreisen. Denkst du, dass ich die ablehnen soll? Hast du jemals von einer Schlange gehört, die eine Kröte zurückweist, die ihr ins Maul hüpft?«

»Gut, dann bist du auch ein Räuber«, sagte DPP.

»Selbst wenn wir uns auf Räuber einigen, dann bin ich aber immer noch kein Mörder, oder?«

DPP machte ein finsteres Gesicht. »Wenn wir beim Rauben Leute umbringen, dann tun wir das nur, um Leute wie dich mit Nachschub zu versorgen.«

»Story *kawai!*«, sagte Philip.

»*Mbehhhhhhhhh.*«

»Erzähl uns noch was«, bat er Zuba.

»Em ... die Regierung hat eine neue Mindeststeuer angekündigt.«

»Erzähl uns was Interessanteres.«

Zuba marterte sein Hirn. Nein, von der Kampagne für Biafra würde er nichts erzählen, das wollte er dem MASSOB-Mann überlassen. Ach ja: »Es gab Sharia-Unruhen im Land.«

»Ja, ja, hab von dieser Sharia gehört. Was ist los damit?«, fragte DPP.

»Sharia ist eine Art Gesetz, altes islamisches Recht. Einige Staaten im Norden haben beschlossen, dieses Recht anzuwenden und nicht mehr das normale bürgerliche Recht. Es ist ein Recht wie das Alte Testament: Auge um Auge, Zahn um Zahn. In der Art. Strafen bei Rechtsbruch reichen vom Steinigen bis zu Prügeln. Räubern zum Beispiel wird eine Hand abgehackt. Der Präsident war dagegen und versuchte die Gouverneure zu stoppen. Aber die Gouverneure machten weiter und ließen das alles in ihren Staaten gesetzlich verankern.«

DPP sprang auf.

»Genau deswegen mag ich das Militär. Nicht diesen Unsinn, den sie Demokratie nennen. Glaubst du, dass General Babangida oder Abacha, wenn sie Präsidenten wären, so was hätten durchgehen lassen? So eine Ungesetzlichkeit? Die Gouverneure hätten sich von selber zu Fall gebracht mit ihren Extrawünschen. Herrgott! Warum musste Abacha sterben?« Er spreizte eine Hand vor seinem Gesicht und krümmte die Finger. »Du meinst, sie hacken einem wirklich die Hand ab, bloß für einen Diebstahl? Pass auf, dass du uns hier die Wahrheit sagst. Ich teil dich zum Feudeldienst ein, wenn du Lügen erzählst.«

»Ja«, sagte Zuba. »Es stand in den Zeitungen. In Zamfara hat ein Sharia-Gericht einen Dieb zur Amputation einer Hand verurteilt, und die Hand wurde tatsächlich abgetrennt.«

»Der Richter kann von Glück sagen, dass er nicht jemandem wie mir so ein Urteil verpasst hat. Ich hätte meine Leute zusammengerufen und wir hätten genauso ein Sharia-Urteil gegen ihn gefällt: Dass ihm die Zunge, mit der er so ein teuflisches Urteil gesprochen hat, ebenfalls abgeschnitten wird.« DPP's Stimme bebte vor Wut. Er starrte Zuba an. Und Zuba starrte zurück.

Eine halbe Stunde später durfte Zuba wieder an seinen Platz zurück. Der Lärm in der Zelle ließ ihn nicht zur Besinnung kommen.

Der MASSOB-Mann war jetzt dran.

»Story *kawai!*«, rief er..

»*Mbehhhhhhhhhhhh!*

»Story *ka-ka-kawei-kawei!*«, wiederholte der MASSOB-Mann. Er sah glücklich aus, wie ein Politiker auf einer Kundgebung.

»*Mbehhhhhhhhhhhhhhhhhhhhhhh!*«

»Meine Brüder. Ich will euch nichts von Nigeria erzählen, weil ich Biafraner bin, ein Igbo, kein Nigerianer.« Sein Igbo klang sanft, fast poetisch. »Kein vernünftiger Igbo wird sich heute noch als Nigerianer betrachten. Überlegt mal: Vor dreißig Jahren endete der Bürgerkrieg, vor dreißig Jahren wurden wir brutal daran gehindert, uns abzuspalten, und gezwungen, in Nigeria zu bleiben, und Nigeria posaunte danach: kein Sieger, keine Besiegte. Und trotzdem hat bisher kein Igbo Regierungschef in diesem Land werden können oder Minister in einem wichtigen Ministerium wie Verteidigung oder Polizei. Dreißig Jahre! Dreißig Jahre lang sind wir in diesem Land behandelt worden wie Besiegte. Und das, obwohl wir eine von den drei größten ethnischen Gruppen in diesem Land sind, und das, obwohl wir an der vordersten Front standen im Kampf um Nigerias Unabhängigkeit gegen die Briten. Die anderen Stämme misstrauen uns und halten uns von der Macht fern. Sie schikanieren uns und drängen uns an den Rand. Seht, wie uns die Moslems im Norden unter fadenscheinigsten Vorwänden massakrieren. Seht, wie heruntergekommen und verfallen unser Landesteil ist. Seht euch die Straßen an, zum Beispiel; vergleicht sie mit denen in anderen Landesteilen.

Aber wir MASSOB-Anhänger, der Bewegung für den Aufbau eines unabhängigen Biafra, wir haben beschlossen, dass wir das nicht mehr stillschweigend hinnehmen. *Mmegbu ndi Igbo*, die Unterdrückung der Igbo, muss ein Ende haben. Wir fordern, selbstverständlich auf gewaltfreiem Weg, dass wir uns selbst in einem eigenen Staat regieren dürfen. Und, Brüder, draußen in der Welt ist eine Menge passiert. Mit der Unterstützung der Vereinten Nationen sind wir ganz nahe dran«, er markierte einen winzigen Abstand zwischen Daumen und Zeigefinger, »unsere Unabhängigkeit von Nigeria zu erhalten und unseren Status als Republik Biafra, so wie wir ihn während des Krieges schon hatten. Und deswegen ist die Regierung Nigerias so nervös, nimmt uns MASSOB-Leute überall fest und sperrt uns in Gefängnisse.«

Der MASSOB-Mann erklärte, dass Biafra in der UN schon einen »Beobachterstatus« hätte und nur noch sieben Punkte bis zur vollen Unabhängigkeit erledigen müsse; dazu gehörten das Hissen der biafranischen Flagge und die Einführung einer biafranischen Währung. Wenn diese Punkte abgehakt wären, hätten die Igbos mit Biafra ihren eigenen Staat. Die MASSOB hätte bereits in Washington eine Botschaft eröffnet.

Der MASSOB-Mann erzählte und erzählte, und als er schließlich eine Pause machte, gab es große Aufregung in der Zelle.

»Werdet ihr von Ojukwu unterstützt?«, fragte ein Landlord.

Der MASSOB-Mann lächelte: »Als früherer Führer von Biafra wird er das nach unserer Überzeugung tun. Aber er muss vorsichtig sein. Deswegen spricht er immer nur von ›Biafra im Herzen‹. Aber er kann nicht gegen uns sein, wenn die Vereinten Nationen uns schon den Beobachterstatus gegeben haben.«

»Dieser ... Beobachterstatus, was bedeutet das?«, fragte ein anderer Landlord.

Der MASSOB-Mann zögerte ein wenig. »Es bedeutet, dass wir jetzt den Status haben, die Vereinten Nationen zu beobachten. Nur anerkannte Staaten können die Vereinten Nationen beobachten, die USA, Großbritannien, Frankreich und alle anderen großen Nationen haben den Beobachterstatus.«

»Alles was du da erzählst«, fuhr der Landlord fort, »über die Vereinten Nationen und die Botschaften, woher sollen wir wissen, ob das wahr ist? Wie können wir sicher sein, dass das nicht bloß Propagandasprüche sind, mit denen eure studierten Leute euch und uns füttern…?«

Mehrere Stimmen übertönten den Fragesteller. Eine Stimme war lauter als der Rest: »Warum musst du glauben, dass das Lügen sind, eh? Musst du ihn einen Lügner nennen? Sie kämpfen für uns. Sie kämpfen für uns und...«

Philip schreckte hoch. »Philips Angels«, sagte er.

»Boys!«

Die Glühbirne erlosch.

»Hoch NEPA!« Einige Gefangene huldigten dem nationalen Energieunternehmen.

Das Licht einer Taschenlampe am anderen Ende der Zelle leuchtete in der Dunkelheit. »Platz, Platz, damit ich nicht auf euch trete«, sagte die Stimme hinter dem Licht und näherte sich Philips Ecke. Es war IG. Er holte eine Kerosinlampe unter dem Bett hervor und zündete sie an. Gelbes Licht fiel in die Zelle und ließ die Insassen nur noch als Silhouetten erscheinen, die unglaubliche Schatten an die Wand warfen. IG befestigte die Lampe an der oberen Bettkante. Er breitete das Moskitonetz über Philip und kehrte zu seinem Platz zurück.

Der MASSOB-Mann stand immer noch in der Zellenmitte. Sein Gesicht glänzte in dem dämmrigen Licht.

Philip räusperte sich. »Die Vereinten Nationen garantieren die Anerkennung Biafras?« Ungläubigkeit war in seiner Stimme. »Biafra-Botschaft in Washington? Selbst wenn alles wahr ist, was du sagst, die nigerianische Regierung wird uns niemals friedlich gehen lassen. Ich hoffe, Ihr MASSOB-Leute habt nicht vor, uns in einen neuen Bürgerkrieg zu führen, in ein neues Tal der Tränen?«

Moskitos sirrten um Zubas Kopf. Er schlug nach ihnen und traf sein eigenes Gesicht.

DPP nahm das Stichwort von Philip auf und erhob sich. »Was sagtest du, war noch mal dein Beruf?«

»Ich bin Händler auf dem Zentralmarkt«, sagte der MASSOB-Mann.

»Hmmmm, ich war auch mal auf dem Zentralmarkt als Lehrling, vor langen Jahren. Was verkaufst du dort?«

»Unterwäsche.«

»Unterwäsche für Frauen oder Männer?«

»Frauen.«

»Was bedeutet eigentlich Unterwäsche genau?«

»Schlüpfer, Büstenhalter, Unterröcke und so was.«

»Hmmmnnnh. Dann bist du mit Damenschlüpfern also bestens vertraut, eh?«

In der Zelle war Kichern zu hören.

»Ich versteh«, fuhr DPP fort. »Du bist ein Mann, also warum verkaufst du lieber Unterwäsche für Damen als für deinesgleichen, für Männer?«

»Da ist mehr Geld zu holen. Männer tragen ihre Unterhose eine ganze Woche. Das machen Frauen nicht.« Da war jetzt ein harter, schneidender Ton in der Stimme des MASSOB-Manns.

»Du sagst, du bist ein MASSOB-Anhänger?«

»Ja, und ich bin stolz darauf.«

»Und dein ga-ga-ganzes Leben widmest du dem Predigen und Verkaufen von MASSOB-Ideen?«

»Ja.«

»Und du verkaufst Damenunterwäsche?«

»Ja.«

»Und deswegen stelle ich fest, dass MASSOB ein Laden für Damenunterwäsche ist.«

Die Zelle explodierte vor Gelächter und ließ damit die feierliche und aufgeladene Stimmung platzen, die durch die Worte des MASSOB-Manns entstanden war. Aber einige Gefangene fielen nicht in das Gelächter ein. Sie starrten auf DPP und die mitlachenden Zelleninsassen mit katzenartigen Augen, die aus den Schatten heraus leuchteten. Der MASSOB-Mann schüttelte würdevoll seinen Kopf.

»Ich schließe mein Plädoyer«, sagte DPP.

»Wie es dem Geeeeeeeeeeericht beliebt!«

»Wer hat seinen Platz nicht?«

»Onye afuro post *ya?«*

»Gute Nacht, Zellenmitglieder.«

Geier-König

Nonye war im Besucherraum. Irgendjemand hatte das durch das Zellenfenster gerufen. Zuba wartete darauf, geholt zu werden, und saß mit dem grünen Kittel in der Hand auf seinem Platz. Der Wärter hatte es offenbar nicht eilig damit, ihn herauszulassen. Ein Streifen Morgensonne fiel in die Zelle und blieb auf dem Hymnensänger am Fußende von Philips Bett liegen.

Philip saß auf dem unteren Teil des Doppelstockbetts und frühstückte *okpa*. Ein Dutzend Augen verfolgte Zentimeter für Zentimeter, wie der snack den Weg in seinen Mund fand.

Zuba starrte über die Köpfe hinweg auf die gegenüberliegende Wand. Seine Augen waren von Schlaflosigkeit gerötet. Sein Herz schmerzte, als hätte jemand hineingestochen. Ein Gedanke ließ ihn nicht mehr los: Er musste den schlaksigen Gefangenen finden, ihn dazu bringen, alles offenzulegen, um damit einen schlüssigen Beweis für Ikes Verwicklung in den Fall zu bekommen.

Philip sah zu ihm hin. »Möchtest du etwas *okpa*?«

Zubas Hand ging nach oben zu seinem Keloid, hielt aber in Höhe der Brust inne. Er schüttelte den Kopf.

»Tut dein Hals immer noch weh?« Auf Philips Lippen machte sich ein Grinsen breit.

»Nein, vielen Dank. Ich möchte einfach nicht.«

Philips Lippen zogen sich wieder zusammen.

Der Lobessänger beobachtete Zuba. Zuba blitzte grimmig zurück. Der andere fauchte und sah woanders hin.

Schlüssel klapperten, die Zellentür öffnete sich. Zuba lief zur Tür.

»IG, erklär ihm, dass er jetzt in das entscheidende Spiel geht; wenn er bei diesem Besuch nicht die wichtigen Punkte macht, dann...« Philip ließ den Rest des Satzes offen.

Zuba kam aus der Zelle und sah Ike warten.

»Guten Morgen, Zuba«, sagte Ike. Auch seine Augen waren gerötet.

Zubas Unterlippe zitterte; er drehte sich weg und lief los.

Ike rannte hinterher. »Zuba, glaub mir bitte, ich kenne diesen Mann nicht, ich hab ihn vorher noch nie in meinem Leben gesehn. Ich hab die Egbetuyis niemals bestohlen. Das ist alles gelogen. Erstens ist es überhaupt nicht passiert. Und dann weißt du genau, dass die Egbetuyis die Sachen, die sie angeben, niemals besessen haben. Und du bist auch nicht mit mir und irgendwelchen bewaffneten Leuten in ihre Wohnung gegangen, um über sie herzufallen.«

»Das haben sie nur dazu erfunden, um mich bestrafen zu können, weil sie glauben, ich hätte dich vorgeschickt, um das zu tun, was du getan hast«, blaffte Zuba ihn an. »Pech für dich, dass du hier deinem Komplizen in die Arme gelaufen bist.«

»Nein, Zuba, das ist eine einzige Lüge. Ich kenn den Mann nicht!«

»Dann verrat mir, wie kommt er dazu, dich Ike-power zu nennen? Hast du das nicht gehört? Nur deine besten Freunde nennen dich so.«

»Hat ... hat er mich Ike-power genannt? Ich ... ich hab das gar nicht mitbekommen...«

Zuba beschleunigte seinen Schritt.

*

»Ich kam mit dem Geld und all den anderen Sachen schon gestern Abend hierher zurück, aber sie ließen mich nicht rein. Sie sagten, die Besuchszeit wäre vorüber.« Nonye blickte auf die Wand über Zuba.

»Du musst Tanna und Anwalt Chigbo knapp verpasst haben«, sagte Zuba. »Wir trafen uns im Fürsorge-Büro – wahrscheinlich dürfen das nur Anwälte.«

»Ich geh heut nachmittag in die Kanzlei«, sagte Nonye.

Zuba warf einen kurzen Blick auf Ike, der neben dem hochgewachsenen Wärter in der Tür stand und auf seine Hände starrte. »Sag ihnen, dass ich sie schnell sehen muss«, sagte er zu Nonye und fragte dann: »Irgendwas Neues mit den Egbetuyis?«

»Nein.« Nonyes Augen wurden feucht.

»Bitte Nonye, lass dich nicht verrückt machen. Anwalt Chigbo wird das bald im Griff haben. Du siehst aus, als ob du nicht geschlafen hast.«

Nonye nickte, ohne ihn anzusehen.

Ike regte sich: »Wie geht's meiner Frau?«

»Es geht ihr gut. Sie sass vorm Fernseher, als ich ging. Liebe Grüsse soll ich sagen.«

»Und Junior?«

»Dem geht's auch gut. Ein Energiebündel. Rennt die ganze Zeit im Haus rum.« Nonyes Gesicht war in Richtung Ike gewandt, als sie sprach, aber ihre Blicke blieben unbestimmt, ohne Ziel. Neben ihr saß eine alte Frau; Tränen liefen über ihr Gesicht, als sie die Hände eines bis auf die Knochen abgemagerten Gefangenen ergriff.

»Endlich hab ich dich gefunden«, schluchzte sie. »Nach all den Jahren hab ich dich endlich gefunden. Gott, ich danke dir, dass du meine Gebete erhört hast, ich hab meinen Sohn wieder.«

»Die Polizei hat die Bar gestürmt. Dann alle aufs Revier gebracht und behauptet, in der Nähe hätte es einen Raub gegeben«, sagte der Mann mit heiserer Stimme. »Sie wollten von jedem fünftausend Naira, dann würden wir auf Kaution freikommen. Ich wollte dir Nachricht geben, aber allen, die ich fragte, war der Weg zu weit. Zwei von uns konnten nicht zahlen. Später brachte uns die Polizei mit anderen Männern, die wir nicht kannten, zum Gericht und klagten uns wegen bewaffnetem Raub an.«

»Halleluja, ich habe dich endlich gefunden«, sagte die alte Frau.

Zuba durchwühlte die Tasche mit den Kleidungsstücken und Toilettenartikeln, die Nonye mitgebracht hatte. Er fand einen A4-Umschlag mit einem Bündel Geldscheine. Nonye blickte zur Seite, als er sich aufrichtete. »Gibt's ein Problem?«, fragte er und legte den Umschlag auf seinen Schoß.

»Kommt zum Ende, andere Leute warten«, sagte der Wärter. Sein Blick blieb auf dem Umschlag auf Zubas Schoß hängen.

»Nein, nichts. Ich bin bloß müde. Ich glaub, ich brauch etwas Ruhe.«

Ihre Augen fielen für den Bruchteil einer Sekunde zu. Ihre Wimperntusche war etwas verschmiert. Zuba runzelte die Stirn: Nonye ging nie aus dem Haus, nicht mal für einen kurzen Bummel auf dem Schulgelände, ohne vorher einen Blick in deen Spiegel zu werfen. Er versuchte, tiefer in ihre Augen zu blicken. Aber sie guckte weg.

Plötzlich durchfuhr es ihn. Er zögerte etwas, dann fragte er: »Wie geht es Dad?«

Sie nickte: »Es geht ihm gut. Gestern war das Hausmädchen bei ihm, sie kam heut' morgen zurück. Er hat nach dir gefragt.«

»Du bist ganz sicher, dass du mir die Wahrheit über Dad sagst?«

Nonye nickte wieder. »Ja, Dad ist okay.« Sie warf ihm einen kurzen, beruhigenden Blick zu. »Tatsächlich hat er schon mit der Physiotherapie begonnen. Der Doktor sagt, dass er sich gut erholt. So schnell, dass du dann immer noch zu deinem Master-Studium fahren kannst.«

Der Master war das letzte, woran Zuba jetzt dachte. Er musterte nochmal ihr Gesicht. Irgendwas verbarg sie vor ihm, irgendwas Schlechtes. Er versuchte es nochmal, mit einem anderen Anlauf. Er nahm ihre Hand: »Nonye, alles wird bald wieder in Ordnung sein. Ich möchte jetzt, dass du nach Hause gehst und dich ausruhst, wirklich ausruhst. Ich möchte dich vor Sonntag hier nicht mehr sehen, hörst du? Bis dahin kommen wir mit den Sachen klar, die du mitgebracht hast. Hörst du?«

Nonye nickte.

Noch mehr Falten erschienen auf Zuba Stirn. Nonye hätte das normalerweise nicht ohne Widerspruch akzeptiert.

»Schluss jetzt. Essen probieren und aufstehen«, rief der Wärter.

Nonye langte in die Essenstüte zu ihren Füßen. Sie machte die Behälter auf und probierte. Sie hatte es offenbar eilig.

»Bye, bye«, sagte sie, als sie zur Tür ging.

»In Ordnung. Jeder zeigt sein Geld. Denkt dran, wenn ihr was versteckt, find ich's und es wird beschlagnahmt.« Der Wärter begann, jeden Insassen zu inspizieren. Als er vor Zuba stand, steckte er seine Hand in dessen Hosentaschen, tastete ihn ab und durchsuchte die Taschen zu seinen Füßen. Seine Augen weiteten sich vor Aufregung, als er aus der einen Tasche ein Flugblatt hervorkramte. Aber er beruhigte sich schnell, als er das Flugblatt auseinanderfaltete und nichts darin versteckt fand.

»Lassen Sie mal sehen.« Zuba nahm das Flugblatt in die Hand. Die Überschrift lautete: »Das Joch des Elends brechen«. Er fragte sich, wie es in die Tasche gekommen war. Hatte Nonye die Tasche von jemandem geliehen? Er stopfte es in seine Hosentasche.

Der Wärter griff nach dem Umschlag mit dem Geld auf Zubas Schoß.

»Das ist das Geld für die Selbstversorger-Station«, sagte Zuba.

»Wirklich?«

Zuba nickte.

Der Wärter zählte das Geld. »Fünftausend sind zusätzlich oben drauf«, sagte er. Er zählte fünfhundert ab und gab Zuba den Rest. »Warte, ich bring euch persönlich zur Fürsorge.«

Nachdem er alle anderen Sträflinge im Besucherraum durchsucht und seine Rechenübungen beendet hatte, führte er Zuba und Ike zum Fürsorge-Büro und verließ es erst, nachdem er das Geld abgegeben hatte.

»Ihr wisst, dass ihr hier jederzeit Bücher ausleihen könnt«, sagte der Beamte, als er den von Zuba und Ike ordnungsgemäß unterschriebenen Antrag überflog.

»Danke«, sagte Zuba, »ich nehme eine Bibel mit, wenn ich darf.«

Der Beamte gab ihm eine blaue Gideon-Bibel.

»In Ordnung, bringt sie in ihre Zelle«, sagte er zu zwei anderen Gefangenen. »Lass sie da ihre Sachen holen und bringt sie dann zum Chef von Station I.« Einer der Gefangenen war Amaechi, der sie am Tag ihrer Ankunft zum Superintendenten gebracht hatte. Die Pickel auf seiner Haut waren so eitrig wie damals.

»Was läuft verkehrt mit euch Kerlen? Warum so traurige Gesichter?« Amaechi lachte sie an wie alte Freunde, als sie das Büro verließen. »Das war die beste Entscheidung, die ihr habt treffen können. Diese allgemeinen Zellen sind die Hölle. In den VIP-Zellen habt ihr mehr Freiheiten, vor allem kann ich euch häufiger sehen. Und dann krieg ich doch von euch bestimmt die eine oder andere Leckerei, wo ich doch euer erster Freund hier war und...«

»Zuba, ich habs, ich habs!«, rief Ike plötzlich.

»Was hast du?«

»Die Einführung! Es war bei der Einführung. Und bei der story *kawai*. Sie haben bei meiner Einführung und bei der story *kawai* mitbekommen, dass meine Freunde mich Ike-power nennen. Sie haben mich alles Mögliche gefragt, über mich und unseren Fall. Und ich musste antworten.«

Zuba schwieg und dachte nach. Es klang plausibel, und er wollte nichts lieber als Ike zu glauben. Aber er wollte auch nicht noch mal enttäuscht werden.

Amaechi brach in lautes Lachen aus. »Oh, dann haben sie euch so flott in die Mangel genommen? Das ist rekordverdächtig. Gut, man kann es ihnen nicht übelnehmen. Ihr seid ja offensichtlich nur auf der Durchreise, also mussten sie schnell zuschlagen, wenn sie euch noch melken wollen.« Amaechi sah die Verwirrung in Zubas Gesicht und lachte wieder. »Verzeih, aber ich musste gerade an dein Gandhi-Zitat über Selbstachtung denken. Ihr seid mal gerade zwei Tage hier und schon habt ihr euch zu ihren Hampelmännern machen lassen. Das ist wirklich zum Kaputtlachen.«

Zuba wurde langsam sauer. »Was meinst du damit?«

»Irgendjemand außerhalb der Zelle muss euch wegen einer *cell-sho* oder sonstwas gefragt haben und ihr habt nein gesagt?«

Zuba erinnerte sich an den Wärter. Er nickte.

»Und deswegen tricksen sie rum, um doch noch an ihre *cell-sho* zu kommen. Sie sammeln alles, was sie über euch und den Fall erfahren können, dann lässt einer 'n paar Infos fallen, damit du denkst, er ist der Komplize oder sonstwas von deinem Partner, und wenn du dann zu ihm hingehst und mehr Beweise willst, dann wirst du liebend gern zahlen, was immer er dafür verlangt.« Amaechi lachte schon wieder. »Tut mir leid, aber ich bin seit mehr als zwei Jahren in diesem Gefängnis und hab viele Neulinge gesehen, wie man sie drangekriegt hat, aber noch nie habe ich jemanden so schnell und so hart abstürzen sehen wie euch beide. Ihr seht ziemlich gerupft aus...«

»Genug jetzt!« Zuba war wirklich verärgert.

»Tut mir leid, Zuba«, flüsterte Ike neben ihm.

Zuba fasste Ikes Arm. »Nein Ike. Ich sollte mich entschuldigen.«

»Ich kann dir das nicht übelnehmen. Ich hätte dasselbe gedacht und getan, wenn es umgekehrt gewesen wäre. Vergessen wir's und reden nicht mehr drüber.«

Der andere Gefangene führte Ike zu seiner Zelle, Zuba blieb bei Amaechi. Amaechi plapperte weiter drauf los:

»Deswegen gibt es das Verbot der ›Anstiftung‹ in den normalen Zellen. Wenn Landlords mit den Neuen reden dürften, würden einige sie vor den Tricks hier warnen. Nur die *cell-sho* zum Beispiel: Von niemandem wird erwartet, das er die vollen fünftausend Naira zahlt. Du zahlst, was vertretbar ist, und bekommst deinen Platz. Aber die Neuen sollen glauben, dass die Landlords die ganze Summe gezahlt haben, und deswegen können sie dann auch um den vollen Betrag geschröpft werden...«

Der Sand auf dem Hof war feucht. Ameisenlöwen hatten schmale Krater in der trockenen Ecke des Platzes gebohrt und warteten, gut getarnt, auf herumirrende Ameisen. Zuba suchte die oberste Sandschicht und die Wände ab und wunderte sich, dass er gerade mal eine Eidechse. Wenige Gefangene und noch weniger Untersuchungshäftlinge liefen herum. Die meisten saßen auf den Betonflächen, die um jeden Zellenblock gegossen waren, und saugten die milde Morgensonne in sich auf.

Philip saß außerhalb seiner Zelle. Das Sonnenlicht funkelte über dem silberfarbenen Motiv auf seinem schwarzen Hemd. Sein massiges und kantiges Gesicht wirkte wie erstarrt, seine Augen, tieftraurig und voller Geheimnisse, stierten auf die Eisentore des Vorhofs. Sein Gesichtsausdruck veränderte sich, als er sie herankommen sah.

»Philippi, er hat sich als Selbstversorger eintragen lassen. Die Fürsorge sagt, dass er hier seine Sachen holen und dann in die Big Man-Zelle umziehen soll«, sagte Amaechi. Er klopfte Zuba auf den Rücken und lief zum Büro zurück.

Philip schüttelte seinen Kopf. »Du hast ihnen wirklich das ganze Geld gezahlt? Weißt du, für einen Bruchteil des Geldes hätte ich dir ein komfortables Leben bieten können, hättest nach draußen gekonnt, wann immer du es wünschst, hättest kaufen können, was du willst.«

»Danke. Aber ich bin lieber eine frei herumlaufende Ziege als eine privilegierte Kuh, die dauernd wundgemolken wird.« Die Wörter purzelten nur so aus seinem Mund.

Philip war zusammengezuckt. »Okay, hast du noch was in der Zelle?«

»Nein, Sir Boss-man«, antwortete Zuba voller Respekt.

»Ich bin nicht mehr dein Boss-man, oder? Gut, ich will dir wenigstens helfen, in die Zelle meines Freundes zu kommen. Er ist der Präsident der Big-Man-Zellen. Und seine ist die beste.«

Zuba zögerte. Er blickte in Philips Augen. Ohne die furchterregende Aura, die ihn in der Zelle umgab, sah Philip eigentlich ganz normal aus. Ein ganz normaler, durchschnittlicher Hans, mit dem man gern ein Bierchen trinkt.

»Komm, gehen wir.«

Zuba folgte ihm auf die Rückseite der Zellentrakte.

»Ich habe gehört, dass sogar ein ehemaliger Gouverneur und Commissioner nach dem Militärputsch '83 in der Zelle meines Freundes untergebracht war.«

Zuba dachte an seinen Vater. Nein, der war im Abakaliki-Gefängnis gewesen.

»Man Philippi«, grüßte ein Gefangener, an dem sie vorbeiliefen.

»Wie geht's?« antwortete Philip.

Zwei rechteckige Blocks erstreckten sich zu ihrer Linken, hinter Zubas ersten Zelle. Die Eisentüren waren fest verschlossen, ihre ungestrichenen Wände dreckig grau. Rechts befanden sich zwei weitere Blöcke in hellem, verblichenem Gelb. Die Tore standen fröhlich offen. Eimer und Fässer verschiedenster Farbe und Größe guckten unter den Doppelstockbetten hervor. Daneben stand ein kleineres Gebäude, aus dem das Geräusch von fegenden Besen und der Gestank von Exkrementen nach draußen drang. Zwei Gefangene standen mit Wassereimern vor der Tür. Sie hatten Handtücher über ihre Nasen gebunden und hinten am Kopf zusammengeknotet, so wie es seine Mitschüler gemacht hatten, wenn sie die Internats-Latrine reinigen mussten. Die Gefängnismauer ragte nur wenige Schritte hinter dem Block hervor. Einige Männer, teils in Zivil, teils in blauer Uniform, standen in dem schmalen Gang zwischen Mauer und Toilettenhaus. Weißer Rauch drang heraus und mischte die Morgenluft mit dem Geruch von Marijuana. Sand, Sand, überall Sand. Nirgendwo Grün, nicht mal ein bisschen Unkraut.

»Da wären wir«, sagte Philip, als sie einen schmutzig-gelben Block erreicht hatten.

Aber Zuba war stehengeblieben und starrte auf ein neu aussehendes Gebäude. Knopfäugige Kinder hinter Tür- und Fenstergittern blickten ihn aus der Entfernung an. Die Sonne schien auf ihre Gesichter und die dünnen Arme, die sie nach draußen reckten. Wenige Schritte nach links ein weiteres Gebäude mit einem Schild *Clinic* über der Tür.

»Komm jetzt, komm, du hast später genug Zeit, dich umzusehen«, sagte Philip.

Zuba ging schnell weiter.

Eine rissige Fläche aus Beton war am Fuß der Gefängnismauer zu sehen, fünf Schritte von der Zelle entfernt, auf die Philip zeigte. Dort standen Häftlinge über Eimer gebeugt und spritzten ihre schaumbedeckten Körper mit Wasser ab. Der Geruch von Seife und Desinfektionsmitteln wirbelte durch die Luft.

Zuba ging die Treppen hoch zu den Big Man-Zellen. Er stand mit Philip in einem langen Korridor. Die Wände waren braun-schwarz gestrichen und und im mittleren Teil mit Rauhputz versehen, in dem Granitsplitter zu erkennen waren. Schwere Türen mit kleinen Fenstern in Augenhöhe standen links und rechts offen. Frische Luft strömte von der Tür am anderen Ende des Ganges herein.

Philip ging in den ersten Raum. »Wo ist Geier-König?«

»Er muss irgendwo in der Nähe sein«, antwortete eine Stimme.

»Geier-König! Geier-König!«, rief Philip.

»Ich komme.« Die Stimme klang gepresst.

Minuten später kam ein Mann aus einem Raum in der Mitte des Ganges mit einer Rolle Toilettenpapier in der einen und einem Eimer Wasser in der anderen Hand. Seine Haut war seidenweich und schimmerte hellbraun. Arme wie Oberschenkel und Oberschenkel wie Baumstämme. Die Hemdenknöpfe schienen nur mit allergrößter Anstrengung den Stoff über seiner riesigen Brust zusammenzuhalten.

Der könnte einen glatt in der Mitte durchspalten, dachte Zuba, als der massige Mann mit abgeschrägt gehenden Beinen und großer Behendigkeit näher kam. Beinahe leichtfüßig.

»Philippi, was ist los?«

»Hörte sich an, als ob du eine Geburt gehabt hättest«, sagte Philip.

Geier-König lachte. Es klang rauh, passend zur breiten Brust.

»Ich hab dir jemand *Gutes* für deine Zelle mitgebracht.«

Geier-König ging voran und setzte sich auf das einzige Sprungfederbett in dem quadratischen Raum.

»Häng deine Tasche an einen Nagel da«, sagte er.

In die gelbgefleckten Wände waren viele Nägel eingeschlagen. Taschen und Kleider hingen von ihnen herab, darunter lagen aufgerollte Matratzen. »Bitte, kann mein Bruder auch hier bleiben?«, fragte Zuba.

»Er kommt in die Zelle gegenüber«, sagte Geier-König. »In meinem Nest darf es nicht zu eng werden. Beim Nachmittags-Einschluss, wenn alle hier sind, erklären wir dir, wie das hier funktioniert.«

Ike stand in der Tür. Er hielt die Tasche mit Essen in der Hand, die Nonye mitgebracht hatte. Geier-König stand auf und brachte ihn in die Zelle gegenüber. Zuba folgte ihnen. In der Zelle gab es kein Sprungfederbett. Nur aufgerollte Matratzen auf gerissenem Betonboden. Taschen und Kleidung hingen an den Wänden, noch mehr Taschen lagen zusammen mit hellen Plastikeimern und Geschirr in einer Ecke unter dem großen, vergitterten Fenster.

Ike und Zuba gingen wieder in Geier-Königs Zelle zurück und setzten sich. Der Schatten auf Zubas Gesicht war verschwunden und seine Augen leuchteten wieder. Er teilte die Waschsachen und die Kleidungsstücke auf, die Nonye gebracht hatte, und öffnete dann den Behälter mit Essen.

Er hatte keinen Appetit, aber er wusste, dass er was essen musste. Seit seinem Erbrechen am Tag zuvor hatte er nichts mehr zu sich genommen.

»Gibt es irgendwo eine kleine Küche oder eine Möglichkeit, wo wir diese Behälter auswaschen können«, fragte Zuba, als Geier-König die Zelle betrat.

»Ihr seid jetzt in der Big Man-Zelle. Jeder normale Gefangene wird eure Sachen saubermachen für ein bisschen übriggebliebenes Essen oder ab und zu kleine Geldgeschenke. Oder noch besser, geht zur Station N und holt euch einen boy.«

»Station N?«

»Zelle für junge Kriminelle. Sucht euch ein Kind aus, zahlt dafür, dass es für einen Tag rauskommt, und dann bedient es euch.«

Zuba griff nach einem Löffel. Hühnerteile lagen auf dem Kokusnussreis mitsamt einem fetten Bürzel. Traditonellerweise wurden Bürzel nicht von Frauen und Kindern gegessen, sondern waren dem Herrn des Hauses vorbehalten. Die ganze Zeit, in der er mit Ike in der Polizeizelle das

Essen geteilt hatte, hatte Ike ihm aus Respekt immer den Bürzel gelassen. Jetzt schob er Ike das fette Stück hin. »Diesmal ist er für dich«, sagte er.

Er sah, wie in Ikes Augen die Ablehnung zunächst einem Zögern und schließlich seinem Einverständnis wich. Und als Ikes Zähne in das saftige Fleisch bissen, überfiel ihn der Gedanke, dass Ike in diesem Moment die Person war, die gab, und er die Person, die nahm.

»Mmmh«, brummte Ike und strahlte ihn an.

Sie waren mit dem Essen gerade fertig, als ein Gefangener in der Tür erschien.

»Wer von euch zwei ist Zuba? Da ist ein Paar, das dich sehen will. Sie sagen, sie wären von deinen Anwälten geschickt.«

Zuba und Ike tauschten Blicke.

»Das können doch nur die Egbetuyis sein«, sagte Ike.

Zubas Gesicht verfinsterte sich.

Was man sieht, das glaubt man auch

Mr. und Mrs. Egbetuyi saßen auf einer der Besucherbänke. Sie schauten zu Zuba auf und grüßten mit einem Nicken. Sie wirkten mürrisch und passten insofern gut zu den anderen Besuchern.

Zuba saß ihnen gegenüber und beobachtete sie. Mr. Egbetuyis Gesicht zuckte. Er hatte Blue Jeans an und ein rotes T-shirt, das sich über seinen Muskeln spannte. Mrs. Egbetuyi trug ein locker fallendes graues Kleid. Sie schien abgenommen zu haben. Ihre Augen funkelten durch die Brille.

Ihr Anblick brachte alles wieder hoch, was Zuba mit ihnen erlebt hatte. Vom ersten Händedruck an einem schönen Abend bis zum wortlosen Blickwechsel im Gerichtssaal. All das formte sich zu einem erdrückenden, mehrschichtigen Bild.

»Worum geht's?«, fragte er ruppig.

»Em ... Zuba ...« begann Mr. Egbetuyi, »... ich ... wir ... em ... glauben Sie mir...«

Zuba hätte am liebsten gebrüllt, *eiert nicht so blöde herum und sagt endlich euer verlogenes Sprüchlein auf.*

»... Es tut uns wirklich leid, dass sich alles so entwickelt hat. Es war niemals unsere Absicht, Ihnen in irgendeiner Weise zu schaden. Und es hätte nie soweit kommen sollen. Aber Sie ... Sie stellten sich quer, waren stur ... und man entschied, die Anklage zu erweitern...« Mr. Egbetuyis Stimme versagte.

Mrs. Egbetuyi sprang ein: »Zuba, es ist immer noch nicht zu spät, dem hier ein Ende zu setzen. Der Polizeiankläger will Blut sehen. Er forciert Ihren Fall und ist fest entschlossen, jeden Antrag auf Kaution abzuschmettern. Wir baten und bettelten, dass Ihnen noch eine letzte Chance für eine außergerichtliche Einigung gegeben wird, wir die Klage zurückziehen können und Sie wieder ein freier Mann sind, statt jahrelang im Gefängnis zu verrotten. Er stimmte schließlich, wenn auch nur sehr widerwillig, zu...«

»Kommt zum Schluß. Heute ist viel los«, sagte ein älterer Wärter neben der Tür.

Mrs. Egbetuyi griff in ihr Portemonnaie. Sie drückte ein paar Scheine zu einer Kugel zusammen und hielt ihre Hand hoch.

Der Wärter machte einen Schritt nach vorn, schüttelte ihre Hand, ging wieder an seinen Platz und starrte nach draußen.

»Und deswegen sind wir hier«, fuhr sie fort, »um Ihnen eine letzte Chance zu geben: Zahlen Sie uns aus und wir lassen die Klage fallen.«

»Eine win-win-Situation«, assistierte Mr. Egbetuyi.

»Das hat sich schon viel zu lange hingeschleppt«, fügte Mrs. Egbetuyi hinzu.

»Oh, ich verstehe«, sagte Zuba. »Ein letzter Schachzug. Jetzt kommen wir der Wahrheit näher. Es geht nicht mehr um verschwundene Elektronik oder gestohlenes Geld, he?«

»Zuba, Sie wussten es doch die ganze Zeit«, sagte Mr. Egbetuyi. »Ich habe Sie von Anfang an gewarnt: In der Liebe und im Krieg ist alles möglich. Und Sie haben damit angefangen, Sie haben diesen Krieg vom Zaun gebrochen.«

Mrs. Egbetuyi legte ihre Hand auf das Knie ihres Ehemanns. »Wir wollen das jetzt nicht vertiefen.«

Sie wandte sich wieder zu Zuba. »Ich hoffe, es ist Ihnen klar, ganz egal, was Ihre Anwälte Ihnen erzählen, dass Ihre Lage ohne unsere Kooperation ausgesprochen hoffnungslos ist. Wir geben Ihnen diese eine letzte Chance, die Sache ein für alle Mal zu beenden und hier rauszukommen. Dieses Angebot werden wir nicht noch einmal machen.«

Nonyes müde Augen, das unterdrückte Schluchzen von Ikes schwangerer Frau, die Traurigkeit in Tannas Gesicht, der Wutanfall von Anwalt Chigbo, der Scheißeimer in der Polizeizelle, die ewig hungrigen Moskitos, die widerlichen *kwarikwata*, Ikes blutunterlaufene Augen, der Gestank der Toilette... Zuba schmeckte das Blut von DPP's Schlag auf seiner Wange, die ohnmächtige Angst, unter der Ike und er gelitten hatten wegen einiger Gefangener. Es war wieder die gleiche, typische Hinterhältigkeit der Egbetuyis, die ihn und Ike ins Gefängnis und seinen Vater ins Krankenhaus gebracht hatte. Wut stieg in ihm hoch.

»Stopfen Sie sich Ihr Angebot in den Rachen und ersticken Sie dran. Und wenn Sie glauben, die Sache ist jetzt vorbei, dann sind Sie auf dem falschen Dampfer.« Er drehte sich zur Tür: »Wärter, mit diesem Pack bin ich fertig...«

»Idiot! Redet man so mit seinem Vater? Du hast mich mit Respekt anzusprechen und nichts zu befehlen. Ich bin nicht dein Diener«, brüllte der Wärter.

Zubas Wut steigerte sich. »Wärter, ich sagte, ich bin mit diesem Pack fertig! Ich bin fertig! Fertig...«, schrie er.

Der Wärter war zu Tode erschrocken. »Schhhhhhh! Schhhhhh! Okay, Schluß jetzt, aufstehn! Und Essen vorschmecken!«

Ein Gefängnisbeamter tauchte in der Tür auf. »Was ist hier los?«

»Nichts, Sir. Der Mann war nur etwas aufgebracht wegen einiger Neuigkeiten. Ich habe ihn schon ermahnt. Die Besucher gehen jetzt, schnell-schnell. Alles unter Kontrolle, Sir.«

Die strengen Augen des Beamten glitten über alle Anwesenden auf der Suche nach irgendeiner Spur von Aufsässigkeit. Der Wärter stand neben ihm und lächelte Zuba entschuldigend an. Zuba atmete tief durch, um sich zu beruhigen.

»Okay, alle Besucher raus jetzt«, sagte der Wärter, als der Beamte durch die Tür verschwunden war.

Mrs. Egbetuyi sprang hoch, die Feindseligkeit war in ihre Augen zurückgekehrt. Mr. Egbetuyi schüttelte seinen Kopf. »Offenbar sind Sie hier drinnen verrückt geworden und wollen unbedingt verrotten. Bitte, das ist Ihre Entscheidung.« Er stand auf und folgte seiner Frau.

*

Die Sonne stand schon hoch, als Zuba in den Gefängnishof zurückkam. Die Zellenblöcke lagen geschützt in ihrem Schatten. Hitzewolken begannen vom sandigen Platz aufzusteigen. Strafgefangene und Untersuchungshäftlinge schleppten sich verschwitzt und mit halb geschlossenen Augen auf den Innenhof oder kamen von dort zurück. Andere hockten im Schatten der Gebäude.

Ike hatte sich mit Papa und Amaechi in den Schatten der Kirche gesetzt. Papa redete, gestikulierte, sein Oberkörper war nackt, das Hemd lag auf seinem Schoß. Der Anblick von Ike, wie er so dasaß in frischen Jeans mit T-shirt, die Beine breit ausgestreckt, ließ Zuba wieder an ihre eben erst gewonnenen Freiheiten innerhalb der Gefängnismauern denken.

Amaechi sprang auf, als er Zuba entdeckte. Er lief ihm entgegen, legte einen Arm um Zubas Schulter und nahm ihn beiseite. Ihn umgab ein unerträglicher Gestank. Zuba musste sich zusammenreißen.

»Zuba, ich hab gehört, es waren eure Ankläger, die zu Besuch kamen. Ist das wahr?«

»Ja«, antwortete Zuba.

»Yeah! Yeah!«, rief Amaechi ganz aufgedreht und klopfte Zuba auf den Rücken. »Ihr habt sie, ihr habt eure Ankläger an den Eiern. Nein, erzählt mir nicht, ihr lasst sie sausen. Nein, ihr müsst sie ausquetschen, mit aller Kraft ausquetschen.«

Zuba ließ sich von der Aufregung anstecken. »Was meinst du damit?«

»Ich mein, ich mein…«, Amaechi warf schnell einen Blick in die Runde, »… ihr könnt sie jetzt hier reinkriegen, und zwar im Blau der Strafgefangenen, nicht im Grün der Untersuchungshäftlinge. Ihr könnt sie rankriegen wegen versuchtem Mord. Unterzeichnet, gestempelt und zugestellt!« Amaechi lockerte den Griff um Zubas Arm. Er beugte sich näher zu ihm: »Mein lieber Mann, diese Chance ist so riesig, die darf man nicht sausen lassen. Kannst du den Fingerzeig Gottes erkennen? Weißt du nicht, dass nichts einfach aus Zufall passiert? Der Herr braucht dich, er braucht dich, um sie für ihre Sünden zu bestrafen. Kläger dürfen die von ihnen Beschuldigten nämlich auf gar keinen Fall im Gefängnis besuchen. Entweder sie sind über Bestechung reingekommen oder sie haben in ihrem Besuchsantrag gelogen oder beides. Alles was du schnell-schnell noch brauchst, ist Geld.« Er sah wieder in die Runde. Ike und Papa beobachteten ihn verwirrt. Er senkte seine Stimme. »Ich mach das; ich kauf ein bisschen Essen und organisiere heimlich Rattengift. Wir tun das Rattengift in einen Teil des Essens, dann bringst du das Essen in deine Zelle und, nachdem du ein oder zwei Bissen von dem Teil ohne Gift geschluckt hast, rührst du das Essen gut-gut um und erzählst deinen Zellengenossen, dass deine Kläger dich besucht haben, um alles friedlich beizulegen und dir sogar was zu Essen mitgebracht haben. Die Zelleninsassen werden losschreien und dich auffordern, ja nichts davon zu essen. Nach einigen Minuten greifst du nach deinem Bauch, fängst an zu stöhnen und zu würgen. Sie bringen dich dann schnell in die Klinik. Du hörst mit dem Stöhnen auf, nachdem sie dir Milch mit Magnesium undsoweiter eingeflößt haben, und fängst an zu jammern, was für ein Idiot du warst, deine Ankläger haben versucht, dich zu vergiften, dich umzubringen. Das Essen wird als Beweis gesichert. Und du hast jede Menge Zeugen. Dein Anwalt nimmt das auf, eure Kläger werden verhaftet, angeklagt und hergebracht – und ihr kommt frei.«

Zubas Herz kribbelte angenehm. Er merkte, wie ihm unversehens ein breites Grinsen ins Gesicht stieg.

Amaechi lachte vor Aufregung, schlug und rieb Zubas Arm. »Yeah! So machen wir's. So machen wir's, Mann. Ergreif die Chance. Greif ihre Eier, zerquetsch sie. Eins in jede Hand und...«

Amaechi ballte die Faust. Seine Finger knackten dabei.

Zuba blickte in Amaechis Augen. Vor Aufregung funkelten sie voller List. Seine Hand bewegte sich zum Keloid, stoppte aber auf Höhe der Brust.

»Und was passiert danach mit meinen eigenen Eiern?«, fragte er.

»Was?«

»Wer wird mich dann bei den Eiern nehmen, und wer kann sie dann ausquetschen, so oft er will?«

»Versteh ich nicht«, sagte Amaechi und bekam seinen Mund nicht mehr zu.

Zuba kniff seine Augen zusammen.

Amaechi brach in lautes Gelächter aus. »Mann o Mann! Mein lieber Mann! Ich hab dich bloß auf die Probe stellen wollen. Bist doch jetzt nicht sauer?« Er streckte ihm die Hand hin.

Zuba übersah sie. Er dachte an Amaechis Worte: *Kläger dürfen diejenigen, die sie beschuldigt haben, nicht im Gefängnis besuchen. Entweder sie sind über Bestechung reingekommen oder haben in ihrem Besuchsantrag gelogen oder beides.* Er sah Amaechi nachdenklich an – auch Wiesel können manchmal nützlich sein.

Amaechi fasste Zuba am Arm. »Ich muss zurück ins Büro.«

»Nein, warte. Vielleicht können wir doch noch ins Geschäft kommen. Ich möchte, dass du mir was besorgst.«

Amaechi lächelte. »Du weißt doch, wer jemanden losschickt, um eine stinkende Maus zu fangen, muss ihm Wasser hinstellen, damit er seine Hände waschen kann.«

»Das wird kein Problem sein. Du arbeitest doch im Büro?«

Amaechi nickte.

»Und wer hier jemanden besuchen will, muss das vorher schriftlich beantragen, he?«

»Ja.«

»Und könntest du mir irgendwie ... weisst du, helfen, an den Antrag meiner Kläger zu kommen?«

Amaechi atmete tief ein. »Du weißt nicht, was du da verlangst, oder? Das ist ein ganz anderes Büro. Okoro heftet die Anträge ab und verwahrt sie.«

»Okoro?«

»Der eingebildetste Wärter im ganzen Gefängnis. Er glaubt fanatisch an seine Wiedergeburt. Er ist verschlossen, lächelt nie, sogar die Wärter gehen ihm aus dem Weg. Er schließt am Feierabend den Aktenordner mit den Anträgen in eine Schublade. Und er lässt niemand anderen in sein Büro.«

»Aber es muss einen Weg geben.«

»Es gibt keinen. Du kannst es ihm nicht abkaufen. Vergiss …«, Amaechi hielt inne. Seine Augen begannen zu funkeln, »… also ... also, mir fällt da etwas ein, doch, es geht. Aber es wird dich einen Batzen kosten.«

»Wieviel?«

»Fünftausend.«

»Was? Wie wär's denn mit zwei?«

»Es ist sehr riskant. Es muss sich für mich lohnen. Fünftausend. Ja oder nein.«

»Okay. Ich brauch es schnell, sehr schnell. Mein Anwalt muss es so bald wie möglich haben, damit es was hilft. Also wie schnell?«

»Heute Nacht. Ich kann sogar draußen einem Straßenhändler Bescheid geben, der es morgen früh deinem Anwalt bringt, ohne dass dich das extra was kostet.«

»Perfekt. Mach für mich eine Kopie und bring sie mir.«

»Und wie schnell krieg ich das Geld?«

»Innerhalb von zwei Tagen.«

»Nein! Du zahlst im voraus.«

»Auf keinen Fall. Ich zahle, sobald ich den Beweis hab, dass das Papier bei meinem Anwalt ist.«

»Okay. Ich weiß, du gehörst nicht zu den Falschspielern, und du weißt, dass ich mich nicht übers Ohr hauen lasse.«

»Klar. Du kriegst dein Geld. Jeden kobo.«

»Da ist aber noch etwas.«

»Was?«

»Du musst mitkommen.«

»Ich?«

»Ja. Mein Kumpel ist krank. Und ich brauch jemanden zum Schmiere stehen und fürs Halten der Taschenlampe. Ich hoffe, du kannst das – ich kann niemand andern in den Plan einweihen, man würde uns verpfeifen. Es geht nicht ohne dich.«

»Gut. Was werden wir tun? Und wie kommen wir an das Schreiben?«

»Wir werden heute Nacht Okoros Büro einen Besuch abstatten. Und er wird am nächsten Tag, wenn er ins Büro kommt, nichts davon merken.«

Zuba wollte lieber nicht fragen, was passiert, wenn sie geschnappt würden. Er unterdrückte die Angst.

»Aber wie schaffe ich es, aus meiner Zelle herauszukommen?«

»Jemand wird für dich einspringen. Ich sorge dafür. Warte an der Delphin Busstation...«

»Delphin Busstation?«

»Das ist die Gemeinschaftstoilette. Versteck dich da, wenn die anderen zum Nacht-Einschluss verschwinden. Ich hol dich von dort ab. Nimm eintausendfünfhundert Naira mit. Ich brauch die, um einige Sachen zu arrangieren.«

Zuba griff in seine Tasche und gab ihm das Geld.

»Noch ein kleiner Rat: Denk nicht an das, was wir vorhaben. Beschäftige dich, behalt einen klaren Kopf. Und wenn es soweit ist, dann mach es. Ich möchte nicht, dass du abspringst und dann auf meine Kosten freikommst.«

*

»Was wollte der Verrückte? Nimm dich in Acht vor ihm. Nimm dich vor jedem hier in Acht«, warnte Papa.

Zuba verdrängte die Mischung aus Aufregung und Furcht, die in ihm brodelte, und setzte sich neben ihn. Nein, er wollte Papa und Ike nichts von seinem Plan erzählen. Er wollte sie nicht zu Mitwissern machen. Falls etwas schief ging, war es besser so. »Danke, Papa«, sagte er. »Ich pass schon auf. Er versuchte mir irgendeinen Plan zu verkaufen, wie ich unsere Kläger in eine Falle locken könnte, um mich später damit zu erpressen.«

Zuba sah zu Ike auf. »Interessiert dich gar nicht, was die Egbetuyis wollten?«

»Es ist doch immer dasselbe Spiel: Zahl uns aus und wir lassen die Anklage fallen, oder?«, sagte er. »Zuba, in den vielen Nächten, als ich nicht schlafen konnte wegen der Moskitos, die um mich herumsirrten und wo ich in Gedanken bei meiner Frau und meinem Sohn hätte sein sollen, hab ich mir stattdessen vorgestellt, wie ich die Egbetuyis verprügle. Das Blut kocht in meinen Adern, Dampf dringt aus meinen Nasenlöchern, und ich kann kaum noch atmen...«

Ikes Augen waren schmal geworden. Zuba war verblüfft über die Poesie in Ikes Worten. »Ike, nimms nicht so schwer.« Und er beschloss, einen Satz jetzt nicht zu sagen: *Sie werden damit nicht durchkommen.*

Papa legte einen Arm um Ikes Schultern. »Mein Sohn, Wut und Hass bringen nichts im Gefängnis. Sie schaden nur dir selbst und nicht denen, auf die du es abgesehen hast. Wenn ich das nicht kapiert hätte, würde ich heute wohl nicht mehr leben.«

Zuba war gerührt. »Seit wann bist du hier, Papa, und weswegen?«

»Ein Jahr, zwei Monate, fünf Tage und ungefähr drei Stunden«, sagte Papa. »Ich hab bloß meinem Freund helfen wollen. Er kam damals Weihnachten heim zu uns ins Dorf, wie immer mit einem auffälligen Wagen und teuren Geschenken. Ein paar Tage nach Weihnachten schickte er mir eine Nachricht, dass die Polizei ihn festgenommen hätte. Ich sauste auf die Station. Die Polizei dort behauptete, er und weitere, noch nicht gefasste Personen hätten eine kommunale Bank um zig-Millionen Naira betrogen, indem sie ein ohne Sicherheiten gegebenes Darlehen nicht zurückgezahlt hätten. Der Mann hatte gelacht und gesagt, es könne sich nur um ein Missverständnis wegen des Rückzahlungstermins handeln. Er sei der Geschäftsführer einer Unternehmensgruppe in den Vereinigten Staaten. Das Geld wäre peanuts für ihn. Er müsse bloß freigelassen werden, dann würde er sofort die Rückzahlung veranlassen. Mit meiner Unterschrift habe ich für ihn gebürgt. Und die Polizei ließ ihn laufen.

Vielleicht war ich zu blöd. Aber was hätte ich tun sollen? Seine gesamte Familie war in den Vereinigten Staaten, und wir waren seit Ewigkeiten Freunde, seit unserer Kindheit. Wie hätte ich da zögern können? Er hatte das Geld; er war der reichste Mann im Dorf. Er hatte sogar eine hohe Auszeichnung: Kommandeur des Niger-Ordens.

Aber er setzte sich in die USA ab. Ich wurde verhaftet. Sie wollten, dass ich ihn herbringe. Ich musste vors Gericht, wegen einer Pfändung oder so ähnlich. Ich landete schließlich hier, und bin seitdem nie wieder vor Gericht gewesen. Und ich dachte, ich hätte bloß eine gute Tat getan.«

Papa schwieg. Gefangene in blauen Uniformen stampften über den Hof und trugen ein hutzeliges Männlein in zerlumpter Zivilkleidung auf einer Bahre. Der linke Arm des Mannes wies in Richtung Himmel, ein Gruß aus der Totenstarre.

»Ohne die Freundlichkeit der Wärter wäre ich längst auch auf so einer Bahre gelandet. Sie haben Mitleid mit mir. Sie halten mich für einen Dummkopf, aber sie haben Mitleid. Und helfen mir. Sie haben mich zum Gefängnislehrer gemacht und sie lassen mich raus an die Sonne, ohne dass ich was zahlen muss. Wenn es anders gekommen wäre, hätte ich nicht lange überlebt. Einige Wärter stecken mir sogar dann und wann ein bisschen Geld zu. So komm ich über die Runden, kann Wasser für mein Bad zahlen, kann Essen oder snacks kaufen und sogar Medikamente.«

»Aber, Papa, was ist mit deiner Kaution, mit deiner Familie?«, fragte Zuba.

»Nach dem, was mir mit dieser Kaution passiert ist, kann man es niemandem übelnehmen, wenn er nur beim Wort Kaution Reißaus nimmt. Meine Frau und ich verstehen uns nicht. Wir haben uns vor langer Zeit getrennt. Aber manchmal kommt mein Sohn zu Besuch von Lagos her, wo er studiert und bei seiner Mutter wohnt. Er hat mit Anwälten geredet, ob er für meine Kaution bürgen könne. Aber alle sagen, es funktioniert nicht. Er besitzt nichts, er ist ja noch minderjährig. Ein Anwalt hat von mir zwanzigtausend Naira genommen, um einen von diesen professionellen Kautionsbürgen anzuheuern. Aber er erzählte immer wieder andere Geschichten, wenn ich jemandem zu ihm schickte, um den neuesten Stand zu erfahren. Und mein jetziger Anwalt sagt, Kaution sei nicht der richtige Weg. Er will an das höchste Gericht appellieren, um den Spruch der niedrigeren Instanz zu kassieren. *Certiorari,* oder so ähnlich, hat er es genannt.«

»Satior, was?«, fragte Zuba.

»*Certiorari«,* Papa langte in die Taschen seiner zerschlissenen Kordhose. Seine Hand kam mit einem Bündel gefalteter Papiere wieder heraus. Er faltete eins nach dem anderen auf und legte sie in seinen Schoß.

Zuba griff sich die Papiere. Oben drauf stand: *Kanzlei Afunanyaekwe.* Er brach in schallendes Gelächter aus.

»Was is'?«

»›Kanzlei Afunanyaekwe‹. Kanzlei Was-man-sieht-das-glaubt-man-auch. Also, Papa, glaub nur an deine Entlassung, wenn du sie auch siehst.« Sein Lachen steigerte sich noch um einige Dezibel.

»Es ist sein Name. Er heißt Anwalt Afunanyakwe«, sagte Papa.

Das Joch abschütteln

Nachdem die Tür fest verschlossen und von draußen verriegelt war, wirkte die VIP-Zelle klein, vollgestopft und machte Platzangst. Die Sprungfedermatratze bog sich durch und ächzte bei jeder Drehung von Geier-König. Das kratzende Geräusch von den Schuhen der Wärter entfernte sich.

Die Matratzen wurden auf dem Boden ausgerollt und begruben verschiedene Gegenstände unter sich. Zuba und vier andere Männer saßen mit dem Rücken zur Wand und sahen Geier-König an.

»Wir haben nicht viel Zeit beim Nachmittags-Einschluss«, begann Geier-König. »Also werde ich die Einführung kurz und knapp halten.« Er zeigte auf einen drahtigen, kleinwüchsigen Mann von etwa fünfzig Jahren, der in Zubas Reihe rechts außen saß, der beste Platz nach dem von

Geier-König. Sein Körper war an die angrenzende Wand gelehnt und genoss deren Kühle in der Nachmittagshitze. Die dicken rostigen Gitter des Zellenfensters waren direkt über ihm.

»Das ist General Egwu«, sagte Geier-König. »Miliz-General, und er ist hier wegen seiner Verwicklung in den Umuleri- und Anguleri-Stammeskrieg.«

Zuba drückte dem General die Hand.

»Und das da ist Chairman, Chef eines Vereins, dessen Mitglieder einen Mann gelyncht haben.« Geier-König zeigte auf einen Mann links von Zuba. Chairman fletschte geschmeichelt seine großen Zähne.

»Der nächste ist Baandbench, hier drin wegen Trickbetrug, Paragraph 419.«

»Okay«, sagte Zuba.

»Und zum Schluß 2-i-C, Zweiter im Kommando, hier wegen Mord.«

2-i-C gab Zuba die Hand. Zubas Augen weiteten sich. Der Mann hatte ein Keloid. An seinem linken Ohr. Frisch und glänzend wie ein aus dem Wasser gezogener Blutegel und dick wie ein Zeigefinger.

»Was ist mit deinem Ohr?« Zuba konnte sich nicht zurückhalten.

»Was ist mit deiner Stirn?« fragte 2-i-C zurück.

»Von einem Autounfall als Kind.«

»Meiner ist von der Polizei. Sie hielten eine brennende Kerze an mein Ohr. So zwangen sie mich einen Mord zu gestehen, den ich gar nicht begangen hab.«

»Ich bin auch hier wegen eines Todesfalls. Das Verfahren zieht sich schon fünf Jahre hin«, sagte Geier-König. »Meine Feinde wollen mich an die Wand nageln. Aber es war ein Unfall. Ich konnte ja nicht wissen, dass der Mann einen Herzfehler hatte.«

Zubas Blick tastete sich von Geier-Königs Mund zu seinem gewölbten Bizeps.

»Und jetzt erzähl von dir, wenn du nichts dagegen hast«, fuhr Geier-König fort, »und danach wird 2-i-C dir ein paar Regeln erklären, die wir hier haben.«

Zuba blinzelte mehrfach mit den Augen. Er musste sich erst an diese neue Atmosphäre, an diese Freundlichkeit gewöhnen.

»Ich heiße Zuba. Man wirft mir Raub vor, aber es ist ein Komplott, das sich bald aufgeklären wird.«

»Amen«, sagte Chairman. Er klopfte Zuba auf die Schenkel und bleckte wieder seine Zähne.

»Okay, 2-i-C«, sagte Geier-König, »übernimm du.«

2-i-C lehnte sich nach vorn. Er hatte das undurchdringliche Gesicht eines Mannes, der viele Geheimnisse hat.

»Zuba, richtig?«

Zuba nickte.

»Wie du schon mitbekommen hast, können wir von der Big Man-Zelle jeden Tag ins Freie. Aber das kostet was: Wir zahlen dem diensthabenden Wachmann pro Tag 40 Naira. Jede Zelle hier macht das so. Von jedem Neuling wird erwartet, dass er seinen Einstand gibt mit der Zahlung für eine ganze Woche, also mit zweihundertachtzig Naira. Und danach rotiert die Zahlung wieder unter den Zellenmitgliedern.«

Zubas Blicke klebten an dem Keloid von 2-i-C. Er wunderte sich, dass dessen Hand nie dahin wanderte, selbst dann nicht, wenn er redete.

»Außerdem wird von jedem Neuling erwartet, dass er Geld spendiert für eine Packung Kerzen und eine Packung Moskito-Öl«, fuhr 2-i-C fort. »Und schließlich muss er noch die *cell-sho* an den Zellen-Boss zahlen.«

»Das bin ich«, unterbrach Geier-König, und schlug sich krachend auf die Brust.

Cell-show, cell-show, cell-show. Zuba hatte die Nase voll von diesen Erpressungen. »Aber ich hab die cell-show doch schon bezahlt.«

»Nein, was du bezahlt hast, war für die allgemeinen Zellen, das ist was anderes«, sagte Geier-König.

»Weiß ich ja. Aber ich hab auch schon für deine Big Man-Zelle bezahlt, eine richtig fette cell-show.«

»An wen? Wer hat die bekommen?« Geier-König setzte sich auf und blickte in die Gesichter vor ihm.

»Der Fürsorge-Beamte. Hat er das Geld nicht weitergegeben?«

In der Zelle war nur noch brüllendes Gelächter zu hören. Chairman klatschte Zuba auf den Rücken.

»Das bedeutet keine Provision für Philippi«, lachte Geier-König jetzt auch.

»Egal«, fuhr 2-i-C fort, »außer den Zahlungen für die Wärter ist hier alles andere freiwillig, sogar die *cell-sho*. Manche tuns, manche nicht. Aber wenn du es tun willst, dann gib, was dein Herz für richtig hält.«

Nach dieser Einführung legte sich Zuba zwischen Chairman und den General. Jetzt erlaubte er es sich doch, an Amaechi und ihr baldiges Rendezvous zu denken. Eine merkwürdige Mischung aus Angst, Aufregung und Zweifeln stieg in ihm hoch. Er vertrieb diese Gedanken aus seinem Kopf. Ihm fiel die Gideon-Bibel ein, die er von dem Beamten ausgeliehen hatte. Aber nach Papas Worten über Hass und Wut im Gefängnis hatte er keine Lust mehr, Psalme zu lesen. Er seufzte und zog aus seiner Tasche das Flugblatt, das er in Nonyes Tasche gefunden hatte. *Das Joch des Leidens brechen,* murmelte er und fing an zu lesen:

So spricht der Herr: »Mein Volk ist dahin, darum, daß es nicht lernen will.« (Hosea 4,6)
Viele Menschen sind von unendlichem Leid getroffen, von Rechts, Links und der Mitte, in ihrer Familie, und sie wissen nicht warum. Vorzeitiger Tod durch Unfälle, Krankheiten, Erkankungen, die sich nicht heilen lassen: Unfruchtbarkeit, Schlaganfall, Lähmungen, Diabetes usw.; das Leben der Kinder vergeudet durch Drogen, frühe Schwangerschaft und Sekten, Unternehmungen, die keine Fortschritte machen (das Ein-Schritt-vor-zwei-Schritte-zurück-Syndrom) usw. Viele dieser Missgeschicke haben übernatürliche Ursachen. Sie haben ihren Grund im Fluch, der auf den Ahnen liegt, kultischen Mächten oder dämonischen Händeln der Vorfahren (z.B. dem Teufel seine Seele verkaufen für Wohlstand und Macht). Der Herr, Jehova, hat gesagt: »Denn ich, der HERR, dein Gott, bin ein eifriger Gott, der da heimsuchet der Väter Missetat an den Kindern bis in das dritte und vierte Glied...« (Mose 20,5). Brecht das Joch des Leidens heute noch! Komm zu Jesus, führe ein gerechtes Leben und der Herr wird dich und deine Familie erlösen. Denn wenn er sogar Sodom und Gomorrah Gnade erweisen wollte, wenn man nur zehn Gerechte darin fände, so wird er dir und deiner Familie erst recht Gnade erweisen und euch vom Leid erlösen, wenn allein du, der DU dieses Blatt liest, zum gerechten Leben findest; denn ER bleibt derselbe gestern, heute und in Ewigkeit (Hebräer 13,8). Weitere Informationen bei Apostel Elijah Nwokolo, Kirche der Macht der Erlösung...

»Bist du ein Wiedergeborener?«, fragte Chairman.
Zuba sah vom Flugblatt hoch. »Nein.«
»Dann is ja gut«, sagte Chairman und zeigte seine großen Zähne.

*

Zuba wartete in der Gemeinschaftstoilette. Dieselbe Toilette, in der er die Gefangenen beim Waschen gesehen hatte, als Philip ihn über den Platz zu den Big Man-Zellen führte. Die Keramikschüsseln schwappten über von Maden und Exkrementen, und auf dem Fußboden waren Klumpen von Kot, teils blutig, teils gallig-grün; der Gestank war ebenso widerlich wie die Farben.

Hinter jeder Seite des Eingangs stand eine Säule. Zuba hatte sich zwischen eine Säule und die Wand gequetscht. Der Gestank war so gewaltig, dass er ständig schluckte, um sich nicht zu übergeben. Das Geräusch hätte ihn verraten können. Sein Atem ging in kurzen Stößen, und sein Herz hämmerte, als er hörte, wie die letzten Gefangenen die Toilette in Richtung Zelle zum nächtlichen Einschluss verließen. Dann Schritte. Aber das waren nicht die schlappenden Latschen eines Gefangenen, sondern die festen Stiefel eines Wärters. Zuba hielt den Atem an. Die Schritte hielten Abstand von dem Gestank. Ein Stock schlug gegen die offene Tür. Kurz danach guckte ein Kopf hinein und zog sich sofort wieder zurück. Die Schritte verhallten. Zuba atmete wieder.

Der Gestank in der Toilette ließ mit zunehmender Dunkelheit nach. Zuba spürte, dass außer ihm noch jemand im Toilettentrakt war. Er konnte das schwere Atmen eines Mannes hören, so schwer, als wenn er vorher lange die Luft angehalten hätte. Er war sich sicher, dass das nicht Amaechi war. Amaechi hatte gesagt, dass er ihn hier abholen wolle. Der Mann bewegte sich, spukte und kam aus seinem Versteck heraus. Die Silhouette eines untersetzten Körpers erschien in der Tür. Zuba stockte der Atem, als der Mann sich in seine Richtung beugte und flüsterte:

»Ich geh jetzt. Kann nicht länger bleiben. Ich hätt so gern mal was anderes gespürt, hab meine eigenen fünf Finger so satt.«

Zuba atmete auf, als der Mann davonschlich. Gebete und fromme Gesänge drangen aus den Zellen auf den Hof. Er kickte heftig in die Luft, um die Maden von seinen Knöcheln zu schütteln.

Nach einer Weile hörte er Amaechis Flüstern; Zubas Beine waren wie abgestorben, die Gesänge längst verstummt. Auch die Lichtkegel der Taschenlampen patrouillierender Wärter waren nicht mehr zu sehen. Amaechi nahm Zubas Hand. Sie traten in die dunkle Nacht hinaus und bewegten sich langsam in Richtung Kirche. Zuba merkte, dass seine Augen sich nach der langen Wartezeit in der dunklen Toilette besser in der Nacht zurechtfanden.

Der Gefängnishof sah in der Dunkelheit friedlich aus: wie ein Schulhof nach dem Löschen aller Lichter. Das Licht des Halbmondes ließ die kahlen Wände und vergitterten Fenster freundlicher aussehen. Aus den Zellen hörte man Schnarchen und Husten. Grillen zirpten von irgendwo her. Die doppelten Scheinwerfer eines weit entfernten Autos strahlten in die Dunkelheit und beleuchteten kleine Partikel von Staub und Rauch.

»Wir warten hier noch ein bisschen«, flüsterte Amaechi, als sie die Kirche erreichten. »Wir müssen sicher sein, dass kein Wärter mehr seine Runde dreht.« Sie standen im schwarzen Schatten der Kirche, mit dem Rücken an der Wand, und beobachteten den Bürotrakt.

Minuten später zupfte Amaechi an Zubas Arm. »Los!« Er rannte geduckt über den vom Mond beschienenen Platz. Zuba wartete, bis Amaechi den Schatten des Bürotrakts erreicht hatte und rannte hinterher. Sie schlichen die Wand entlang, vorbei am Büro des Superintendenten, vorbei an der Fürsorge, bis sie zum vordersten Büro in dem Trakt kamen. Amaechi drehte sich um und suchte mit den Augen den Hof ab. Ebenso Zuba. Sie blieben so eine Weile stehen und lauschten nach irgendwelchen Geräuschen. Aber das Einzige, was Zuba hören konnte, war sein pochender Herzschlag. Er machte sich noch einmal klar, dass dieses Schreiben der entscheidende Teil in dem Puzzle war, das seine und Ikes Unschuld beweisen und sie davor bewahren sollte, für Jahre in diesem trostlosen Gefängnis zu versauern.

»Hier, halt mal, aber mach sie nicht an, bevor ich's dir sage.«

Zuba nahm die Lampe. Er sah, wie Amaechi sich suchend über seine Hand beugte, in der im Mondlicht einzelne Metallteile schimmerten.

Amaechi nahm einen Dietrich und richtete sich auf. »Das ist noch die leichtere Übung«, flüsterte er und griff im schwarzen Schatten nach dem Vorhängeschloss. »Ich hab mir das Schloss tagsüber genau angesehen. Und halt jetzt deine Augen auf.«

Das Schloss öffnete sich mit einem vernehmbaren Klicken, das in der Stille noch lauter wirkte; viel auffälliger aber war das Knarren der Tür, als Amaechi sie einen kleinen Spalt aufstieß. Sie erstarrten, lauschten und sahen prüfend in den Hof.

Amaechi holte eine Spritze aus seiner Tasche. Er machte die Nadel frei, bog sie ein wenig und stieß sie zwischen Tür und Türrahmen, auf der Höhe des oberen Scharniers. Speiseöl, dachte Zuba, als der Geruch in seine Nase stieg. Amaechi wiederholte die Prozedur am unteren Scharnier. »Wir warten, bis es wirkt.«

Zuba hörte die Aufregung und den Stolz in Amaechis Stimme. Als er dann vorsichtig gegen die Tür drückte, ging sie ohne einen Mucks auf. Sie schlüpften hinein und drückten die Tür hinter sich ins Schloß.

»Taschenlampe«, flüsterte Amaechi.

Das Licht fiel auf einen abgenutzten Linoleumboden, einen Schrank, vollgestopft mit Akten und Papieren, und einen Schreibtisch, der drei Viertel der Bürofläche einnahm.

Amaechi hockte vor den Schreibischschubladen. Jede hatte ihr eigenes Schloss, und das Holz war hartes Mahagony. Er untersuchte das Schloss der obersten Schublade. »Hierdrin hat er die Besucherakten«, murmelte er. Er reichte Zuba die Lampe. »Halt sie zu mir hin.« Dann holte er verschiedene Dietriche aus seiner Tasche und probierte sie durch.

Zuba stöhnte, als er sah, dass keiner der Dietriche dünn genug für das schmale Schlüsselloch war.

Amaechi schüttelte den Kopf und versuchte es noch einmal. Er fluchte und schlug sich auf den Oberschenkel. »Verdammt. Verdammt. Wir müssen noch ein zweites Mal her.«

»Kriegen wir sie nicht anders auf?«, fragte Zuba und hockte sich neben Amaechi. »Wenn wir schon mal so weit gekommen sind, können wir doch nicht einfach aufgeben.«

»Nein. Es muss saubere Arbeit sein. Wenn es nur die kleinste Spur eines Einbruchs gibt, haben uns die Wärter am Genick. Glaub mir. Wir müssen weg; ich besorg den passenden Dietrich und wir kommen morgen oder übermorgen wieder.«

»Nein! Kapier doch«, flüsterte Zuba energisch. »Morgen ist es vielleicht zu spät. Der Brief muss beim Staatsanwalt sein, bevor er seine Entscheidung trifft...«

»Wir müssen sofort weg. Die Wärter machen gleich ihre Runde.«

»Ich geh nicht ohne den Brief. Irgendwie muss es gehen.«

Amaechi grummelte. »Was soll ich denn deiner Meinung nach machen? Soll ich das Schloss mit den Zähnen aufbeißen?«

Zuba hatte sich schon unter den Schreibtisch geschoben. Die spöttische Bemerkung von Mr. Egbetuyi dröhnte immer wieder in sein Ohr: *Ich verstehe, Sie haben sich also entschieden, unbedingt zu verrotten.*

Zwischen Schublade und Schreibtischplatte war ein kleiner Spalt. Er steckte seine Hand durch den Spalt und biss sich auf die Lippen, als er sich an einem Nagel die Haut aufriss. Er zog eine Akte heraus. Der Deckel war leicht eingerissen, genau unter den blauen Buchstaben: *Besuchsanträge.* Zuba hielt die Lampe mit der einen Hand und blätterte wie ein Besessener mit der anderen Antrag für Antrag durch.

Nicht weit weg war ein Husten zu hören. Wahrscheinlich kam es vom Innenhof.

»Schnell, schnell. Sie gehn wieder auf Patrouille«, flüsterte Amaechi.

Zubas Hand blätterte immer noch hektisch durch die Akten. Dann stoppte er plötzlich. Erleichterung überkam ihn und gleichzeitig ein Gefühl wahnsinniger Komik. Der Brief war knapp gehalten:

Meine Frau und ich sind von Anwalt Leo Chigbo, Verteidiger von Zuba Maduekwe und Ike Okoli, die im Gefängnis auf ihre Verhandlung warten, hierher gesandt worden, um uns mit ihnen wegen einer gütlichen Einigung zu besprechen. Vielen Dank für Ihre Unterstützung.

Zuba erkannte die krakelige Unterschrift von Mr. Egbetuyi, dieselbe, mit der er seine Erklärung auf der Polizeistation unterschrieben hatte. Der Brief war mit schwarzem Filzstift geschrieben. Er strich vorsichtig mit seiner Hand über das ungewöhnlich dicke Papier und fühlte dessen körnige Struktur.

Das Geräusch schleppender Schritte auf dem Hof.

Zuba riss den Brief heraus, klappte die Akte zu, bückte sich unter den Schreibtisch und schob sie in die Schublade zurück.

Schlüssel klapperten an der Hoftür.

Zuba leuchtete das Büro mit der Taschenlampe ab, um sicher zu sein, dass sie nichts vergaßen. Er schlüpfte nach draußen. Amaechi drückte die Tür und dann das Vorhängeschloss wieder zu. Sie rannten im Schatten des Gebäudes in Richtung Toilette, als die Schritte des Wärters schon auf der Treppe zum Hof zu hören waren.

*

Zuba hatte nach einem gründlichen Bad den ganzen Morgen geschlafen. »Ich hätte nie gedacht, dass du so ein Delphin-Typ bist«, hatte 2-i-C gesagt, als er ihm nach dem Aufschluß der Zellen begegnete. Amaechi hatte ihn dafür bezahlt, Zubas Abwesenheit während der Nacht zu kaschieren. Aber Zuba war so geschafft, dass er darauf nicht reagierte.

Nach dem Nachmittags-Einschluß saß er mit Ike auf der Treppe, die zum Big Man-Zellenblock führte. Er fand es immer noch richtig, weder Papa noch Ike irgendwas über den nächtlichen Ausflug zu verraten.

Vor und hinter ihnen saßen andere Gefangene aus den Big Man-Zellen in Gruppen zu zweit oder dritt, andere standen vor dem Block oder auf dem offenen Waschplatz an der Gefängnismauer, wo ungefähr ein Dutzend Männer ein Bad nahmen. Einfache Gefangene und Jungs in abgerissenem Zivil, von denen manche erst um die zwölf Jahre alt waren, trugen Eimer voll Wasser aus den Zellen zu den Männern, reichten Handtücher und Seifendosen. Einige Gefangene verhökerten Eimer: »Willst du einen? Welchen? Mit Wasser aus dem Niger oder Quellwasser? Kurz vor Feierabend besonders billig.« Das Durcheinander von feilschenden, schnatternden und lachenden Stimmen gab dem Ganzen das Flair eines Basars.

Zuba und Ike blickten über die mit Glasplittern und Stacheldraht bewehrte Mauer ins Weite. Bäume und Sträucher in üppigem Grün schwankten im leichten Wind. Webervögel zwitscherten und kreischten und ließen das fröhliche Gelb-Schwarz ihres Gefieders leuchten, wenn sie auf der Palme, wenige Meter von der Mauer entfernt, von Zweig zu Zweig hüpften. Milane schwebten über ihnen und suchten die Teerstraße tief unter ihnen ab. Und hinter der Straße und den paar verstreuten, vornehm aussehenden Häusern mit Satellitenschüsseln auf den Dächern erhob sich gewaltig und majestätisch das Hochhaus des Nkisi Palace Hotels.

Zubas Augen trübten sich. Das Eingesperrtsein schmerzte wie eine Wunde und lag wie ein Kloß in seinem Hals. Er erinnerte sich an ein Treffen in dem Hotel. Ihr Vater hatte ihn und Nonye zu einem Essen mit einem Freund mitgenommen. Er hatte sich ein exotisch klingendes, aber ungenießbares Gericht bestellt, und Nonye machte es sich zur Pflicht, ihr beef stroganoff mit lautem Schmatzen zu genießen.

Ein Schulbus voller Kinder kam unter der sorgfältigen Beobachtung der Milane schnell die Straße hoch.

»Weißt du«, begann Ike, »was ich am meisten bereue ist, dass ich nicht zur Schule gehen konnte. Stell dir vor, ich konnte nicht mal meine eigene Aussage auf der Polizeistation aufschreiben und konnte auch nicht lesen, was sie da für mich aufgeschrieben hatten - ich konnte nur hoffen, dass es genauso dastand, wie ich es ihnen gesagt hatte. Aber ich hab mir geschworen, Junior wird einmal auf die Universität gehen und solange studieren, bis er Professor ist, wie dein Vater.«

»Ike, es ist doch nicht zu spät. Du kannst auch noch was lernen.«

»Du meinst so was wie Grundschule? In meinem Alter? Die Schüler werden mich auslachen. Und mich Papa nennen. Und außerdem lernt man schlechter, wenn man alt ist.«

»Nein, es gibt Schulen für Erwachsene, mit Schülern so alt wie mein Vater. Du bist mal gerade dreißig, das ist doch nicht alt.«

»Nein, Junior wird das tun, was ich verpasst hab, für sich und für mich. Und mein zweites Kind genauso. Ich muss nur hart arbeiten, damit ich alles bezahlen kann. Ob meine Frau vielleicht schon das Baby gekriegt hat?«

»Wenn, dann wär Nonye hergekommen. Sie kann gute Nachrichten nicht lange für sich behalten.«

Zubas Blick senkte sich von den Höhen des Nkisi Hotels zu den Niederungen des Gefängnisbads. Ein Michelin-Mann mit dicken Bauchfalten und weißem Schaum auf seinem Körper schlug mit den Armen wild um sich bei dem Versuch, seinen Rücken einzuseifen. Zuba kam plötzlich der Gedanke, dass die Big Man-Zellen tatsächlich voll von big men waren: fett, wabbelig, dickbäuchig und pausbäckig.

Ike schaute immer noch bewundernd auf das Hotel. »Weißt du, das sieht genauso aus wie das Hotel, in dem dein Vater wohnte, als wir letztes Jahr in Abuja waren.«

»Du meinst die Fahrt, wo er die hübsche Mulattin mitnahm?«

Ike verbiss sich ein Grinsen. »Nein, ich glaub, er hatte da ein Treffen mit jemandem aus dem National Service-Hauptquartier.

Zuba sah Ike ins Gesicht. »Wann war das denn?«

»Anfang letzten Jahres.«

Zubas Miene verfinsterte sich.

»Ich glaub, er wollte *corpers* anwerben als Lehrer in seiner Schule«, fügte Ike hinzu. Er merkte, dass er etwas gesagt hatte, was er nicht hätte sagen sollen. »Sie sind billiger, weißt du.« Er versuchte ein Kichern.

Aber Ikes Worte nährten nur Zubas Verdacht. Die Rekrutierung von *corpers*, also Studienabgängern, die Zivildienst leisten müssen, wurde in Camps oder Filialen des National Service vorgenommen, nicht in Abuja. Es konnte nur einen einzigen Grund gegeben haben, warum sein Vater den ganzen Weg zur Zentrale nach Abuja auf sich genommen hatte, und zwar kurz bevor Zuba seinen Zivildienst antreten musste...

»Ike, entschuldige.«

Zuba rannte zur Toilette der Big Man-Zellen. Sie war nicht so sauber wie die in Philips Zelle. Er machte die Tür hinter sich zu. Sie hatte kein Schloss und in Augenhöhe ein kleines Fenster. An diesem verfluchten Ort gab es keine Privatsphäre. Nicht mal auf der Toilette.

Der Geruch trieb ihn schnell wieder hinaus. Er stand vor der Toilettentür und starrte in die »Tuberkulose«-Zelle gegenüber, finster wie ein Kerker. Dann zog er sich in seine Zelle zurück. Geier-König lag auf seinem Bett. Sein massiger Rücken war nackt und so breit wie die ganze Matratze. Ein Junge saß neben ihm. Vierzehn oder fünfzehn. Er war furchtbar dürr, und seine eigentlich gelbe Haut sah aschfahl aus vor Geier-Königs glänzendem Rücken. Er massierte den Rücken und drückte dabei Pickel und Mitesser aus. Geier-König hielt die Augen voller Wonne geschlossen.

Zuba rollte eine Matratze aus. Er ließ sich auf den Platz des Generals fallen und hielt das Gesicht so dicht an die Wand, dass sein Atem wie ein Bumerang zurückkam. Sein Blut pochte, als er daran dachte, wie sein Vater, als er von seinem Posten für die Zivildienstzeit erfuhr, ihn ganz ungewohnt innig umarmte und sagte: »Mein Sohn, das tut mir aber leid. So leid. Wie konnten sie dich nur in so ein unbewohnbares, primitives Kaff schicken. Wo du doch eigentlich eine fröhliche Auszeit nehmen wolltest.«

So ein Heuchler! Betrüger! Lügner!

*

Der Tritt, der Zuba weckte, hatte ihn in den Magen getroffen. Er keuchte und würgte.

»Aufstehn! Los, steh auf!«, schrie eine Stimme. Noch ein Tritt. »Ich sagte, steh auf!«

Ein Wärter stand über ihm. Derselbe Wärter, der ihm die cell-show abluchsen wollte. Hinter ihm stand Booty und verdeckte mit seinem massigen Körper die Tür.

Der Wärter fasste Zubas Hemd und riss ihn hoch.

»So, du glaubst wohl, du kannst einfach so in das Büro eines Wärters einbrechen, eh?«

»Ich ... ich hab nicht...«, keuchte Zuba und hielt immer noch seinen Bauch.

»Du weißt nicht, wovon ich spreche, eh? Was ist das denn, eh? Was ist das?« Er gab Zuba ein Blatt Papier.

Zuba faltete es auseinander und fiel fast in Ohnmacht. Es war der Egbetuyi-Brief.

Der Wärter gluckste, als er Zubas Gesichtsausdruck sah. Es war das schlimmste Geräusch, das Zuba je gehört hatte. Der Wärter schnappte sich das Papier zurück.

»Jetzt habe ich dich da, wohin ich dich immer haben wollte. Ich würde dich ja liebend gern dem Superintendenten übergeben für eine offizielle Bestrafung –, wie würden dir vier Wochen Arrestzelle gefallen? Aber mein Freund Booty hatte Dienst gestern Nacht, und ich möchte nicht, dass er Probleme kriegt. Aber ich versprech dir, ich werde die Naira so lange aus dir rauspressen, bis du sie rausscheisst. Jetzt sag mal, was hast du diesem Halunken Amaechi gezahlt? Er zeigte mir den Brief und sagte, du hättest ihm bisher nichts gezahlt. Aber jemand hat beobachtet, dass du ihm Scheine gegeben hast.«

Zuba sagte nichts.

»Gut, Amaechi wird heute Nacht begreifen, dass er nie wieder in seinem Leben ein doppeltes Spiel spielen sollte. Und was dich betrifft, du musst schon einen verdammt hohen Preis zahlen, um diesen Brief wieder zu kriegen. Und du kannst dir abschminken, hier in absehbarer Zeit rauszukommen...«

Zuba stürzte sich auf den Brief. Er riss ihn dem Wärter aus der Hand und wollte schon mit Gewalt an Booty vorbei. Aber dann blieb er stehen. Das Papier in seiner Hand war weich, dünn und billig, nicht das schwere, gekörnte und vornehme Papier, das er gestern Nacht in der Hand gehalten hatte. Amaechi rannte mit den Hasen und jagte gleichzeitig mit den Hunden. Der Brief in seiner Hand war bloß eine Kopie.

Ein Schlag mit dem Handrücken holte ihn von den Beinen und schleuderte ihn gegen die Wand. Zuba sackte bewusstlos auf den Boden.

*

»Aufwachen, Zuba. Aufwachen. Schläfst du immer so, zusammengerollt an der Wand?«

»Was? Was?«

»Wach auf. Du musst was essen und dich waschen.«

Zuba öffnete die Augen, sah aber nichts. Sein Kopf dröhnte vor Schmerzen. Er befühlte eine Seite und zuckte zusammen.

»Oh, nein«, sagte Papa. Er blickte zu Ike hinüber. »Ike sagt, du hast dich über irgendwas aufgeregt. Aber was das auch war, du treibst es zu bunt, wenn du dich hier verkriechst und vor lauter Grübelei Kopfschmerzen bekommst.«

Zuba versuchte noch mal, die Augen zu öffnen. Er musste mehrfach blinzeln, bevor er klar sehen konnte. Der Anblick von Papas dunklem Gesicht, faltig und milde, die Besorgnis in seinen Augen taten ihm gut.

»Du starrst auf meine Kappe der Weisheit? Weißt du, was ich hier am meisten vermisse, das ist ein Haarfärbemittel. Und die bewundernden Blicke der Damen.«

Zuba schaffte ein Lächeln. Papa rutschte näher heran. Ike stand hinter Papa und blickte sich um. Niemand sonst war in der Zelle.

»Möchtest du nicht sagen, was dich so aufgeregt hat?«

»Nein. Alles in Ordnung, Papa. Ich brauch nur ein paar Tabletten gegen Kopfschmerzen.«

Ike zog ein Stück Papier aus seiner Tasche. »Zuba, das soll ich dir von Amaechi geben. Und er sagt, er bräuchte *das Ding* spätestens morgen.«

Zuba setzte sich auf. In seinem Schädel schossen die Schmerzen wie Funken hin und her. Er löste die Büroklammer von dem Papier und faltete es auf. Unten auf eine Kopie des Egbetuyi-Briefes hatte Anwalt Chigbo geschrieben: *Das ist großartig! Gut gemacht, Zuba!*

*

»Nein, Eunice. Nicht. Ich will nichts essen.«

»Daddy, bitte.« Nonyes Stimme klang genervt. Sie saß neben dem Krankenbett.

»Eloka, das bringt uns nicht weiter...« begann Tante Chinwe.

»Aber eure Lügen bringen uns weiter?« Der Professor warf einen strengen Blick auf seine Schwester.

Eunice saß auf der anderen Seite auf der Kante des Betts. Ihr Kittel war über die Knie gerutscht. Sie nahm die Essensschale vom Nachttisch. »Prof, bitte. Sie können Ihre Medikamente nicht ohne Essen nehmen. Wollen Sie, dass alle Fortschritte, die wir gemacht haben, umsonst waren?«

»Nein.«

»Gut, dann machen Sie den Mund auf.« Eunice füllte einen Löffel mit Essen.

»Nein, Eunice. Nein.« Der Professor drehte sich weg. Er schüttelte seinen Kopf. »Sie lügen mich an. Sie wollen mir nicht erzählen, was mit meinem Sohn passiert ist. Solange sie mir nicht die Wahrheit sagen, werde ich auch nichts essen.« Speichel tropfte auf sein Kissen.

»Eloka – Nonye hat dir doch gesagt, dass Zuba gerade dabei ist, mit Ike durch die Einzugsgebiete der Schule zu fahren: Lagos, Port Harcourt...«

»Chinwe, hör auf zu lügen. Er würde nicht länger als eine Woche wegbleiben, ohne mich zu besuchen. Ohne mich anzurufen. Gibt es in Lagos oder Port Harcourt etwa keine Telefone?« Er drehte sich weg.

»Daddy ... es ... stimmt, Zuba…« stotterte Nonye.

»Wenn nichts Schlimmes passiert ist, warum stammelt ihr auf einmal so rum?«

»Eloka, warum?«

»Wenn nichts Schreckliches passiert ist, dann erklärt mir: Warum sieht das Gesicht meiner Tochter aus wie weißer Reis ohne Hammelfleisch?«

Nonyes Stimme klang rauh, als sie erwiderte: »Aber du warst es doch, der es nicht mochte, wenn ich make-up benutze...«

Tante Chinwe zog Nonye an sich. »Dein Vater hat es nicht so gemeint. Deine von Gott gegebene Schönheit reicht ihm...«

»Chinwe, du bist wohl dabei, meine Tochter mit deiner Sorte Christentum anzufüttern?«

»Ich füttere sie mit gar nichts. Sie hat unseren Herrgott ganz allein entdeckt, wie Saulus auf dem Weg nach Damaskus...«

»Ihr wollt mir immer noch nicht sagen, was Zuba passiert ist.«

Tante Chinwe streichelte seinen Bauch. »Eloka, Zuba geht es gut. Er kann bloß jetzt nicht herkommen.«

»Warum? Ist er zur Behandlung in einem Krankenhaus wie ich? Oder noch schlimmer? Irgendwas Schlimmes ist passiert. Das spür ich in meinen Knochen.«

»Heute ist Donnerstag. Ich hoffe, Zuba ist Mittwoch bei Ihnen«, sagte Eunice. »Bitte, geben Sie bis dahin Ruhe. Und wenn er dann immer noch nicht hier ist, können Sie wieder mit Ihrem Hungerstreik anfangen.«

Der Professor prüfte ihr Gesicht und versuchte, ihr zu glauben.

»Sie sagen, Zuba wird Montag hier sein?«

»Mittwoch, hoffe ich. Nur noch wenige Tage. Soll ich Ihnen jetzt das Essen bringen?«

Er nickte.

»Sie sind stark, Prof. Ich hätte nicht gedacht, dass Sie noch soviel Energie haben.« Sie saß neben ihm und hatte das Tablett auf ihrem Schoß.

Der Professor öffnete seinen Mund. Er kaute langsam die Bohnen, das Gemüse und den getrockneten Fisch.

Er nahm der Krankenschwester den Löffel ab und nahm sich noch eine Portion. Er schien sich an etwas zu erinnern, als er kaute. Er drehte sich zu Nonye, schluckte und sagte: »Egal, was du denkst, aber vielleicht macht sich Zuba ja nur eine nette Zeit mit meinem Geld und steigt überall in Fünf-Sterne-Hotels ab, Sheraton und Hilton…«

Hotel Delphin

»Abracadabra! Gib mir eine Sechs!«, rief Zuba und ließ den Würfel trudeln. Der Würfel klackerte auf der Glasplatte des Mensch-ärgere-dich-nicht-Spiels: Fünf und Drei. »Uuups!«

»*Champitimgwo!* Ich will eine Sechs!«, brüllte Geier-König, als er den Würfel hochwarf: Sechs und Fünf. »Yaaaa! Gewonnen!«, röhrte er.

»Na klar gewinnst du. Selbst ein Adlerauge hätte keine Chance, die Finten deiner fetten Hände zu erkennen«, sagte Baandbench.

»Du glaubst wohl, jeder ist ein Trickbetrüger, so ein 419er wie du?«, erwiderte Geier-König.

Baandbench schüttelte den Kopf. »Das ist das Problem mit so Leuten wie euch. Ihr geht nicht in die Tiefe. Ihr bleibt an der Oberfläche. Jahrhunderte der Sklaverei und der kolonialen Ausbeutung, des Diebstahls unserer unschätzbaren Artefakte. Und wo bleibt eure Entschädigung? Ich frage euch, wo bleibt eure Entschädigung? Und trotzdem nennt ihr uns, wenn wir unseren Verstand benutzen, um diese Ungerechtigkeit ein bisschen auszugleichen, ohne jemanden zu töten oder zu verletzen, 419er.«

»Genug davon«, schnappte Chairman. »Was glaubst du denn, wen du hier auf den Arm nimmst? Sind eure Opfer alle Weiße? War der Richter weiß?«

»Richter?«, fragte Zuba.

»Soll er doch erzählen, warum er hier ist. Und warum er Baandbench genannt wird«, sagte Geier-König.

»Ja, hab mich auch schon gewundert. Baandbench. Komischer Name.«

»Kommt von Bar-and-bench. Kannst ihm aber trotzdem die Meinung sagen; er hat genug Spaß gehabt. Er hat sich als Rechtsberater irgendeiner Company ausgegeben und dann versucht, einen Richter auszutricksen, um einen weißen Mann übers Ohr zu hauen. Einen Richter vom Obersten Gerichtshof, um Himmels willen...«

»Das ist nicht wahr. Richter am Berufungsgericht«, fiel Baandbench ihm ins Wort.

»Egal«, fuhr Chairman fort. »Der Richter fragte ihn nach dem Unterschied von Bar und Bank, und er hat geantwortet: ›Eine Bar ist ein Ort, an dem Leute drinks nehmen, und eine Bank ist ein langer hölzerner Stuhl, auf dem Leute sitzen.‹ – Der Superintendent hat sich ausgeschüttet vor Lachen, als er das hörte.«*

Geier-König hatte sein Dinner vor sich aufgebaut: ein Viertel Huhn, zwei Stücke geräucherte Makrele, vier Eier und Tomatensauce auf einem Berg weißen Reis; es roch appetitlich in der Zelle.

»Du willst uns heute wohl nicht einladen?«, fragte Chairman. »Großzügig zeigst du dich sowieso nur bei dem labbrigen Essen von den Straßenhändlern draußen.«

Geier-König schien ihn nicht zu hören. Er war vollauf damit beschäftigt, den Fisch mit dem Löffel in kleinere Stücke zu teilen.

* Im Gerichtssaal bedeutet *bar:* Anklagebank; *bench:* Richterstuhl

»Weißt du, deine betrügerische Frau überrascht mich immer wieder«, sagte Baandbench.

Geier-König, die Backen vollgestopft mit Essen, schien ihn nicht zu hören. Er krönte einen großen Löffel Reis mit einem Stück Makrele und schaufelte ihn in seinen Mund. Dann noch einen Löffel. Und dann ein ganzes Ei.

Zuba beobachtete Geier-König; eigentlich sah er gar nicht aus wie ein Geier. Seine Augen glänzten, sein Kopf war bedeckt mit kräftigem Haar, sein Nacken hatte den Umfang eines Baumstamms. Ein heftiges Jucken holte Zuba aus seinen Gedanken. Er kratzte sich an der Schulter, zog sein Hemd aus und schloss sich 2-i-C bei der Jagd nach *kwarikwata* an.

Baandbench stand auf. Er wühlte in einer schwarzen Plastiktüte, die an der Wand hing, und zog einen Hundert-Naira-Schein heraus. Der Schein musste in irgendeiner Hose vergessen und dann mitgewaschen worden sein. Er war eingelaufen, ausgeblichen und hatte kleine Löcher. »Weiß jemand, wo ich Tesafilm kaufen kann?«

2-i-C unterbrach seine Läusejagd und ergriff zum ersten Mal das Wort. »Baandbench, schmeiss das Geld weg. Niemand wird es annehmen.«

Baandbench drehte den Schein prüfend hin und her.

Zuba sah sich das Keloid am Ohr von 2-i-C an. Ihm fiel ein, dass er den ganzen Tag noch nicht sein eigenes angefasst hatte.

Geier-König schob das leere Geschirr zur Seite und gönnte sich noch einen Keks. Ein Furz fuhr wie ein Trompetenstoß aus seinem elefantösen Hinterteil.

»Geht das schon wieder los«, sagte Chairman.

»Jedenfalls kündigt sich mein Furz vorher an«, sagte der mit vollem Mund. »Bei dir merkt man es erst, wenn die Fliegen schon abhauen.«

Ein fauliger Geruch senkte sich über den Raum. Zuba hielt den Atem an. Chairman und Baandbench sprangen auf und spuckten durchs Fenstergitter. »Urrrgh! Was für ein Gestank, der da aus deinem Darm kommt«, japste Chairman. »Du solltest mal einen Labortest machen lassen.«

Der General blieb ruhig neben Zuba sitzen, das Kinn auf die Hand gestützt, und beobachtete das Funkeln der Sterne am Nachthimmel. Zuba rückte etwas zur Seite, dahin, wo frische Luft in den Raum kam.

Aus einer der Zellen war Gesang zu hören:

Es geschieht nicht durch Kraft
Es geschieht nicht durch Macht
Es geschieht durch meinen Geist sagt der Herr
Dieses eiserne Tor muss geöffnet werden
Dieses eiserne Tor muss geöffnet werden in Jesu Namen.

Der Hof füllte sich mit Tönen, in immer mehr Zellen wurde gesungen. Die Stimmen dröhnten in aufgestauter Sehnsucht, tief und kräftig. Sie hallten bis in den VIP-Block hinein.

Die Birne flackerte und ging aus. In der Dunkelheit klangen die Lieder noch mächtiger. Geier-König kramte unter seinem Bett. Ein Streichholz zischte auf und eine Kerze begann zu leuchten. Er wandt sich wieder dem Essen zu.

»Scheint so, als ob du im Dunkeln deinen Mund nicht findest«, übertönte Baandbench den Gesang.

»Von mir aus könnt ihr euch bis morgen früh über mich lustig machen«, sagte Geier-König. »Ich geb euch trotzdem nicht ein einziges Stück ab.« Er schob sich mehrere Kekse auf einmal in den Mund.

»Lasst uns schnell die Abendandacht halten und dann eine neue Runde spielen«, sagte 2-i-C und zog sich das Hemd an.

Geier-König verdrückte die letzten Kekse und wischte sich den Mund. Der General hob sein Kinn von der Hand und setzte sich auf.

»Ich bin eine gefallene Mauer, Oh Herr, richte mich auf...«, begann Chairman und klatschte in seine Hände. Andere fielen ein, Zuba klatschte mit. Das Lied war einfach: klatsch-klatsch … *Ich bin eine gefallene Mauer* … klatsch-klatsch. Das Kerzenlicht flackerte und tanzte den Rhythmus mit.

Sie sangen Lied auf Lied, in verschiedenen Tempi, ein Durcheinander von Dur und Moll.

Oben auf seinem Sprungfeder-Thron, den nackten Rücken an die Wand gelehnt, im Kerzenlicht etwas speckig-glänzend, saß Geier-König. Er schlug die Hände kräftig gegeneinander. Aber manchmal unterbrach er sein Singen, blickte zur Decke hoch und donnerte: »Ja, Herr! Ich höre dich, Herr. Sprich zu mir, Herr!« Und dann ließ Baandbench ein Klagen wie eine Sirene ertönen: »O Loooooooooooooooooord! Erscheine uns! Erscheine uns!« Und 2-i-C begleitete sie noch mit: »Jah Jehovah Armageddon! O Holy Jah!«

Das Klatschen und Singen erstarb von Zelle zu Zelle, Raum zu Raum, wie die Lichter in einem Wohnhaus zur Schlafenszeit. Die nachfolgende Stille wurde unterbrochen durch das Gemurmel von Gebeten und lautem »Amen«.

2-i-C stand von seinem Platz auf. Sein Hemdkragen war bis zum Halswirbel hochgeklappt und ließ ihn wie ein Reptil aussehen. Er fasste nach einer Plastikflasche, die außerhalb des Fensters an einem Nagel hing.

»2-i-C, wenn du noch einmal Urin auf mein Bett spritzt, dann tausch ich deine Matratze mit meiner«, sagte der General.

2-i-C sagte nichts. Sein Urin plätscherte in die Flasche. Er leerte sie in einen Eimer außerhalb des Fensters und kehrte auf seinen Platz zurück. Andere taten es ihm nach. Die Kerze flackerte in dem Hin und Her und warf bizarre Schatten an die Wand. Zuba lag auf seinem Platz neben Chairman.

»Woll'n wir noch ne Runde spielen?«, fragte Chairman.

Zuba schüttelte den Kopf.

»Du bist wohl der ruhige Typ, der nicht gerne redet. Hoffentlich keine Probleme?«, fragte 2-i-C.

»Lass ihn. Wenn ein Huhn neues Terrain betritt, bleibt es erstmal auf einem Bein stehen«, sagte Baandbench.

»Heut' nachmittag klang er aber ganz anders«, beharrte 2-i-C.

Zuba zog den Egbetuyi-Brief hervor und das »Brecht das Joch eures Leidens«-Flugblatt. Beim Lesen fielen ihm die Augen zu. Die Würfel klackerten auf dem Mensch-ärgere-dich-nicht-Spiel.

*

»Yeeeeeeeh! Wärter! Wääääärter! Hilfe! Sie wollen mich umbringen! Wäää.... Yeeeeeeeeeeeeaaaarrrgh...«

Zuba wurde wach. Die Schreie kamen aus Richtung der Allgemeinen Zellen. In der Stille der Nacht klangen sie noch lauter, noch unheimlicher. Er setzte sich hoch und rieb die Augen. Die Glühbirne brannte. Der General rechts blieb auf seinem Bauch liegen; Chairman, Geier-König, Baandbench und 2-i-C standen wie erstarrt um das Brettspiel. Die Schreie hörten nicht auf, sie wurden begleitet von den dumpfen, ächzenden Geräuschen von Tritten und Schlägen.

»Was ist da los?«, fragte Zuba.

»Sodomie«, sagte Baandbench.

»*Tufiakwa!*« Geier-König spuckte aus. »Wann immer das passiert, frage ich mich: Wie kann ein Mann so nach einer Frau hungern, dass er sich auf das Scheißloch eines Mannes einlässt? Was ist mit seiner Hand? Und gibt es keine Vaseline mehr?«

»Es ist der Teufel«, sagte Baandbench.

»Oh! Ich wünschte, ich wär' dort«, fuhr Geier-König fort. »Wie gern würd' ich dem Kerl einen einzigen Schlag, eine einzige Gerade verpassen.« Er hob seinen mächtigen Arm.

»Befehl! Das ist ein Befehl!« Schlüssel klapperten, und Metall schlug gegen Metall. »Komm her«, befahl eine entfernte Stimme. »Los. Du kommst in die Strafzelle.«

»Nein, nein, das ist ein Irrtum. Ich hab mit niemand Sodomie gemacht. Irgendeiner schrie ›Sodomie‹ und dann sind alle über mich hergefallen...« schluchzte jemand.

Zuba erkannte die Stimme. Es war Amaechi.

Es wurde wieder ruhig.

Chairman zwinkerte ihm zu und kam näher. »Ist der Kerl so arm, dass er nicht mal ins Hotel Delphin gehen konnte?«, flüsterte er.

Das Hotel Delphin draußen in der Stadt war für Prostitution einschlägig bekannt und war von den Bakassi-Boys überfallen worden, weil die im Hotel lebenden Prostituierten angeblich Diebe versteckten.

Chairman lächelte Zuba an; Zuba lächelte nicht zurück. Er legte sich wieder hin und kämpfte sich in den Schlaf zurück. Eine einsame, kratzige Stimme begann in der Tuberkulose-Zelle zu singen:

Ich fragte den Blinden
Der Blinde sagte unser Herr ist gut
Ich fragte den Lahmen
Der Lahme sagte unser Gott ist gut
Dann fragte ich den Tauben
Der Taube hob seine Hände
Die Hände, die er hob, bezeugen
Unser Herr, ja, er ist gut.

*

»Zuba, ich weiß, es ist keine Besuchszeit. Aber ich musste dich sehen. Ich hab sie überredet, mich reinzulassen«, begann Tanna sofort, als er das Fürsorge-Büro betrat. Ihr Haar strahlte immer noch diesen Glanz aus.

Zuba fühlte einen stechenden Schmerz, als er an die Sonntagsverabredung dachte, die wohl nie stattfinden würde.

»Hat Anwalt Chigbo den Brief an den Staatsanwalt weitergeleitet?«

»Er hat. Und er war ganz begeistert. Er hat noch schnell einen Zusatz zu seinem früheren Antrag hinzugefügt, hat den Brief als Beweis beigefügt und alles am selben Tag zum Staatsanwalt gebracht. Wie bist du an diesen Beweis überhaupt rangekommen?«

Zuba lächelte. »Sagen wir mal so: ich hab mir selber aus der Patsche geholfen.« Er ging zum Tisch und setzte sich gegenüber. Sie drückten sich die Hand.

»Tanna, sag ... sag mir, kommen wir frei?«

»Ja«, nickte sie, »ihr werdet beide Montag entlassen.«

Sie sprangen auf und fielen sich in die Arme.

Der Beamte hüstelte.

Sie lösten sich voneinander.

»Warte, und was ist mit den Egbetuyis?«

»Das wollte ich dir gerade erzählen. Mein Chef hat die Zustimmung des Polizei-Commissioners, dass Ermittlungen gegen sie aufgenommen werden, sobald die Staatsanwaltschaft empfiehlt, dass ihr nicht angeklagt werdet. Aber die Polizei hat schon gestern, als sie Wind davon bekam, Mr. Egbetuyi verhaftet. Sie haben ihn erpresst, schriftlich ein Geständnis abzugeben, dass er die Polizisten hinters Licht geführt hätte. Für diese Entlastung haben die Polizisten im Gegenzug die Verwicklung seiner Frau in den Fall vertuscht und ihm erlaubt, die alleinige Verantwortung zu übernehmen, so wie er es verlangt hatte. Er ist noch im Polizeigefängnis. Ich wette, sie werden ihn schnellstens vor Gericht bringen, um die Sache vom Hals zu haben, wahrscheinlich schon am Montag. Auch um ihn schnell ins Gefängnis abzuschieben, ohne dass vorher etwas wegen seiner Kaution arrangiert werden kann.«

Zuba lehnte sich in seinen Stuhl zurück. Das hatte irgendwas Rührendes, dieser Versuch von Mr. Egbetuyi, seine Frau herauszuhalten. Er blickte aus dem Fenster des Fürsorge-Büros auf den kahlen Gefängnishof, in die schattigen Gesichter, die zwischen den Gittern des Untersuchungsgefängnisses herausguckten.

»Ich werde morgen zu unserem date wiederkommen«, sagte Tanna.

Zuba schüttelte den Kopf.

»Warum nicht?«

Zuba schüttelte ein zweites Mal den Kopf.

»Okay. Ich bin dann Montag hier mit Nonye, um dich und Ike zum Gericht zu fahren.«

Zuba nickte. Als Tanna gehen wollte, dachte er an die *kwarikwata,* die in seinen Sachen lauerten. »Moment noch«, sagte er. »Vergiß nicht, deine Kleidung in heißes Wasser zu tauchen, wenn du zu Haus bist.«

*

Zuba saß zwischen Ike und Papa auf ihrem Stammplatz neben der Kirche. Seine Lippen waren vom Reden ganz feucht. Das Blut sauste durch seine Venen und transportierte die Nachricht von ihrer Freilassung in jede Zelle seines Körpers. Ike summte eine Melodie. Ein Glänzen war plötzlich in seinen Augen, wie Mondschein in dunkler Nacht. Er hatte mit einem Stock zwei Babys in den Sand gezeichnet, ein männliches und ein weibliches. Der Stock bewegte sich zwischen den beiden Figuren, während er sang, so als ob er eine Art Zauberei praktizierte. Er stockte und wandt sich an Zuba. »Du sagst, Mr. Egbetuyi ist jetzt in der Polizeizelle?«

»Ja«, sagte Zuba, »wie oft willst du mich das denn noch fragen?«

»Ich hör es immer wieder gern.« Ike gab sich wieder seiner Zauberei hin.

Papa hatte sich nach vorne gebeugt. »Ich freu mich für euch. Wirklich. Gleichzeitig fühle ich mich mies. Ich werde euch zwei vermissen. Schrecklich vermissen.«

Zuba legte einen Arm um ihn. »Papa, wir vergessen dich nicht, auf keinen Fall. Du wirst ganz bald draußen sein. Ich werde für die Kaution bürgen. Und ich weiß, du wirst dich dann nicht aus dem Staub machen.«

»Bitte, mein Sohn, tu was du kannst, dass ich hier rauskomme. Ich glaub nicht, dass ich hier ein weiteres Weihnachtsfest überlebe...« Papas Stimme zitterte.

»Papa, ich versprech dir, wir werden dieses Weihnachten zusammen bei einer Ziegenkopf-Pfeffer-Suppe feiern und dabei in Bier ertrinken. Und du wirst gefärbte Haare und die Bewunderung der Damen im Überfluss haben.«

Papa wischte sich übers Gesicht.

»Alles wird gut«, sagte Ike, und drückte die Knie des alten Mannes.

»Es gibt aber eine Bedingung.«

»Welche, Zuba?«

»Du musst mir alle Ziegenzungen lassen.«

»Versprochen. Die Zungen machen mich nicht mehr so an wie früher. Ich ziehe jetzt die Hoden vor. Vielleicht werden meine Augen dadurch besser.«

»Abgemacht. Besiegeln wir es mit einem Handschlag.«

Zuba und Papa schüttelten sich die Hände.

»Deine Hand ist ganz heiß«, sagte Papa und legte seine Hand auf Zubas Hals. »Dein Körper auch.«

»Ich weiß. Gehen wir in die Klinik. Ich glaub, ich hab Fieber. All diese Moskito-Stiche.«

»Ich auch«, sagte Ike.

Vor der Kliniktür gab es Gedränge. Zuba ließ seinen Blick über den Platz schweifen, als sie sich näherten. Er sah DPP, wie er mit seinem mageren Körper an Philips Zelle vorbeistolzierte. DPP warf einen finsteren Blick auf ihn und sah wieder weg. »Er ist ein Führer!«, donnerte es aus Philips Zelle, gerade als der in frischer, neuer Kleidung heraustrat.

»Da geht dein Führer«, sagte Papa. »Grüß ihn. Heb deine Hand und sag *Sieg heil!*«

Zuba grinste. Er winkte: »Man Philippi.« Ike winkte ebenso.

Philip schien überrascht über diesen Überschwang. Er hob seine Hand zum Zeichen der Vertrautheit, in seinem Gesicht zurückhaltendes Lächeln.

Ein Sträfling ging mit einigen Holzschnitzereien in der Hand an ihnen vorbei. Zuba fühlte sich von einer schwarzen Maske angezogen. Auf den Lippen der Maske war so etwas wie ein Lächeln, der Schatten eines Lächelns zu erkennen. Es erinnerte ihn an das Buga-Grafitti auf der Wand in der Polizeizelle. Die Maske wirkte mürrisch, lächelte und blickte unendlich traurig und das Alles gleichzeitig. Es war das Gesicht des Gefängnisses.

Der Sträfling blieb stehen. »Gefällt sie dir? Ich hab sie selber geschnitzt. Ich kann sie dir verkaufen, wenn du möchtest. Ich mach' dir 'nen guten Preis.«

»Als Souvenir nicht übel«, sagte Papa.

Zuba bezahlte die Maske, ohne zu feilschen. Ike guckte sie sich genauer an. »Sowas hab ich gemacht, als ich Kind war.«

»Sir, Sir, gib mir bisschen Geld«, rief eine Sopranstimme, als Zuba das Restgeld in seine Hosentasche stopfte. Er sah sich nach der Stimme um. Das Gesicht eines Jungen war gegen die Gitter der Kinderzelle gepresst. Der spindeldürre Arm, den er Zuba entgegenstreckte, war mit Ekzemen bedeckt, so dick, dass man sie mit einem Löffel hätte abkratzen können.

»Wenn du hören würdest, welche Gräueltaten diese Jungs zum Teil begangen haben, würden deine Ohren klingen«, sagte Papa.

»Kommen die denn nie raus?«, fragte Zuba. Er holte ein paar Scheine aus seiner Hosentasche.

»Nur wenn sie zahlen können. Oder wenn jemand anderes einen bestimmten Jungen für den ganzen Tag zahlt. Ich weiß nicht, ob es wahr ist, aber es gibt eine Clique, die diese Zelle Hotel Delphin nennt.«

Grüner Rasen

»Sorry, Zuba, gestern hab ich's nicht geschafft.«

»Du bist hier. Das ist alles, was zählt.« Zuba ließ ihre Hand los und legte seinen Ellenbogen auf den Tisch des Fürsorge-Büros. »Wie geht's dir. Hab gehört, sie haben die Aufnahmeprüfungen für die Universität auf nächste Woche verschoben. Hoffentlich hast du Zeit, dich vorzubereiten.«

»Ja, ich lern' jeden Abend. Ich bin gut vorbereitet. Kann es kaum abwarten, die Examen hinter mich zu bringen. Und ich habe mich für Pädagogik und gegen Jura entschieden.«

Zuba runzelte die Stirn. »Hat Dad dich beeinflusst?«

»Überhaupt nicht. Ich hab entdeckt, dass ich schon immer was für Pädagogik übrig hatte. Und nach Gesprächen mit Tanna habe ich festgestellt, dass ich nicht für die Juristerei gebaut bin. Ich möchte absolut nichts mit der Polizei zu tun haben.«

Zuba grinste und rieb sein Keloid. »Wie geht's Dad?«

»Die Ärzte sind zufrieden.. Er hat sich in eine nette Krankenschwester verguckt. Aber dann gab es Schwierigkeiten. Er wollte dich sehen, vergoss Tränen und drohte mit Hungerstreik.«

»Tränen wegen mir?«

»Dad wollte nichts essen und keine Medikamente nehmen, bevor er dich nicht gesehen hätte. Es brauchte eine Menge Überzeugungsarbeit, bis wir ihn soweit hatten, dass er doch was aß. Es ist gut, dass du morgen rauskommst. Er hat uns eine Frist bis Mittwoch gesetzt, sonst würde er mit dem Hungerstreik anfangen.«

»Wirklich?«

»Was meinst du mit *wirklich*? Würde ich bei einer solchen Sache lügen?« Zuba hielt sich zurück, überrascht von der Irritation in Nonyes Stimme.

Nonye konnte frech sein. Ja. Aber nicht unbeherrscht. Er streckte ihr die Hand hin. »Nonye, es tut mir leid, dass ich dich da mit reingezogen habe. Das hat dich sehr mitgenommen. Ich seh es an deinem Gesicht, an deinen Augen. Du bist die beste Schwester, die man haben kann.«

Nonyes Augen wurden feucht. »Erinnerst du dich an meinen Besuch mit Ikes Frau?« Zuba nickte.

»Zurück auf dem Heimweg bekam Oby Wehen, wir fuhren direkt ins Krankenhaus. Wir waren die ganze Nacht da. Aber … das Baby … das Baby starb.« Sie schluchzte. »Wie soll ich das Ike erklären? Oby zog sich in sich zurück, am Anfang dachte ich, ich lebe mit einem Geist zusammen.« Sie machte eine Pause. »Langsam geht es ihr besser«. Sie nickte. »Von jetzt an sollen uns Güte und Gnade begleiten. Alles wird besser, es ist schon jetzt besser in Jesus' Namen. Ein...«

Röhrende Stimmen durchbrachen die friedliche Stille im Hof.

Lass mich weinen rühr mein Herz,
O Schöpfer aller Welten
Lass mich weinen rühr mein Herz
Allergnädigster Vater
Die Tränen die ich vergieße am Morgen, Tag und Nacht
Lass sie rühren, O Herr, dein Herz.

»Kommt aus der Kirche«, erklärte Zuba.

»Das ist gut. Hast du das Flugblatt gesehen, das ich in die Tasche gesteckt hatte?«

Zuba nickte.

»Es ist von einem Pastor, Apostel Nwokolo. Er betete für mich und Ikes Frau im Krankenhaus, hielt für uns Gottesdienst ab und gab uns auch das Flugblatt. Er ist wirklich ein Apostel Christi. Wir sind jetzt Mitglieder seiner Kirche. Hast du das Flugblatt gelesen?«

Zuba nickte wieder.

»Und was denkst du?«

Zuba blieb still.

»Was hältst du davon?«, wiederholte Nonye.

Zuba drückte ihre Hand noch stärker. »Ab morgen werden wir mehr Zeit haben, darüber zu reden. Was mich jetzt beschäftigt, ist Ikes Baby.«

*

Der Gottesdienst war zu Ende, als Zuba aus dem Fürsorge-Büro trat. Er sah die sinkende Sonne und zählte mit seinen Fingern: noch siebzehn Stunden. Er ging schneller, an den Menschen vor der Kirche vorbei, die laut lachten und halbe Brotlaibe in den Händen hielten.

Geier-Königs Stellvertreter, 2-i-C, kam aus der Menge auf ihn zugelaufen: »Zuba, Zuba, guck dir Baandbench an. Er gibt sich nicht damit zufrieden, menschliche Wesen mit *419er Sachen* übers Ohr zu hauen, er will das auch noch auf den Herrn ausweiten. Und zwar in Seiner Kirche. Erinnerst du dich an die ramponierte Hundert-Naira-Note, und dass ich ihm sagte, er soll sie wegschmeissen, weil die eh keiner annimmt? Er tat sie in den Opferstock und wollte sich neunundneunzig Naira und fünfzig kobo Wechselgeld rausnehmen. Der Katechist hat's gesehen und ihn aus der Kirche geschmissen. Kannst du dir sowas vorstellen?«

Zuba hatte keine Lust auf Witze. Ike und Papa warteten bestimmt schon vor der Gefängnisschule. Er würde Ike das mit dem Baby sagen – mit Ike über das Baby reden.

Der Lärm hinter ihm erstarb, das Grau der Mauern ging unmerklich ins Gelb des Gerichtsgebäudes über. Als er sich der Gefängnisschule näherte, wandelte er schon auf glänzend grünem Rasen.

Dank

an Simon Kerr,
Sean O'Brian, Jack Mapanje,
Robin Story,
Chiemeka Ozumba, Ugochukwu Ozumba, Elisabeth Ozumba,
Anietie Isong,
Vernonique Baxter,
Alessandro Gallenzi, Elisabetta Minervini,
Mike Stocks, William Chamberlain,
Newcastle University, Britain-Nigeria Educational Trust,
Overseas Research Scholarships,
and, specially, to Chigozie Ozumba.

Die Übersetzung aus dem Englischen wurde mit
Mitteln des Auswärtigen Amtes unterstützt durch
litprom – Gesellschaft zur Förderung der Literatur
aus Afrika, Asien und Lateinamerika e.V.

Anna Achmatowa, Requiem,
basiert auf der Übersetzung aus dem Russischen
von Rosemarie Düring, Berlin 1987

Umschlaggestaltung, unter Verwendung eines Fotos
von Jim Goldberg / Magnum Photos / Agentur Focus,
und Layout: Gudrun Fröba
Druck und Bindung: Pustet, Regensburg
ISBN 978-3-88747-243-6

LESEN SIE WEITER

Wojchiech Jagielski
WANDERER DER NACHT
Eine Reportage

Ein leidenschaftlich und präzis erzähltes Buch über das Leben im afrikanischen Bürgerkrieg, geschrieben von einem der besten Reporter Europas.
»Jagielskis Werk ist die konsequente Fortsetzung und exzellente Bereicherung all dessen, was in der Reportage Rang und Namen hat.«
Ryszard Kapuscinski

»Jagielski setzt neue Maßstäbe für ungeschminkte Reportagen.«
The Economist, London

Aus dem Polnischen übersetzt von Lisa Palmes
272 Seiten, gebunden mit Schutzumschlag. ISBN 978-3-88747-244-3

Maria Barbal
EMMA
Roman

»... es ist doch beeindruckend, wie elegant sie ihre Bausteine auf dem selbstgezogenen Spielfeld anordnet und verschiebt, wie sie verschiedene Motive über die Zeit moduliert, wie kühn und schwerelos der Text mitunter Erzählebenen und -töne wechselt. Dies stilistische Können, das die Geschichte nicht nur mit Feingefühl, sondern auch mit Suspense auflädt, wirkt nie wie Schönschreiberei oder Pose. Es scheint direkt der Aufmerksamkeit für das Beben und Zittern einer Seele im Ausnahmezustand zu entspringen.«
Merten Worthmann, Süddeutsche Zeitung

»Abermals ist der jetzt 60-jährigen ein berührender Frauenroman gelungen. ›Emma‹ ist die Lebensbeichte einer Frau, die gegen alltägliche und ganz gewöhnliche Unterdrückung aufbegehrt und dabei klug argumentiert.«
Ralf Sziegoleit, Frankenpost

Aus dem Katalanischen übersetzt von Heike Nottebaum
160 Seiten, gebunden mit Schutzumschlag. ISBN 978-3-88747-240-5

LESEN SIE WEITER

Baltasar Porcel
DAS MITTELMEER
Eine stürmische Reise durch Zeiten und Kulturen

»›Das Mittelmeer‹ ist eine Tour de force durch die Historie, – jeder Essay eine Art Kamingeschichte. Eine absolute Leseempfehlung, für den Historiker wegen seines Detailreichtums eine Fundgrube, für den Laien und Mittelmeer-Liebhaber ein sinnlicher, amüsanter Lesegenuss. ›Das Mittelmeer‹ ist eine Art historisch-literarischer Reiseführer, der intellektuellen Mittelmeer-Urlaubern sogar als Strandlektüre ans Herz gelegt sei.«
Lutz Bunk, DeutschlandRadio Kultur

»Das Mittelmeer ist das Meer unserer Sehnsüchte. Seit Jahrtausenden ist es aber auch die Bühne militärischer Kämpfe, zivilen Fortschritts, unterschiedlicher Religionen und Gesellschaftsformen. Baltasar Porcel öffnet unseren Blick für unbekannte Zusammenhänge in mediterranen Traditionen und Regionen und das in einer mitreißenden Sprache und einer üppig dargebotenen Fülle von kleinen und großen Geschichten, die dieses Buch so einzigartig und fesselnd machen.«
Elke Heidenreich, litcolony.de Lesen! Das Buch der Woche Folge 17

Aus dem Katalanischen übersetzt von Kirsten Brandt
416 S., zahlreiche, z.T. vierfarbige Abb., geb. mit Schutzumschlag. ISBN 978-3-88747-237-5

Markus Bauer
IN RUMÄNIEN
Auf den Spuren einer europäischen Verwandtschaft

»Nüchtern ist die Sprache, mit der Bauer von den Unterschieden und erstaunlichen Ähnlichkeiten zwischen dörflichen und städtischen Strukturen schreibt; mit der er der rumänischen Avantgarde bis in ihre topografischen Wurzeln folgt oder den Minderheiten des Landes nachspürt. »In Rumänien« liefert keinen blossen Blick von aussen, sondern die materialreiche Innensicht eines Landes, über das viele Bücher wie dieses noch zu schreiben wären.«
Neue Zürcher Zeitung

176 Seiten, gebunden, ISBN 978-3-88747-238-2